星、はるか遠く

フレッド・セイバーヘーゲン、キース・ローマー 他

いつの日にか人類は、生まれ育った地球をあとにして、宇宙の深淵へ旅立ってゆく。そのとき彼らが目の当たりにするものは——。ＳＦは一世紀以上にわたって、そこに待ち受けるであろう、想像を超えた驚異をさまざまに物語ってきた。本書はその精華たる９つの短編を選《え》りすぐったアンソロジーである。舞台となるのは太陽系外縁部の宇宙空間、人類が初めて出会う種属の惑星、あるいはとうに文明の滅び去った世界。だがそこで人々が直面する事態には、英知をもって挑戦できるものも、ただ茫然と立ちつくすしかないものもある。本邦初訳作２編を含む。

宇宙探査SF傑作選

星、はるか遠く

フレッド・セイバーヘーゲン、キース・ローマー 他

中　村　　融　編

創元ＳＦ文庫

SURFACE TENSION
AND OTHER STORIES

edited by

Toru Nakamura

2023

目次

宇宙探査ＳＦ傑作選

星、はるか遠く

故郷への長い道

フレッド・セイバーヘーゲン

フレッド・セイバーヘーゲン　Fred Saberhagen（1930-2007）

宇宙に進出した人類の姿をさまざまな角度から描く本傑作選は、太陽系の外縁部で幕をあける。冥王星の彼方《かなた》で鉱物探しに従事する男女が遭遇したものは……。

作者はアメリカの作家。デビューは一九六一年だが、その二年後に開始された《バーサーカー》シリーズでSF史に名を刻んだ。悠久の過去に滅亡した星間帝国が遺《のこ》した殺戮《さつりく》機械の群れと、銀河に広がった人類文明との接触から生まれる数々のドラマを綴《つづ》ったものだ。数え方にもよるが、長編十二、短編集四、シェアード・ワールド・アンソロジー一から成っており、わが国には長編『バーサーカー／皆殺し軍団』（一九六九／ハヤカワ文庫SF）、短編集『バーサーカー／赤方偏移の仮面』（一九六七／同前）と『バーサーカー／星のオルフェ』（一九七九／同前）が紹介されている。

それ以外の邦訳としては、破滅後の世界を描いた《東の帝国》三部作（一九六八〜一九七三／同前）、ロジャー・ゼラズニイとの共著でプレ・サイバーパンクともいえる『コイルズ』（一九八二／本文庫）などがある。

本邦初訳となる本編は、〈ギャラクシー〉一九六一年六月号に発表された最初期の作品。作者の自薦傑作集 *Saberhagen: My Best*（1987）に、代表的短編「バースデイ」（一九七六／新潮文庫『スペースマン』他所収）などとともにおさめられている。

マーティーがはじめて目にしたとき、そのしろものはほぼ真正面、五十万マイルの彼方《かなた》にあった。ちっぽけな緑の光点が、五秒ごとに遠距離探査レーダーのスクリーン上に出現していたのだ。

彼は太陽《ソル》からは四十億マイルの地点にいて、外へ向かっているところだった。冥王星を越えたあたりで、速度の遅い太陽周回軌道に乗って進んでいる岩塊《がんかい》の小さな群れのあいだをゆっくりとぬけながら、採鉱して利益が出るほど密度の高い貴重なミネラルを探していたのである。

レーダー・スクリーン上のしろものは、きわめて小さそうなので、あまり有望とはいえなかった。しかし、針路上にあるも同然だったので、たいした手間もかけずに調べられる。ひょっとすると、ゲルマニウムのかたまりかもしれない。どうせいまのところ、それよりましなものは見当たらないのだ。

マーティーは操縦席の背もたれに寄りかかり、「近づいてくるものがあるぞ、ベイビー」と呼びかけた。それ以上正確な報告をするまでもなかった。〈クレメンタイン〉の乗員はほかにひとりだけだし、彼の知るかぎり、ここからおよそ二十億マイルの範囲でもそうなのだ。

ローラの声が、デッキふたつ分下の厨房《ちゅうぼう》からスピーカー経由で返ってきた。

「あら、近いの？　朝食をとる時間はある？」

マーティーはレーダーをじっくりと調べ、

「速度を維持すれば、五時間ってとこかな。減速して、そのしろものを調べるのかエネルギーの無駄にならないといいんだが」彼は〈クレム〉のメイン・コンピュータに、自分が発見したものに接近し、相対速度をゼロにするには、どういうエンジンの使い方がもっとも効率的かという問題をあたえた。

「じゃあ食べに来て！」

「了解」彼とコンピュータは、しばらくいっしょに光点を調べた。それから、精査に値《あたい》するほど重要なものはないと判断して、人間は操縦室を離れ、新婚三カ月の花嫁のもとへ朝食をとりにいった。しっかりと維持されている人工重力のもとで下層へ歩いているうちに、エンジンの始動する音が聞こえてきた。

十時間後、彼はこの新たな発見物をもっとくわしく調べてみた。すぐに注意力が増し、探検家の用心深さと、大当たりかもしれないという探鉱家ならではの高揚感とのあいだで揺れ動いた。

〈クレム〉が数百マイル以内に近づくにつれ、Xと名付けたそれの信じがたい形状が明らかになり、マーティーは椅子から身を乗りだした。レーダーで計測できるかぎり、それは長さ三十マイルの針であり、太さはおよそ百ヤード——この長さと太さにぴたりと一致するものは、宇宙空間のどこにも見つかりそうにない。

ありきたりな岩塊でないことは歴然としていた。宇宙船だとしたら、見たことも聞いたこともないやつだ。片方の端はソルの方向を指しており、それを見たマーティーは、尾までそなえた極小《ごくしょう》の彗星《すいせい》かもしれないぞ、とローラにいってみた。最初のうちこそ彼女は真剣に受けとっていたが、やがて彗星にまつわる事実をいくつか思いだし、ふざけるように彼をたたいて、「もう、よしてよ!」といった。

それとは別の、もっと現実味のある可能性がすぐさま明らかになり、浮《うわ》ついた気分に水をさした。三千年近い断続的な宇宙探査の歴史を通じて、地球人にとり憑《つ》いてきた異星人に対する古《いにしえ》からの恐怖、これまで現実のものとはならなかった恐怖が、いま緑のレーダー眼《がん》を通してこの居心地のよい操縦室をのぞきこんでいるのだ。

宇宙船乗り同士が出会って、言葉を交わすとき、異星人はつねに恰好のジョークのネタだ。しかし、地球から数十億マイルの地点で、それに直面している可能性があるとなっては、あまり笑えないことがわかった。とりわけ、とマーティーは思った。外交的な接触や英雄的行為を目的とするのではなく、ロボット採鉱と鉱石の精錬《せいれん》と牽引《けんいん》を目的として造られた船に乗っているときは——しかも、ただひとりの人間の助手は、はじめて宇宙旅行に出た若い女性なのだ。マーティーは、この状況下で人類の代弁者となる気にはなれなかった。

Xが急な動きを見せしだい警報が発令され、〈クレム〉がとれるかぎりの回避行動をとるよう自動操縦装置をセットするのに一分かかった。つぎに彼はロボット司書をセットして、Xの信じがたい長さと太さを持つ宇宙船に関する情報がないか、マイクロフィルム・ファイルを検索させた。

ひょっとしてひょっとしたら——どんな説明も突飛《とっぴ》に思えるとき、どんな可能性も同じくらいあるわけだが——Xは遺棄《いき》船かもしれない。十年、いや百年、いや千年のあいだ死んでいた難破船かもしれない。サルヴェージに関する法律によれば、そういう発見物は、港へ引いていけば彼のものとなる。その価値は天文学的なものかもしれないし、二束三文《にそくさんもん》かもしれない。だが、その予想はたしかに興味をそそるものだった。

マーティーは〈クレム〉がXに対して静止するように操船し、いまは速度がソルに対してもゼロになっていることに気づいた。

「おやおや」彼はつぶやいた。「宇宙アンカーかな……？」

宇宙アンカーは何千年ものあいだ使われてきた。太陽のような巨大天体の重力場において、ある一点に船がとどまれるようにする装置だ。とはいえXがアンカーを下ろしているとしても、生命がまだ船内に存在しているということにはならない。いったん〝下ろされ〟たら、アンカーは船体が持ちこたえられるかぎりその場にとどまるからだ。

ローラがサンドイッチとホットドリンクを操縦室にいる彼のところまで運んできた。

「海軍に知らせたら、連中に持っていかれて、こっちは一文《いちもん》の得にもならない」サンドイッチをぱくつく合間《あいま》に彼がいった。「もっとも――異星人じゃないとしたらだが」

「あそこでだれかが生きているってことはありえないの？」彼女はスクリーンに目をこらしていた。いかめしい顔つきだ。だが、怯《おび》えてはいない、と彼は思った。

「人間がってことかい？　ないな。あれにちょっとでも似た船は、このところ使われていないことはわかってる。はるかむかしの旧帝国は、あれよりも大きいのを何隻《せき》か造ったけど、あんなイカレた形の船は聞いたこともない……」

ロボット司書の検索結果は空欄のままだった。

「ほらね」とマーティー。「古いタイプの船はたいていここにデータがあるんだが」

しばし沈黙がおりた。背景のどこかで、録音された夕べの音楽がはじまった。

「わたしがいっしょでなかったら、あなたはどうしたの？」とローラが尋ねた。

彼はじかには答えず、頭にあったことを口にした。

「仮説上の異星人の心理はわからない。でも、未知の太陽系の探検をはじめるとしたら、地球人がずっとやってきたようにするんじゃないかな――つまり、速度と武器の面で最高のものを持っていくんだ。とすれば、Xが異星人のものだとしたら、闘うにしろ逃げるにしろ、〈クレム〉に勝ち目があるとは思えない」いったん言葉を切り、眉間《みけん》にしわを寄せてXの画像を注視し、「あのとんでもない形――なにかしっくりこないんだ」

「海軍に連絡してもいい――そうしろといってるんじゃないのよ、ダーリン」彼女はあわてていい添えた。「決めるのはあなた。どうするにしろ、わたしは文句をいわない。あなたがじっくり考えるのを助けたいだけ」

マーティーは彼女に目をやった。文句をいわないという言葉を信じて、彼女の手をぎゅっと握る。それ以上なにかするのは、余計なことに思えた。

「ぼくひとりだったら」彼はいった。「宇宙服に飛びこんで、あのしろものを見にいって、ガニメデまで引いてもどり、唯一無二のなんたらかんたらといって売りだしただろう。稼《かせ》いだ金できみと本物の結婚式をあげて、〈クレム〉を第一級の船と交換するかもしれない――それどころか、小惑星をひとつテラフォームして、ロボット探鉱者を二台常駐《じょうちゅう》させるかもしれない。まあ、なんともいえないけど。海軍に連絡したほうがいいかもしれないな」

彼女はマーティーにやさしい笑い声を浴びせた。

「ちゃんとした結婚はもうしてるし、やりたかった式はみんなすませた。おまけに、わたしたちのどちらも、小惑星に腰をすえて安穏《あんのん》としていられるとは思えない。あれをざっと調べるのにどれくらい時間がかかると思う？」

彼女はエアロックのドアのところで弱気に襲われた。

「ねえ、危険はないのかしら？　マーティー、気をつけて、すぐにもどってきて」マーティーにキスしてから彼のヘルメットを閉じる。

ふたりは〈クレム〉をXから数マイルのところまで移動させていた。マーティーは宇宙バイクにまたがり、側面からゆっくりと近づいていった。

長大なXが、彼の左右で星々を細長く覆い隠していた。まるで静穏《せいおん》な地球《テラ》の海に浮かぶ広大な島の遠い岸辺を見晴るかすかのようだ。そして眼下の恒星集団は、頭上の恒星集団を水に映したかのようだった。しかし、宇宙空間はあまりにも黒く、そうした幻影は長つづきしなかった。

バイクの小型FMレーダーによれば、Xまであと三百ヤード。彼は逆推進ロケットを静かに噴射して前進速度を殺し、スポットライトをつけた。光線を右から左へふっていくと、まばゆい金属がなめらかに照り返してきた。やがて暗い空洞が現れたところで光線を止める。

「救命艇の船架《せんか》だな……空《から》っぽだ」バイクについた小さな望遠鏡ごしに見ながら、声にだしていった。

「じゃあ遺棄船なの？　だいじょうぶ？」ローラの声がヘルメットのなかで尋ねた。

「そうらしい。ああ、たぶんまちがいない。もっと寄ってみる」彼はバイクをゆるやかに進めた。Xが、彼も彼のライブラリの標準的な参考書を編纂《へんさん》した者たちも聞いたことのない、珍《めずら》しいタイプの船にすぎないことは明らかだ。たしかに、少々ばかげて聞こえるが……。

距離十メートルでもういちど速度を殺し、バイクが自動で一定の距離を保つようにセットすると、命綱《いのちづな》をしっかりとベルトにとりつけ、サドルからそっと飛びだし、頭から先にXへ向かった。

宇宙服の装甲された両手が、熟練の技《わざ》で真っ先に接地した。つぎの瞬間、彼は船体の上で直立していた。磁力ブーツのおかげで位置を保っていられるのだ。周囲を見まわす。彼の到着に対する反応はない。

マーティーはソルのほうを向き、黒っぽい円筒を数キロ先まで見渡した。それは遠い星空のなかの一点に収縮しているようだった。ちょうど、ちっぽけな太陽に向かって家路《いえじ》を急ぐ男がたどる道のように。

足元付近の船体はなめらかで、ふつうの宇宙船のそれのように見えた。きわめて遠いソルから遠ざかる方向に、船体と直角に突きだしている複数のなにかがぼんやりと見えた。彼はバイクにまたがり直し、そちらに向かって出発した。船体を一キロ半ほど行ったところにある、いちばん近い突起物《とっき》に近づくと、Xをとり巻く巨大な締め金《クランプ》のようなものであることが判明した——いや、正しくはクランプの一部だ。それは船体から数メートルのところで終わっており、端が丸い金属のかたまりになっていたのだ。いったんどろどろに溶けたようだが、いまは冷えきっていて、マーティーがさしだした温度計はピクリとも反応しなかった。放射線測定器にも、通常の背景放射を超えるものは示されなかった。

「なるほど」ややあって、マーティーが半分になったクランプを見ながらいった。

「どうしたの？」

「わかった気がする。思っていたほど変わったものじゃないらしい。もうひとつ確認させてくれ」彼はバイクをあやつって、Xの円周をゆっくりとまわりこんだ。

三分の一ほどまわったところで、浅い溝のように見えるものに行き当たった。幅五フィート、深さ一フィートほどで、底は彼のライトを浴びてくすんだ灰色に輝いた。目路《めじ》のかぎり、どちらの方向へもXの端までのびている。

ドアほどの大きさの開口部が、溝の真上でクランプに設けられていた。

マーティーはうなずき、口もとをゆるめると、バイクのスロットルを開き、加速しながらカーヴを描いて〈クレメンタイン〉へもどった。


「あれは宇宙船じゃまったくなくて、その一部にすぎないんだ」すこしあと、なにを探しているのか、よくわかっているといいたげな顔をして、自分の手でマイクロフィルム・ファイルを漁《あさ》っていたマーティーがローラに告げた。「司書が探しだせなかったのは、それが理由。たしか、あれについて読んだ憶《おぼ》えがある。二千年くらい前に旧帝国が作ったものの一部なんだ。彼らの使っていたエンジンは、ぼくらのとはすこしちがっていた。通常サイズの船を何隻か運航させるよりは、巨大な船を一隻造ったほうが安あがりにすむやつだ。彼らは細長いコンテナを横並びに束ねて、そういう巨大な船を航海に送りだす準備をした。コンテナの数は、運ばなければならない貨物の数しだいだ。ぼくらが見つけたものは、そのコンテナのひとつにまちがいない」

ローラは額《ひたい》にしわを寄せ、

「たいへんな仕事だったにちがいないわね、ああいうコンテナをくっつけたり、離したりするのは。いくら自由空間であっても」

「宇宙アンカーを使ったんだ。溝のことはもう話したっけ？　底が力場になってる。だからアンカーはその溝を通して下ろせるんだ。そうすればコンテナ全体を前でもうしろにでもまっすぐ滑動《スライド》させて、束に出し入れできるわけだ……ほら、これだよ、たぶん。この画像をヴューワーにかけてくれ」

一枚の絵――写真――に写っているのは、長い針を束ねたものの一端《いったん》らしかった。本物には見えない星々を背景にして、ギラつく光を浴びている。下に説明文があり、流れるような旧帝国の筆記体で船のあらましを伝えていた。別の写真には、船のコンテナが多少は細部まで写っていた。

「たしかに、これにちがいない」マーティーが考えこんだ顔でいった。「おかしな恰好の古い船だ」

「難破したのね。なにがあったのかしら」

「当時のエンジンはときどき爆発したんだ。そのせいかもしれない。そしてこの区画は、どういうわけかソルに対してアンカーで固定された――おかしな話だけど」

「どれくらい前の出来事だと思う?」ローラが尋ねた。まるですこし寒いかのように腕組みをしている。もっとも、〈クレメンタイン〉内部が寒いわけではないのだが。

「二千年か、それより前にちがいない。こういう船は、そのくらいむかしから使われていない」彼はスタイラスをとりあげ、「明日、大きな道具袋を持ってあそこへ行き、なかを見てきたほうがいいな」必要と思ったものをいくつか書きとめていく。

「全体が手つかずだったら、きっと歴史家が相当な額を払ってくれるわ」ローラが、走り書きしているマーティーを見ながらいった。

「だといいが。でも、本当の値打ちものを積んでるかもしれない――もちろん、徹底的な捜索は、どうあがいたって無理だけど。いいかい、あのしろものはアンカーで固定されているんだ。とにかく、それを解放するには、なかへはいるしかないだろう」

彼女が図解の一枚を指さし、

「ねえ、長さが三十マイルもあるコンテナは、客室のひとつにちがいないわ。それにこの図面によると、それ自体にはエンジンをそなえていないはず。曳航《えいこう》していかないといけないのよ」

彼は図面に目をやり、

「おおせのとおりだ。とにかく、エンジンがあったとしても、動かしてみる気にはなれそうもない」

彼は図面上でエアロックを探しあて、その配置を大雑把《おおざっぱ》に憶えこもうとした。

あくる〝朝〟、マーティーは道具一式と爆薬をバイクに載せた。Xへの旅（彼はまだそういうふうに考えていた）はなにごともなく終わった。今回は片方の端から三分の一ほどのところに接地した。そこなら手頃なエアロックが見つかるはずだし、船内にはいったら、どちらの方向を探検するか選べると思ったのだ。エアロックをあけても、主客室に存在する空気なりガスなりが噴出《ふんしゅつ》しないことを願った。気圧の急激な低下が、なんだかわからない貨物に損傷をあたえるかもしれないのだ。

図面で見当をつけておいた場所で、はいるのによさそうなところが見つかった。小さな予備のエアロックらしく、宇宙アンカーの溝から数フィートしか離れていない。底が力場になっているその溝は、出入口にはならない、とわかっていた。アンカーはそれを通して上げ下げできるものの、アンカーの一部はつねにぴったりとはめこまれたままなのだ。溝に新しい穴を掘りはじめたら、避けようとしている減圧を引き起こすだろうし、危険な爆発だって生じるかもしれない。

マーティーは慎重にエアロック・ドアの攻略にかかった。電子的な〝音響〟装置で数分間作業して、内側のドアも閉まっているかどうかをたしかめる。閉まっていると判断しかけたとき、ふと気になって顔をあげた。頭を起こして、ソルの方向に長々とのびるXを見渡す。

なにかが船体にそってこちらへ向かってきていた。

熱線銃を手にしてバイクのサドルに飛び乗ってから、その正体に気がついた——その動いている染みのようなものを通して、星々がゆがんで見える。ちょうど空気中の熱波《ねっぱ》のようだ。まちがいない、宇宙アンカーが溝にそって動いているのだ。

マーティーはバイクを船体から数ヤード浮かせ、アンカーを追ってゆっくりと進んでいった。それは人間が足早に歩くぐらいの速度で動いていた。動いてる、動いてる……だが、宇宙空間へ沈んでいくのだ。

「ローラ」彼は呼びかけた。「ここはなにか変だ。船体をドップラー・レーダーで走査して、動いていないかどうか調べてくれ」

ローラは了解した旨《むね》を簡潔な一語で伝えた。いい娘《こ》だ、と彼は思った。これなら、きみの心配はいらない。彼を乗せたバイクは、アンカーの見かけの動きに合わせて、船体にそって滑空《かっくう》していった。

ローラの声が届いた——

「いまは動いてるわ、ソルに向かって。時速十キロくらい。もっと遅いかもしれない——遅すぎて計測がむずかしいの」

「そうか、思ったとおりだ」自信ありげに聞こえるといいのだが、と彼は思った。状況を熟考する。ならば動いているのは船体だ。固定したアンカーによって力場溝が滑動《かつどう》しているのだ。なんの仕業《しわざ》であれ、彼、あるいは〈クレム〉を狙っているのではないらしい。「ねえ、ベイビー」彼は言葉をつづけた。「おかしなことが起きてる」アンカーについて説明し、「〈クレム〉は戦艦じゃないが、難破船のかけらが相手なら互角《ごかく》に渡りあえるだろう」

「すぐにもどってきて!」

「調べないわけにはいかない。こんなのは見たことがない。心配ないよ、危険がありそうだったら、引き返すから」頭の奥のなにかが、船へもどって海軍に連絡しろと告げた。彼はあっさりとそれを無視した。もともと海軍に連絡する気にはなれなかったのだ。

およそ四時間後、不可解なアンカーは行程の終点に近づいた。Xの船尾らしきものまであと三十メートルのところだ。それは徐々に速度を落とし、終点から数メートルのところで停止した。しばらく、なにも起こらなかった。マーティーは状況をローラに報告した。バイクにまたがったまま上体《じょうたい》をのばし、大宇宙を見つめたが、理解の光明は射してこなかった。

アンカーと行程の終点にはさまれた空間に、第二のパターン化された光のちらつきが現れた。当然ながら、Xの内部から宇宙空間へ〝下ろされた〟ものにちがいない。マーティーの背すじに悪寒《おかん》が走った。しばらくすると、最初のアンカーが姿を消した。力場をぬけて船内に引っこんだのだ。

マーティーは二十分ほど監視をつづけたが、それ以上のことは起きなかった。ふと気がつくと、バイクの操縦桿《かん》を固く握りしめていて、体が疲労で小刻みに震えていた。

ローラとマーティーは、その夜〈クレメンタイン〉船上で交替で睡眠をとり、監視をつづけた。あくる船日《せんじつ》の正午ごろ、ローラが望遠鏡についていたとき、一番アンカーがふたたび出現した。今回はXの〝船首〟に。ややあって、船尾のアンカーが姿を消した。

マーティーは通信機に目をやった。それを使えば、いつでも海軍に連絡できる。超光速飛行は、太陽のこれほど近くでは実用的ではないので、海軍の手を借りるしかないと判断しても、到着はすくなくとも数時間後になる。彼はテーブルにこぶしをたたきつけ、罵声《ばせい》を発した。

「なんらかのメカニズムが、まだ船内で稼働しているにちがいない」彼は望遠鏡のところまで行き、見た目はのろのろした船尾方向への旅を一番アンカーがいまいちどはじめるところを注視した。「わからないな。真相を突き止めないと」

ドップラー・レーダーによれば、Xは時速十キロほどでふたたびソルに向かって這い進んでいた。

「ああいうメカニズムを稼働させられる動力が、二千年たっても残ってるなんてことがあるのかしら？」とローラが尋ねる。

「あるだろうな。乗客コンテナにはそれぞれ水素動力ランプがついていた」彼はマイクロフィルムをもういちど検索し、「やっぱり、小型の核融合ランプでコンテナの光熱用電気をまかなっていた。その電気で非常用機器も動かして……」彼の声が途切れ、しばらくしてから呆然《ぼうぜん》としたようすで先をつづけた。「食料と水をリサイクルする」

「マーティー、どういうこと？」

彼は立ちあがり、図面に目をこらした。

「無線機は救命艇のなかにしかなかったんだ。そして救命艇はなくなっている。とすると……まちがいない。救命艇が爆発でバラバラになって、吹っ飛んでしまったから……」

「いったいなんの話？」

彼はもういちど通信機に目をやった。

「ここと冥王星とのあいだの雑音を突破できるほどの通信機は、いまでさえ簡単には船に載せられない。旧帝国の時代には……」

「どういうこと？」

「空気はどうだろう――」彼はハッとわれに返ったようだった。おずおずと彼女を見て、

「ちょっと思いついたことがあるんだ」にやりと笑い、「もう一回行ってくるよ」

一時間後、彼はXに三度目の接地を果たそうとしていた。今回は〝船尾〟の近くに舞い降りる。船体に乗ったままアンカーに向かっていったが、それはまだ数キロも先にあった。選んだ地点は、前とは別の小さな予備エアロックで、彼はただちに仕事にとりかかった。内側のドアが閉まっているのを確認してから、外側のドアに穴をあけ、外側のドアを閉じたままにしている室内の気圧を下げる。

ドアの開閉機構は二千年の締めつけでガタがきていたが、振動ツールで揺さぶると、締めつけがゆるんで、手動であけられるようになった。エアロックの内部は、エアロックの内部でしかなかった。

外側のドアにあけた穴をふさいだので、内側のドアは問題なくあけられるはずだった――彼はそう願った。外側のドアを何度か操作してみて、もしもの場合はすぐに外へ出られることを確認した。バイクからはずしたいくつかの機材を宇宙服にとりつけたあと、快活で陽気な声でローラにまたあとでと告げて――船内で無線機が使いものになるとは思えない――外側のドアを閉じた。もういちど振動ツールを使うと、制御装置を作動させられるようになった。これで船内空気で通っているものがなんであれ、エアロック内へはいってくるはずだ。よし、はいってきた。手首のゲージによれば、気圧が宇宙船の通常値近くまで上昇中で、どこかからかすかに聞こえてくる、うつろなブーンという音を宇宙服のマイクが拾いはじめた。

彼は宇宙服とヘルメットをしっかり密閉しておいた。

内側のドアは完璧に作動し、旧帝国の造船技師たちの技術力の高さを証明した。ドアをぬけたとたん、マーティーはほぼ逆さまになっていた。足場を失い、英雄気どりの冒険気分も吹っ飛んだ。代わりに、Xの人工重力が、すくなくとも部分的にはまだ働いているという知識を得た。体勢を立てなおすと、宇宙服のロッカーが並ぶ小さな控え室にいることがわかった。いま照明は彼の宇宙服のライトだけだが、損傷の跡《あと》はない。ほかの壁にひとつずつドアがある。

彼は右手のドアを試そうとして移動した。熱線銃をぬいたが、一瞬ためらって、またホルスターにもどす。ごくりと唾を飲んで、ドアを慎重にあけると、空っぽの個室がまたひとつあるだけだった。標準的な部屋の大きさだが、なにもかもが剝《は》ぎとられており、デッキと隔《かく》壁《へき》がむきだしになっている。

つぎのドアは狭い通路に通じていて、そこでは二、三の天井灯《とう》がほの暗く光っていた。前にもうしろにも目を配ろうとしながら廊下をたどっていくと、螺旋《らせん》階段に突き当たり、彼は登りはじめた。宇宙服をまとった状態で可能なかぎり音をたてないようにして移動する。

階段を登りつめると、長い歩廊《ほろう》に出た。そこからはXの主回廊でしかありえないものを見晴らすことができた。幅二十メートル、三層ぶちぬきの通路だ。それは先細りになっていて、ほの暗く照らされた遠方の一点までのびていた。

マーティーのひとつ下のデッキで、男が出入口から回廊へ出てきた。

老齢の男性で、近眼なのかもしれない。というのも、宇宙服姿の人物が手すりを握り、彼を見おろしているのに気づいたようすがないからだ。老人は、色ちがいの糸で手のこんだ刺《し》繍《しゅう》のほどこされた短上衣《チュニック》のようなものをまとっており、それは痩《や》せた体にぴったり合うように仕立てられていた。両脚はむきだしで、靴ははいていない。老人は長い回廊をしばらく見渡していた。いっぽうマーティーは、ショックで瞬間的に身動きができず、目を丸くしていた。

マーティーは手すりからゆっくりと二歩さがり、体の大部分が暗がりにはいるようにした。首をめぐらせて老人の視線を追うと、アンカーの移動用通路になっている力場が見えるのに気づいた。床より一段低いところにある帯となって回廊の中心を走っているのだ。かつてXがその一部だった恒星間船が正常に使われていたとき、その帯は動く歩道のようなもので覆われていたのかもしれない。

老人は、平たい暗緑色《あんりょくしょく》の葉をつけた植物が生《お》い茂ったタンクに注意を向けた。一枚の葉に触れてから、細いパイプからタンクに水を分配するバルブをまわす。老人の背後の隔壁に同じようなバルブがずらりと並んでおり、バルブからのびた別のパイプが、一定の間隔で回廊に設置された、ほかの多くの植物をおさめたタンクに通じていた。

「酸素供給用だ」マーティーは落ち着いている声でいった。そしてヘルメット内にひびいた音にぎくりとした。ヘルメットのエアスピーカーは作動させていないので、もちろん老人に聞こえたわけはない。老人は植物のひとつから赤い実を摘《つ》みとると、心ここにあらずの体《てい》で平らげた。

マーティーは、スピーカーをオンにしようと顎《あご》を動かしたが、その動作は中途半端に終わった。手をふろうと両腕をあげかけたところで、誤解を招くのではと不安に襲われ、暗がりのなかへゆっくりと後退して歩廊の奥まで行った。右へ首をめぐらすと、回廊の近いほうの端と、そこにあるアンカーが見えた。宇宙空間に下ろされてはおらず、帯の終端《しゅうたん》で枠組に載せられているので、力場からはみだしている。

彼が登ってきた階段のそばに半開きのドアがあり、その先は暗闇だった。マーティーは、無意識のうちに宇宙服のライトを消していたことに気づいた。老人に見られないよう慎重に動いてからライトをつけ、ドアの向こうの暗闇を用心深く探る。はいっていった部屋は、かつては客室だったらしき小さなつづき部屋の手前側だった。家具調度は簡素だったが、Xの船上ではじめて目にした日常使用する道具だった。片隅に吊《つる》してある衣服は、老人のチュニックによく似ていたが、まったく同じデザインのものはひとつもなかった。マーティーは装甲に覆われた手で布地をつまみ、フェイスプレートに近づけた。合点《がてん》がいってひとりうなずく。それは繊維リサイクル装置で生産したものらしく、二千年近くを経ているのではないかと思われた。

マーティーは小部屋を出ると、宇宙服のライトを消して暗がりのなかに立ち、あたりを見まわした。老人の姿は消えていた。老人がなにかを期待するかのように、果てしなく見える回廊の先に目をこらしていたのを思いだす。そちらの視界に目新しいものはなかった。宇宙服のマイクの利得《ゲイン》をあげ、回廊の先を指向するようにした。

数マイル離れた先のどこかで、多くの人声《じんせい》が歌っていた。彼はぎくりとして、聞こえるものを歌以外のものとして解釈しようとしたが、第一印象は正しかったのだと納得して、背すじがぞくっとした。いったんバイクへもどり、そちらへ向かう計画を練るうちに、歌声が大きくなっているのに気がついた――ということは、近づいてきているのだ、疑問の余地なく。

彼は歩廊の後部の暗がりのなかで隔壁に寄りかかった。ソルから遠く離れた宇宙空間での作業のために暗色をしている彼の宇宙服は、明かりの灯《とも》る下の回廊からはまず見えないだろう。いっぽうこちらは、難なく回廊を見おろせる。頭の一部はローラのもとへ引き返せ、海軍に連絡しろと急《せ》きたてていた。なぜなら、この未知の人々は自分にとって危険かもしれないからだ。しかし、この場にとどまり、もっと彼らについて知らなければならない。けっきょくXから回収資源は得られそうにないと悟って、苦笑いを浮かべる。

宇宙服の冷却機構が働いているにもかかわらず、汗だくになりながら、彼はヘルメットのなかで急速に大きくなる歌声に耳をかたむけた。男女の声が入り組んだメロディーとなって高まっては低まり、ときには混じりあい、ときには別々のパートを詠唱《えいしょう》する。言葉は彼の知らないものだった。

その人々がいきなり視界にはいってきた。最初は色のついた点が遠くかすかに見えるだけだった。近づいてくるにつれ、長い八列縦隊で整然と歩いていることがわかってきた。中央の力場帯の両側に四列ずつだ。男女混合で、年齢、性別、体格に決まったルールはなさそうだ――ただし、年寄りも幼い子供も見当たらないが。

人々は歩きながら歌い、前傾姿勢をとって、自分の体重を利用して八本の重いロープを引いていた。そのロープには複雑精緻《せいち》な装飾がほどこしてあり、その模様は彼らの衣服や、いままた出入口から出てきて彼らを出迎えた老人のチュニックのそれと似ていた。老人の近くに、男女の年寄りが数人現れて待機した。つかのま開いたドアごしに、明るく照らされた部屋が垣間《かいま》見えた。マーティーはそこにおさまっている機械を織機《しょっき》と見分けたが、それはできかけの衣服がはさまっていたからにすぎなかった。彼は感嘆してかぶりをふった。

気がつくと、歩行者たちがすぐそばにいた。数百人がロープを引いており、それは中央の溝を進む、ねじれた金属パイプでできた複雑な構造の横木《よこぎ》につながっていた。横木と、それにしっかりと結びついている宇宙アンカーが、マーティーのわきを引かれていく――いや、むしろ、彼がそこに立って見ている地点そのものが、固定されたアンカーを通過して、ソルに向かってゆっくりと運ばれていくのだ、Xの人力推進によって。

アンカーのあとから子供たちの小集団がやってきた。年齢は十歳くらいから思春期まで。彼らは小さなロープを引いていた。食料と水の容器らしきものを載せた荷車を引いているのだった。行列の最後尾を歩いているのは、壮年期にある男だった。長身で、たくましい体つき。立派な頭飾りをかぶっている。

マーティーと並ぶ位置までやってくると、この男が不意に足を止め、鋭い号令を発した。たちまち綱引《つなひ》きと歌唱がやんだ。横木にいちばん近い数人の男が歩みより、精確な手つきですばやくアンカーから横木をはずした。ほかの者たちがたるんだロープを床につかないようにしているあいだに、Xの質量の莫大な慣性が力場帯の終端をアンカーのほうへ運んだ。するとアンカーは、二番アンカーをおさめている枠組を強く押して、さがる余地のないように見えた場所で枠組を力ずくで後退させた。

分厚い力場パッドが、枠組のうしろに見えてきた。船とアンカーとのあいだに生じる強力な圧迫のエネルギーを吸収して着実に広がっていく。なんらかの導管《どうかん》がパッドからのびているのだ、とマーティーは見てとった。ひょっとしたら、Xをふたたび太陽に向かってのろのろと動かしはじめるときが来たら使うために、エネルギーを蓄《たくわ》えているのかもしれない。こんどは頭飾りをかぶった女性が枠組に登り、二番アンカーを解放して、船体の〝下〟の宇宙空間へ落下させると、いまは一番アンカーによって固定されている場所にXをしっかりと結びつけた。ひとりの男性乗組員が進み出て、一番アンカーを引きあげはじめる……。

マーティーは気がつくと階段を降りているところだった。来た道をエアロックまでたどり直していたのだ。背後では人々の声が、絶え間ない詠唱となって湧《わ》きあがっていた。それは祈りなのかもしれなかった。まるで夢のなかで歩いている気分で、特に用心はしなかったものの、だれにも出くわさなかった。自分が目にしたものを考え、理解しようとする。なんとなくわかってきた。

船外に出て、彼は報告した――

「無事に外へ出たよ、ローラ。反対端で見ておきたいものがある。それがすんだら帰る」彼女の返事はほとんど聞こえなかったが、間髪《かんはつ》を容《い》れずに返ってきたことはわかった。こちらの呼びかけを、ずっと耳をすませて待っていたにちがいない。気分がよくなった。

バイクは数分のうちに五十キロを飛び、夢のなかで見るようなXの船体のソル側の端まで行った。船内の人々が旅をするよりもはるかに速いわけだ、と彼は思った……そしてソルは前方にほの暗く見えている。

無謀を承知で、彼は船尾近くのエアロックを通って、ふたたびXに侵入した。力場帯のこちらの端には、途方もなく大きい滑車装置がぶらさがっていた。巨大な船体をまたしてもソルに向けて動かしはじめるときが来たら、アンカーに逆らってロープを引く数百人にとって、心強い味方になってくれる機械仕掛けだ。

彼はいつのまにか保育所を、数人の女性の世話を受けている幼い子供たちをのぞきこんでいた。かつて導管が通っていたらしき隔壁の穴を通して見ていると、赤ん坊のひとりがこちらを見て、笑い声をあげたような気がした。

「なんだったの?」ローラがじれったげに尋ねたのは、マーティーが疲れきった顔でローブをまといながら、〈クレム〉のシャワー室を出たときだった。自分のショックが彼女の顔に不意に鏡写しになったのがわかった。

「人間だ」腰を下ろしながら彼はいった。「あそこで生きてる。地球人が。人類が」

「冗談よね？」

「いいや。ただ——ちくしょう！」手短《てみじか》に話して聞かせる。「どういう事故に見舞われたにしろ、彼らはその生存者の子孫にちがいない。考えてみれば、物理的に生きられない理由はないんだ——かぎられた数までなら、子供を作ることだってできる。酸素は植物が作る——きっと彼らの空気は、ぼくらのと同じくらい清浄だ。食料と水はリサイクル装置が作るし、水素動力のランプがまだ稼働していて、装置を動かしたり、明かりや重力をもたらしている……必要なものはほぼそろっているんだ。ないのは宇宙エンジンだけ」彼はため息をついて椅子にもたれかかり、目を閉じた。彼女に話さずにはいられなかったのだ。

彼女はしばらく無言のまま、いまの話をじっくり考えていた。

「でも、水素動力があるなら、なにか間に合わせのものを作れなかったのかしら？」とう彼女が訊いた。「速度が出ないものでも、なんらかのエンジンを。それでひと押しすれば、船は動きつづけるはず」

マーティーはそのことについて考えをめぐらせ、

「すこしくらい速く動いたって焼け石に水だよ」上体を起こして、目をあける。「それに毎日やるべき仕事が大幅に減ってしまう。暇な時間が多すぎたら、全員にとって命とりになりかねないんじゃないかな。

とにかく彼らには進みつづける意志があり、その方法を見つけるだけの知性があった――自分たちの役に立つ生活のシステムを発展させ、狂気におちいって殺しあわないようにした。そして彼らの子供たち、孫たち、ひ孫たち……」

彼はゆっくりと立ちあがった。ローラがそのあとを追って操縦室にはいり、ふたりはそこで依然として望遠鏡スクリーンの中心にあるXの画像を見つめた。

「その長い年月」ローラがささやいた。「そのあいだずっと」

「彼らのしていることがわかるかい？」マーティーが静かな声で訊いた。「生きのびているだけじゃない。機織《はたお》りと意匠《いしよう》作りと音楽に没頭しているんだ。

あと二、三時間もすれば起床して、また一日の仕事をはじめるだろう。一番アンカーを船の舳先《へさき》まで引きもどして、下ろすだろう。それが午前の仕事だ。それから船尾に残っていただれかが、二番アンカーを引きあげる。それから、ついさっきぼくが見たように、本隊が一番に逆らって引きはじめる。すると彼らの船はソルに向かって動きはじめるだろう。毎日このくり返しで、およそ五十キロ故郷に近づくんだ。

ローラ、この人々は船を引っぱりながら、歩いて故郷へ帰るところなんだよ。いまではその行為が宗教か、そうでなくても、それと変わらないものになっているにちがいない……」

彼はローラの腰に腕をまわした。

「マーティー――どれくらいかかるのかしら？」

「宇宙は広い」彼は抑揚のない声でいった。まるで暗記しなければならなかった文章を引用するかのように。

ややあって先をつづける。

「すこしくらい速く動いても焼け石に水だ、とさっきいったね。二千年間、一日五十キロ進んできたとしよう。だいたい三千六百万キロになる。最短ルートなら火星から地球へ行ける距離だ。でも、ここから火星軌道のそばへ達するには、長い道のりが待っている。ここは冥王星のはるか彼方だ。事実上、彼らは出発地点から動いていない」力なく笑みを浮かべ、「じつは、恒星間船にしては、故郷からさほど離れていない。事故は、ぼくら自身の太陽系の戸口のあがり段で起きたようなものだった。それ以来、彼らは敷居に向かって歩きつづけてきた」

ローラは通信機のところへ行き、数時間以内に海軍を呼びよせるコールサインの設定をはじめた。その手を止めて、

「どれくらいかかるのかしら？」と尋ねた。「地球の近くのどこかへ着くまで」

「地獄が凍りつくまでだな。けれど、もはや彼らにはわからない。それとも、もう知っていて、気にしていないだけかもしれない。彼らはひたすら進みつづけるしかない。来る日も来る日も、来る年も来る年も、ひょっとしたら、ときおり休日をはさんで、あの忌々《いまいま》しいアンカーを引っぱって……よくそんなことができるもんだ。働いて、歌って、なにかを成しとげているると感じて……そして、本当に成しとげているんだ。彼らにはゴールがあって、そこへ

向かって動いている。彼らは地球をどう思うんだろう、どんな感想を持つんだろう」

ローラはゆっくりと通信機のセットアップをつづけた。

マーティーは彼女を見ていた。

「やめてくれないか」不意に彼が懇願《こんがん》口調でいった。「とり返しのつかないことになる」

しかし、彼女はもうコールサインを送ってしまっていた。

よかれ悪《あ》しかれ、長い旅はもうじき終わるのだ。


（中村融訳）

風の民《たみ》

マリオン・ジマー・ブラッドリー

マリオン・ジマー・ブラッドリー　Marion Zimmer Bradley（1930-1999）

作者のSFでは、森やエルフ的な存在がしばしば重要な役割を果たす。本人が認めるとおり、J・R・R・トールキンの影響なのだろうが、もともとの資質でもあるようだ。なにしろ十代なかばにSF雑誌を発見し、たちまち「サイエンス・フィクションの構造を持ったファンタシー」の魅力にとり憑《つ》かれたというのだから。その特徴は、〈イフ〉一九五九年二月号に発表された本編にくっきりと現れている。

作者はアメリカの作家。デビューは一九五三年だが、『惑星救出計画』（雑誌掲載一九五八／本文庫）を皮切りとする《ダーコーヴァ年代記》が、素朴な冒険SFから、同性愛やフェミニズムといった問題にとり組んだ本格SFへと変貌していくのに合わせて評価を高めた。のちにダーコーヴァと呼ばれる未開の惑星に不時着した宇宙船乗組員の子孫が、苦難の果てに独自の文明を築きあげる二千年の歴史をモザイクのように描いた作品群である。ほかの作家の手による作品も多いが、著者名義では（共作を含めて）二十五冊が刊行されており、わが国ではそのうち十五作の長編と外伝二作が本文庫から刊行された。

もうひとつの代表作として、アーサー王伝説を女性の視点で捉えなおした《アヴァロンの霧》（一九八二／ハヤカワ文庫FT・邦訳は四分冊）をあげておく。

既訳は四十年以上も前のものなので、本書のために新訳を起こした。

柔らかな風がささやき交わす、木と風だけが住まう世界。のどかな楽園そのものの緑なす惑星で、燃料用重元素を探し求めて九カ月が過ぎた。スターホウム号のクルーにとっては長めの寄り道だ。しかも、最終的に少々特殊な問題がのしかかることになった。

というのはつまり、ロビンの問題——きのうドクター・ヘレン・マリーが予定日より一カ月早く出産した父親不明の男児の問題が、キャプテン・メリヒューにのしかかったというわけだ。

ヘレンはラボ用の小屋で、白い穏やかな顔をして、問題の赤ん坊に添い寝をしていた。生乾《なまがわ》きの板で急ごしらえした手狭《てぜま》な小屋は、停泊中のスターホウム号が作戦基地として利用している森の空地《あきち》の外《はず》れにある。広い谷間《たにあい》を流れる深く大きな川、その湾曲部の内岸《ないがん》の美しい場所だった。宇宙船に閉じこめられているのに飽きたクルーの手で、同じような仮小屋がこの九カ月で六軒ばかりここに建てられていた。

メリヒューは険《けわ》しい目でヘレンを見下ろすと、吐き捨てるようにいった。「けっこうな話だ。きみが——よりによって船医のきみが！　こんな——こんな——」怒りのあまり言葉に詰まり、メリヒューはいささか場違いな表現にすがりついた。「こんな不注意は――犯罪だ！」

「そうですね」十年がかりの星間航行の船医にしては、ヘレン・マリーはずいぶん若いし愛らしい。とはいえ、まだ疲れたような青ざめた顔をしていながらも、その声からは、思いこんだら後には引かない性格の片鱗《へんりん》がうかがえた。「四年の宇宙暮らしで不注意になっていたかもしれない」

メリヒューはヘレンを見下ろしたまま考えこんだ。船内重力下では、男性の性的能力に変化はないが、女性のほうは受胎《じゅたい》能力を喪失する――宇宙空間での懐胎《かいたい》はこれまでに例がないし、これからもないだろう。惑星への寄り道で、そうした影響は徐々に薄れつつある。ただ、着陸して三カ月後には、ドクター・マリーは自分を含む二十二名の女性クルーに経口《けいこう》避妊薬の連続投与を始めた。その時点で本人はまだ妊娠に気づいていなかったことになる。

小屋の外で緑なす木々がざわめき、ささやく。ヘレンはメリヒューの存在を忘れてしまったようだ。生後一日の赤ん坊は母親のかたわらで、おくるみ代わりのカバーオールに包《くる》まれていた。メリヒューには毛皮を剝《は》いだ猿そっくりに見えたが、赤ん坊の小さな丸い頭をそっと撫《な》でるヘレンの目は慈《いつく》しみにあふれている。

立ち尽くして風の音を聞きながら、メリヒューは誰にともなくつぶやいた。「こんなボロ小屋、一カ月で吹き飛ばされるな。ま、いいさ。それまでにはここを離れている」

痩《や》せぎすの女がラボ小屋に顔を出した。三十五歳になる船医のチャオ・リンだ。「邪魔した？　どっちみち、そろそろわたしが面倒みる時間だよ。さ、ロビンちゃん、こっちおいで」

ヘレンは弱々しく抗議した。「リンはわたしのこと甘やかしすぎ」

「それぐらいでいいって」チャオ・リンが抗議を封じる。

メリヒューはまたしても怒りと苛立《いらだ》ちに襲われ、声を荒らげた。「いい加減にしろ、リン、いいわけなかろうが！　ハイパードライブに切り替えたら赤ん坊は死ぬぞ。きみだってわかっているはずだ」

ヘレンは体を起こし、守るようにロビンを抱きしめた。「この子を仔猫みたいに水につけて殺せというんですか？」

「ヘレン、そうじゃない。事実をいったまでだ」

「事実？　いいえ。この子がハイパードライブで死ぬことはない。ハイパードライブに切り替えるとき船にはいないから」

メリヒューは助け船を求めてリンを見やってから、表情を和《やわ》らげた。「眠らせて、ここに──埋葬していくということか？」

ヘレンの顔から血の気《け》が引いた。「ちがいます！」と、激しい叫びがほとばしる。

リンが身をかがめ、おくるみに食いこんだヘレンの指をゆるめてやった。「ヘレン、ロビンが痛がってる。ほら、寝かせて。そこに」

メリヒューはヘレンを見下ろした。わけがわからなかった。「ヘレン、置き去りにしてみすみす死なせるわけには──」

「誰が置き去りにするといいました?」

メリヒューはゆっくりと尋ねた。「職務放棄する気か?」ややあって、こう付け加える。「この子が生きられる可能性もある。そもそも生まれたこと自体、医学的に先例がないんだ。おそらく——」

「キャプテン」ヘレンの声には思い詰めた響きが聞き取れた。「たとえ薬で眠らせても、十歳以下の子供にハイパースペースの突入は耐えられない。新生児の場合、一瞬で死んでしまう」ふたたびロビンを抱きしめて、ヘレンは言葉をつづけた。「これが唯一の方法です。船医ならリンがいる。付随的業務のほうはレイノルズが処理できる。この惑星だったら居住者はいないし、気候は温暖だし、飢《う》えることもない」柔らかな表情が、不意に固くなった。「なんなら、ログにはわたしが死んだとでも記録してください」

メリヒューはヘレンからリンへと視線を投げ、それから、吐き捨てた。「いかれてる」

「いかれていなくても、ロビンを置き去りにするならわたしも生きているつもりはない」ヘレンの声から熱に浮かされたような響きは消え、話しかたは理性的だったが、頑《かたく》なだった。「キャプテン・メリヒュー、わたしをスターホウムに乗せたいなら、薬で眠らせるか力尽くで引きずっていけばいい。それ以外、わたしはぜったいここを離れない。ただし、そんなことになったら——わたしに船医としての任務を全《まっと》うさせるためにロビンが置き去りにされたり、ハイパードライブで死ぬようなことになったら——すぐにでもみずから命を絶つ覚悟です」

「まいったな」メリヒューは溜息《ためいき》をついた。「いかれてるよ、まったく」

ヘレンはわずかに肩をすくめた。「いかれた女を乗船させたい？」

チャオ・リンの穏やかな声が割りこんだ。「キャプテン、わたしにもほかの方法は思いつかない。実際問題として、ヘレンが出産で死んでいたらそういうふうに配置換えすることになったはずだしね。不満が残る解決策ではあるけど、二つのうち実害が少ないほうを選ぶしかない」

ほかに現実的な選択肢がないことは、メリヒューにもわかっていた。

「二人ともどうかしてるんじゃないか？」メリヒューは息巻いた。それでもヘレンには、ついにキャプテンが折れたことがわかった。

スターホウム号が出航して十日後、若手技術士官のコリン・レイノルズが自死した。頸静《けい》脈を切るという血なまぐさい手段をとったため、数クォートの血液が無重力下で大きな球と化してキャビンじゅうを浮遊することになった。要領を得ない遺書が残されていた。

遺書はメリヒューがディスポーザーに放りこみ、血液はチャオ・リンが船内の手術用血液保管庫にしまいこんで、二人はこれを事故として内密に処理した。それでもメリヒューは、緑なす風の惑星での滞在がクルーのあいだで密かに噂《うわさ》され、宇宙伝説として広まっていくのではないかという不吉な予感を抱いた。果たして、そのとおりになった。もっとも、それはまた別の物語だ。

ロビンが初めて風の声を聞いたのは二歳のときだった。息子はヘレンの手を引っぱり、真似をして歌うようにささやいた。

「なあに、ロビン?」

「きれい」遠くなってゆくざわめきに答えて、ロビンがまた歌うようにささやく。と思うと、幼い息子の心はたちまち別のものに向けられた。「おなかぺこぺこ。ロビンおなかぺこぺこ。ベリー!」

「ベリーは食後ね」ヘレンは上《うわ》の空で約束すると、ロビンとしっかり手をつないだ。息子がその手にしがみつく。

「ママもきれい!」

ヘレンは笑い声を立てた。月の女神ディアナを思わせる若々《わかわか》しい華《はな》やかな笑顔。ほかに住む者もないこの惑星で、ヘレンは幸せだった。息子と二人、大きめの小屋で今はずいぶん快適に暮らしている。最初の何カ月かに押し寄せた恐怖を偲《しの》ばせるものは、眉間《みけん》の小さな皺《しわ》だけだ。あのころは、新たな一日が始まると新たな戦いが待っていた——弱さとの、聞き慣れない物音との、寂しさや怯《おび》えとの、戦いの日々だった。強まっては弱まる風の音が人声《ひとごえ》に聞こえる気がして、恐怖の汗にまみれて眠れぬ夜もあった。小屋のなかをぼんやりと歩きまわっては、鬱々《うつうつ》とロビンを見つめるだけの侘《わび》しい昼もあった。生まれたばかりのロビンを失う恐怖でさえも、孤独にここで過ごす恐怖に比べればよっぽどましだ……なぜメリヒューは部下の船医の情緒が不安定だと見抜いて引きずってでも船に乗せてくれなかったのか……そうしたら今ごろロビンはささやかなつらい記憶でしかなくなっていたのに……。羞恥《しゅうち》や後悔とともに、そんな思いにつかのま捉《とら》えられ、あるいは何時間も苛《さいな》まれた。

わたしにはまだ強さが足りない、強くならないとだめだ、強くならないとロビンが死んでしまう、置き去りにしたのと同じことになってしまうと思い知って、あのころのヘレンは夢遊病のようにふわふわと夢うつつの数カ月を過ごした。その夢のなかで、ときには何日も何日も休みなく歩きつづけた。目をさますと覚えがないのに食べ物が集めてあったこともある。どういうわけか、どこへ行っても夢の声がついてきた。ささやく風は、声ばかりか無数の手まで持っていた。

病気になって寝こみ、幾日も熱に浮かされているあいだに、どう考えても自分のものではない声が聞こえたりもした。おまえが死んだらロビンの面倒はわれらが見よう……。その言葉の衝撃と荒唐無稽《こうとうむけい》さにヘレンは一気に熱夢《ねつむ》から引きはなされ、苦痛に震えながら、なんとか体を起こして叫んだ。「やめて!」

すると、ちらちらと光る無数の目と無数の声はふたたび薄れ、遠のき、おぼろに翳《かげ》る谺《こだま》になった。残されたのはちらちらと陽光を映す木々の葉と、そして、陽光のなかで足をばたばたさせながら葉群《はむら》と影のざわめきに向かって両手を伸ばして歌うような声を立てる、ぽっちゃりした裸のロビンだけだった。

その瞬間、早く元気にならなければ、とヘレンは思った。それ以来、風の声が聞こえたことは一度もない。声の存在を信じさえすれば風の姿が見えて言葉がはっきり聞き取れるはずだという非現実的な仮説を、冷徹な科学者の心は認めようとしなかった。そうして風の声の存在を徹底的に拒《こば》み、語りかけられても心を閉ざしつづけ、しばらくすると、不穏な夢のなか以外で声が聞こえることはなくなった。

今のヘレンはこの世界の美しさと孤独を受け入れて、ロビンのために幸せな生活を築こうとしている。

去年の夏はほかにやることもなかったので、冬場も温暖で果物《くだもの》や根菜《こんさい》に事欠かないとはいえ、気の向くままに罠《わな》をしかけ、ウサギに似た小動物を雄雌何匹かずつ捕まえて、檻《おり》で飼育を始めた。ウサギもどきは食事に変化を与えてくれたし、においに耐えながら試行錯誤を重ねたすえ、毛皮を鞣《なめ》す方法も編み出した。野菜作りにはあえて手を出さなかった。ロビンが大きくなったら試してみてもいいかもしれないが、さしあたり、母子《おやこ》そろって健康で安全で穏やかに過ごせるだけで充分だった。

ロビンが聞いている――まただ。ヘレンは静寂のおかげで鋭くなった耳と目を凝《こ》らしたが、聞こえるのは風と木のざわめきばかり、見えるのは銀に染まった幹《みき》を雪崩《なだれ》落ちるきらめきばかりだった。

風？　枝が揺れてもいないのに？

「ばかばかしい」ヘレンは語気鋭く吐き出すと、幼い息子をすばやくかかえ上げ、腰にまたがらせるようにしてしっかりと片手で支えた。「ロビンのことじゃないからね。さ、ベリーかの音を。

を探しにいこうか」

だが、息子は頭をのけぞらせ、まだなにかを聞いていた——ヘレンには聞こえない、なにかの音を。

ロビンの五度目の誕生日、小屋の別の部屋に専用のベッドを置く、とヘレンは宣言した。母親の体のぬくもりと穏やかな息遣《づか》いがなくなると思うと、ロビンは寂しくてたまらなかった。生まれたときから寝付きが悪くて、すぐに目がさめる質《たち》なのだ。

とはいえ、初めての独《ひと》り寝の夜、ロビンは不思議な解放感を味わった。ヘレンを起こしてしまいそうで今までできなかったことをやってみよう——ロビンはそっとベッドを抜け出すと、小屋の戸口に立って森を眺めた。

森が前よりも戸口に近づいている気がする。確か空地はもっと広くはなかったか？　それが今は、ヘレンがきれいに手入れしている庭のすぐ先で下生《したば》えや若木《わかぎ》が勢いを盛り返しているばかりか、ロビンが「焼け跡《あと》」と呼んでいる場所にまで草がまばらに芽吹《めぶ》いている。

昼間ならロビンは独りでも平気だった。一歳になるかならないかのころから、しっかり戸締まりした家のなかや頑丈《がんじょう》な柵《さく》を巡らせた庭で、独りで留守番させられていたからだ。けれど、これまで夜中に独りになったことはない。

森の奥から、ほかの人たちがささやく声が聞こえてきた。ヘレンはほかの人たちなどいないというが、ロビンはちゃんと知っている。寝るときヘレンが歌ってくれる子守歌のかけらのような声が風に乗って聞こえたり、影になったところに人の姿がちらちらと見えたりするからだ。

ずっと前、ヘレンが病気になって、転んで膝小僧《ひざこぞう》をすりむいたときのロビンそっくりな声をたまに立てながら、目をつむってベッドで寝ているだけになったことがある。ロビンはおなかがすいて体が汚れて腹を立てていた。どうしたらいいかわからなくて庭の柵と部屋とを行ったり来たりしていると、風と声が小屋にまで入ってきた。あやすような優しい声と、ヘレンの手よりも優しく触れる手と……かすかに記憶に残っている。なのに、はっきり思い出せなくなっていた。

その声が、今はこんなによく聞こえる。ほかの人たちを見つけよう、とロビンは思った。そうすればヘレンがまた病気になっても、こんどは誰かがいっしょに遊んだり面倒をみたりしてくれるだろう。そう思うと嬉しくなってきた。ヘレンはびっくりするかな？　ロビンは空地をつっきって駆けだした。

ヘレンは目をさました。物音のせいではない。静けさのせいだ。息子の部屋から小さな寝息が聞こえなかった。一瞬の間をおいて、別のことに気づいた。

風の音がしない。

嵐が来るのかもしれない。この静けさは気圧の変化かなにかが原因だろう――でも、ロビンは？　ヘレンはそっと奥の部屋をのぞきにいった。不安は的中し、ベッドはもぬけの殻《から》だった。

どこへ行った？　空地だろうか。嵐になりそうなのに？　ヘレンは手製のサンダルをつっかけると、外へ飛び出した。静まりかえった森に震える声が響く。

「ロビン！　ロビン？」

静寂。と、遠くでかすかに不気味なささやきが響いた。異星に取り残された心細さを味わうのは、孤独に苛まれたあの最初の年以来だ。おろおろとあたりを見まわしながら、ヘレンは空地を駆け抜けた。ロビンはどっちへ行った？　森か？　迷って川のほうへ行ったりしたらどうしよう。岸の一角《いっかく》が崩《くず》れている場所がある――下は急流だ。喉がひきつり、悲鳴じみた声がほとばしる。

「ロビン！　ロビン、どこ？　ロビーン！」

母子の足が踏み分けた小道を、ヘレンは駆け抜けた。きれぎれのざわめきが耳をくすぐる。冷たい月の光のなか、気づけばヘレンは風と木の声に取り囲まれていた。宇宙船が去ったあと、風と木の支配する夜の世界に足を踏み入れるのは初めてだった。ヘレンはもう一度呼んだ。パニックで声がひび割れる。

「ロービーン！」

不意に葉群を抜けてふわりと光があらわれて、仄白《ほのじろ》くきらめいた。と、小道のまんなかに子供が立っていた。ヘレンは安堵のあえぎを漏らすと、息子を抱き上げようと駆け寄り――つぎの瞬間、ぎょっとして後ずさった。子供は裸で、ロビンよりほぼ頭一つぶん背が低い。

しかも、女の子だった。

仄白く光る裸身は、明るい月光に照らされたときだけはっきり見えるようにも思えて、どこか薄気味悪かった。ほとんど表情のない丸い顔。顔のまわりでゆらゆらなびく、透《す》けるような月の光の色の髪。女の子は、さっきのヘレンのあえぎに驚いて立ち止まったらしい——ヘレンは思わずまばたきした。目を開けたときには小道は闇に包まれて、子供の姿は消えていた。ロビンが向こうから駆け寄ってくるところだった。

ヘレンはかすれた叫びを放ってロビンを抱き留《と》めると、しっかりと胸にかかえ、小道をもどって小屋へと走った。小屋に飛びこみドアに閂《かんぬき》を掛け、息子をベッドに寝かせて隣に横になる。震えていた。震えがひどくて言葉が出なかった。震えがひどくて叱《しか》ることができなかった。どういうわけか質問するのが怖かった。あれは幻、とヘレンは自分にいい聞かせた。幻だ。夢だ。夢……

夢だったのだ。もう一つの……あの夢と同じだ。ほかの夢とまったく違うそれを、ヘレンは「あの夢」と呼んで区別した。初めてあの夢を見たのはロビンが生まれる前だ。気恥ずかしくてチャオ・リンにも話せなかった。年上の同僚に正気を疑われそうで怖かった。

あれはこの緑の惑星に降り立って十日目だったか（スターホウム号も今や遠い思い出だった）、この小さな世界は安全で、狂暴な生物も疾病《しっぺい》も野蛮な居住者も存在しないと科学士官たちが判断すると、クルーは谷間を流れる川に面した空地で野営《やえい》する許可を求めた。許可が下りると、全員が例のごとくパートナー同士で消えていった。その時点で特定のパートナーがいない者は、一夜限りの相手を見つけた。

きっとあの夜だ……

コリン・レイノルズはヘレンより二歳年下だった。船内で何カ月かつづいていた関係は、相手への恋愛感情というより、コリンの側の少年じみた欲求と、ヘレンの側の優しい気づかいとでもいうものに基づいていた。ヘレンの過去の恋愛はどれもそんな調子だった。気負わず、気楽。けれど、情熱とは無縁。いや、本来ヘレンは情熱的なタイプだし、一途《いちず》にもなれる。ただ、不思議なことに、そんな気持ちを掻《か》き立てる男はこれまではあらわれなかったし、この先もあらわれそうになかった。心に深く押しこめられたその感情を揺り動かしたのは、ロビンの誕生だけだ。

それなのに、あの夜は……コリン・レイノルズが眠ってしまっても、ヘレンはなかなか寝付けずに、葉群を騒がす風の音を聞くともなく聞いていた。やがてぶらぶらと川のほうに向かうと、念のため水際《みずぎわ》から離れたところで（川面《かわも》を見下ろす岸は崩れやすい）寝転がって風の声に耳を傾けた。そのうち眠ってしまい、そうして、夢を見た――あとで幾度もくりかえし思い起こすことになるあの夢を。

ヘレンは科学者を自認している。想像力など無用だと考えている。だからこそ、あんなものはただの夢、原因不明の葛藤《かっとう》から生まれた夢にすぎないと、切り捨てた。余《あま》さず思い起こすことを自分自身にも許さなかった。

――男がいた。この緑と風の織り成す世界と融《と》け合っているような男だった。川のそばでまどろむヘレンに、男は気づいた。きっとクルーの誰かだと、夢うつつでも冷静にヘレンは推測した。やっぱり寝付けなくて、川のきらめく水に吸い寄せられて、たまたまここでわたしを見つけたんだ……宇宙船のクルーのあいだでまかり通っている習慣や道徳観念を思えば、こういうことがあってもおかしくない……。

とはいえ、夢うつつのヘレンの目に映る男は、なぜかこの世のものとは思えなかった。明るい月の緑の光を浴びているのに姿がはっきり見えないのだ。それでいて、夢が、男が、これほど生き生きと血の通《かよ》うものに感じられたのは初めてだった。誰にも打ち明けないまま、夢に合理的解釈を与えようと躍起《やっき》になるうち数カ月が過ぎ、ヘレンは（嫌悪《けんお》とかすかな絶望のうちに）妊娠していることに気づいた。おなかの子の父親はコリンだとすなおに認めたら、あのおぼろな夢の密かな歓《よろこ》びが失われてしまいそうな気がした。

もっとも初めは——一夜が明けてさわやかな緑の朝を迎えても——あれを夢と断じていいのかどうか、確信が持てなかった。陽光と木の葉を見ていると、人に話すのがためらわれた。笑いものにされてはたまらない。だいいち、スターホウム号の男性クルーを片っ端からつかまえて、「ゆうべわたしのところに来た？　あなたじゃないなら、この世界にはほかにも人間がいる。月明かりでもはっきり姿の見えない人間が」などといってまわるわけにもいかないではないか。

科学士官がこの惑星に居住者はいないと断言したのだから、居住者がいるはずはないのだと、ヘレンは自分を諌《いさ》めた。五年後、寝入った息子を抱きしめながら、ヘレンはあの夢を思い出し、自分の空想の内容を吟味《ぎんみ》してから、身震いとともにもう一度くりかえした。「わたしが見たのは幻。ただの夢。夢に決まってる。だって、ほかには誰もいなかったんだから……」

十四歳になったロビンに、ヘレンは生まれたときのことと宇宙船のことを話して聞かせた。ロビンは背の高い、物静かな少年に成長していた。強くたくましいが、寡黙《かもく》だった。ロビンはヘレンの話に無言で聞き入り、話が終わると無言で長いことヘレンを見つめ、それからやっと、ささやくようにいった。「ヘレンは死んでたかもしれないんだね――ぼくのためにいろんなことを諦《あきら》めた。そうでしょ?」

ロビンはひざまずき、両手でそっとヘレンの頰《ほお》を包んだ。

ヘレンはほほえみ、わずかに身を引いた。「どうしてそんな顔するの?」

ロビンは自分の気持ちを即座に表現できなかった。感情をあらわす言葉は語彙《ごい》にない。ヘレンは持てる知識のすべてを息子に与えたが、感情についてはつねに押し隠していた。やがて、ロビンは口を開いた。「どうしてお父さんはいっしょに残らなかったの?」

「そんなこと頭になかったんでしょうね」ヘレンはいった。「船で必要とされていたから。わたしが抜けるだけでも大騒ぎだったし」

ロビンは叫ぶようにいった。「ぼくなら残る!」

ヘレンは思わず笑いだした。「そうだね――ロビンは残ってくれた」

息子は尋ねた。「ぼく、お父さんに似てる？」

ヘレンはじっとロビンの顔を見つめ、もはや忘れかけているレイノルズの面影をそこに見出そうとした。……ちがう、この子はコリン・レイノルズには似ていないし、わたしにも似ていない。ヘレンは息子の手を取った。ロビンは活発で健康そのものなのに、いっこうに日焼けしなかった。肌は透きとおる真珠《しんじゅ》の白さで、緑の陽光の下では森の緑と融け合ってはっきり見分けられない。ヘレンの掌《てのひら》に包まれた両手は、まるで影のようだった。

ヘレンはやっと口を開いた。「いいえ、似ていない。まあ、意外なことじゃないでしょう、こんな色の光の下じゃ」

ロビンは少し得意げにいった。「ほかの人たちに似てるんだよ、ぼく」

「宇宙船の人？　あの人たちは――」

「そうじゃなくて」ロビンはさえぎった。「ヘレン、いつもいってたよね――大きくなったらほかの人たちのことを教えてあげるって。ここにいるほかの人たちだよ。森のなかの人たち。ヘレンには見えない人たちのこと」

わけがわからず、ヘレンは訝《いぶ》かしげに息子を見つめた。「どういう意味？　ほかの人たちなんかいない。わたしたちだけでしょう？」そのとき、夢見がちな子供は空想の友達を創《つく》り出すものだと思い当たった。……独りだからだ。ロビンはずっと独りで、ほかに子供はいない。しかたない、少しぐらい――おかしくても。ヘレンは動じることなく締めくくった。

「空想したんだよね」

息子は冷たく虚《うつ》ろな遠い目でヘレンを見つめた。「それ……聞こえてもいないってこと？」ロビンは立ち上がり、そのまま小屋を出ていった。ヘレンは呼びかけたが、息子は振り返らなかった。後を追いかけて腕をつかまえ、無理やりそれを引き留める。

ささやくようにヘレンはいった。「ロビン、ねえロビン、どういう意味か教えて！　ここには誰もいない。確かに、一度か二度、見たような気もする——なにかを……月の光で。でも、あれはただの夢だった。ねえロビン、お願い——」

「ただの夢なら、どうして怖がるの？」ロビンが問い返す。喉になにかつかえたような声だった。「なにもされてないなら……」

そうだ、なにもされていない。たとえそのなかの一人が、大昔の夢のなかでヘレンのもとを訪《おとな》ったのだとしても。神《かみ》の子達人の女子《むすめ》の美しきを見て——失われた人生の記憶のかけらが頭の片隅に谺する。もどかしげな息子の白い顔を見上げながら、それを押し殺す。

かすれた声で、ヘレンは切り出した。「合理的解釈の話をしたことがあったかな——なにかをものすごくほんとうのことにしたいときは、自分でそれを納得できるような形にすればいいっていう話」

「それ、ほんとのことにしたくないときにもできるんじゃない？」ロビンが口許《くちもと》を歪《ゆが》めていい返す。

それでもヘレンは息子の腕を離そうとせず、すがるようにつづけた。「ロビン、そういうことじゃない。存在しないものを求めても、傷ついて人生を無駄にするだけだといいたいの」

息子は動揺するヘレンの顔を見下ろしていた。と、新たな感情が込み上げてきたのか、不意に膝《ひざ》をついて母親の胸に顔をうずめた。

ロビンはささやいた。「ぼくはどこへも行かない。ヘレンがしてほしくないことはぜったいしない。ヘレン以外は誰も要《い》らない」

ヘレンの喉から激しい抑えがたい嗚咽《おえつ》があふれた。何年ぶりのことだろう。どうして泣くのか自分でもわからなかった。

それ以来、ぴたりとロビンは森の探索の話をやめた。何カ月ものあいだ、いわれたとおりおとなしく空地の近くに留《とど》まって、昼間はずっとヘレンの後をついてまわり、夕闇が迫ると森へ向かった。ただし、風の約束と呼び声には耳をふさぎ、心を閉ざして聞き流した。

ヘレンはヘレンで、ロビンの従順な態度に疎外感を覚え、内向的で無口になった。邪魔をしないでと、つい邪険《じゃけん》に叱りつけることもあった。そのくせ、たまにロビンが森に消えたまま暗くなっても帰らないと、心配で居ても立ってもいられなくなり、後を追うでもなく、やみくもに森の小道を歩きまわった。呼んでも声が聞こえるところに息子がいないと不安でたまらなかった。

あるとき、日が沈む直前の薄闇のなかで、木々のあわいを動きまわる男の姿を見かけたように思った。こちらを向いた男は、なにも身に着けていなかった。見えたのはわずか一、二秒のことだ。一瞬男の姿がふたたび影に紛《まぎ》れて消えてしまうと、あれはロビンだと良識が告げた。ヘレンはわずかなショックと腹立たしさを覚えた。息子ときちんと話そう、裸で駆けまわったうえにあんなふうにこそこそ逃げたことを叱《しか》ってやろうと心に決めた——が、すぐに、多少の気後れもあって、その話は持ち出すまいと思い直した。それきりヘレンは森に近づかなくなった。

ロビンは母親の監視にうすうす気づいていたし、監視がなくなったときにはそうとわかった。それでも、意味もなく森を歩きまわるのはやめなかった。探索のことや幻めいた森の住人のことは、たとえ独り言であっても口に出さなくなっていた。とはいえときどき、透けるような人の姿が影に紛れて見えるような、かすかなざわめきがからかいの声に聞こえるような、そんな気のすることがあった。目を上げてそちらを見やった瞬間に、白い腕が、影のような顔が、すばやく消えた。

そんなある日の夕暮れ時、ロビンはふと、木々のあいだで揺らめく光に気がついた。足を止めて見つめていると、ゆらゆら漂う光はしだいに凝《こご》って、まずおぼろな目のある白い顔が、つぎに仄《ほの》かに光る剝《む》き出しの腕があらわれ、やがて女の姿になった。つかのま、女は片手で細い木の幹につかまった。翳った夕日の最後の光が差しこむだけの小暗《おぐら》い場所で、女の姿は不思議とはっきり見えた。夢や幻ではない。肩先のわずかな汚れやひっかき傷ばかりか、透けるような髪に絡み付いた落ち葉まで、鮮明に見て取れる。呆然《ぼうぜん》と目を瞠《みは》るロビンの前で、女は動きを止め、こちらを向いてほほえむと、影のなかに溶けて消えた。

女が消えたあとも、ロビンはしばらくのあいだ胸を高鳴らせて立ち尽くしていた。それから身をひるがえし、発見の興奮にはち切れそうになりながら、家に向かって小道を駆けだした――と思うと、急に立ち止まった。世界が傾き、回転している。ロビンは枯葉《かれは》のベッドにうつぶせに倒れこんだ。

胸に生まれた感情の正体は、ロビンにはまだわからなかった。わかるのは、さっき見たことも感じたこともヘレンにはぜったいに話してはいけないという、耐えがたい苦しさと罪悪感だけだった。

ロビンは倒れ臥《ふ》したまま、ほてった顔を枯葉に押し付けた。風が立って茶色の葉がかさかさいいだしたことにも、闇が濃くなって遠くで雷《かみなり》が鳴りだしたことにも、気づかなかった。そうこうするうち冷たい雨に叩かれて、しかたなく立ち上がった。冷え切って思うように動かない体で、のろのろ家へと歩きだす。頭上の枝がぎしぎし騒ぎ立てている。木々の騒乱は、雨の鞭《むち》に急《せ》き立てられるロビンには、胸の内の言葉にならない煩悶《はんもん》の谺にも思えた。

ロビンはずぶ濡れになって小屋の扉を押し開けると、ヘレンが寝ていてくれますようにと祈りながら、ふらふらと暖炉《だんろ》に近づいた。だが、ヘレンは前年の夏に二人で作った暖炉のそばにいて、弾《はじ》かれたように立ち上がった。

「ロビン?」

死ぬほどくたびれていたロビンは、突き放すように切り返した。「ほかに誰がいるんだよ?」

返事はなかった。小柄な姿が火明かりのなかで敏捷《びんしょう》に動いたかと思うと、ヘレンがそばに来て、ロビンを温もりのなかへと導きながら、遠慮がちに口を開いた。「心配した——だって嵐が——ロビン、濡れてる。ほら、火のそばで乾かしなさい」

ロビンはすなおに従った。ヘレンの声が、昂《たか》ぶった神経を少しだけなだめてくれた。なんて小さいんだろうと、ロビンは思った。前は片手にぼくをかかえてどこでも連れていってくれたのに——今はぼくの肩にも届かない。

ヘレンが食べるものを持ってきた。降りしきる雨の音を聞きながら、ロビンはむさぼるように詰めこんだ。こちらを見つめるヘレンの目が居心地悪かった。その目に重なるように、森の女の姿が鮮《あざ》やかによみがえる。寂しさによって研《と》ぎすまされ、ほかのどんな記憶でも塗りつぶせない女の姿は、あまりにも生々《なまなま》しくて、ヘレンにも見えているにちがいないという気がした。ヘレンが立ち上がって隣に来ると、記憶のなかの姿がいっそう鮮明になった。ロビンは思わず母親の手を振り払った。

鉛色《なまり》の静かな朝が来た。長い針のような雨が絶え間なく大地に突き刺さる。二人は小屋のなかのくすぶる火のそばで過ごした。ロビンは雨に濡れたせいでなんとなく熱っぽくて、怠《だる》くて動く気になれず、部屋を出入りするヘレンを暖炉のそばに寝転がったまま眺めていた。灰色の光に包まれた華奢で敏捷なヘレンの姿を見ているとどうしてこんなにも胸が痛くてつらくなるのか、よくわからなかった。

嵐は四日つづいた。ヘレンはこまごました家事に疲れ果てて腰をおろすと、すっかり暗記してしまった数冊の本のページを、所在なくぱらぱらとめくりはじめた――宇宙探査の仲間たちは、私物をすべて持ち出す許可をくれた。すでに忘却の彼方《かなた》となった地球にいたころ、十年間の航宙に備《そな》えて選んだ品々だった。腕のなかのちっぽけな赤ん坊だったロビンのために捨てた生活のことが、文明のことが、久しぶりに脳裏をよぎる。当のロビンは、今は暖炉の前でむっつりと寝転がったまま、なによりも大切にしているナイフ（スターホウム号が捨てていったがらくたの山で見つけた）で小枝を削《けず》っていた。恐怖がじわじわとヘレンに忍び寄る。いっときの熱に浮かされたわたしがあの子に与えたのはどんな世界？　どんな運命？　この世界はわたしたちのどちらも狂気に追いやった。地球の基準でいったら、ロビンもわたしも少しおかしくなっている。わたしが死んだら……そう、わたしのほうが先に死ぬ。そうしたら、どうなる？　森に奇妙な人たちがいるというあのときのロビンの空想に、今こそすがりたい気分だった。

ヘレンはいらいらと本を投げ出した。その合図を待ちかねたといわんばかりに、ロビンがきちんとすわりなおすと、勢いこんで切り出した。

「ヘレン――」

ここ数日の沈黙が破られたことに感謝しながら、ヘレンはうながすようにほほえんだ。

「こないだからずっとヘレンの本を読んでるんだけど」ロビンはあらたまった口調でつづけた。「ヘレンの故郷のことを読んだ。ここの太陽とはちがうんだね。もしかしたら――もしかしたらだけど、ここにもほんとうに人がいるのかもしれない。ここの光のせいか、目のせいで、ヘレンには見えないのかも」

ヘレンはいった。「また見たの？」

皮肉っぽい口調に、ロビンはたじろいだ。ヘレンはもう少し優しい声でつづけた。「それも一つの仮説だね。でもそれだと、どうしてあなたにだけ見えるのか説明がつかない」

「もしかしたらぼくのほうが——ここの光に馴染《なじ》んでるのかな」ロビンは覚束《おぼつか》なげにいった。

「けど、ヘレンも見た気がするっていってたよね。で、ただの夢だと思ったって」

憤《いきどお》りと哀れみの相半《あいなか》ばする思いに駆られ、気づけばヘレンはいい返していた。「あなたのいう〝ほかの人たち〟がほんとうにいるなら、十六年もあってなぜ姿を見せないの？」

ロビンは怖いほど真剣に答えた。「夜だけ出てくるんだと思う。ヘレンの本に出てきた、〝原始文明〟っていうの？　あれだよ」ロビンは目で見ただけで耳では聞いたことのない単語を、ためらいがちに口にした。「ほんとの文明人じゃなくて、なんていうか——森の一部なんだ」

「森の民《たみ》……」心ならずも感銘を受けて、ヘレンはつぶやいた。「夜の民……。見えるのはいつも月夜か黄昏時《たそがれどき》——」

「じゃ、信じてくれるんだね——ああ、ヘレン！」ロビンは叫んだ。と思うと、目撃したものについての話が拙《つたな》い言葉で口からあふれ出し、こんな具合に締めくくられた。「——で、昼間はあの人たちの声は聞こえるけど、姿は見えない。ヘレン、ヘレン、もう信じてくれるでしょ？　探しにいってもいいよね？　あの人たちの話しかたを覚えなきゃ……」

話を聞くうちにヘレンの心は沈んでいった。よりによって今、逃げ場のない小屋のなかに五日間も閉じこめられて神経がささくれ立っているときに話題にすべきことではなかった。それがわかっていながら、正体不明の不安に急き立てられるままに、ヘレンは息子に言葉をぶつけていた。「あなたは女の人を見た。わたしは——男の人を見た。そういうのはただの夢。もっと詳しく説明しないとわからない?」

ロビンは仏頂面《ぶっちょうづら》でナイフを脇に放り出した。「なんにも見えてないんだね。それに、石頭だ」

「また熱が出てきたんじゃないの?」ヘレンは立ち上がった。

ロビンは猛然と食ってかかった。「子供扱いするなよ!」

「子供みたいなことするからでしょうが。風のなかの女の人の作り話なんかして」

苦痛に押しやられるように、ロビンは不意にヘレンに飛びついて、膝のあたりに腕をまわした。そんなふうにしがみつくのは、小さな子供のとき以来だった。ロビンの口から言葉がつぎつぎ転がり出す。「ヘレン、ヘレン、怒らないで」

ロビンは必死で許しを請《こ》うた。しゃにむにしがみつかれて、ヘレンは思わず床にへたりこんだ。息子の力がこんなに強いとは思ってもみなかった。そのくせ、まだまだ幼さが残っているような気もした。

子供のようにヘレンの顔にキスの雨を降らせるロビンを、ヘレンはぎゅっと抱きしめた。

「泣かないでロビン。いい子だから。大丈夫」

息子のかたわらにすわりこんだまま、ヘレンはささやいた。ロビンの熱く激しい泣き声が徐々に静まっていく。熱があるかどうか確かめようと、ヘレンは息子の額《ひたい》に頰を押し当てた。息子が手を伸ばしてヘレンを抱き寄せ、肩に顔をうずめる。感情の爆発がおさまって眠くなったのだろう。そのままそうさせておくうちにヘレンもうとうとしかけて、つぎの瞬間、はっと気づいた。ショックが矢のように突き刺さる。絡《から》みつくロビンの腕を、ヘレンはあわてて振りほどこうとした。

「ロビン、放して」

ロビンは途方に暮れた顔で、いよいよ強くしがみついた。「行かないで、ヘレン。ねえ、そばにいて」懇願《こんがん》しながら、息子はヘレンの首筋に唇《くちびる》を押し付けた。

血の凍《こお》る思いを味わいながら、ヘレンは悟った――今すぐ離れないと、自分の行為の意味も知らないまま欲望に押し流される若い男の強い力と本気でやり合うことになる。この十年あまりで育《はぐく》まれた親密で対等な仲間意識の彼方に消えかけていた母親らしい鋭い口調に、ヘレンは逃げ場を求めた。「だめ。すぐおやめなさい。聞こえたでしょう?」

反射的にロビンの腕がゆるむ。その隙に、ヘレンは転がるように息子の手の届かないところに逃れて立ち上がった。

ロビンは母親の怒りに気づく敏感さは持ち合わせていても、純粋すぎて理由までは理解できず、がっくりうなだれると、糸が切れたように泣きだした。「どうして怒るの?」泣き声の合間《あいま》に言葉がほとばしる。「ヘレンのこと大好きなだけなのに」

五歳の子供が口にするような台詞《せりふ》だった。喉に痛みの塊《かたまり》が熱く込み上げるのを感じながら、ヘレンは声を絞り出した。「怒ってない――あとでちゃんと話そう、約束する」そういったとたんに感情がコントロールできなくなって、ヘレンは息子に背を向けると、無謀にも土砂降りの雨のなかに飛び出した。

歩き慣れた森を長いことやみくもにヘレンは突き進んだ。惨《みじ》めさに打ちのめされてなにも考えられなかった。自分がすすり泣きながら声に出して「いや、いや、いや、いや！」とつぶやいていることにも気づかなかった。

数時間さまよいつづけたにちがいない。雨が止《や》んで闇の帳《とばり》が上がろうとするころ、ヘレンはようやく落ち着きを取りもどし、冷静にものが考えられるようになってきた。

この日が来ることをロビンが幼いころに予測できなかったとは、われながら迂闊《うかつ》だった。生まれたのが娘だったら、こんな事態は避けられただろう。あるいは――自分の笑い声の悲鳴じみた響きに、ヘレンはぎょっとした――もしもコリンがいっしょに残り、アダムとイブのような大家族になっていたら。

それが、今はどうだ？　十六歳になるロビンと、まだ四十歳そこそこのヘレン。すでに薄れかけている社会の記憶に、禁忌《きんき》の記憶に、ヘレンは囚《とら》われている。ヘレンにとってそれは本能であり、深く揺るがしがたく心に根付いたものだ。いっぽうロビンにとっては森のささやかな一角と、そして、ヘレンだけが――この世界で唯一の人間、もっといえば、この世界で唯一の女であるヘレンだけが、存在のすべてなのだ。本能なんてその程度のものだと、ヘレンは自嘲《じちょう》気味に独りごちた。でも、すべてをくつがえす権利がわたしにある？　いいえ、それ以前に、存在しているものを否定して、わたしが死んだあとロビンを一人きりにする権利がある？

ヘレンはつまずき、足を止めて息を整えた。どうやら同じ場所をぐるぐる歩きまわっていたようで、いつのまにか、川岸の見覚えのある場所に出ていた。この十六年間ずっと避けてきた場所――。それに気づくと同時に、風がぴたりと止んでいることが意識にのぼる。記憶にあるかぎり二度目のことだ。

あたりには明け方のライラック色に染まった霧がたゆたっていた。霧を透かし見ようと目を凝らすと、泣き腫《は》らした目が痛んだ。薄れてゆく霧の向こうに、ぼんやりと、男の姿が見て取れた。

背の高い男だった。透きとおる肌が仄かに白く輝いている。ヘレンはすわりこんだまま凍りつき、呆然と目を瞠った。男は数秒のあいだヘレンを見下ろして微動だにしなかった。仄白い顔のなかの黒い染みのような目に宿るのは、無限の哀《かな》しみと慈しみ――。と、男の口が動いたように見えた。なにか話しかけている……？　だが、ヘレンには聞き慣れた柔らかな風のささやきしか聞こえなかった。

男の背後に、幻のようなほかの顔が、見えない手の指先が、丸みを帯びた女の胸が、ぽっちゃりした子供の足が、ちらちらと見える気がする。疲れきって麻痺《まひ》したヘレンの心の防壁は、一瞬にして脆《もろ》くも崩れ去った。……じゃあ、わたしはおかしくないしあれは夢じゃなかったしロビンはレイノルズの子じゃない。あの子の父親はこれ――このなかの一人だ。この人たちはずっとわたしたちを見守っていて、ロビンにはこの人たちの姿が見えていた。あの子は自分がこの人たちの血を引いていると知らないけれど、この人たちは知っている。知っているんだ。なのに、わたしはロビンをこの人たちから引き離そうとしていた――十六年間、ずっと。

男が一歩、二歩と近づいてきた。涙にかすむ目の前で、半透明の体が無数の色に照り映《は》える。男の顔は異様なほど見慣れたものだった――見慣れた……。不意に、背筋を戦慄《せんりつ》が駆け抜ける。なんで……？　ロビン――これはロビンだ！

差し伸べられた男の手が触れようとした瞬間、ヘレンの悲鳴が冷たく鋭く森を切り裂いた。風の声の荒々しい谺がそれに和す。ヘレンは身をひるがえし、脆い、崩れやすい岸のほうへ転がるように駆けだした。背後から足音が、声が、叫びが追ってくる――ロビン、奇怪なドリュアスの男、どちらなのかわからない。息子と父親と恋人はいつしか一つに融け合い、近親相姦《そうかん》の恐怖がくらくらする脳を搔《か》きまわし、ヘレンは脇目もふらずに川を、死の縁《ふち》を、めざして走った。力強い手が肩をつかむのがはっきり感じられて、引きもどされそうになったものの、ヘレンは死に物狂いでその手を振りほどき、絶叫した。「だめ、ロビン、いや、いや――」そうして切り立つ岸から身を躍らせ、足を取られ、斜面に叩きつけられ、逆巻《さかま》く流れに転げ落ちて、渦巻く忘却のなかへと、死へと、呑み込まれた……。

長い年月ののち――。スペースサービス社のベテラン船長となったメリヒューは、ログのエントリーを改竄《かいざん》して、いっとき自分の宇宙船を〈ロビンの世界〉と名付けた小さな緑の惑星の軌道に乗せた。かつての小屋はすべてすっかり朽《く》ち果てており、メリヒューは小さな世界を二カ月にわたってくまなく探査したものの、なにも発見できずに終わった。影と葉擦《はず》れの音と絶え間ない風の声のほかは、なにも。やがて、宇宙船は離昇《りしよう》して飛び去った。

（安野玲訳）

タズー惑星の地下鉄

コリン・キャップ

コリン・キャップ　Colin Kapp（1928-2007）

一九六〇年代なかばにイギリスでニュー・ウェーヴ運動が起こり、従来のSFを否定して、前衛文学に近づくことが是《ぜ》とされたが、当然ながらその方針とは反《そ》りが合わない者たちも存在した。彼らの牙城《がじょう》となったのが、英国SF界の重鎮ジョン・カーネルが立ちあげたオリジナル・アンソロジー・シリーズ《ニュー・ライティングス・イン・SF》だった。オーソドックスなSFの力作を集めたこのシリーズは、一九六四年の第一集から七七年の第三十集までつづくほど好評を博した（途中でカーネルが死去したので、二十二集以降はケネス・ブルマーが編者を務めた）。その看板作家のひとりだったのが、本編の作者である。

作家デビューは一九五八年。電気技師との兼業だったので、作品数は多くないが、SFならではの〝センス・オブ・ワンダー〟に満ちた作品を書きつづけた。代表作は本編を含む《異端技術部隊》シリーズ。一九五九年から七五年にかけて都合五作が発表され（ちなみに本編は第二作に当たる）、七九年にハードカヴァーの単行本 *The Unorthodox Engineers* としてまとめられたが、同書は稀覯本《きこうぼん》と化していた。さいわい二〇一三年に電子書籍化されたほか、アメリカでキャップ傑作集 *The Cloud Builders and Other Marvels* が刊行され、シリーズ全作が収録されて、ふたたび陽《ひ》の目を見た。ほかに長編が十一作ある。

本編の初出は *New Writings in SF 3*（1965）。本書のために新訳を起こした。

1

「ヴァン・ヌーン中尉、ベリング大佐のオフィスに出頭せよ」

「ちくしょう！」フリッツ・ヴァン・ヌーンはスピーカーをにらみつけた。「ベリングのやつがもどってきて、また難癖《なんくせ》をつけようっていうんだな」

「無理もないですよ」ジャッコ・ハインが、雑然とした組み立てかけの部品の下から上司を助けだした。「現実を直視しましょう、フリッツ、われわれの最近のプロジェクトのなかには、派手にこけたのもあるんですから」

「たしかに」とフリッツ。「だが、異端技術部隊が湿《しめ》った爆竹《ばくちく》を作ったとはいわせないぞ。われわれの出した結果は、つねに過大な期待を上まわってきたんだ」

「さもなければ、ベリングの過大な不安を」とジャッコが陰気な声でいった。

フリッツがオフィスにはいっていくと、ベリングは椅子から腰を浮かせかけて歓迎した。

「やあ、ヴァン・ヌーン！　会いたかったぞ」

「どういうことです？」フリッツは疑わしげに訊いた。ベリング大佐は、部下に愛想をふりまく男ではないのだ。

ベリングが腹を空《す》かせた狼を思わせる笑みを浮かべ、

「さっき幕僚《ばくりょう》会議からもどってきた。きみたちがキャニスで鉄道の運行を再開させたから、さしもの親父《おやじ》さんも、異端技術にも取り柄《え》があると認めるしかなくなった。わたしとしてはこういってやりたかった――専門の技術予備隊をことに当たらせてください、技術の異端児どもの尻ぬぐいなどまっぴらご免です、とね。いつぞや説明したように、大学を出るどころか、幼稚園を出るべきでさえなかった千人が束《たば》になっても、ひとりの技術者にはかなわないというのがわたしの持論だ。工学技術に適応できないそういう連中の行き場がひとつだけあって、それが異端技術部隊だ。そこでなら、そいつらのもたらす損害をゼロにはできないまでも、すくなくとも予想はできるからな」

「それはいささか不当ではありませんか、大佐。わたしがいいたいのは……」

「きみのいいたいことはよくわかっている、フリッツ、そしてわたしはそのいい分を認めない。工学技術は規律あってのものだが、きみの応用する工学技術とやらは型破りもいいところだ。会議の結果、ナッシュ大佐の要請に応《こた》えて――この男にはマゾっ気《け》があるんじゃないか、とわたしは疑いはじめているんだが――タズーでの事業に異端技術部隊を参画《さんかく》させる運びとなった」

フリッツは一瞬この言葉に考えをめぐらせ、

「正確にはタズーでなにが行われているのですか、大佐？」

「考古学チームの支援だ。タズーの生命はいまや絶滅しているが、証拠によれば、かつてわれわれ自身と同等、あるいはそれを凌駕《りょうが》するほど高度な発展をとげた文明があったらしい。知識の獲得という点では、おそらくわれわれが宇宙に進出して以来最大の発見だろう。タズー人が人間、あるいは亜人間《ヒューマノイド》でさえあったかどうかは疑わしいし、すくなくとも二百万年前に絶滅している。われわれの課題は、それほど異質で古い複雑な機械文明の遺物を拾い集め、その用途《ようと》を理解するべく努めることだ」

「まったく歯が立たないというほどには思えませんが」

「そうだろう、フリッツ、きみはそう思わないだろう。それがきみの行く理由のひとつだ。物事に対するきみの邪道ともいうべきアプローチは、われわれが手中にしている技術のなかで異星のテクノロジーにいちばん近いものだ。だからこそ、きみは専門家面《づら》していられるわけだ」

「お言葉、痛み入ります、大佐」フリッツは用心深くいった。「それで、われわれが行く別の理由というのは?」

「タズーの気象条件は過酷きわまるもので、平均的な耐久性を持つ地上車は、およそ二週間で役立たずになる。つまり、考古学者たちは基地から遠出《とおで》ができず、存在するのが確実な真《しん》の大物をみすみす発見できずにいるのだ。フリッツ、彼らがいちばん役に立つ場所まで運んでやってほしい——それができないのなら、帰ってくるときは別の技術予備隊を見つけたほうがいいぞ。なぜなら、きみがここへもどってきたら——」

「わかってます」フリッツが憂鬱《ゆううつ》そうにいった。「わたしが退職金をタズーに送ってくれと頼みたくなるような目にあわせられるんですね」

「わかってるじゃないか、フリッツ」とベリング大佐。「とりあえず、われわれは真の理解に達したわけだ。きみと異端技術部隊が、タズーみたいな地獄のような場所で汗を流すかと思うと、けっこう愉快な気分になりそうだ」


タズーへ着陸。移動用フェリーには舷窓《げんそう》がなく、乗客は前もって目的地を目にする機会に恵まれなかった。着陸地点でランデヴーした地上車さえ、ハッチをフェリーのエアロックに密着させて、乗客と貨物の移送にかかった。地上車のキャビン内《ま》でも、やはりシャッターが視界をさえぎっており、フリッツが異星の風景を目の当たりにする瞬間は訪れなかった。

「自己紹介させてください」キャビンに乗っていた男がいった。「フィリップ・ネヴィルと申します。考古学部門の責任者です」

「ヴァン・ヌーンです」とフリッツ。「異端技術部隊——で、こちらはジャッコ・ハイン。スタッフのひとりです」

ネヴィルは愛想よく微笑した。

「お噂《うわさ》はかねがね。率直にいって、あなたがたのことを耳にして、わたしがナッシュ大佐を説得したんです。どんな犠牲を払っても、あなたがたをここへ呼びよせてくれ、とね。タズーには、偏見に囚《とら》われない心でなければ理解できないものがたくさんあるのです」

エンジンが喘息《ぜんそく》の発作を起こしたように咳きこみ、地上車は苦労してフェリーから離れた。

「そう聞いています」とフリッツ。「ところで、一秒だけシャッターをあけてもかまわないでしょうか？　まずは過酷な気象条件とやらを知っておきたいのです」

「ご自由に」とネヴィル。「しかし、その熱意はすぐに消《き》え失《う》せると請《う》けあいますよ」

フリッツはシャッターと格闘して窓から引きはがし、はじめてタズーを一瞥《いちべつ》した。濃密な雲の峰から強烈な陽光が射しこんでいて、目が痛くなるほど鮮明な赤一色にあたりを染めあげている。あらゆる色が赤みを帯びるか、そうでなければ煤《すす》けたように真っ黒なのだ。大地そのものは、でこぼこしているほかは特徴のない荒野にほかならず、目路《めじ》のかぎりつづいている。

「ご満足いただけましたか？」とネヴィルが尋ねた。

フリッツはガチャンとシャッターを下ろして、目を閉じた。

「痛むんでしょう？」とネヴィル。「赤色盲《せきしょくもう》になるまでの耐久時間は、ふつう約四十分。目にはとても悪い。心理的影響についてはいうまでもありません。ちなみに、日の出から二時間と日没前の二時間は紫外線放射が強すぎて、皮膚はちょうど三分でベロリとめくれます」

「すてきですね！」とフリッツ。「それなら昼間はどうなんです？」

ネヴィルは目を天井に向け、「ひどいなんてもんじゃない！」といった。

地上車の警笛《けいてき》が鳴り響き、こんどはネヴィルがシャッターをあけた。

「基地です――もうすこし先ですが」

フリッツは血の色に染まったパノラマに顔をしかめた。五百メートル離れたところに基地がある。ピンクの砂糖衣《さとうい》の荒野に埋もれかけたサクランボの房《ふさ》のようだ。

「地下にあるんですね？　非常に賢明な予防措置《そち》だ」

「地下にあるわけじゃありません」わずかに気分を害した口調でネヴィルがいった。「地表の施設ですよ」

「しかし、途方もなく大きな泥の玉しか見えませんが」

「あれは標準的なヌードセン仮兵舎で、保護膜に覆われているんです。砂嵐が毎晩吹き荒れるので、保護膜のないヌードセンは砂ですり磨《みが》かれ、夜明け前には骨組みしか残らないんですよ。週にいちど、摩耗《まもう》に然《しか》るべき抵抗力のある高可塑《かそ》性の重・重合体《ポリ=ポリマー》を仮兵舎ひとつひとつに吹きつけます。プラスチックに砂が貼りつくので、抵抗力は著《いちじる》しく増しますが、砂が積み重なると、元の形は完全になくなってしまうんです」

不意に地上車のエンジンが咳きこんで止まった。ネヴィルは車内通話機《インターカム》で運転手とすばやく言葉を交わした。

「エンジンがイカレました」ようやく彼はいった。「キャブレターが腐食《ふしょく》したか、ろくでもない砂がシリンダーにはいりこんだか——いや、両方かもしれません。とにかく、この車はもう使いものにならないので、あとは歩くしかありません——日暮れが迫っているので、散歩を楽しむわけにはいきませんが」

三人はキャビンから降りた。フリッツとジャッコは、えぐみのある空気に声もなく息を詰まらせた。それは彼らの鼻をとらえ、肺をヒリヒリさせた。慣れているネヴィルは、不安げに空を見まわしていた。頭上では分厚い雲が渦を巻き——血の赤が紫と黒に呑みこまれている——暗くなった空を突進していた。そのあまりの低さにフリッツは、両手をあげて雲にさわれるかどうか、たしかめたくてたまらなくなった。上空では烈風《れっぷう》が吹きまくっているにちがいない。雲は時速百キロを優に超える速度で流れているからだ。それなのに地上では、温かい湿った空気がそよとも動かない。まるで一枚のガラスが、荒れ狂う風の乱流から彼らを隔離しているかのようだ。

ネヴィルは心配そうだった。

「嵐が来そうです」

「まずい事態なんですか?」とフリッツが尋ねる。

「不幸にも外で嵐に出会ったときだけですが。湿潤嵐《しつじゅんあらし》であることを願いましょう。きわめて不快ではありますが、避難所にたどり着くのが間に合えば、ふつうは命とりになりません」

「おやおや、なにが起きるんです?」

「たいしたことは起きません。時速百キロで吹く湿った砂嵐から避難できる場所が見つかり、皮膚についた雨を中和できるだけのアルカリがたまたま手もとにあればですが」

「雨を中和するですって?」フリッツが声をはりあげた。「いったいぜんたい、なにが混じっているんです?」

「そうですね、約五パーセントの硫酸に加えて、微量の塩酸と若干の塩素イオンです。ヒリヒリするなんてもんじゃありませんが、乾燥嵐よりはましです」

「わからないな」とフリッツが絶望的な声でいった。「湿った砂嵐が高速金属錆《さび》落としと変わらないなら、乾燥嵐はなにと等しいんでしょう?」

いまやネヴィルは憂慮《ゆうりょ》の色を深め、荒れ狂う雲の流れを経験を積んだ目で心配そうに注視していた。基地のいちばん近い箇所までまだ三百メートルはある。ジャッコと運転手がすぐうしろにいた。

「どうやら乾燥嵐の実物を見られそうですよ、フリッツ。オゾンのにおいが耐えがたいほどになるか、蜜蜂《みつばち》がブーンとうなるような音がしたら、ためらってはいけません――できるだけ早く地面に伏せるんです。地面のくぼみが見つかったら、そこへ飛びこみなさい。見つからなければ、身を伏せるだけでいい――ただ、なにをするにしろ、大急ぎでやるんです」

「蜜蜂がブーンとうなるような音とは?」

「空気がイオン化する過程、つまり落雷の前触れです。地面すれすれのところを流れている雲は数メガ・メガヴォルトの電気を溜《た》めこんでいて、その電流は人間を黒焦《こ》げにするだけではなく、砂ときれいに融合させてしまうんです。人体内の炭素が土壌《どじょう》に大量に存在する金属酸化物を還元するので、結果として生じる鉱滓《スラグ》が、驚くほど広い範囲をガラスに変えるんですよ」

「このさい化学は忘れましょう」とフリッツがあわてていった。「みごとな文鎮《ぶんちん》に変わった自分など見たくありません」

「それなら伏せて!」ネヴィルはそういうと、言葉どおりの行動をとった。

全員が地面に伏せた。フリッツの鼻は、空気中に存在する刺激臭ですっかり麻痺《まひ》していたので、オゾンを嗅《か》ぎ分ける暇がなかった。しかし、耳はネヴィルが半秒差で気づいたブーンという突如として生じた音を聞きとった。つぎの瞬間、わずか三十メートル先に雷《かみなり》が落ちた。鮮烈なエネルギーの輝きは、天までそびえる怒りの炎の柱のようだった。それが通り過ぎてゆく轟音《ごうおん》と衝撃波に、彼らはつかのま麻痺状態におちいった。気をとり直したときには、溶融《ようゆう》した砂の描く濃いまだらと、立ちこめるオゾンのにおいが、落雷のあった場所を示しているばかりだった。

「これはひどい！」とネヴィル。「これほどのものは見たことがない。地面の低いところに落ちている。つまり、くぼみに飛びこんでも無駄ってことです。身に着けた金属を投げ捨てて、車のそばまで這ってもどるのがいちばんだ――でも、後生《ごしょう》ですから、頭は低くしておいてくださいよ」

つぎの稲妻《いなずま》――最初のよりも大きくて近い――が、背後の砂に突き刺さって榴弾《りゅうだん》のように炸裂《さくれつ》したかと思うと、たてつづけに三つがすぐそばに落ちた。

四人は絶望的なのろさで地上車めざして這《は》いもどった。地上車は、哀れなほど低く見えるものの、このあたり一帯ではいちばん高いものだった。いまや彼らの周囲ではギザギザの稲妻が、すさまじいエネルギーの燃える矢柄《やがら》をともなって地面に食いこみ、まるで電気を司《つかさど》る狂える神が懲罰《ちょうばつ》の矢を射《い》ているようだった。つぎの瞬間、矢柄は地上車そのものを炎でつつんだ。内部の空気が膨張して車体が裂けたところで、すさまじい電流が金属を白熱した小球と溶融させた。恐れおののく彼らの目の前で、地上車は赤々と燃える熾火《おきび》に投げこまれた鉛《なまり》のおもちゃさながらどろどろになり、タズーの赤い砂と結合して、金属珪酸塩《けいさんえん》混合物の汚《きたな》らしいぬかるみとなった。

そのあと、慈悲深くも雨が降りはじめた。ネヴィルは肌を刺す刺激臭のある雨に顔を向け、安堵のあまり大声を放った。数秒後、彼らは腐食性の水を浴びながら、這々《ほうほう》の体《てい》でベース・キャンプめざして走っていた。降雨帯のへりにまで退《しりぞ》いていたパチパチいう電光にはもう目もくれない。鋭い研磨《けんま》剤のような砂の壁が、途方もない強風にあおられて怒り狂い、夜が迫って濃い紫色となった空から襲いかかってきたときには、さいわい基地内にころげこんでいた。

2

「タズーへようこそ、中尉！」ナッシュ大佐がフリッツをオフィスへ招き入れた。

フリッツはいまだにヒリヒリする顔と手の皮膚を撫《な》でまわした。目のまわりの腫《は》れがあいかわらず痛いほど意識された。

「ありがとうございます、大佐。外でたいへんな歓迎会を開いてもらいましたよ！」

ナッシュ大佐はかすかに口もとをゆがめ、

「前もって準備していたわけではないよ、それは請《う》けあおう。だが、あの天気はきみがここへ呼ばれた理由の一端《いったん》だ。地上車は手にはいるなかでいちばん頑丈《がんじょう》な機械だが、きみがその目で見たとおり、ここの環境ではひとたまりもない。pH《ペーハー》の低い空の水が砂と共謀して、われわれがタズーへ持ちこんだ輸送機械を片っ端から腐食し、中身をだめにしてしまう。もっとも、大気中の塩素、塩化水素、遊離硫酸《りゅうさん》、オゾン、加うるに高湿度と極端な紫外線放射とあいまった夜ごとの砂嵐を考慮すれば、腐食の防止だけが喫緊《きっきん》の課題でないことは察しがつくはずだ」

フリッツは思わず身を震わせた。

「正直にいうと」とナッシュ。「異端技術なるものについて、これまでわたしの見解はつねにきみと一致していたわけではない。だが、われわれの輸送問題を解決してもらえるのなら、すくなくとも聞く耳は持つようにしよう。正統な技術者たちが、事業全体の予算内でタズーに輸送機関を設置できないのはたしかなのだから」

「どういう設備を使わせてもらえるんですか？」とフリッツが尋ねた。

「タズーで見つかるものならなんでもだ。地球《テラ》から運びこむ必要があるとしたら、輸送費がかさむから、よっぽどのものでなければならん。これ以上、車輛《しゃりょう》を持ってくる余裕がないのはたしかだ。持ち前の異端ぶりを発揮して、実用になるものを考えだすのが、いまのきみの使命だ」

「タズーでの事業の進捗《しんちょく》状況は？」とフリッツ。

「遅々《ちち》たるものだ」とナッシュが答えた。「理由はもっぱら、いまいった輸送の限界にある。

ネヴィルのチームは奇跡のような建築をたくさん発見してきたが、本当の大当たりといえるのは、タズー人の機械的遺物と見つけられたときだろう。もしそれが見つかり、これまで発見されたものの半分も風変わりであったなら、その正体を突き止めるために、きみの特異な才能がありったけ必要になるだろう。テラでは鮮新世《せんしんせい》末期に当たるころに滅びた文明から、きわめて型破りな工学技術を見出してくれるものと期待しているよ」

「どういう痕跡《こんせき》をもとに、彼らの文明が高度に科学的だったといえるのです?」とフリッツ。

「これまで見つかったものからすると、そこまでいうのは無理があります」

「予備調査隊は、タズーの衛星両方にタズー人が到達していた痕跡を発見した。そしてこの星系のひとつ内側の惑星にも到達し、じっさいに基地を築いたと断言できるのだ」

「たしかに有望そうな話ですね」とフリッツ。「しかし、二百万年は長い時間です。それだけの時を経て、残っている機械装置があるのでしょうか?」

「ネヴィルの仮説によれば、高水準の文明が発達したからには、タズー人には相当に優秀な技術者がいたにちがいなく、彼らはタズーの大気組成を計算に入れていたはずだという。さらに、湿潤な状態は砂の奥深くまで浸透しないから、人工遺物が深く埋もれていればいるほど、半永久的に残存する可能性は大きくなる。本当に有望な遺跡をひとつ徹底的に調査すれば、非常に保存状態のいいタズー文明のサンプルがもたらされるはずなのだ。保存状態のいい遺跡がひとつあるだけで、タズーの事業全体が正当化されるのだよ」

あくる日、フリッツは考古学本部でフィリップ・ネヴィルを見つけた。前日、戸外で嵐に見舞われた件はいっこうに堪《こた》えてないらしい。

「やあ、フリッツ君！　なにかご用ですかな？」

「ひとつ質問に答えてもらえるとありがたいのですが。タズー人の身になにが起きたのかご存じですか――つまり、非常に高度なテクノロジーの水準に達していたと思われるのに、なぜ彼らは絶滅したのでしょう？」

ネヴィルは顔をしかめた。

「環境を操作し、そうすることで生存の可能性を確実に高める能力とテクノロジーとをきみは同一視しているね。残念だが、その質問には答えられない。どうも彼らは居住地域をいっせいに放棄して、赤道地域へ移住したらしい。人口分布の数字からすると、全人口が熱帯めざして出発し、途中で大幅に数を減らしたようだ。とすれば、彼らは生物学的に耐えられない事象から逃げていて、逃走の過程で多大な犠牲者を出したのだと考えられる」

「急激な気候変動でしょうか？」とフリッツ。

「気候変動ではないだろう――環境の変化なら、ありうる。大規模な気候変動の証拠を探したが、重大なものはひとつも見つかっていない。最近――といっても地質学的な意味でだが――起きた変化はひとつだけで、それが砂だ」

「砂ですか？」

「ああ。十中八九は生態学的なバランスが崩《くず》れた結果だろう。大平原にはかつて鬱蒼《うっそう》とした森が広がっていたらしい。温帯周辺ではいまも各地で見つかるような森だよ。なんらかの理由で、旱魃《かんばつ》か火事か胴枯《どうが》れ病かもしれんが、それらの森は滅びた。その結果は、テラと同じ典型的なパターンをなぞった」

「土壌浸食ですか？」

「そうだ、それも破滅的な規模の。ひとたび砂が無防備な土壌に作用すると、その後はどんな植物も発芽《はつが》しようがなかった。深く掘れば、いまでも発芽可能な種子が見つかるが、浅いところの種子は、すべて死んでいるか、成長しはじめても枯れるかのどちらかだ」

「いつ起きたんです——その浸食は？」

「たしかなところはわからないが、タズー人の絶滅よりわずかに早いようだ。このふたつの要素に関連があるかどうかは、今後の調査を待つしかない。これできみの疑問に答えられたかな？」

「はい。しかし、別の疑問が湧いただけです」とフリッツ。「隣の衛星を探検できるほど技術的に進んだ文明が、いったいどうしたら、土壌浸食のような予見可能で対策を立てられるものに一掃《いっそう》されるのでしょう。それに肥沃《ひよく》な土地が温帯に残っているのに、なぜ熱帯へ移住したのでしょう？」

「わからない」とネヴィル。「それはむずかしい問題だ。タズー人は亜人間《ヒューマノイド》ですらなかったし、彼らの生理機能も考え方もわれわれと共通点がないということは大いにありうる。似たような状況下でわれわれがとりそうな行動を単純に外挿《エクストラポレーション》して彼らの行動を解釈しようとしたら、誤解を生みかねない」

「鋭い指摘です」とフリッツ。「かならずしも同意はしませんが、心にとどめておきましょう。ありがとう、フィリップ、考える材料をもらいました」

異端技術部隊の隊員をうまい具合に分宿させたあと、フリッツは輸送の問題に注意をふり向けた。輸送機関の調査結果をまとめていたジャッコのもとへ顔をだすと、相手は自分の死刑執行令状であるかのように、報告書を勢いこんでさしだした。

「弱りましたよ、フリッツ。もともと百台の地上車がこの事業に割り当てられたんですが、いまも動いているのは、そのうち二十台だけ。タズーで二百時間も稼働させると、車はスクラップの値段でも売れない状態になっちまいます。あちこちから部品をかき集めれば、あと五台は車を作りなおせるでしょうが、計算してみると、車輛が活動できるのは最大で六千時間。そのあとは歩くしかありません」

フリッツはまっさらなノートを悄然《しょうぜん》と見つめた。

「トラクターや重機はどうなんだ？」

「そこまで悪くはありません――もっとも、大部分が梱包《こんぽう》されたままって話ではありますが。いったん梱包を解《と》いたら、地上車より長持ちしそうな理由はありません。この腐食と摩耗《まもう》の組みあわせに、時計仕掛けの鼠《ねずみ》をさらす気にはとうていなれませんね」

「いいたいことはわかった」とフリッツ。「現在の必要量からして、輸送できる期間はせいぜい六十日ってところか。どういう防護措置を講じれば、地上車の寿命をのばせるだろう？」

「多くの車輛《しゃりょう》はプラスチックで被膜できます。ヌードセンに施《ほどこ》すのと同じ処置ですね。エンジンはもっとむずかしい問題です。どこかの天才が、ふつうのアルミニウム合金のハウジングにタービンをおさめようと考えたんですよ。タズーの大気がその合金になにをするのか、考えただけでぞっとします。ガラス状の摩滅《まめつ》止めさえ不透明になり、珪酸粒子がベアリングにはいりこむんですよ」

「珪酸粒子がベアリングになにをするか、わざわざいわなくてもいい」とフリッツ。「大部分の地上車本体は救えるが、多くのエンジンは救えないと認めるしかないようだ。不活性気体にエンジンを封入するシステムを考えてもいいが、ここの施設で恒久的に生産するのは無理だろう。それにpHを調節した湿度ゼロの酸素も供給して、エンジンにとり入れるようにしないといかん。電気分解で作れそうだが、実用になる量を処理できるかどうかは疑問だな」

「以下同文が無限につづくわけです」とジャッコが沈んだ声でいった。

フリッツはうなずき、

「とにかく、やってみよう。二台の地上車を改造したい。可能なかぎり表面全体にプラスチックを吹きつけ、エンジン区画を密閉して、発火しない配合で混ぜた窒素《ちっそ》と酸素を詰めてくれ。うちのマイクロ・リンデ分離管《カラム》を窒素用に改造して、水素用の電解装置を作ってくれ。エンジンに吸わせる空気にたっぷり酸素をふくませるには、リンデと電解装置の両方が必要になるだろう。それと酸素はありったけの窒素で希釈したほうがいい。そのあとタービンを調節して、それで稼働するようにする」

「で、酸素をなににしまっておくんですか?」とジャッコが尋ねる。

「仮兵舎に吹きつけるプラスチック・ポリ=ポリマーが腐るほどある。それをふくらませてガス嚢《のう》にするくらいお茶の子さいさいだ」

「もっともらしく聞こえますね」とジャッコ。「でも、マイクロ・リンデの能力で、必要な窒素すべてをまかなえるでしょうか」

「その疑問はもっともだ」とフリッツ。「だから、改造する地上車は二台だけにしろといったんだ。試すことはほかにいくらでもある。だが、このやり方がいちばん簡単だ。それに、大規模な窒素固定をはじめる時間も資源もない」彼は窓辺へ行き、シャッターをあけると、赤一色で特徴のない荒野を浮かぬ顔で見つめた。

「砂だ。砂しかない。粒《つぶ》の細かいザラザラした砂が一面に広がっている。われわれに必要なのはな、ジャッコ、タズーで輸送機関を作る革新的な方法なんだ。タズー人は、いったいどうしていたんだろうな」


三日後、地上車の改造がたけなわとなったころ、電話が鳴った。

「ヴァン・ヌーンです」

「フリッツ、こちらネヴィルだ。頼みたい仕事がある」

「持ってきてください」とフリッツ。「すこしくらい仕事が増えても、たいしたちがいはありません」

「ごもっとも。十分くらいでそっちへ行く。ずっと探していたタズー人の機械装置だよ」

「ほう、俄然《がぜん》興味が湧いてきました」とフリッツ。「正確にはどういうものですか？」

「それを教えてほしいんだよ」

十分後、ネヴィルが到着し、敷居のところで儀式めいた仕草でパイプの灰を落とした。急ごしらえの電解装置の上に掲げられた、大きな〝禁煙〟の貼り紙に敬意を表《ひょう》したのだろう。それから助手たちに合図すると、彼らが大きな物体を仮兵舎に引きこみ、床の上に下ろした。フリッツは疑わしげな目でそれを見て、

「持ちこむ部門をまちがえられたようですね。そいつは、かつて異星の爺さん鶏《にわとり》のものだった異星の鶏の叉骨《さこつ》のひい爺さんに見えます。生物学の連中のところへ持ちこまれたらいかがです？」

「持ちこんだよ」とネヴィル。「だが、すぐに送りかえしてきた。機械装置の調査はきみの責任だというメッセージを添えて」

「機械装置ですって？」フリッツは問題の品を不機嫌そうに眺めまわし、「司厨《しちゅう》部門に当たってみましたか？　なにかのスープに変えてくれるかもしれませんよ」

「機械装置だ」とネヴィルがきっぱりといった。「理由を説明しよう。それは動物ではない、植物だ――正確にいえば、タズーの硬木《こうぼく》。しかも、成長してその形になったのではない。加工されている。いや、すくなくとも、その形にととのえられている。ほら、工具を使った跡《あと》が見えるだろう。さらに、タズー人はそれに多大な愛着をおぼえていた。南方平原には、ざ

っと見積もって一平方キロ当たり五十万個近いそれがひしめいているのだから」

　フリッツは丸々三十秒ほど息を呑んだ。

「五十万個ですって？」

　ネヴィルはうなずいた。

「しかも、その平原はかなり広い。われわれの行なったサンプル調査が全域に当てはまるのなら、そのひとつの平原だけでおよそ五十億個が存在することになる。タズー人がわれわれの言葉ではいい表《あらわ》せないほど異質であったことはわかっているが、伊達《だて》や酔狂《すいきょう》でそれほどの数を生産するはずがない。それではサハラ砂漠に鉛筆削《けず》りを敷きつめるようなものだ。この鶏の叉骨には用途があるにちがいないんだ。そいつがなんであったのか、どういう役割を果たしていたのかを教えてもらいたい」

　フリッツはうなずいた。

「一両日中に予備的な報告をあげます。しかし、それが機械だとしたら、彼らが特大の異星の鶏の叉骨をどう考えていたのかは知りたくないですね」

　ネヴィルが去ったあと、フリッツはあらゆる角度から叉骨を吟味《ぎんみ》し、その機能を示すような手がかりを探しながら拡大鏡で表面を隅々《すみずみ》まで眺めまわして、静かな時間を過ごした。それからもっと徹底的に調べるために、ジャッコが叉骨を工房へ持っていった。調査が完了すると、報告にもどってきた。

「糸口が見つかったようですよ、フリッツ。内側の表面に小さい瘤《こぶ》があるのは知ってますよね。さて、X線透視装置によれば、そのひとつひとつに黒っぽいかたまりがはいっていて、それはわれわれの知らない素材でできています。あなたに異存がなければ、ひとつ切りとって、正体を調べたいと思っています」

「すぐに切りとれ」とフリッツ。「これがタズー人の工学技術のサンプルだとしたら、一刻も早く理解に近づきたいのだから」

帯鋸《おびのこ》が渋々《しぶしぶ》といったようすで古代の硬木《こうぼく》に食いこんだ。なかほどまで切ったところで、刃が内部の硬いものにぶつかり、不平の金切《かなき》り声をあげた。それから小さな瘤がとれ、ジャッコがそのなかから大きなピカピカの結晶をテーブルの上にふりだした。

「思ったとおりだ」とフリッツ。「叉骨の枝内部と、結晶の金属被覆《ひふく》された切子面《きりこ》には金属繊維がある。この証拠から、これはなんらかの圧電装置だといえる。結晶に穴のあけられているようすを見たまえ――叉骨に弦《げん》を張りわたせるんじゃないか？」

ジャッコが数えると、両側の瘤の数は同じだった。

「まいったな、ハープだ！」不信の念でいっぱいの声で彼はいった。

「あるいは、音響トランスデューサー（電気振動と機械振動とを相互に変換する装置）だ」とフリッツ。「硬木には共通の電路が通っていて、結晶とつながっている。その接点に交流の電気を流せば、特定のシステムの反響周波数に一致した共振で、結晶が弦を振動させるだろう。いったいどんな音がするんだろうな？　ジャッコ、こいつの残った部分に弦を張ってみてくれ。そのあいだこっちは、アンプやらなにやらを見繕《みつくろ》っておく。ふたりでやれば、妙《たえ》なる音楽を奏《かな》でられるぞ」

「了解」とジャッコ。「でも、音楽について、あなたが工学技術と同じように考えているのなら、耳栓《みみせん》を作る時間はもらいますよ」

3

組み立てが完了するのに三時間かかった。フリッツは通信隊の仮兵舎に姿を消し、性能よりは直観を重視して集めたらしい機材を山ほどかかえてもどってきた。準備万端ととのうと、彼はスイッチを入れた。最初の結果は大失敗で、それなりに許容できる結果が出るまでには、電子機器の思いきった見直しが必要だった。

最終調整をいくつかほどこしたあと、フリッツは結果に満足したと宣言し、椅子に深々と腰かけて一心に耳をすました。その視線が開いたシャッターと、その向こうに広がる血の赤に染まった日没の風景へとさまよう。

「聞くがいい、ジャッコ！」フリッツがうれしそうにいった。「筆舌《ひつぜつ》に尽くしがたいほど異質で美しいじゃないか」

「ひとついわせてください」とジャッコ。「だれかが音階や音の高低《ピッチ》のなんたるかを知らずに、二百万年前のグランドピアノにワイヤロープで弦を張りなおそうとしたら、同じくらい異質に聞こえるでしょうよ」

「そんな心の狭い人間といい争う気分じゃないんでね」とフリッツ。「おれにとってこの音楽は、古代タズー人が、古《いにしえ》のタズーの暗い夕べに、手をとりあって歩いていたときに聞いたとおりのものなんだ。想像できないのか、ジャッコ、血の赤に染まったこの異星の地の夕暮れに、百万のハープがこの信じがたい音楽を奏でるところが」

「頭が痛くなります」とジャッコ。「それはともかく、そいつになにを食わせてるんです？」

フリッツは咳払いして、

「じつは、タズーの電離層をモニターする衛星からのテレメトリー信号なんだ。しかし、ハープが約五百パーセントゆがませているから、音楽だけ聞いたって、そうとはわからんだろう」

「不安でたまらなくなりますね」とジャッコ。「イカレた自動演奏ハープを一平方キロ当たり五十万個もほしがるやつがいるのかと思うと。こんな音楽が好きとあっては、どんな文明も生きのびられませんよ」

「彼らは生きのびなかった。そしてこれほど異質な文明を理解しようたって、まだ無理だ。比較したければ、休日のテラの浜辺に持ちだされた百万台の携帯トランジスタラジオを考えるといい。浜辺の端から端まで四フィート間隔でスピーカーを並べ、朝から晩まで強制的に音楽を聞かせたら、生活がどれほど単調なものになるかを考えてみろ」

部屋は暖かいのに、ジャッコはそれとわかるほど身震いして目を閉じた。いっぽうハープの複雑な音色《ねいろ》が、胃袋がおかしくなるほど奇妙な曲を不可解なハーモニーで奏でていた。

「だんだんわかってきました」と彼はいった。「タズー人が移住を決めた、まさにその理由が。これを聞いたら、わたしだってまったく同じことをする衝動に駆られますよ」

その瞬間、ドアがさっと開いて、喜びに目を輝かせたネヴィルが仮兵舎に飛びこんできた。

「フリッツ、やったぞ！　とうとう本物の大発見だ。音響探査の広がりから判断して、タズー人の都市が丸ごと砂の下に埋まっている場所にぶち当たったらしい」

フリッツは興奮して跳《は》ね起きた。

「おめでとう、フィリップ！　待ち望んでいた突破口が開けたようですね。正確には、どこにあるんです？」

「目と鼻の先だよ――ここから東へおよそ二十キロだ。いいかね、フリッツ君、そこには本物の大都市《メトロポリス》があるんだ」

彼は言葉を切った。曲を奏でるハープにいまはじめて気づいたのだ。

「いったいぜんたい、あれはなんだね？」

「正真正銘、タズー人のハープが演奏しているのです」とフリッツが謙虚な口ぶりでいった。

「お気に召しませんか？」

「ああ」とネヴィル。「的《まと》はずれだからね。異星人といえども、こんな音をだすものはひとつでたくさんだと思うはずだ。おまけに」――額《ひたい》に噴き出ていた汗をぬぐって――「タズー人の耳の穴は非常に小さかった。彼らの可聴域が中程度の超音波にあったことはまちがいない。率直にいって、こんな低いピッチの音が彼らに聞こえたはずがないのだ。悪いね！　なにか別のことを試してくれ、たとえば火を点《つ》けられるようにするとか」

そういうと彼は立ち去った。残されたフリッツは、みじめな思いで機材に目をやり、ジャッコの視線を避けようとした。

「まあいいさ」とフリッツ。「いくらおれだって、いつも一発で正解を出せるわけじゃない」悄然《しょうぜん》とアンプのスイッチを切る。「いままでも名案だったと思うよ」

「あなたの名案が的《まと》をはずしたのは、今日二度目です」と耳をいじりながらジャッコがいった。

「二度目?」フリッツは意外そうな顔をした。

「ええ、いい忘れてました。マイクロ・リンデで分留《ぶんりゆう》して地上車用の純窒素を得ようというあなたのアイデアは、問題を解決せず、移し替えただけでした。忌々《いまいま》しいタズーの大気は、リンデ・コンプレッサーの内部を食い荒らしちまったんです」

「災《わざわ》い転じて福となす、だ!」とフリッツ。「みんなを集めてくれ、ジャッコ。修理可能な地上車と、動かせるトラクターが全部ほしい。それに重量物を持ちあげたり、動かしたりする滑車《かつしや》装置を手にはいるかぎり」

「なにをする気です、フリッツ?」

「事実を直視しよう、ジャッコ、新しい遺跡まで毎日四十キロの往復ができる輸送機関を長期にわたって運行させることはできない。もし見つかったうちでそこが最大の遺跡なら、こんな遠くにベース・キャンプをかまえていても、いいことはないんだ。理屈からすれば、ありったけの資源を費やして、基地全体を新たな遺跡へ移すのが最上の策だ」

「気はたしかですか？」とジャッコが尋ねた。「この基地を解体して、そんな遠くまで輸送するには何カ月もかかりますよ」

「解体するなんてひとこともいってないぞ。ヌードセン仮兵舎は一体構造だ。丸ごと動かせる。地上車かトラクターをそれぞれの仮兵舎につなげて、新しい遺跡まで砂の上を丸ごと引いていけない理由を思いつくかね？」

「思いつきますよ。ふたりだけ名前をあげれば、ナッシュ大佐と基地の精神科医です。ヌードセンはそんなふうにベルトで結ばれることに耐えられません。バラバラになっちまいます」

「ふつうならそうだ。しかし、ここのヌードセンは樹脂と砂の層に交互に覆われていて、その厚みは途方もないものになっている。いやはや、ジャッコ、砂まじりの樹脂と金属の積層物《ラミネート》で塗り固められているんだぞ。強度は元々の仮兵舎の百五十倍に達しているにちがいない」

「もちろん、仰《おお》せのとおりです」とジャッコ。「でも、ナッシュ大佐にそれを説明しようとするあなたを想像すると、愉快な気分になってきますよ」

「わかった」とうとうナッシュがいった。「必要なケーブルと補強材の配置が終わったら、すぐに基地の移転にとりかかってよろしい。念を押すまでもないが、日没までになにもかもがしっかりと固定されていなければならない。警告しておくが、もしなにかまずい事態が起きたら……」

彼は一瞬椅子にもたれて考えをめぐらせた。

「なあ、フリッツ、正直にいって、わたしは失望している。異端技術ならではの画期的な策を期待していたが、ふたをあけてみれば、まともな輸送システムの運行さえ約束できないのだからな」

「ひとひらの雪は」とフリッツは抗弁した。「大量の冷却装置と並べないかぎり、地獄で溶けずにいる見こみはありません。問題は地獄にあることではなく、ひとひらの雪であることなのです。大雑把《おおざっぱ》にいって、タズーにおけるあなたの地上車も似たような状況にあります。ここの気象条件にふさわしい地上車を設計するのは簡単ですが、作るにはテラの資源が必要ですし、ここまではるばる運んでこなければなりません。費用は天文学的なものになるでしょう。地上車を輸送に使うという考えそのものに限界があるのです」

「いわれなくてもわかっている」とナッシュ。「じつをいうと、だからきみを呼んだのだ。きみは不可能なことを非常に短期間で成しとげるという評判だ。それなら――きみに試練をあたえる。不可能なことを成しとげてくれ」

「奇跡ならただちに起こしてみせます」とフリッツがおだやかな声でいった。「不可能なことを成しとげるには、もうすこし時間がかかります。なんといっても、われわれがここへ来てまだ一週間しかたっていないのですから」

ナッシュは一瞬、目を細くして彼を見つめた。

「フリッツ、率直にいって、わたしの要求に応《こた》えられる者がいるとは、とうてい思えない。

だが、きみのブラフにコールしよう。もし三カ月以内になんらかの輸送機関をタズーで運行させられたら、異端技術部隊についてこれまで述べた辛辣《しんらつ》な意見は喜んですべて撤回《てっかい》する。もしできなかったら、きみたちをテラへ送りかえさなければならない。タズーの事業は、役に立たないものをかかえるようにはできていない」

「その挑戦をお受けしましょう」とフリッツ。「しかし、あなたの見慣れた乗り物とその新たな輸送機関が同じ形をしているとは思わないでください。あなたが目にしたことのある乗り物と似ている確率は百万分の一なのですから」

ジャッコがオフィスの外で待っていた。

「悪い話ですか？」

「よくはない」とフリッツ。「輸送問題を解決するのに三カ月もらった。さもないと、ごくつぶしの集団として蹴りだされる。異端技術部隊の名誉——それどころか存続そのもの——がかかっているんだ。なんとしても、なんらかの乗り物を考案するしかない。それもタズーの環境に耐えられる資材の持ちあわせはないという条件で」

「で、これからどうするんです、フリッツ？」

「こっちが知りたいくらいだ。きみは大移動の準備状況を確認しに行ってくれ。おれは遺跡へ行って、わが友ネヴィルがどうしているかを見てくる。あっちで多少はヒントになりそうなものを掘りだしたかもしれん——いまこのとき、その多少のヒントを役立てられるかどうかは天のみぞ知るだが」

ネヴィルは真紅《しんく》の砂漠を近づいてくる地上車を見て、作業現場の端までやって来るとフリッツの到着を待った。

「調子はどうですか、フィリップ？」

「上々だよ、フリッツ君。大発見をしたのはわかっていた。だが、ここは——ここは楽園だ！　大都市と思《おぼ》しきところへまっすぐ降りていったら、砂が乾燥している下層階のものは完璧な保存状態だった。三階建ての建物のなかには、われわれの用途に合わせて使える疵《きず》ひとつないものもある。いいかい、フリッツ、タズー事業は約二百万パーセントの払いもどしがありそうだ。ここで発見されたものを完全に分析するには、何世代もかかるだろう」

フリッツは幅広い採石場《さいせきじょう》のような発掘現場をじっと見おろした。四方八方で考古学チームの面々が、熱に浮かされたように活動しており、関係者全員に感染した興奮と熱狂の激しさがうかがえた。交替勤務時間は自発的に延長されていたが、そうであっても、短い勤務時間の終わりには、仕事を強制的に中止させなければならなかった。そうしないと、測り知れない考古学探求の喜びに浸《ひた》りきった者たちが、疲労困憊《こんぱい》でぶっ倒れるまで作業をつづけて、健康を害してしまいかねないからだ。

あちこちで異星の塔が、すでに砂上に露出していた。理解不能の建築術による想像を絶する方尖柱《オベリスク》だ。時の経過と、風と砂の猛威にさらされて奇妙なほどいびつになり、腐朽《ふきゅう》している。砂を深く掘り下げれば掘り下げるほど、下層階はしっかりしたものになってきて、建築術はますます目をみはるものとなり、ますます想像もおよばないほど手のこんだものになった。ところどころで垂直の穴が掘られている。論理のしからしめるところによれば、ほかよりも興味をそそるか、興奮を呼ぶか、注いだ努力よりも大きな見返りをもたらしてくれるものが埋まっているはずだ。

フリッツはすっかり心を奪われていた。異世界ならではの風景に想像力をわしづかみにされ、逃れようのない誘惑にさらされていた。技術者の端くれとして、目の前に開示された構造物の背後にある論理を必死に解明しようとするのだが、魂《たましい》のなかのなにか——詩情かもしれない——が部分ごとの識別を拒《こば》み、驚異を丸ごととらえようとする。彼は沈着冷静な分析をするためにやってきた技術者だが、いまや崇拝するために居残っているのだった。

彼はさまよっていた心を無理やり引きもどし、訴えるような眼差しでネヴィルを見た。ネヴィルは同情するようにフリッツの肩をポンとたたき、

「わかるよ、フリッツ君。みんなそんなふうになる。これほど偉大な文明のなごりを発見するのは、すばらしいと同時に悲しいことだ。すばらしいというのは、その文明がとても偉大だから。そして悲しいというのは、この都市に創造主である生き物がいないとわかっているからだ」

「いったいぜんたい」とフリッツが尋ねた。「なぜ彼らは滅びなければならなかったんです？　これだけのことを成しとげたというのに。彼らは、われわれに匹敵するほど環境を支配していました。それからほんの数世紀のうちに、衰退して滅び去り、砂が押しよせてきて、

彼らの奇跡を覆いつくしました。しかし、どういう理由で彼らは滅びたんでしょう？　その二の舞にならないために、原因を突き止めなければなりません」

4

陽《ひ》が沈むころには、最後の仮兵舎が発掘現場に近い新しい拠点へ移送されていた。憤懣《ふんまん》がらみの大仕事に明け暮れた一日となった。フリッツの予想どおり、仮兵舎は丸ごと砂上を移動させられた。しかし、地上車とトラクターの状況は悲惨をきわめ、放棄された車輛が砂地の大草原に点々と連なり、移動の経路をはっきりと示すほどだった。じっさい、その日の終わりになると、稼働できる地上車は五台しか残っていなかった。

修理可能な地上車を回収するチームを編成したあと、ジャッコはフリッツを探しにいった。上司は工房でタズーのハープを漫然《まんぜん》とかき鳴らしていた。詩神《ミューズ》を呼びだし、霊感を授《さず》けてもらおうとしているかのように。

「なあ、ジャッコ、タズー人の身になにが起きたのか、解明できたらどんなにいいだろう。あれほど高度な発展をとげた組織化された文明が、突如として瓦解《がかい》する理由がさっぱりわからないんだ。大規模な戦争が起きたようすはないし、核の大破壊《ホロコースト》を起こせるほどの放射性物質は、この惑星に存在しない。この水準のテクノロジーを持つ種族を滅ぼせるほどの災厄が、わずかな痕跡も残さなかったかと思うと、心がざわついて仕方がない。まるでいきなり都市を閉鎖して、赤道へ大移動する途中で死のうとして歩きだしたみたいだ」

「飢餓《きが》ってことはありませんかね？」とジャッコ。

「ありうる。じっさい、ネヴィルはそう考えている――土壌浸食の広がりだ。なにかの理由で、この地域の大森林は突如として滅び去った。とすると、旱魃《かんばつ》が長引いたのかもしれん――だが、高度な技術文明が存亡を賭けて奮闘すれば、それにだって対処できただろう。海は身の毛のよだつようなミネラルのシチューだが、必要とあらば、かなり広い農業地帯を灌《かん》漑《がい》するくらいの水は蒸留できたはずだ」

「でも、核エネルギーがなければ、その動力をどこから手に入れるんですか？」とジャッコが尋ねた。「その規模で海水を蒸留するには、べらぼうな量のエネルギーがいりますよ」

「動力か！」フリッツが居住まいを正した。「ひとつ思いついたぞ！　考えてみれば、そもそも彼らはどこから動力を得ていたんだ？　二、三の事実をつなぎ合わせてみよう。タズーの歴史のある段階でなにかが起きたのはわかっている――そのなにかが、文明化した惑星の住民を二百年のうちに滅ぼした。奇妙なことに、野生生物はその後もかなりの期間にわたって生きのびたし、なかには森林地帯でいまも見つかるものもいる。さて、文明化した生物と野生生物の根本的なちがいは、前者が動力なしでは生きられないのに対し、後者はそうでないことにある。ジャッコ、わが同志よ、きみは大当たりを引いたのかもしれんぞ」

「ただのまぐれですよ」とジャッコが謙遜《けんそん》した。

「まぐれついでに、もうすこし先まで考えてくれないか。とりあえず、タズー人は、われわれと同様に、動力なしでは生きられない動物になってしまったと仮定しよう。その動力が突如として、しかも壊滅的になくなったとしたら、基本となるエネルギー源はなんだったのだろう？」

「石油か、天然ガスでしょうか」とジャッコ。

「あまり説得力はないな。どこから見ても、タズー人は莫大《ばくだい》な動力を使用していた。ネヴィルの最近の発見からして、この地域の動力消費だけでも、地球の基準に照らしてさえ途方もないものだったにちがいない。さて、膨大《ぼうだい》な動力を消費するテクノロジーが発達するには、それを維持するための資源に目算《もくさん》がついてなければならない。そうでなければ、テクノロジーと心中することになる」

「そういえるのは、彼らが人類と同じ考え方をしたという仮定に立っての話です」

「おれは人類のことは知らないが」とフリッツがそっけなくいった。「技術者のことなら知っている。頭がひとつだろうが六つだろうが、技術者の思考プロセスは、本質的に似たものになるにちがいない。工学技術上の問題を解く方法は無限にあるが、ほかより単純な答えはつねに見慣れたものになる。それが技術というものの性質なんだ。十本アームの仕掛けに蒸気の圧力をかけて、電気エネルギーに転換しろといってみろ。そいつの種族的特徴や、受けてきた訓練や、個人的な外形の影響がどうだろうと、どこかで、いつかの時点で技術者にはおなじみの論理の連鎖《エルゴ》をたぐりはじめるだろう。技術者は、どこにいようと似たような考え方をするからだ。ゆえに、われわれ自身の立場からこの問題に取り組んでも大きく的《まと》をはずすことはないと思うし、とりあえず、絶対確実に思えた動力供給が、それでも断たれたと仮定しよう。いま知らなければならないのは、そのエネルギー源がなんであったかだ。それがわかれば、止まった理由も突き止められるかもしれん」

電話が鳴り、フリッツが出た。ネヴィルが彼を探していたのだ。

「フリッツ、大至急会いたい。ちょっと見てほしいものがあるんだ」

「ほう！　有望なものですか？」

「そう考えている。たったいま、チームが鉱山への入口のように見えるものを発掘したんだ。ひょっとして、きみも調べたいんじゃないかな」

「大至急駆けつけます」とフリッツ。

「なにごとです？」とジャッコが尋ねた。

「ネヴィルのチームが、鉱山への入口らしきものを発見した」

「都会のどまんなかで？」

「同じ疑問はおれの頭にも浮かんだ」とフリッツ。「鉱山の可能性は低いと思うが、例の失われたエネルギー源と関係があるかもしれん――あるいは、おれがずっと探していたものに、ネヴィルがたまたま行きあたったのかもしれん」

「なんですか、それは？」

「ジャッコ、これほど大きくて複雑な都市で、大量の乗客を輸送するシステムを設置する理にかなった場所はどこだ？」

「地下です」とジャッコ。「つねに変わらず」

「正解だ。そしてネヴィルがそれに行きあたったことを願っている」

「なんと！」とジャッコ。「異星人の地下鉄なんて、ふつう思いつきませんよ」

ドアから奥にはいりこむと、懐中電灯を使うしかなくなった。ここでは砂はあまり深くまで侵入しておらず、立坑《たてこう》のへりに着くころには、砂ぼこりがうっすらと床を覆うだけとなった。

立坑にはふつうのタズー式階段がそなわっていた——中央の柱から丸い水平の棒が螺旋《らせん》状に突きだしているのだ。しかし、これまでに出会ったものよりも間隔が広く、傾斜も急だった。こういう階段は人間の体の作りに合っていない。だが、上り下りは——かろうじてだが——できる。登山の経験のある者か、自殺傾向のある人間なら。ジャッコはどちらでもなかった。

「降りるんですか？」とジャッコが尋ねた。その懐中電灯の光は、異星の地下深くの暗黒に呑みこまれていた。

「降りるんだ」とフリッツ。「きみの冒険心はどこにいった？」

「子供時代にしっかりと埋めこまれたままです。こういう状況に巻きこまれないようにするための分別といっしょにね」

「降りるぞ！」フリッツがきっぱりといって、みずからの言葉どおりに行動した。

ふたりは百メートルほど降りていった。降りるのと懐中電灯で照らすのは両方いっぺんにできないので、真っ暗闇のなかを降りていくしかなかった。棒から棒へ降りていく一定のリズムが、催眠術に近い効果を発揮した。降りきったところで、ふたりとも長いこと立ちつくし、五感を正常にもどさなければならなかった。

この階層でも通路の保存状態はすばらしく、ほぼ完全といえた。空気は上階よりも涼しく、刺激もすくなかった。これほどの深さにこれほど長く放置されていた連結トンネルの乾燥具合もすばらしく、深い井戸のようなタズーの海より上には地下水面がまったくないことを示していた。ここの壁は金属製で、奇妙な細工が施してあった。それは実用的なものかもしれないし、象徴的なものかもしれない。そして完全に人工的なタズー環境にそなわった異質で奇妙なものが、自己保存とは無関係な恐れでふたりの心臓をわしづかみにした。自分たちはいま、人類とは共通の根を持たない文化の、論理的とはいえ想像を絶する遺物を前にしているのだ——その衝撃がはじめて十全《じゅうぜん》に感じられた。自分たちをとり巻く地球外テクノロジーの発達した筋道は、漠然と理解できはしても、けっして予測はつかないものだった。

機械なのか彫像なのか知るすべのないものが、懐中電灯の光線の作る、ちらちらと揺れる影のなかで、黒い無言の歩哨《ほしょう》のように立ち並んでいた。曲がりくねった壁と縦溝《たてみぞ》のついた天井が水路のようにのびていて、不可解な理由で正体不明の喉とつながった一千の口があいていた——床だけがテラのものに近いのは、通路を支障なく歩けるようにするという共通の工学的機能ゆえだ。

ふたりはつぎの角《かど》を曲がり、ぴたりと立ち止まった。懐中電灯の光線が暗闇の奥を照らしても、なにも浮かびあがらなかったのだ。自分たちはいま、これまで踏破《とうは》してきたものの、それよりもはるかに長大なトンネルを見渡しているのだ、と理解がおよぶと、肝《きも》をつぶすほどだった驚きが多少はおさまった。複雑な丸天井がぼんやりと見てとれる。それはなんらかの代数方程式に基づいてパネルを頂点まで連ねた作りになっていた。足もとの床は、懐中電灯の光が届くかぎり、変化なくつづいている。いっぽう右手では水平面が二メートルほど急に落ちこんで、幅約七メートルの溝を形成している。その溝を越えた向こうでは、壁がふたたび上向きのアーチを描いてそびえている。

「おれと同じことを考えてるか?」とフリッツが尋ねた。

「もちろん!」とジャッコ。「どうやって作ろうが、地下鉄の駅は地下鉄の駅です。こいつはまさにそれですよ」

「よしよし」とフリッツ。「レールを見てみたいな」

ふたりは肩を並べて溝を調べた。懐中電灯をしばらくあちこちに向ける。

「線路はありませんね」とうとうジャッコが失望のにじむ声でいった。「この場所について、われわれは誤解しているのかもしれません。ひょっとしたら下水道で……」

「誤解はしていない」とフリッツ。「たとえ耳が聞こえず、目も見えず、箱に閉じこめられていたって、地下鉄を見つければ、おれにはわかるんだ。共謀して技術者を作りだす遺伝子とやらの化学の一部なんだよ。さあ、降りるのに手を貸してくれ、ここを探検したい」

「引き返して、援軍を連れてきたほうがよくありませんか？」とジャッコ。だが、フリッツはもう溝にそって歩きはじめていた。その先で溝は、まぎれもなく地球の地下鉄を連想させる、いくぶん小さめのトンネルにはいっている。「後生《ごしよう》ですから、フリッツ、そこになにがあるのかわからないんですよ！」

「どうした、ジャッコ？　臆病風に吹かれたのか？」

「いいえ、非常用の地下鉄列車が走ってくるかもしれないのに、トンネルを歩くのは、まともな神経じゃできないってだけです――たとえ時刻表から二百万年遅れていたとしても」

フリッツがトンネル内を十五歩進み、ワッと大声をあげた。それを聞いたジャッコは恐怖で身動きできなくなった。

「ジャッコ、さっさと降りてこい！　見つけたぞ」

「見つけたって、なにをです？」声帯をまた思いどおりに動かせるようになると、ジャッコが尋ねた。

「列車だよ、このまぬけ。列車を見つけたんだ！　そっちの電灯を持ってきてくれ」

良識に逆らって、ジャッコは溝へ飛びおりると、フリッツのあとを追ってトンネルにはいった。それから、胃がむかつき、頭が空《から》まわりするなか、目の前に立ちふさがっている人工遺物をしげしげと眺めた。

「これが」ようやく彼はいった。「列車ですか？」

「それ以外のなにものでもない」フリッツがいったが、あまりうれしそうな口調ではなかった。「信号所には見えないし、こんな地下深くに錬鉄《れんてつ》の四阿《あずまや》を建てても仕方がなかろう。トンネルにぴったりおさまる形をしているから、十中八九、装飾過多のトンネル掘削《くっさく》機械か、でなければ列車かのどちらかだ」

「異星《エイリアン》の！」とジャッコが畏怖《いふ》に打たれた声でいった。「その言葉が暗《あん》に意味するところは、当たり前に使われるうちに失われます。われわれが知っていて信じているいっさいが、異なる種類の論理によって嚙《か》み砕かれ、再分類されてしまった——そういう頭のねじれるような感覚は、その言葉では伝わりません。この人々は異なる価値と異なる原則を持っていました。そのせいでわれわれの精神は、順応しようとするだけで身もだえするんです」

「原則が異なっていたわけじゃない」とフリッツ。「原則はむかしながらの同じもので、強調する部分が異なっていたにすぎない。文明を理解しようとしたって無理な相談だが、彼らの工学技術を解明するという話なら、共通点がたくさんあるとわかるはずだ」

「その一例が、車輪も線路もない鋳鉄《ちゅうてつ》製の園芸道具収納小屋ってわけですか。ほかのものには見えないから、列車だと決めてかかっているんですが」

「そのとおりだ」とフリッツ。「工学は文明から切り離さなければならない。これまでのところ、われわれがまったく知らない原理をタズー人が用いた例は見つかっていない。もちろん、彼らが先行していた分野もあれば、奇妙なことに欠いていた分野もある——たとえば、彼らには有機化学がなかった。しかし、オカルトに耽溺《たんでき》していたようには見えないから、これが列車であれば、どうやって動かすかを解明するのは時間の問題にすぎん」

ふたりは珍奇《ちんき》な乗り物と壁とのあいだに恐る恐る潜《もぐ》りこんだ。そうしたほうが、構造物の複雑さと奇妙な点を調べやすかったからだ。

「頭がおかしくなるほどねじ曲がった鳥籠《とりかご》だ」ようやくジャッコがいった。「頭がおかしくなるほどねじ曲がった鳥を入れる道具ですよ」

フリッツは複雑で珍奇な錬鉄製の機械装置から目をあげた。

「もっと明かりを持ってきたほうがいいな。それに部隊から何人か呼んだほうがいい。このイカレた蒸《む》し団子入れを分解して、部品をじっくり調べてから組み立てなおしたい」

「バラすのはわかりますが」とジャッコ。「なんで組み立てなおすんです?」

「なぜなら」とフリッツ・ヴァン・ヌーン。「それさえできれば、タズーの地下鉄を復旧できるからだ。地表に輸送システムを作れないのは明白だが、ここにはできあいの土台があるんだから、問題はすでに半分解決したようなものだ」

「発狂したという理由で軍務を解くことを要求します」とジャッコ。「発狂したのはあなたですよ。キャニスの鉄道で懲《こ》りたんじゃなかったんですか」

「それは別の話だ」とフリッツ。「あそこでは物理的障害、つまり迷走する火山に対処しただけだ。今回はふたつのテクノロジーを適合させるという特別な課題に直面している。この鉄道システムのどの部分が動き、どの部分が静止しているように作られているのかを決めるだけでいい。それなら、歯が立たないこともないだろう」

「それくらい煎《せん》じ詰めた話にすればね」とジャッコが陰気に同意して、「でも、わたしはあなたという人を知ってます。自分が負けても、けっしてそうとわからない」

「前にもいったが」とフリッツがいかめしい口調でいった。「物理的に不可能なことなどなにもない。限界は心の状態であって、事実の問題ではないのだ。ここでわれわれは、まったく異質な種族の遺物に直面している。とはいえ、彼らの科学技術の水準は、大雑把にいってわれわれとさほど変わらない。その事実をしっかりと頭に刻みこんでおけば、この惑星で見つかるどんな装置だって解明できるはずだし、そう望むなら、われわれ自身が使えるようにできるはずなんだ」

「ひとつのものに用途があるとして」とジャッコ。「まずはその用途がなんであるかを知らなければなりません。トランジスタ・スーパーヘテロダイン受信装置だと思いこんで、タズー人のミルク漉《こ》し器を分解しても仕方ありませんし――逆もまた真なりです。そのことを考えてください」

5

フリッツは報告のためにフィリップ・ネヴィルのもとをふたたび訪れた。ネヴィルは発見の詳細に耳を傾けた。最初はこみあげる歓喜を押し殺しているようだったが、すぐに満面の笑みとなった。それから乱れた髪を指で梳《す》き、にこにこしながら、うわの空でパイプを探した。

「フリッツ君、これは奇跡以外のなにものでもない。なんという一日だったのか！　調査し甲斐のある線がこれほどたくさん開けたとなっては、なにもかもが手に負えなくなってしまう。訓練を積んだ考古学者が五百人いれば、この区域の収穫物をすべて消化できるだろうが、それでも表面を引っかくのが関の山だ。建築術だけでもテラにあたえる衝撃はすさまじいものだろう。そしてこの文明全体がテラのノウハウに組みこまれたら、人類にもたらす衝撃は測り知れないものとなり、われわれ自身の文明が一変してしまう。

本気でこの事業に足跡を残したければ、この地下鉄を一手に引き受けたまえ。わたしのほうは、すくなくとも五年はそこまで手がまわらないからね。きみの好きなように計画を立てて、十全な技術的検査を行いたまえ。考古学的な価値を毀損《きそん》することのないかぎり、きみの好きなようにやりたまえ。ただし、包括《ほうかつ》的な進捗報告が、テラへのデータ発送に毎回間に合うようにしてもらいたい」

「ありがたい！」とフリッツ。「駅の真上にある建物を開いて、関連施設を探したいと思います」

ネヴィルは簡単な地図にちらりと視線を走らせ、輪廓《りんかく》だけで描かれた二ブロックをつらぬく線を引いた。

「すべてきみのものだ」彼はいった。「しかし、多すぎるものごとを拙速《せっそく》で理解しようとしてはならない。気がついたら、タズーの環境を理解するのではなく、同化するはめになっているだろう。遅かれ早かれ、ピースはおのずから所定の位置におさまるんだ。そしておさまるピースが――ひとつの文明全体の生命と業績をかかえこんだジグソーパズルのピースが――そろうかどうかは、神のみぞ知るだ」

「たったいま地下鉄をもらってきた」発掘現場でジャッコと合流したときフリッツがいった。「われわれはこの建物を開いて、なかを調べるんだ」

「われわれといいますと?」と疑わしげにジャッコが尋ねる。

「きみだよ」とフリッツ。「おれはまた下へ降りて、上へのびている制御機構をたどれるかどうか調べてみる。きみには建物にはいって、下へのびている似たようなものが見つかるかどうか調べてほしい。交替勤務時間になったら落ち合って、メモを突きあわせよう。なにを探せばいいのかはわかっているな――ケーブルの束か、そうでなかったら制御か動力の機能がありそうなものならなんでもだ」

「本気なんですね」とジャッコ。「つまり、あれを使う気なんですね」

「本気だとも」とフリッツ。「率直にいおう。もしフリッツ・ヴァン・ヌーンが異星人の地下鉄を復旧できないのなら、いったいぜんたいだれにできるっていうんだ?」

「そういわれるんじゃないかと思ってましたよ」とジャッコ。

一時間後、ふたりは建物の入口で落ち合った。

「動力系と制御系がいっしょになったようなものがあって、ここの向こう端に近いどこかへ降りているらしい」とフリッツ。

ジャッコがうなずいて、

「その末端を見つけました。建物の最下層を走っている溝があって、その複合系はそのなかへあがってから、細かく分かれて、上の各階につながっています」

「そこはどんなようすだ？」とフリッツが尋ねる。

「無気味です」とジャッコ。「ほかにいい表す言葉がありません。頭のおかしい育ちすぎの蜘蛛《くも》、それも逆さになったシングル・ヘッドのブローチング・プレスに強い怨《うら》みのあるやつの墓碑銘《ぼひめい》みたいです」

「ご苦労だった」とフリッツ。「ありありと目に浮かぶようだ」

建物の最下層にまつわるジャッコの言葉は、むしろ控《ひか》え目なものだった。地上階はそれに輪をかけて混沌とした状況だとわかり、階をあがるにつれ、状況はみるみる悪化した。地下鉄には、実用品ならではの単純明快なところがあったが、建物各階の細部と複雑さは、分析も叙述も受けつけなかった。いつまでたっても調査の対象物は機能についての手がかりをあたえてくれず、雑然とした各階を通過するたびに、失望と憤懣《ふんまん》は高まるばかりだった。ひときわ大きな建物の大部分についていえば、無視できない損傷が見られるのは最上層付近だけで、砂と湿気《しっき》は内部にさほどはいりこんでいなかったので、興味をそそる階層の保存状態はすばらしいものだった。

おびただしい数の理解不能のものと格闘するにつれ、フリッツの士気はどん底に近づいていった。やがて最後の通路にはいった。彼はここで足を止め、異質なパターンのなかに認識できる形を求めた。と、理解の光明をちらっととらえ、それをあおって燃えあがらせた。

「ジャッコ！　これがなにかわかるか？　わからないのか――電気的な制御装置だ」

ジャッコは感銘を受けなかった。

「もしこれが彼らの考えた電気的制御装置だとしたら、彼らの考えたイカレてねじ曲がったメイポール（彩色して花・リボンなどで飾った柱。五月祭にその頂部にくくられたテープを持って周囲をまわりながら踊る）なんぞ見るのもご免です」

「それはどうでもいい」とフリッツ。「アプローチは異質かもしれんが、基礎となる論理に変わりはない。おれの推測が的《まと》はずれでないかぎり、これは自動転轍《スイッチング》システムで、その複雑さからして、かなり包括的なものだと考えられる。ひょっとしたら、これひとつでタズーの地下鉄全体の転轍《てんてつ》をしているのかもしれん。その意味がわかるか？」

「回路分析に十五年くらいかかるってことです」とジャッコが陰気な声でいった。

「そうじゃない。こいつの状態を見ろ。地下鉄本体と同じくらい保存状態がいい。まだ機能する見こみがある。電線をつなぎ直して、全体がまた動くようにすればいいだけの話だ」

「よしてください！」とジャッコ。「あなたの口車に乗るようですが――飽《あ》くまでも議論のためにですよ――われわれの見つけたものが地下鉄だとしましょう。で、それを動かすエネルギーはどこで調達するんです？　地下鉄の稼働には膨大なエネルギーが必要ですが、タズー人が使い果たしてしまったのなら、いったいどうやって見つけるんです？」

「その心配はあとまわしだ。簡単ではないかもしれん。だが、おれにはタズー人になかった利点がひとつある――タズー人にとってまったく異質な科学文明のテクノロジーと資源全体とを利用できることだ。ナッシュ大佐を説得して、MHD振動プラズマ発生器をテラから持ってくることだってできる。だが、そいつは奥の手だ。異端技術の徒《と》としては、タズー人の使っていたエネルギー源を突き止め、まったく新しい工学技術アプローチで、それを復旧できるかどうかを調べたいところだ」

「それで、考えはあるんですか？」とジャッコ。

「ハリスと電気専門の隊員からふたりを呼んで、おれといっしょに回路の論理の分析に当たらせる。いっぽう、きみは残りの連中を下へ連れていって、列車の分解をはじめる。両面作戦で行けば、タズー人がどういうふうに電気と機械をあつかっていたか、どういう素敵な考えでこの部品を作動させていたかくらいはわかるはずだ」

「そう思いますか？」とジャッコが尋ねた。「あのろくでもないハープをあなたがどうしたか、わたしはまだ忘れちゃいませんからね」

　フリッツのチームは、じっさいに回路の論理をある程度は解明してのけた。そして二、三の原理がいったん既知《きち》のものとなると、仕事は急速にはかどった。彼らは巨大なスイッチの列に的《まと》を絞り、一見どちらかというと粗雑に思えたものが、じつは複雑きわまる連続スイッチング問題を解決するための巧妙で洗練された省略技術だとすぐに見ぬいた。とりわけ大きな発見だったのが、毎秒約十キロサイクルで効率のピークが来る交流電気を通すように装置が作られていることだった。もっとも、そのような周期が実用的とは思えなかったが。装置の電流操作能力は驚異的に高かった。破壊電圧も高かったが、通常の作動電位を知る本物の手がかりにはならなかった。被覆《ひふく》されていない導体に安全措置は講じられておらず、機器は無人で作動するように設計されているか、タズー人の体が、地球人にとって致命的な電気ショックに対して免疫があるのかどちらかだ、と結論せざるを得なかった。とはいえ、論理的に考えてメーターであるはずの装置は、まったく別物であるようだった。

まもなく下の地下鉄とスイッチング回廊とをつなぐ通信機がとりつけられた。線がつながると、先にジャッコから連絡があった。

「フリッツ、列車分解プロジェクトが暗礁《あんしょう》に乗りあげました。この忌々しいしろものはバラせません。頭がおかしいのか、といいたければいってください。でも、列車が丸ごと鋳造《ちゅうぞう》されていて、組み立てたものじゃないのはたしかなんです――可動部分もふくめて」

「あの複雑な形を鋼鉄で鋳造しただと?」フリッツが信じられないといいたげに尋ねた。

「鋼鉄じゃありません」とジャッコ。「チタンです、わたしの判断がまちがってなければ」

「事態がますます悪くなるだけだな」とフリッツ。「考えてみれば、二百万年前に絶滅した文明が、ハンマーとレンチで分解できるものを遺《のこ》すと思うほうが浅はかだった。なんとかならないのか?」

「原子力水素トーチか、切断レーザーを持ってきて、二インチ刻みに切り分けることはできます。でも、ネヴィルがその考えにいい顔をするでしょうか」

「そんなことはおれだって許さん」とフリッツ。「その計画はあきらめたほうがいいな、ジヤッコ、こっちへもどってきてくれ。とにかく、もっとましなことを思いついた」

「こんどはなにをたくらんでいるんです、フリッツ?」

「問題はこういうことだ。ある機器がどういう機能を持っているか——その秘密を吐かせる方法はふたつある——分解して、その構成部分から原理を推測するか、単純に動かしてみるかだ」

「聞きまちがいならいいんですが」とジャッコ。「一瞬ぞっとしましたよ。動く仕組みもわからないまま、あなたがタズー人の地下鉄を復旧させようとしていると思ったので」

「まさにそういったんだ。仕組みを知ろうと思ったら、じっさいに動いているのを見るより早い方法があるか?」

「プロジェクトからぬけてもいいですか?」とジャッコ。「それとも、ぬけるには自殺するしかありませんか?」

「本当に逃避主義的な死の願望にとり憑《つ》かれているのなら、上司に殴《なぐ》り殺されるっていう手もあるぞ。この回廊の動力線は解明できたし、どれが主要な入力線であるのかも見当がついた」

「それで?」

「それで、そいつを本源までたどりたい。そうすれば、本来の発電プラントを再稼働できるかどうかの調査にかかれる。人員を割《さ》けるだけ割いて、その線をたどらせてくれ、ジャッコ、きみにじきじきに監督してほしい。念のためにいっておくが、ナッシュの最終期限に間に合わせようというのなら、三カ月以内に全体を稼働させないといけないんだ」

「やっぱり時間の無駄だと思いますよ」とジャッコ。「動力不足のためにタズー人の文明は崩壊したという仮定が正しければ、二百万年後にそれが見つかる可能性がどれだけあるっていうんです？」

「たぶん、その答えは量にある」とフリッツ。「タズー人は文明を維持しようとしていた。われわれは地下鉄を運行させようとしているだけだ。われわれに必要な量は、彼らの一千万分の一か、それ以下だろう。そういう見方をすれば、もうそれほどむずかしい仕事には思えないだろう？」

6

ネヴィルのチームは、ひときわ背の高い建物の上層階を発掘することに専念していた。一般的に砂は全体的に内部にはいりこんでいるわけではないので、資源が調達できしだい最終的に行われるはずの全面的な発掘を待つまでもなく、タズー人の建築環境の大きなモジュールに出入りできるようになった。ひとたび建物内部へはいりこめば、下の階層の中身を検分するのは比較的自由だった。考古学的な発見物は信じられないほど豊富であり、分類と分析を完了させるには何十年もかかりそうだった。したがって、専門家の研究グループを立ちあげて、ある特定の典型的な地域を選んで徹底的に分析するという手法をとることになった。

新たな領域にとりかかったとき、ほかに類のないものとありふれたものとを即座に判別する指針とするためだ。代表的なサンプルは、テラに輸送するため念入りに梱包された。そこでもっと網羅《もうら》的な調査が実施されるだろう。

つぎの二週間、フリッツ自身は異星科学とテクノロジーの権威という役割を果たすのに没頭していた。目の前の仕事量だけでも、それにかかりきりで一生を何度かくり返せるほどだった。タズー事業の人員が百倍にふえたとしても、発見物のほうが研究者よりはるかに多いことは、いまや痛いほど明らかだった。フリッツ自身の現場での仕事は、助手なしで働いているせいで支障が出ていた。異端技術部隊の全隊員が、タズー人が供給を受けていた正体不明の動力源の位置を突き止めることに専心していたからだ。

後者については、ネヴィルが救いの手をさしのべることもできなかった。埋もれた都市の各地区の詳細な地図ができはじめていたが、発電や配電施設と思《おぼ》しきものは皆無だったからだ。といって結論が出たわけではない。都市の築かれた地面の高さより下を発掘できた地域はまだほとんどなく、下になにがあるかは依然として憶測の対象だったからだ。しかし、地下深くに消えている導線のパターンは、動力源がなんであれ、十中八九は都市の境界内に位置していないことをフリッツに確信させるものだった。ジャッコの報告も、その状況に光明をもたらすものではなさそうだった。

「ねえ、フリッツ、あなたのいっていた主動力入力電線とやらは、そういうものじゃありませんでした。十五日もそいつをたどってきたんです。なるほど、電線かもしれません。でも、強《し》いていえば配電用の回線です」

フリッツは顔をしかめ、

「見失って、別の回線を誤ってたどったりしたんじゃないんだな？」

「してませんとも！」とジャッコ。「スイッチング室でそいつに信号を送りこんで、その信号を拾いながら延々とケーブルをたどっていったんです。いっときますが、あのしろものは配電用のもので、地下鉄の建物からはじまっています。終わってるんじゃないんです」

フリッツはさっと居住まいを正し、

「どこに動力を分配しているんだ？」

「こんなことはいいたくありませんが、南方平原のかなり広い範囲です。わかるかぎりでは、回線は無限に分岐《ぶんき》をくり返しています。大雑把にいって四万対《つい》の分岐を数えましたが、大部分はまだ手つかずのまま……でも、十あまりの小さな対の終点になにがあるかわかって、あきらめました。三つの推測が成り立ちますが……」

「いわなくていい」とフリッツ。「想像はつく……ろくでもないタズー人のハープだな」

「ハープ、ハープ、ハープ以外はなにもなく。弦の張ってあるものはひとつもありません。音楽に耳を傾けるのは理解できます。でも、列車の音を聞けるようにするためだけに、五十億個のスピーカーを平原全体に設置するなんて、ありえますか？　いくら異星人だって、そこまで異質にはなれませんよ！」

フリッツはテーブルをバシンとたたき、

「ジャッコ、きみは本物の天才だ！」

「わたしが？」ジャッコは目をぱちくりさせた。

「そうだ。きみのおかげで必要な手がかりが得られた。隊員を集めてくれ、ジャッコ、タズーの地下鉄を復旧させるぞ」


ナッシュ大佐が定めた期限は三カ月。その貴重な時間のうち十週間がたったころ、彼らは試運転をするところまで漕《こ》ぎつけた。そのあいだ異端技術部隊の隊員は死にもの狂いで働いた。そしてフリッツが活動を秘密のヴェールで覆ったために、ゆっくりと進展する計画がどちらへ向かっているのか、部外者にはさっぱりわからなかった。ともあれ、最後の晩に準備万端ととのった。テラ製の新品の電線が、地下鉄の入口からくねくねとのびていた。そしてプラットフォームでは二ダースの投光照明が、二百万年前に滅び去った文明の機械的遺物を照らしだし、トンネル内に光を投じて、テラではサセックス丘陵《きゅうりょう》に象が棲《す》みつき、進化の途上にある人間の祖先が、まだ動物とみずからを区別していなかったころには、いまと同じ場所に止まっていた車輛を浮かびあがらせていた。

日没まぎわにフリッツと彼のチームは、地下鉄の建物に集まった。昼間の静穏《せいおん》な天気はすでにざわつきはじめていた。頭上を流れる雲が低く垂れこめはじめ、陸地をさいなむ夜風の前触れとなっていたのだ。これは嵐の前の静けさではなく、緊張が高まる過程だった。つまり、きつく巻かれたバネが、避けようのない破壊点に向かって、さらにきつく巻かれているのだ。その破壊点とは、砂だらけの強風が吹き荒れることだった。嵐がはじまったとたん、彼らはあわてて屋内へ逃げこんだ。

　フリッツは、自分がやろうとしていることにすくなからぬ畏怖をおぼえているのを悟った。これらタズー人の人工遺物の保存状態は申し分ないが、技術者としては、低温クリープ（徐々に進む金属材料の変化）のパターン、結晶粒《りゅう》の成長、拡散を思いださずにはいられなかったのだ――いずれも二百万年を閲《けみ》したあと、加工された金属の特性に生じているかもしれない劣化である。さいわいタズー人は、自分たちの素材と大気を十二分に理解しており、長持ちするように作ったらしく、それについてはめざましい成功をおさめていた。

ともあれ、もうはじめてしまったのだ。感傷と好奇心を別にしても、異端技術部隊の存続そのものが、地下鉄を復旧できるかどうかにかかっている。たとえこの場所全体が、ほこりと雷鳴につつまれて崩壊する危険があるにしても、いまさらあとへは引けないのだ。

　避けられない危険を冒さなければならないときの習慣で、フリッツは地下鉄のプラットフォームに並べられた機材の前にひとりで立っていた。ジャッコは通信の向こう端、スイッチング回廊にいて、急ごしらえの制御装置についていた。その装置には、タズーに運ばれてきた不適当な物資からどうにかこうにか組みあげた関連モニター機器がふくまれていた。ジャッコはフリッツが危険な場所にいるとよくわかっているので心おだやかではなく、なんとか上司を説得して、試運転に立ち会うのを思いとどまらせようとしたが、フリッツは、実験の結果、施設に壊滅的な損傷が生じるのを見越して、作動原理をじかに体験するために立ち会うことに決めていた。その結果しだいでは、自分たち自身の雇傭《こよう》が絶望的なまでに不安定になりかねないのだ。

予定時刻の五分前、フリッツは計器の最終点検をした。予備的なスイッチングをはじめてくれとジャッコに合図を送ったあとになって、プラットフォームに通じる通路に足音と人声《じんせい》がこだまするのが聞こえた。彼は通信機を引ったくるようにして、

「待ってくれ、ジャッコ。お仲間ができたらしい。こちらから連絡するまでなにもするな」

「了解」とジャッコ。「でも、うちの連中はひとりも降りていませんよ。請けあいます」

「そうか」とフリッツ。「あの低いどら声を聞きちがえてないかぎり、あれはナッシュ大佐と側近《そっきん》たちだ。もちろん、お引きとりを願う。一回の事故でお偉方《えらがた》をまとめてあの世へ送ったら、悪名をちょうだいすることになるからな」

受話器をたたきつけるように置き、プラットフォームをのっしのっしと歩いていくと、ちょうどナッシュと随員《ずいいん》たちが到着したところだった。

「ヴァン・ヌーン中尉」とナッシュが冷ややかな声でいった。「きみがタズー人の地下鉄を今晩再始動させるつもりだと先ほど聞かされた。これが最優先のプロジェクトであることを思えば、もっと直接的な形で伝えてもらうのが当然ではないだろうか」

「お伝えします、報告することができましたらすぐに」

「わたしのいいたいことがよくわかっていないようだな」とナッシュ。「この実験に成功すれば、タズー人の機械的な人工遺物がはじめて再始動することになる。その意味で——あー

──まさに歴史的瞬間だ。当然ながら、その場への立ち会いを要請されたかったのだよ」

「大佐のほうも、わたしのいいたいことがよくわかっておられないようです」とフリッツ。

「いかなるプロジェクトであろうと、その進捗の過程で、ふつうは『危険、技術者試験中』とぼかした形で表現される時点が到来します。われわれの知るかぎり、タズー人の地下鉄は無傷で、保存状態も完璧です。工学技術の観点からすれば、電流のスイッチを入れ、二百万年ぶりに運行を再開させられない理由はありません」

「ほう」とナッシュが険悪な声でいった。「それなら、なにが問題なのだね?」

「こういうことです」とフリッツ。「タズー人にとって正常であったものが、われわれにとってはとうてい耐えられないものかもしれません。回線のこの部分にはいってくる動力は、地球人の基準では常軌《じょうき》を逸《いっ》したものです。タズー人が動力転換の効率について無知だったとは思えませんから、タズーの地下鉄はかなり活発に動いていたと結論づけるしかありません。上階でマスター・スイッチが入れられれば、タズー人の機械的環境のサンプルをありのままの形で入手できるはずです。その瞬間、試運転の成功に絶対不可欠でない人間はここにいてほしくないのです」

ナッシュ大佐はいらだたしげに鼻を鳴らした。

「これまでに得られた最高の情報によれば、タズー人は骨格の小さな鳥類型生物で、かなり華奢《きやしや》な体つきだったらしい。地球軍異星探査任務部隊の士官たる者は、前の住民とまったく同じように、打ち捨てられた地下鉄が運行する状況に耐えられる、とわたしは確信している。

しかし、きみが自分の機械的才能にそれほど自信がないのなら、なぜひとつずつスイッチを入れないんだね？」

「その理由は」とフリッツ。「われわれにわかるかぎり、個々の制御系統を解明するのに丸十年かかりそうなほど複雑怪奇なマスター・コンピュータ室にシステム全体が連結されているからです。彼らにしかわからない理由で、タズー人は局所的に隔離された回路というものを好まなかったようです。したがって、全体を受け入れるか、なにひとつ受け入れないかのどちらかなのです。正式に要請いたします、大佐、退去願います。とどまるのであれば、結果に責任は負えません」

「きみはとどまるんだね、中尉？」

「とどまります」

「それなら、われわれもとどまる。きみのいい分は認めるが、危険な面を強調しすぎているように思う」

「わかりました」とフリッツ。「しかし、ご自身の決定であることをお忘れなく」彼は疲れた顔で通信機のある場所へもどった。「ジャッコ、スイッチを入れる用意をしろ」

「お偉方は行っちまいましたか？」

「いや、花火見物のために居残るといってゆずらない」

「なんと！　自分がなにをしているか、あなたがわかっているといいんですが」

「わかっていたら」とフリッツ。「きみがそのスイッチを入れるあいだ、おれをこのプラットフォームにとどまるよう説得できるものはタズーにひとつもないってことだ。電流を三十秒かけて最大まで持っていき、三分間そのままにしてくれ。通信機ですぐにおれと連絡がとれなかったら、スイッチを切って、救急用具を洗いざらいかかえて、ここまで飛んできてくれ」

「了解」とジャッコ。「では幸運を！　十から秒読みを開始します……」

7

フリッツ・ヴァン・ヌーンが人生で最悪の経験にそなえていたとしても、襲いかかってきた強烈で鮮明な印象に対しては心がまえができていなかった。トンネル内部全体が煌々《こうこう》と照らしだされ、信じがたいほど色とりどりに燦然《さんぜん》と輝く光の万華鏡《まんげきょう》となった。空気は急速に不快なほど暑くなり、彼の肺には受け入れられない刺激臭のある蒸気で喉を詰まらせ、面白半分にブローランプの炎を浴びせたかのように皮膚を焼き焦がした。

しかし、彼の魂に溝をえぐったのは、すさまじい騒音だった。十あまりの機械の喉からたてつづけに絶叫があがり、可聴域を駆けのぼって低超音波となり、プラットフォームに一定の間隔で粉塵《ふんじん》火災を発生させた。いくつもの装置がガンガン・ガチャガチャ・ガチャンガチャンと不協和音を奏で、赤熱《せきねつ》した針で鼓膜をかきむしった。文字どおり装置のあらゆる部分が、炸裂する雷鳴の絶叫に合わせて振動するか、共鳴するかしていた。フリッツが観察のために居残っていた列車は、不吉にも丸々一分のあいだ微動だにしなかったが、ついに爆音ときしみを発して跳弾《ちょうだん》と化し、駅に飛びこむと、その奥のトンネルへ突進していった。この世の終わりのような轟音をともない、さらに安物のブリキ盆《ぼん》が果てしなくぶつかり合うような大音響が混じっていた。

最初の列車が視界から消えたかと思うと、つぎの骨組みだけの車輛が駅に飛びこんできて、猛然と、まっしぐらに走りぬけて、その到着を彼の五感が正しく解釈できないうちに去っていった。フリッツはその通過のさいに生じた衝撃波を前にすくみあがり、貴重なモニター機器が四方八方へ散らばるのを目で追った。ねじられた金属がねじられた金属に食いこむときの機械が悶《もだ》え苦しむ音に精神的苦痛をおぼえ、歯ぎしりした。火花と白熱した機材の破片がプラットフォームに降り注ぎ、彼の作業着を小さな焦げ穴だらけにした。

ナッシュ大佐と側近たちは、いまプラットフォームの先のほうで壁ぎわにうずくまり、青い顔をして、両手で耳をふさいでいた。いっぽう、その上では騒音発生器がすさまじい騒音を彼らの頭に浴びせかけていた。足もとでは粉塵がくすぶり、吐き気をもよおす悪臭を発していた。それはカコダイルとメルカプタンを混ぜたようなにおいで、じっさいに嗅いでみなければ、その存在をとうてい信じられないものだった。

胸のなかで微笑が花開いたのをフリッツが悟る暇もなく、つぎの列車が駅にはいってきて、こんどは背すじを凍《こお》らせる金切り声をあげながら停止しようとした。目に見えないブレーキが、その恐るべき運動量を減殺《げんさい》しようとむなしく闘っているのだ。フリッツは歯ぎしりし、それが最後にブルッと震えて止まるまでの一部始終を見届けた。モニター機器が作動しなくなっていたので、車輛のスピードは心中で見積もるほかなく、これほど急激な減速をした乗り物の乗客にかかる力を概算しようとした。その答えは、タズー人の生理機能について、ネヴィルが過去十二カ月に導きだしたものよりも多くを教えてくれた。

だしぬけに動力が途絶え、相対的に薄暗い地球の投光照明に目を慣らさなければならなかった。いまだに耳鳴りがひどく、先ほど蹂躙《じゅうりん》されたせいで耳がズキズキした。そして耐えがたい暑さと湿気のせいで、ひどく風変わりな蒸し風呂にはいっているような気分だった。ナナッシュ大佐が、まったく読めない表情を顔に浮かべてふらふらと立ちあがり、プラットフォームでくすぶっている粉塵の山を慎重に迂回《うかい》した。側近たちは彼のように冷静ではいられず、試練が終わって安堵したようすを隠さずに出口へと急いだ。

ナッシュはまっすぐフリッツのもとへやってきた。

「ヴァン・ヌーン」

「なんでしょう?」フリッツは、プラットフォームから溝へいまにも落ちそうになっている、元は音響周波数スペクトル分析器だったもののバランスをとろうとしながらも、短く敬礼した。

「きみに謝らないといけない」とナッシュ。「いやはや、すごかった! しかし、きみは考える基盤をあたえてくれていた。きみが警告しなかったといっているわけじゃない——だが、いったいぜんたい、どこであれだけの動力を手に入れたんだね?」

「その件についてはあらためてご報告します、大佐、二、三の細かい点を整理し終わりしだい」

「よろしい」とナッシュ。「明日の三時にわたしのオフィスで幕僚会議を開く。そのとき、答えてもらえればありがたい」

彼はきびすを返し、大股に歩み去った。いっぽうフリッツは通信機が急きたてるようにジージーいっているのに気がついた。

「フリッツ、だいじょうぶですか？」

「かろうじてだが」とフリッツ。「いやはや、すさまじかった。なにもかもが地球の地下鉄のすくなくとも五倍は速く、二十倍は騒々しかった。熱はいうまでもない。もしあれが打ち捨てられたタズー人の地下鉄が動いているところの見本だとしたら、ラッシュアワーのとき乗らずにすむよう祈るよ」

「いくつかお知らせすることがあります」とジャッコ。「間に合わせで作った仮の回線でスイッチングがうまくいきませんでした。計算によると、供給できたのは見積もった装荷《そうか》全体の四十三パーセントにすぎません。あとすこしだけがんばってもらえれば、装荷百パーセントで試験走行を実施できます」

「それにはおよばん」とフリッツはあわてていった。「その代わり中継器とテレメトリー機器をいくつかと、無人TVカメラが二、三台必要だ。装荷百パーセントで試運転をするときは、ここにいないことにする」

「なにか発見したんですか?」

「たっぷりと。まず、このシステムの潜在的な弱点は、もっぱら乗客を制限することだろう。タズー人は交流リニア・モーターを調節して公共輸送に使っていたらしい。溝の底を反発要素にしていたわけだ。同じ原理で交流磁束《じそく》の斥力《せきりょく》を使って列車を地面から持ちあげ、実質的に磁界で浮かせていた。おそらく同じ原理が左右にも作用していて、トンネルの壁に対して列車を中央の位置に保っていたのだろう。十二分に効果を発揮できるほどの電力を送りこめなかっただけだ。考えてみれば、恐ろしく抜け目ないアイデアだよ。機械的な摩擦《まさつ》のない支持場に列車を浮かべれば、公共輸送システムが克服《こくふく》するべき問題は、慣性と空気抵抗と渦電流の損失だけになる。どうやって電流をとり入れたのかはまだわからないが、十中八九それも誘導電流だろう。すぐにわれわれの用途に合わせられる、とだけいっておこう」

「そいつはけっこう」とジャッコ。「もっとも、われわれが作りあげるはずだったものは、それじゃできあがりそうにないですが。頼まれたのは輸送システムなのに、われわれが用意したのは、経路も出入口もかぎられた地下鉄ってことになります。ネヴィルがいつまで満足していてくれると思います?」

「すくなくとも死ぬまで満足しているにちがいない」とフリッツ。「地下鉄の建設は、いかなる文明の歴史においてもドラマチックな偉業だ。当然ながら、かなりの量のテクノロジー的資源《エルゴ》を配分しなければならん。ゆえに、地下鉄を建設するなら、それだけの努力を傾注しても見返りがあるほど重要な地点だけを結ぶことになる。この都市の地下で動いている地下鉄をネヴィルにあたえれば、かつてタズー人が通行を可能にする値打ちがあると考えていた都市の各地へ、すぐさま、簡単に通行できるようになるんだ。輸送システムばかりではなく、タズー人の心理や文化的慣習を探るうえでの絶好の指針を得ることになるんだよ」


フリッツが幕僚会議場に到着すると、ほかの出席者は一時間ほど前に召集されていたという感じを受けた。というのも、彼が着いたとき、集まった者たちはすでに喧々囂々《けんけんごうごう》の議論をくり広げていたからだ。ネヴィルはうずたかく積まれたメモの山を絶望したような表情でめくりながら、拾い読みしていた。ナッシュ大佐は椅子にすわっていた。

「やあ、中尉、かけたまえ。きみは昨晩、地下鉄ですばらしいものを見せてくれた。それを可能にしたエネルギー源をどうやって手に入れたのか、教えてもらえるものと思っている」

「できることは、それにとどまりません」とフリッツ。「タズー人に関する知識をかなり増やせると思います。しかし、ハープから話をはじめましょう――タズー人のハープです。わたしはその正体を突如として悟ったのです」

「その正体とは？」

「機械電気《メカノエレクトリック》エネルギー転換器――圧電発生器といってもかまいません。あのハープは、弦の振動によって作動する高度に効率的な圧電結晶の集合体にすぎません。弦は、タズーの夜風に吹かれて振動するように作られています」

「わたしは科学者ではないが」とナッシュ。「圧電効果では、それだけの規模のエネルギー転換を実用化するにはとうてい足りないのではないだろうか」

「よくある誤解です」とフリッツ。「あのハープにくらべれば未発達といえる地球の強誘電セラミックでさえ、最低でも一平方センチ当たり十六ワットの密度で動力を発生させることが可能で、それは太陽電池よりもはるかに優れています。タズー人の結晶は、一平方センチ当たり八十ワットの出力が可能ですし、転換効率は九十五パーセントを超えています。これは、地球でもっとも進歩したMHD振動プラズマ反応炉さえ足もとにもおよばない効率です。機械電気転換は、発達をとげれば将来性が高いとむかしから考えられていましたが、テラには利用できる大規模な機械的エネルギー源が乏《とぼ》しいという事実が障害となってきました。タズー人は、風を利用してハープの弦を振動させることで、ほどほどのエネルギー源を極大規模で使用できるようになりました。典型的な夜風のもとでタズー人のハープは、二キロワットに迫る出力が可能です。これでハープを設置した平原一平方キロ当たり、およそ一メガワットの電力が生まれます」

「まちがいないんだね、フリッツ」とネヴィルが尋ねた。

「まちがいありません。地下鉄の動力は、弦を張りなおした平原のハープから得たのですから」

「しかし、出力は風の力に左右されるのではないかね？」

「左右されます。しかし、ハープを広い地域に並べれば、その変動は無視できるところまで平均化されます」

「しかし、風がないときはどうやって動力を得たんだね？」

「得ませんでした」とフリッツ。「動力を蓄《たくわ》える試みや、代替エネルギーの供給を示唆《しさ》するものはなにひとつ見つかっていません。風がやめば、すべてが止まったのです。したがって、生まれつきでないとしとも、習性によって、タズー人はまずまちがいなく夜行性でした」

「しかし、それはばかげている」とネヴィル。「彼らが発電用の転換器で平原全体を埋めつくしたなどとは、やはり考えられない」

「どうしてです？　彼らに広大な野外の使い道はこれといってありませんでした。本来の環境は、彼らとって概《がい》して耐えがたいものだったのです」

ネヴィルがさっと上体を起こし、

「それは机上《きじょう》の空論と紙一重《ひとえ》だ。どうやってその結論にたどり着いたのだね？」

「単純な話です」とフリッツ。「第一に、彼らは盲目に近かった。だからこそ、地下鉄で見つけたような強烈きわまりない照明が必要だったのです。わたしの計算が正しければ、真昼のタズーでさえ、彼らの目にはどんよりと曇って見えたはずです。第二に、地下鉄が達した温度は環境をはるかに上まわっていますから、タズー人が戸外の気温にさほど長く耐えられなかったという推測が成り立ちます。彼らのボディーマス指数（体重を身長の二乗で割った値。肥満度を表す）は非常に低く、おそらく急速に冷えたのでしょう」

「すばらしい！」とネヴィル。「彼らの骨格が小さいのは知っていたが、ボディーマスまでは……」

「タズー人の地下鉄の加減速のようすを見れば、ボディーマスの小さな生き物しか生き残れないとすぐにおわかりになるでしょう」

「なるほど」とナッシュ。「きみはすべての答えを持ちあわせているようだ。ひょっとして、タズー人が絶滅した理由もわかっているのでは？」

「ある程度の推測はつきました。タズー人はわれわれにもまして動力に依存する動物でした。その理由はすでに述べたとおりです。彼らは、光熱のための動力なしでは生存できない段階に達しました。おそらく進化的な袋小路《ふくろこうじ》に達してしまい、いうなれば、生来の環境から逸脱《いつだつ》してしまったのです。彼らがハープから得られる動力に依存していたことをここで思いだしてください。化石燃料にしろ核にしろ、代替エネルギーとなる大きな資源を持っていなかったことを。ハープの台枠《だいわく》が、かつて平原に繁っていた森の木々からとれる硬木でできていたことも思いだしてください。思うに、彼らは木々を犠牲にして発電地域を広げたのでしょう。やがてある時点で土壌浸食がはじまりました。正しい手順を踏んで闘えば、ふつう土壌浸食は防げます。しかし……」

「というと？」とナッシュ。

「土壌浸食は砂を生みだし、砂と風は共謀して砂嵐となり、ハープの弦を摩耗させて切断しました。ハープの損傷は動力の喪失を意味します——土壌浸食との闘いに欠かせない蒸留された海水を運びこむのに必要不可欠な動力そのものの喪失です。この過程は悪循環におちいりました——砂が増えれば増えるほどハープが減り、ハープが減れば減るほど砂が増え、そのくり返しが無限につづきます。砂ができないようにするのに必要な動力が砂に奪われるので、状況は日一日《ひいちにち》と悪化しました。砂が厚く積もれば、硬木の種子は発芽することさえできず、それゆえ残った森も徐々に滅びていきました。ゆるやかではあるものの、とり返しのつかない動力の喪失に直面したタズー人は、彼らの前に開かれた唯一の道をたどりました——動力なしでも生命を維持できる気候の熱帯地域へ移住しようとしたのです。歴史の示すところでは、そこへ行き着いた者はほとんどいなかったようです。夜風がタズー人を空に舞いあがらせるほど強かったことを思えば、意外ではありません」

しばらく沈黙が降りた。

「それでハープは？」とナッシュが尋ねた。「発電の手段はそれしかなかったのかね？」

「そうでないことを示す証拠は見つかっておりません」

「じつに残念だ！　フィリップ・ネヴィルに説得されて、相当に野心的なプロジェクトの支援に乗りだそうと決めたばかりだったのに。きみが動力を生みだし、輸送機関になりそうなものを見つけたことを踏まえて、フィリップはタズー人の都市の復興を提案していたのだよ。まずは地球外での仕事に興味をいだく考古学者を迎えるが、ゆくゆくは恒久的な入植地に、さらには〈辺縁《へんえん》〉へ向かう船の補給基地にするのだ、と」

「つまり、この場所にまた人を住まわせる——生きている都市にもどすということですか？」

「そうだ、じっくりと時間をかけて。可能であれば砂漠を灌漑《かんがい》し、荒れ地の一部を耕地化もする。それが無理だと、きみが非の打ちどころのない論理で証明してくれたのだから、残念きわまりないよ」

「しかし、無理ではありません」とフリッツ。「時間をかけて、ハープを修理するのにじゅうぶんな人手を割けば、都市全体はおろか、ほかに十あまりの都市の動力をまかなえるだけのエネルギーが平原にはあるのです」

「しかし、砂嵐が……」

「……ハープの弦を摩耗させた。そう、たしかに摩耗させました……しかし、それはフリッツ・ヴァン・ヌーンが降臨する前の話です。タズー人は十中八九、ただの金属ワイヤを使っていました。おそらくチタンでしょう。それは摩耗しやすいのです。彼らが語るに足る有機化学を知らず、したがってプラスチックも知らなかったことを思いだしてください。われわれは伸張《しんちょう》性が高く頑丈《がんじょう》きわまりない鋼鉄ワイヤを使っており、ポリシリコンのエストラマー（常温でゴム状弾性を有する物質）で被覆しています。その組み合わせは摩耗に非常に強く、何年も支障なく役割を果たすはずです。あいにく振動はかなり減衰《げんすい》しますが——それをいうなら、タズー人に必要だったほどの熱も光もわれわれには必要ないのです」

「では、タズー人は適切に被覆された電線がなかったせいで滅びた、と本気で信じているのだね？」

「信じています」とフリッツ。「まさにそのとおりを。これを自分たちへの教訓としましょう。なにか新しくて予想外の危機に直面する事態となったとき、われわれ自身のテクノロジーにどんな要素が欠けているのか、自分ではわからないでしょう。われわれの発達は、方向がちがうだけで、おそらくタズー人と同じくらい偏《かたよ》っています。それゆえ、タズー人の科学とテクノロジーのすべてをわれわれのものに統合すれば、利益しか生まれないのです。入植でそれが可能になるのであれば、入植のための動力を得られるようにしてみせます」

「釘《くぎ》が一本ないために……」とネヴィルが考えこんだ顔でいった（釘が一本ないために蹄鉄がなくなり、蹄鉄ひとつがないために馬が使えなくなり、馬が使えなくなったために乗っていた人が困る。フランスの諺）。

「フリッツ」とナッシュがいった。「異端技術部隊を工学技術予備隊のたんなる一部門ではなく、恒久的に地球軍異星探査任務部隊の一部局とする可能性について、きみと話をしたいと思っていた。きみはどう応える？　もちろん、それは昇進を意味し……」

「個人的には諸手《もろて》をあげて賛同いたします」とフリッツ。「しかし、あいにくティベリウス第二惑星でのつぎの任務をすでに受けてしまいました。その地にモノレール網を張りめぐらせようとしているのです」

「なるほど」とナッシュ。「きみの特異な才能が必要になるとは、ティベリウス第二惑星のモノレール網にはいったいなにがあるのだね？」

　フリッツは慎《つつし》み深く咳払いし、

「わたしの理解するところでは、重力に関係しています。どうやら毎週火曜日と木曜日の朝に重力の方向が七十度ずつ変わるようなのです」彼はそういって帽子に手をのばした。


（中村融訳）

地獄の口

デイヴィッド・I・マッスン

デイヴィッド・I・マッスン　David I. Masson（1915–2007）

一九六〇年代にSF界を席巻《せっけん》したニュー・ウェーヴ運動は、それまでSFの特質として称揚《しょうよう》されてきた〝センス・オブ・ワンダー〟という概念に疑問を呈した。たとえば、わが国でニュー・ウェーヴ運動を展開した山野浩一は、みずから創刊した雑誌を〈NW－SF〉と名づけ、NWとはNew Wave、New World、No Wonderを意味すると説明した。そのような批判を小説の形にしたのが本編といえるだろう。

作者はスコットランド生まれだが、長らくイングランドに在住し、稀《き》覯本《こうぼん》の図書館司書を務めた。一九六五年にニュー・ウェーヴ運動の拠点だった〈ニュー・ワールズ〉誌に短編「旅人の憩《いこ》い」（ハヤカワ文庫SF『伊藤典夫翻訳SF傑作選　ボロゴーヴはミムジイ』他所収）を発表して作家デビュー。時間圧縮という概念を文体そのものに反映させた実験的作風が絶賛を浴びた。その後も同誌を舞台に健筆をふるい、六七年までに六つの短編を世に問うた。なかでも十七世紀から二十世紀に連れてこられた男の手記を模し、十七世紀の文体でその顚末《てんまつ》を綴《つづ》った「二《に》代之《だいの》間男《まおとこ》」（一九六六／ハヤカワ・SF・シリーズ『ニュー・ワールズ傑作選No.1』所収）は世評が高い。これら七編は、唯一の著書 *The Caltraps of Time*（1968）にまとまっている（二〇〇三年に三編を増補した新版が出た）。

本編の初出は〈ニュー・ワールズ〉一九六六年一月号。本邦初訳である。

北の山麓《さんろく》の丘陵《きゅうりょう》地帯から休み休み登ってきた探検隊は、高原に達して、人跡未踏《じんせきみとう》の地を発見した。静寂につつまれた平原は、小さな花や、けばけばしい苔《こけ》や地衣《ちい》の群落でまだらをなしていた。隊長のケッタスが停止を命じ、あたりを調べるあいだ、各トラクターの分解修理がおこなわれた。太陽は、さほど遠くない南の晴れわたった空にまばゆく輝いていた。北極圏もどきの生態系は、緯度ではなく高度の産物だからだ。蚊《か》が風の吹く高さより下で草むらすれすれを飛んでおり、甲虫《こうちゅう》と蠅《はえ》が花の上を這《は》っていた。とはいえ、地上二十五センチより上では、身を切るような北風が絶え間なく吹いていた。遠くまではっきり見えるが、目に映るものを解釈するのはむずかしく、樹木のない荒野には、大きさの目安になるものがなかった。地面の凹凸《おうとつ》はないも同然。その下に永久凍土《とうど》もないようだ。しばらくすると、狐《きつね》が一匹、南へすこし行ったところを歩いているのが見分けられた。沼のへりには、蹄《ひづめ》の跡《あと》ではないもっと大きな足跡がくっきりと見える。もし車輛《しゃりょう》から遠く離れたところまでさまよい出たら、静寂を破るのは、か細い風音——風が草むらをくしけずっている——と、虫のすだく音、狐かほかの捕食獣《ほしょくじゅう》の遠い鳴き声、そしてにじみ出る水の秘密めいたゴボゴボいう音だけだろう。小丘《しょうきゅう》や灌木《かんぼく》の茂みの北側のあちこちに霧氷《むひょう》の痕跡《こんせき》が見られ、沼のへりは、ところどころうっすらと凍《こお》っていた。

本隊にもどると、ケッタスは昼食の用意を命じた。状況について考えをめぐらす。風は厄介だ——絶えず吹きすさび、無慈悲なまでに痛烈で、氷点下以下なのはまちがいない。人は南側で焼き焦《こ》がされ、北側で——文字どおり——凍《い》てつくことになりかねない。時間がたつにつれて風は強まり、そんなことがあるとすればだが、陽射《ひざ》しが熱くなるにつれ冷たくなった。しかし、濃灰色《のうかいしょく》の雲の外べりが、南の地平線から昇りはじめ、逆さまに見るぼろぼろのカーテンのように、どんどん上昇して広がっていき、やがてその外縁《そとぶち》の細長い突起が太陽を脅《おびや》かすようになった。ケッタスは隊をふたたび進発させ、トラクターの小集団が慎重に道を選びながら、雲に向かって進みはじめた。

二時間後、アフペンが灰色鹿《はいいろじか》の群れを見つけて、隊は停止した。アフペン、ラーフィフ、ニーズメクが長い追跡の末に三頭を仕留《しと》め、その死骸を車輌にくくりつけて、隊はまた進みはじめた。雲は大きくなりつづけ、夕暮れには南の空を半分ほど覆っていた。そのあいだ氷のように冷たい北風が強さをましていった。キャンプが張られ、トラクターを防風壁代わりにして、テントを守る措置《そち》がとられた。鹿が保蔵処理され、その肉は食糧不足におちいったときにそなえて保存された。

眠れない夜を徹して風は間断《かんだん》なく吹きつづけ、夜明け近くになってようやく衰《おとろ》えた。夜空は晴れわたり、硬く凍てついていた。朝になると空は雲ひとつなく、高原全体が白い霜《しも》に覆われていた。

「さあ、どっちへ行きます、隊長？」朝食のときにメッフタムが尋ねた。

「南へ進みつづけるだけだ」

二時間のうちに霜は消えた。甲虫が隠れ処《が》から出てきて、太陽は照りつけ、地面は暖かかったが、風は前にもまして猛烈に吹き、前と変わらず冷たかった。はるか前方で、積雲《せきうん》の頭が完全にできあがった状態で地平線から昇り、まもなくそそり立つ雷雲《かみなりぐも》が南の空を覆った。雷雨《らいう》巻雲《けんうん》の幕が広がり、灰色のとばりとなって陽光を遮断した。風は吹きつのり、ときには突風となった。

「地面のようすに気づいてますか？」数時間後、メッフタムがケッタスの耳もとでいった。

「斜面のことか？　ああ、気づいている」そういうと隊長は車列を停止させた。あたかも何者かが世界をわずかに傾けたかのようだった。行く手には、起伏のほとんどない斜面がなだらかな下り勾配《こうばい》でのびており、目路《めじ》のかぎり東西へ広がっている。背後の北も同じ斜面だ。変化はあまりにもゆるやかで、これまで気づかなかったのだ。ケッタスは隊を幅広い矢の形に展開させ、自分の車輛を先頭かつ中央に置いた。

つづく二時間のうちに、傾斜はますます顕著《けんちょ》になった。池は湿った川床《かわどこ》になっていた。ケッタスの高度計によれば、現在位置は海抜まで半分の高さだ。とはいえ、植生に変化はないようなものだった。苔はさらに生《お》い茂り、地面は熱いほどになったが、まるで斜面をくだる彼らをうしろから押すかのように、氷のように冷たい強風が背中に吹きつけていた。斜面は両方の地平線までひたすら広がっていた。北と南は地面の傾きでふさがれ、地平線はくっきりした曲線を描いているはずだったが、彼らには見えなかった。オッスナールの顔は灰緑《かいりょく》色《しょく》だ。岩壁ではあれほど冷静な人間が、なぜこの風景にこうもやすやすと影響されるのだろう、とケッタスは不思議に思った。アフペンも調子がよさそうに見えないし、意気軒昂《けんこう》な者はひとりもいない。

「どこまでつづいているんでしょうね?」とラーフィフがつぶやいた。

雷雲は黒っぽい水蒸気の巨大な壁になっており、閃光《せんこう》で頻繁に照らされていた。南からひっきりなしに轟音《ごうおん》が聞こえてきて、通信装置がパチパチいった。ケッタスは、自分の車輛と並行して走るよう全車に命じた。傾斜はいまや進行にとって明らかな脅威だった。

一時間後、ケッタスはふたたび車輛を停止させた。傾斜は危険なほど険《けわ》しかった。正午が迫っているとはいえ、いまや空の大部分にアーチをかけている雲のとばりの下で、明かりは乏《とぼ》しかった。植物は前よりも青々としていたが、前よりもまばらになっているので、たくさんの岩石や砂利《じゃり》が見てとれた。身を切るような風は吹きつづけた。

「やっぱり登攀《とうはん》用の吸盤がいるみたいですね」とメッフタムがいった。プリパンドとグーダップは車輛五号のそばに固まってブツブツいっており、暗い顔で周囲を見まわしていた。オッスナールの顔は蒼白《そうはく》で、だれもが不安げだった。

「都合のいい空洞か岩棚《いわだな》に行きあたりさえすれば、トラクターを駐《と》められるんですが」とメッフタムが言葉をつづけた。ケッタスは無言だった。彼は標高のことを考えていた。

「海抜を下まわっているはずだ」ようやく彼はいった。「それなのに木がない。あるのはこの北極なみの風だけだから、植物は生長できないのだろう。そして底は影も形もない」それから、「ここではだれひとり動けない。車輌の間隔を二輌分に保つように。できるだけうまく四爪《よつづめ》アンカーを打っておけ。万一にそなえて、荷物と登攀用具を出しておくんだ。テントを張るが、車列の真東になるようにして、植物の生えている場所を選べ。砂利は洪水の跡かもしれん。備蓄にも同じ処置をしろ。作業が終わったら、食事にする」

食事の準備がととのう前に、強風がいきなり雪霰《ゆきあられ》をはらむようになり、それが氷雨《ひさめ》に変わった。午後は断続的にこの種の驟雨《しゅうう》に襲われた。四爪アンカーのおかげで、二輌が浅い鉄砲水に呑まれて転げ落ちるのを免《まぬか》れた。

ケッタスは作戦会議を開いた。

「わたしには」とニーズメクがうなるようにいった。「行く手に底はないように思えます。一輌か二輌を偵察のために先行させて、くわしいことがわかるまで、ここでキャンプするのもいいかもしれません」

「きみの意見は、アフペン?」

「山脚《さんきゃく》（山から分岐した支脈部）かチムニー（岩の縦の裂け目）があるかもしれないので、東か西へ二十キロ進んだらどうでしょう?」

「オッスナールは?」

「そうですね……まあ……東か西を試すのは時間の無駄でしょう。どこまで行っても代わり映えしないのはおわかりのはず。進むか、引き返すかです」

「大勢は連れていけませんよ」ラーフィフが嚙《か》みつくようにいった。「トラクターがなければ、じゅうぶんな備蓄を持っていけません。地面がすぐに底に着かず、この傾斜が険しくなれば、万事休《きゅう》すです。ふたりか三人しか降りていけないし、そのときだってほんの数キロ進むのが関の山です」

整備士のグーダップとプリパンドは無言だった。

「わたしが思うに」と、こんどはメッフタムが口をはさんだ。「まず明日偵察隊を送り、最大で半日先行させて、日没までに帰還させ、報告を受けるのがいいのではないでしょうか。そのとき判断をくだせばいいんです、隊長」

「おそらく、それがいちばんいいだろう。だが、ひと晩寝て考える」とケッタス。

その夜、眠った者はほとんどいなかった。風は湿っていて、地面は冷えこみ、雷は真夜中を過ぎたあとにやんだが、暴風は吼《ほ》えつづけた。翌朝、空はまたしても晴れわたり、南の地平線（斜面のせいで、あまり遠く離れていない）に、ちぎれ雲が低くかかっているだけだった。肌寒いが、凍てつくほどではない。曙光《しょこう》が射しそめるなか朝食をとったあと——周囲では車輛とテントが、傾いた地面に長い暗紫色《あんししょく》の影を落としていた——ケッタスは偵察に出る三人を選んだ。リーダーはメッフタム。ほかの二名については志願者を募《つの》った。ケッタスが驚いたことに、オッスナールとグーダップが名乗り出た。

「トラクターを使えないのなら、ぼくは手持ち無沙汰《ぶさた》になるでしょう。プリパンドがトラクターを見ていてくれます。ぼくは登山が好きだし、機会があるのなら」とグーダップ。彼は適任だ、とオッスナールが太鼓判《たいこばん》を押した。「自分たちが本当はどこへ向かっているのか突き止めたいんです」

三人組はただちに出発した。非常携帯口糧《こうりょう》、水、ロープ、カラビナ、新たに考案された吸盤に加えて、酸素を携行した。

「この盆地がどこまで深いのかわからないし、どんな空気に遭遇するのかもわからない」とケッタスが指摘した。

最初のうちは本隊と連絡がとれていたが、三人組が五キロほど進んだところで受信状態が悪くなりすぎた。原因の一部は、朝の積乱雲《せきらんうん》とともに生じたパチパチという音だった。これ以前にメッフタムはつぎのような事実を報告した。すなわち、気圧計によれば現在位置は平均海面から二千メートル下、斜面は水平面から五十度以上も傾斜している。地表は岩と砂であり、珍《めずら》しい色あざやかな地衣が散在している。東西には無数の小さな急流がある。雲霧《うんむ》が湧いて出て、さほど遠くない下のほうで崖縁《がけぶち》からはみだして浮かんでいる。そのあとは、沈黙……やがて深い黄昏《たそがれ》のなか、ヒステリックな信号がはいり、最終的にメッフタムの声だと識別された。

キャンプとの無線連絡が途絶《とだ》えたあとすぐに、メッフタム、オッスナール、グーダップは足を止めて、積み重なる雲に目をこらした。ベッドの下のほこりのような汚《きたな》らしい灰色の花《はな》綱《づな》が、一キロほど離れた南の空中、彼らの目と同じ高さに浮かんでいた。背後の形の定まらないカーテンから稲妻《いなずま》が飛んで、それらをくすんだシルエットに変えている。頭上の巻雲の頂部《ちょうぶ》は、大半がのっぺりした雷雲のなかに消えていた。傾いた地平線は、途方もなく大きな鰻《うなぎ》――東西へ果てしなくのびている――のような、へりのはっきりした巨大な雲に呑まれて終わっていた。とにかく、ここで地上の空気は強風から解放されていたが、雷鳴の合間《あいま》に風のうなりが聞きとれた。空気は湿り気をおびていて、恐ろしく暖かかった。岩の表面は熱かった。暗い色調ながら色とりどりのポリプやイソギンチャクのように見えるものが、あちこちで地割れから突きだしたり、垂れさがったりしているのが卑猥《ひわい》だった。その光景はときどき灼熱《しゃくねつ》の陽射しに照らしだされたが、その光はときおり生じるカリフラワー状の雲の頂部の上をすりぬけてくるか、雲のカーテンの切れ目をぬけてくるかだった。吸盤を使っても進みかたは遅々《ちち》としたものだった。メッフタムの指示で三人はロープで結ばれた。

一時間後、傾斜は七十度になり、いくつかの岩棚は、茨《いばら》や矮小《わいしょう》な松や風変わりな多肉植物に覆われていた。急流は細い滝となっており、その多くは外側に飛びだして水しぶきとなっていた。焼けつくような微風《そよかぜ》が下から吹きあがってきていた。いまは平行な二列の巻雲が、彼らの頭上まで広がっており、嵐はそのはるか上にあるようだった。すべすべしている上に脆《もろ》い岩は、ハーケンを受けつけようとしなかった。

くすんだピンク、濁《にご》ったレモン・イエロー、淡い灰色がかった青色から成る奇妙な模様ともいえない模様が、足のあいだの朦朧《もうろう》とした空気を透《す》かしてなんとか見分けられた。それはなにも伝えてこず、彼らの止まり木となっている急勾配の湾曲《わんきょく》と目に見える関連はなかった。標高はいまや見当もつかなかったが、平均海面から数キロは下がっているにちがいない。悪寒《おかん》が全身を這いまわり、グーダップの言葉を借りれば、体がソーダ水に変わってしまったかのようだった。そして耳鳴りがひどかった。

メッフタムとグーダップは非常携帯口糧を食べ、水を飲んだが、顔色が青みがかったピンクになっているオッスナールは、水を飲むのが精いっぱいだった。三人はときおり酸素を吸入したが、悪寒はたいしておさまらなかった。

二時間後、気がつくと、東西と下方へ果てしなくつづいている垂直に近い岩石面にへばりついていた。足もとの模様ともいえない模様はあいかわらずで、見えやすくもならず、はっきりもしていなかった。滝は生ぬるい小雨《こさめ》に変わっていた。背後の空気は、目路のかぎり（メッフタムが手鏡を使った）濃い灰色の蒸気のかたまりであり、擾乱《じょうらん》が激しく、銅色に輝く暑い陽光がそれを通して稀《まれ》に射しこんだ。その上にわずかに見える空は、透き通るように青かった。むきだしの岩は、吸盤手袋ごしでさえ火ぶくれができるほど熱かったが、紫とオレンジ色から成る奇妙な染みのような模様があった。ひょっとしたら有機体かもしれない。悪寒は彼らの肉体のなかで荒れ狂うようになっていた。耳は轟々《ごうごう》と鳴っていた。ときどきなにかが胸に突き刺さった。触覚は乱れて、当てにならなかった。吸盤があるのがせめてもの救いだった。こうしたことすべてにもかかわらず、メッフタムは天にも昇る気持ちで、子供じみた冒険の感覚に酔っていた。オッスナールは絶えずブツブツひとりごとをいっていた。

グーダップはクスクス笑ったり、深淵《しんえん》の〝ペイズリー模様〟に呼びかけたりしていた。

半時間後、オッスナールがかん高い叫び声をあげ――ほかのふたりにもイヤフォンごしに聞こえた――ある種の発作《ほっさ》に襲われた。さいわい彼の吸盤ははずれなかった。

「なんとかして彼を引きあげないと。すこしずつ動かせるだろうか？」とメッフタムが叫んだ。奇妙なほど切迫感がなく、彼はこの危機を興味深い抽象的問題とみなしていた。

「ぼくはもどらないぞ！」とグーダップが嚙みつくようにいった。

「降りていくわけにはいかないし、ここにとどまることもできん。望みがあるとしたら、オッスナールをすこしずつ引きあげることだけだ。彼は正気づくかもしれんし、気絶するかもしれん。その方法なら、なんとかなるだろう」

「下にあるものを目にするチャンスは今回だけだ。それを逃すものか」グーダップがまた嚙みつくようにいった。「オッスナールなんかくそくらえだ。ついでにあんたもくそくらえだ。あんたは腰ぬけだ、正真正銘、腰ぬけのスカンク、腰ぬけのペイズリー模様のスカンクなんだ！」

メッフタムは夢のなかにいるような気がした。グーダップが見える。彼は三人の中央に位置しており、両側のロープをナイフですばやく切断するところだった。長い先端が両方ともひらひらと落ちていく。オッスナールの痙攣《けいれん》する体が、四つの吸盤のうち三つでぶらさがった。グーダップはするすると蜘蛛《くも》のように降りていき、まもなく視界から消えたが、卑猥なつぶやきは無線でメッフタムにも聞きとれた。メッフタムは、あいかわらず夢を見ているようだったが、考えをまとめようとした。ようやく、助けを呼びに行かなければならないという結論に達する。自分ひとりで病人を動かせるわけはないし、動かせたとしても共倒れになるのがオチだろう。彼はオッスナールの左手を岩に強く押しつけて吸盤を固着《こちゃく》させ、ほかの三つの吸盤を確認してから、ひとつをずらした。ロープを固定できるものはなかった。ポケットから発光染料のマーカーをとりだし、オッスナールの服と彼の周囲に色あざやかな染料を吹きつける。二分ほどオッスナールのそばで待機し、大声で名前を呼んで正気をとりもどさせようとした。ようやくオッスナールの痙攣がおさまり、「しっかりつかまってろ、動くな！」というメッフタムの叫びに応《こた》えて、なにごとかつぶやいた。

メッフタムは染料スプレーで岩にしるしをつけながら登りはじめた。三十秒後、下で生じたある音とある動きに注意を惹《ひ》かれ、見おろすと、ちょうどオッスナールの体が錘《おもり》のように深淵へ落ちていくところだった。姿の見えないグーダップがあいかわらずブツブツいっているのが、無線を通してメッフタムに聞こえていたが、半時間後にその声も薄れるように消えていった。

そのあとの登攀は悪夢だった。そしてメッフタムの予想よりもはるかに長くかかった。およそ三時間後、体調がもどってくるにつれ、頭がはっきりしてきた。そして事態が完全に理解された。自分自身の行動に関する恐ろしい疑念が、はじめてこみあげてきた。いま打つ手があるとすれば、できるだけ速《すみ》やかにキャンプへもどることだけだ。

一時間ほど呼びかけをつづけたあと、本隊の無線機につながった。ケッタスが、ラーフィフとアフペンを迎えに送りだした。彼らは無線を頼りになんとか会合を果たし、暗闇のなかで子供のように泣きじゃくるメッフタムを連れもどした。

「どうやら麻酔ガスのたぐいのようだ」後刻《ごこく》ケッタスが、回復したメッフタムにいった。

「はい、窒素酔《ちっそ》いだったとしても不思議はありません。ただし、オッスナールは別です。彼はどこかがおかしかったのかしれません――そう思いませんか？」

「行かせるべきではなかった。しばらく前からようすがおかしかった……。かわいそうだが、グーダップも死んだものと考えねばならない。朝になったら一応探してはみるが」

あくる日、曙光が射すとメッフタム、ラーフィフ、ケッタスがロープをつけずに、染料でしるしをつけながら降りていった。それぞれの酸素マスクは、酸素が吸気総計の高い比率を保ったまま供給をつづけるように調節されていた。三人はメッフタムのつけたしるしをたどった。特別に警戒を要するような徴候に最初に気づいた者、あるいはほかのふたりにその徴候を気どられた者は、ただちに登りに転じる。だが、それまでは隊形を密に保つ。そして残ったふたりのうち、どちらかが音《ね》をあげはじめたら、すぐさまいっしょに登りに転じなければならない――そのような合意がなされていた。じっさいには、酸素を供給されているにもかかわらず、運命を決する地点の百メートルほど上で錯乱《さくらん》したラーフィフが登りに転じた。メッフタムは問題の地点を通過し、自分が滝になった気がして仕方がなかったが、無言で降りつづけて、すばやくケッタスを追い越した。メッフタムが四百メートル下でひとりごとをつぶやきながらあたりを見まわしていたとき、彼とケッタスの無線に、すすり泣きと笑い声の中間のようなものが届いた。そしてラーフィフの体が、くるくると宙返りを打ちながら、数フィート外側でふたりのわきを通過した。眼下には、昨日の色模様に代わって渦巻く蒸気のカーペットが見えていたが、ラーフィフの体は、その上に浮かぶ点になった。受信状態の悪くなった数分後も、悲鳴は無線を通してまだ聞こえていた。

　ケッタスはかろうじて正気を保っていたので、ようやくメッフタムを説得して帰還に転じた。数千メートルにおよぶ垂直の岩の壁で昨日の狂人を探しても無駄だ、とふらつく頭で自分と相手を納得させたのだ。あとでメッフタムは、自分にはあの深度でグーダップの小さな姿がずっと見えていた、黄色いナイフをふりまわしながら、自分の周囲を舞っていた、といった。

　午後遅くに帰り着き、翌日、寡黙《かもく》な探検隊は、ひとりずつトラクターに乗って帰路についた。

　通常気圧でも高気圧でも効率的に離陸と飛行ができ、内部が完全に与圧された、任務に最適な二機の垂直離着陸機《VTOL》を当局が作りあげるのに、それから五年かかった。メッフタムは亡くなっていた。モギャーリッセ登山中に事故死をとげたのだ。しかし、ケッタスは撮影技師兼ワールド・ラジオのコメンテーターとして一機に席を確保し、もう一機にニーズメクが乗った。盆地の深さのせいで、機—電離層—受信器をじかに結べないので、放送は高原に設けられた地上ステーションで中継された。そのステーションは大気圏の電離層から信号を拾いあげる、というかむしろ下げる。そうであっても、送った信号の四分の一ほどしか届かなかった。

二機は夏の高原の、傾斜十五度地域近くに着陸した。午前十一時から深夜零時ごろまでの飛行は、すさまじい上昇気流と電気的擾乱のせいで、気象学的に不可能だと考えられていた。彼らは夜が明けきる前の午前七時、強力なサーチライトを照らして離陸した。ケッタスの機のパイロットは、この道三十年のレヴァーンという名の冷静沈着なヴェテランが務めており、前回の降下ルートに近い岩壁を通過して降りていく予定だった。もう一機は、地形の変化を探りながら西へ飛んだ。二機はパイロットの無線を通じて（その都度波長を変えて）絶えず連絡をとりあっていた。

レヴァーンは、見えない盆地の底にレーダーを向けてみた。

「いっても信じないだろうが――地上まで四十三キロある」

ケッタスは言葉を失った。

「三十七キロ付近で第二のエコーがある――下の雲層《うんそう》かもしれないな。ライダー（レーザー光を出すレーダーに似た装置）を試させてくれ」彼はあつかいにくいレーザー〝銃〟を下に向けた。「なるほど、やっぱり雲層だな。それとあっちの光点、あれは巻雲《けんうん》、というか巻雲になりかけの雲だ――目に見えるものはありそうにない」

「その――地上のエコーだが。深度にするといくらになる？」

「この機の平均海面上の高度からすると、盆地の底は海面下四十一キロ、高原の斜面からは四十二キロくらい下ってことになる」

機は降下をはじめた。五年前の出来事の痕跡は跡形もなく消えていた。垂直レーダーの表示によれば、機は九キロか十キロ降下した。ケッタスが、色のついた岩がつづいていることを世界に知らせ、動画を撮《と》った。陽光が、ありえないほど壮大な垂直の岩石面に斜めに射していた。深度十五キロでは、それまでひとつながりに見えていた色が、孤立した点や斑点に分かれていた。空のからっぽの部分は乳白色《にゅうはくしょく》に変わっており、いまや真鍮《しんちゅう》色がかった黄色に変わりはじめていた。底はあいかわらず影も形もなく、メッフタムが述べていた模様ともいえない模様もなかったが、下の霧は陽射し――黄色い陽射し――を浴びてきらきらと輝いていた。空調のきいたキャビンのなかでさえ、陽の当たるところはどこも、ひときわ暑かった。

「遠近法のなせる業《わざ》で、壁はわれわれの上でも下でも湾曲しているように見えます」ケッタスがマイクに向かっていっていた。たしかにその景色は、自分に向かって湾曲している樽板《たるいた》でできた壁の数インチ前で踊っているこびとの目に映るものに似ていた。ただし、その〝こびと〟の背丈は、細い毛髪の太さと変わらないはずだ。空はめまいがするほどはるか頭上で崖の線と接している。同様に黒い巻雲（非常に細長い）がいまや三本の平行線となり、黄色い空を背景に黒々と浮かびあがっており、いっぽう第四の巻雲は、その横に縦一列に並ぶ魚に似たシルエットとなっていた。その彼方《かなた》のさほど遠くないところに、最初の積巻雲《せきけんうん》のもじゃもじゃした木炭《もくたん》色の基部が浮かび、その陰で真鍮色の太陽が照りつけていた。黒い亡霊のような雲が高さ数キロにまで成長し、断崖絶壁に貼りついてなにかの身ぶりをしていた。ときどきケッタスは、乗っている機がいまはバンクして横向きに飛んでいるのであって、絶壁は世界の水平な床なのだという幻覚に襲われた。

降下はひどくぎくしゃくとしたものになりはじめた。もう一機の報告によると、五十キロ西まで変化はないという。深度三十六キロで、いまや開けた空はオレンジの果肉《かにく》の赤色だった。すさまじい渦を巻いていた霧が下に迫り、レヴァーンは慎重に探りを入れたあと、霧に生じた穴を見つけた。その穴を通して、小刻みに震える気流に乗ってのろのろと動くピンクと緑と藍《あい》色のかたまりがぼんやりと見えた。深度三十八キロで、強い上昇気流と闘いながら、彼らははるか下方に鈍く赤熱《せきねつ》した溶岩、冷えた緑色がかった溶岩、スミレ色の泥のように見えるものから成る広大な風景を目撃した。溶岩と泥は幅が数キロはありそうな板や池となり、片方の側で高さ三十から四十キロある垂直の壁にひたひたと寄せ、南の数キロ先で漆黒《しっこく》のなかへ消えていた。ときおり枝分かれした稲妻の閃光が、断崖の基部近くで跳《は》ね躍った。気流のひずみに加えて、底全体が広がったり、揺れたり、溶岩を噴きだしたり、泡立ったりしながら、ゆっくりと動いていた。

レヴァーンはケッタスのコメントをさえぎり、これ以上はとどまる気がしないと伝えた。上昇気流が激しくなりすぎて、機体の骨組みがきしみをあげていたからだ。もう一機は盆地の端にちょうど見えたところで、独自のコメントを述べようとしていた。巻雲の高さに近い渦巻のなかで空中分解する危険を承知でレヴァーンの機は上昇し、それを通過すると、ランデヴー地点まで引き返した。ニーズメクとパイロットのフェホスは、西端に階段のような形の雲の積層が迫っているのを目撃していた。

翌朝、二機は役割を交換した。フェホスとニーズメクが壁から距離をとって縦穴へ降りていき、いっぽうレヴァーンの機は東へ飛んで、そちら側で盆地がどのように終わっているのかを調べることになった。しかし、フェホス機の透明樹脂《トランスペックス》が、深度三十九キロで世界じゅうのラジオで聞かれた破裂音とともに内破して、機はつぶされた虫けらのようにマグマのなかへ真っ逆さまに落ちていった。そのあとレヴァーンは、深度二十五キロより下で機を飛ばそうとしなかった。

崖の線は東から西へ、いや、むしろ北微東から南微西へ百六十三キロのびていることが確認された。のちに「テラス」として知られることになる西端は、高さが二千メートルから三千メートルの垂直に近い断崖の連なりで、それぞれはさしわたし数キロの傾斜する岩棚や岩《がん》屑《せつ》斜面で切り離されていた。東端、つまり「階《きざはし》」あるいは「ヤコブの梯子《はしご》」は、列か格子に似た構造物だと判明した。その尾根あるいは棒は、硬い岩石でできた高さ五百メートル、傾斜三十度のオーヴァーハング（盆地にかかっている）で、やわらかな岩に生じた空洞《くうどう》――丸石や砂利が詰まっている――と互いちがいになっており、崖系《がいけい》全体は南へ三十五度傾いていた。南端は北端と同様に垂直の壁であり、北端とほぼ平行の関係にあったが、その頂《いただ》きは数千メートルも高い山と境《さかい》を接しており、長さ百四十六キロ、幅二百キロにおよんだ。数カ月後、新聞雑誌とラジオは最上級の讃辞と気のきいた台詞《せりふ》（「天然のモホール（地殻を貫いてマントルに達する穴。地殻・上部マントルの研究のために計画された）」が典型）を使いはたし、〝スリンゴ〟に鞍替《くらが》えした。新たなパラシュート・ワルツ熱が世界を席巻《せっけん》していたのである。

三十年後、七十代になっても矍鑠《かくしゃく》としているケッタスは、義理の息子、娘、孫三人に連れられ、与圧されたケーブルカーに乗って「テラス」をくだり、三重の透明樹脂《トランスペックス》の壁ごしに、にじみ出るマグマを七百メートルの距離から無言で見つめた。彼は、五人の死と八十三件の後遺症を招いた観光ロケット・ルートで「ヤコブの梯子」をくだるほど長生きはしなかった。しかし、孫娘のうちふたりが、家族を連れて北壁のエレベーターをくだった。それはレバースとトールヒルンが命を落とすことになったグライダー飛行を試みた年だった。このときまでに、ほかに数件の死亡事故と四百五十六件の後遺症が報告されており、熱エンジン——大部分は自動的に制御され、点検される——が盆地の熱エネルギーのかなりの割合を転換して、ふたつの大陸に光熱と動力を供給していた。高原北側の四分の一にはそのプラントが建ち並び、別の四分の一にはサナトリウムと頑健《がんけん》な観光客向けの保護区が設けられ、残りの半分は猟獣《りょうじゅう》保護区と生態学研究地域となっていたが、南の峨々《がが》たる山脈は、特有の殺人的な南風《みなみかぜ》にさらされているおかげで、大規模な開発にあらがっていた。

（中村融訳）

鉄壁《てっぺき》の砦《とりで》

マーガレット・セント・クレア

マーガレット・セント・クレア　Margaret St. Clair（1911–1995）

一九五〇年代は、それまで〝男だけの世界〟だったアメリカSF界に女性が進出し、新風を吹きこんだ時代として記憶されている。つまり、才能豊かな女性作家がつぎつぎと登場し、主婦や母親や女教師や女性科学者の視点からSFを書きはじめたのだ。具体的に名前をあげれば、ジュディス・メリル、ゼナ・ヘンダースン、ウィルマー・H・シラス、キャサリン・マクレイン、ミルドレッド・クリンガーマンなどである。

本編の作者もそのひとりで、ペシミズムの色濃い作風は、ハッピー・エンドが好まれるアメリカSF界において異彩を放っていた。デビューは一九四六年だが、頭角《とうかく》を現したのはイドリス・シーブライト名義でも書きはじめた一九五〇年ごろで、この筆名は一九五九年まで使われた。この十年は作者の才能がもっとも発揮された時期であり、主要作はセント・クレア名義の作品集『どこからなりとも月にひとつの卵』（一九七四／サンリオSF文庫）にまとめられている。以後は長編に主軸を移し、五〇年代に発表した二作を合わせて、全部で八つの長編を遺《のこ》した。そのうち『アルタイルから来たイルカ』（一九六七／ハヤカワ文庫SF他）のみ邦訳がある。

本編の初出は〈サイエンス・フィクション・クォータリー〉一九五五年十一月号。前記短編集所収のものを含めて二種類の既訳があるが、新訳でお目にかける。

ここで戦闘があってからどれぐらい経つのだろう？　戦争が終結したのはずいぶん昔のことだ。砂漠の彼方《かなた》のこぶ状の連なりは死者の塚だというが、誰が埋葬されているのか知る者はない。砦《とりで》、突き刺さる冷気、朝霜《あさしも》、砂を孕《はら》んだ風。存在するのはそれだけだ。この砦はどうしてこんなところに築かれた？　なにを守ろうというのだ？

ベイリスは今回の異動を嬉々《きき》として受け入れた。昇給、昇進、さらなる特権を意味していたからだ。だが、新たな赴任地で二カ月が過ぎた今、少々やましさを覚えながらも、自分が選ばれた理由に疑問を感じるようになっていた。おれは名ばかりの地位に祭り上げられたのか？　ちがう、左遷《させん》だ。わかりやすい一般的な任務、本来の真っ当な任務から外されて、この曖昧《あいまい》な地位を押しつけられたのだ。呑気《のんき》すぎるせいだ。自業自得というやつか。

砦の司令官は年配で、めったに執務室から顔を出さない。職務の大半は、残る唯一の士官たるベイリスに委《ゆだ》ねられることになった。ベイリスはほぼ一日じゅう砲眼《ほうがん》に張りついて、双眼鏡の砂を拭《ぬぐ》いながら、階段ごしに響いてくる下士官連中の話し声を聞くともなしに聞いて過ごした。みんな口数が少なかった。カードかダイスで遊ぶばかりで、下士官にありがちな言い争いは、物についても人についても、まったく起きない。いくらここが鉄壁《てっぺき》を誇るフォート・アイアンだからといって、下士官がこうもおとなしいのは妙だった。

あるとき、休暇についてしゃべっているのを小耳に挟んだ。休暇がもらえそうだの、もらいたいのに許可が出ないだのいう愚痴《ぐち》ではなく、休暇そのものが想像できない口ぶりだった。なかの一人が（たぶんウィリアムズだ）、止《と》めを刺すような調子でいった。「だいたい、休暇でどこへ行けってんだ？　世界はここしかないだろうが」

この言葉に、ベイリスはめまいがする思いだった。砂漠と冷気と死者の塚以外の世界はなくなってしまったと、ウィリアムズは本気で思っているのか？　ベイリスはフォート・アイアン一帯の正しい地名を思い出そうとした。思い出せなくて、だんだん不安になってきた。そのうち、なんとか思い出した。旱海《ハンハイ》――中国語で「渇きの海」という意味だ。そんなことがあってから、ベイリスは下士官連中の話に聞き耳を立てるのをやめた。

砦に赴任してから六、七カ月が経《た》ったころ、司令官の執務室に呼び出された。プライス大佐は公用通信文の青い紙片を親指と中指でつまんでみせた。

「ベイリス少佐、総務部から査察官が来ることになった」大佐は顔も上げずに切り出した。「一泊の予定だ――炊事軍曹に特別メニューを用意させろ。正装閲兵《えっぺい》式も執《と》りおこなう。兵には軍服の汚れを落とさせてプレスさせておいてくれ。ああ、それから、旗も繕《つくろ》う必要がある。破れたものが何枚かあったはずだ。あとは、銃と銃剣を磨《みが》かせるのも忘れずにな」

「はっ！」顔を鈍《にぶ》い赤に染め、ベイリスは答えた。プライス大佐の指示は屈辱的だった――

士官たるもの、どれほど呑気だろうと注意を払って当然のことばかりではないか――が、同時に、不可解だった。旗を繕う？　軍旗がぼろぼろになるまで放置しておく砦？　いや、なにか思い入れのある戦利品の旗かもしれない。ベイリスは咳払いしてからつづけた。

「今朝、第二砲眼付近の石壁に何カ所か亀裂があることに気づいたのですが。セメントで塞《ふさ》がせてもよろしいですか？」

答えはもちろんイエスのはずだ。プライス大佐はデスクパッドから顔を上げると、鋭い、というより、ぎょっとしたような視線をベイリスに向けた。「いや、命じたことだけでいい。軍服と旗と特別メニューだ。砦の石壁をいじる必要はない」

「はっ！」ベイリスは敬礼すると執務室を出た。混乱と怒りと不安がのしかかる。やがて冷静さをとりもどし、苦笑いを浮かべた。プライス大佐がこの砦に赴任してずいぶんになる。しかも、年齢も年齢だ。馴染《なじ》んだものをいじられるのが嫌なのだろう。ただし、総務部の査察官となると話が別だ。到着したら、きっと諸々《もろもろ》片が付く。

査察官の来訪に先立つ数週間で、ベイリスはいつしか新たな視点から砦を観察するようになっていた。これまで見て見ぬふりをしてきた非効率性と頽廃《たいはい》がつぎからつぎへと目に飛びこんでくるように思えた。たとえば訓練場を囲む塀《へい》だが、忍び返しが五、六カ所なくなっている。錆《さ》びて取れたまま付け替えていないらしい。石壁の亀裂も、第二砲眼付近だけではなかった。訓練はいささかだれ気味だ。まだまだある。いつもながら、おれは呑気だった。怠《たい》慢《まん》すぎた。確かにプライスは老いている。だが、それはおれ自身に対する言いわけにはならない。

プライスは砦そのものの修復作業には気乗り薄なようだった。それでも、部下がもっときびきびした軍人にふさわしい姿を見せることには反対しないだろう。午後はみっちりと筋力トレーニングをさせて、午前はきっちりと戦闘技術訓練をさせようと、ベイリスは決めた。ここの連中は全員いささか軟弱でたるんでいるように見受けられる。基礎訓練でそのうちまともになるだろう。

それから四日目、午後五時頃になってベイリスはふと気づいた——そういえば今日は基礎訓練をしていない。おのれの怠慢さの新たな証拠をつきつけられて、意外なほど不快な気分に襲われた。兵にノルマの腕立て伏せとスクワットをさせろと軍曹に命じようとして、気が変わった。今日の寒さはひときわ厳しい。風が神経を逆撫《さかな》でするような尾を引くうめきを立てながら砦の石壁に砂を叩きつけている。突き刺さる冷気のなかでは、きっと命令の声などまともに届くまい。兵のほうも、どんなにきびきび動いても体が温まるどころではないはずだ。まあいい、見逃してやろう。明日の午前の訓練を二倍にして穴埋めすればいい。

ベイリスは胸壁《きようへき》沿いに歩いて、風が当たらない側の砲眼に行ってみた。砂を含んだ大気越しに、灰色の地平線に向かって広がる灰色の平坦な大地がぼんやりと見える。これほど物悲しい、これほど荒涼とした光景は見たことがなかった。戦技訓練がだれ気味なのもトレーニングがいい加減なのも無理はない。こんな過酷な環境にさらされていたら、必要最小限のことしかつづかない。

……だめだ、だめだ。こんな感情に支配されてはいけない。自分を律しなければプライスのように落ちるところまで落ちてしまう。

総務部の人間は、のろのろとしか飛べないバルーンコプターで二十四日目の夕刻に到着した。風にあらがって着陸しようと悪戦苦闘するその代物《しろもの》を眺めながら、大型の高速航空機が飛び交っていた一世紀前の軍隊はどんなふうだったのだろうと、ベイリスは思いを馳《は》せた。今ではディーゼルエンジンよりも精巧なものを動かすための燃料は存在しない。さまざまな力が失われてしまった。

その日の夕食は礼装着用で、炊事軍曹が何年間も秘蔵していたと覚《おぼ》しき缶詰の珍味《ちんみ》が並んだ。総務部の代表は人好きのする禿《は》げ頭の小男で、びっしりとその胸を飾る勲章《くんしょう》は、ベイリスにも一部しか判別できなかった。査察官は料理のあいまに盛んにジョークを飛ばし、あらゆるものを称賛した。

翌日の午前中、閲兵式をおこなった。みすぼらしい軍服を、繕い痕《あと》の目立つ軍旗を、ベイリスは恥じた。唯一の救いは、閲兵式そのものが整然と執りおこなわれたことだ。もっとも査察官は、まずい点にはまるで気づかぬようすだった。ベイリスは何度もそちらを見やっては目をそらし、唇《くちびる》を噛《か》んだ。

昼食が終わった。午後になるとプライスは執務室にひっこんで、査察官の案内はベイリスに一任された。これはチャンスだ——ベイリスは勇《いさ》んで案内役を引き受けた。

石壁の亀裂にも、訓練場の塀の忍び返しの破損にも、柵《さく》の外に山と積まれたゴミバケツにも、敢《あ》えて査察官の注意を向けさせるようなことはすまい、同時に、なにかを隠すようなこともすまい、とベイリスはおのれを戒《いまし》めた。だが、砦の査察が進んで怠慢の証拠が一つまた一つと無視されていくのを目にして、その決意は揺らいだ。

深い亀裂の入った例の砲眼にさしかかったとき、ベイリスは査察官に声をかけた。「あちらをご覧ください」と指さす。「地平線に塚があるのがおわかりでしょうか。過去の戦闘での死者の骨が埋まっているそうです。こういったことにご興味がおありかと思いまして」

小男は砲眼の縁《へり》に手をついて身を乗り出し、ベイリスが指さすほうを眺めた。そのとき、ベイリスの想定を上まわる事態が発生した。ピシッと鋭い音が響いたかと思うと、石壁の大きな石が一つ外れたのだ。重さ十ポンド以上はあったにちがいない、石は砂地に落ちて重々《おもおも》しい音を立てた。

さすがにこれは無視できないはずだ。勝利の予感に、ベイリスの胸は躍《おど》った。

査察官が後ずさりした。「ふむ、そうだな、興味深い眺めだ」

ベイリスはうろたえた。「いや、しかし……！」一瞬、言葉に詰まる。「失礼ですが、しかし、この砦は……なんの問題もないとお考えでしょうか？」

査察官は微笑を浮かべた。「落ち着きたまえ」と、目配《めくば》せする。「きみに問題はない。砦にも問題はない」そういいながら手を伸ばし、励《はげ》ますようにベイリスの肩をぽんと叩く。「むろんだとも」

その日の午後四時ごろ、査察官は迎えのバルーンコプターで帰っていった。

それから数日というもの、ベイリスは失意と混乱に苛《さいな》まれながら砦をうろついた。砲眼の穴はそのまま放置され、そこを通りかかるたび、堅固《けんご》な石が塡《は》まっているはずの場所から時ならぬ光がちらりと射して、いちいちどきりとさせられた。

六日も経つと耐えきれなくなった。ベイリスは軍曹を呼び、二、三人使って外れた石を穴にもどしてセメントで塗り固めるよう命じた。

「はっ！」軍曹は答えながらも、ためらいを見せた。「……失礼ながら申し上げます。このことはプライス大佐もご承知でしょうか」

「いいや」ベイリスは答えて、ぐいっと顎《あご》を引いた。「責任はおれが取る。すぐに取りかかれ」

「はっ！」軍曹は応じた。

兵たちは話にならないほど仕事が遅かった。二十分もあれば片付くはずの作業が一時間かけても終わらない。とうとうベイリスは現場に出向き、そばで睨《にら》みをきかせることにした。睨まれて兵たちもやる気が起きたのか、ほどなく作業は完了した。気になっていたほかの亀裂もついでに塞がせた。錆びた金属の代用品を思いついたら、訓練場の塀の忍び返しが取れた箇所も直させたいところだ。たぶんそのうちなにか適当な方法を思いつけるだろう。

ベイリスは兵たちを解散させた。一同はセメントのバケツと鏝《こて》を持って引き上げた。補修箇所を眺めながら、ベイリスは達成感と同時にわずかな懸念《けねん》を覚えていた。プライスはどんな反応を見せるだろう？　見当もつかない。とはいえ、まさか塡めた石を叩き落とさせたり、亀裂のセメントをほじくり出させたりはしないだろう。それだけでも作業した甲斐《かい》はある。

プライス大佐が補修に気づいたのは翌朝のことだった。胸壁に出ると、とたんにプライスは目を見開いた。指で細い灰色の襟《えり》の折り返しをもてあそびながら、大佐はベイリスに尋ねた。「きみがやらせたのかね？」

「はい」ベイリスは釈明と謝罪を付け加えたい衝動を抑えつけた。

「こんなことをしてはならんのだ」プライスは咳《せ》きこんだ。「この地区では戦闘が沈静化していた」悩ましげな声だった。「現状を維持したかったが……。長期戦の場合、往々にして先に攻撃を仕掛けたほうが負ける。これ以上はなにもするな。いいか、なにもだぞ」

司令官はベイリスに背を向けると、ふらつく足で扉を抜けて執務室にもどっていった。

ベイリスは呆然《ぼうぜん》と司令官を見送った。心臓が早鐘《はやがね》を打っている。穏やかな叱責《しっせき》は、怒声《どせい》や処罰よりも不安を掻《か》き立てた。長期戦。戦闘が沈静化。攻撃。プライスはなにがいいたい？どんな敵がいるのだ？ ベイリスがこの砦に配属されて九カ月近くになるが、敵が活動している気配はまったく感じたことがない。いや、風と砂以外は、動くものさえ見かけない。

敵。攻撃。プライスの口調は、石壁の穴と亀裂を塞がせたことが見えない敵に対する攻撃だといわんばかりだった。しかし、仮に敵がいるとして、砦の補修が相手にとってどんな脅威になる？ プライスはいい年齢《とし》だ。きっと惚《ぼ》けてきたにちがいない。

つかのま、ベイリスは安堵を覚えた。が、つぎの瞬間、総務部の査察官のことを思い出した。査察官は惚けてなどいない。それに、なんといっていた？「きみに問題はない。砦にも問題はない」だ。あの男はなにも見なかったふりをした。

ベイリスはめまいを感じ、石壁にもたれて体を支えた。陰謀、変節、背信行為——漠然《ばくぜん》とそんな言葉が頭のなかを駆けめぐる。おれがこの砦に配属されたのは、お人好《ひとよ》しのぼんくらだから余計なことに気づかない、呑気だから邪魔にならないと、そう思われたからなのか？

やがて良識が目を覚ました。ちがう、背信行為などない。プライスも査察官も、見かけどおりのまっとうな人間だ。答えの出ていない疑問は山ほどあるが、それくらいはわかる。

さらに二日がのろのろと過ぎていった。ベイリスの不安と憂《うれ》いは募《つの》るいっぽうだった。寒さが増して風が止《や》み、空気は痛いほど冷たくなっていた。

変色に気づいたのは、朝食をすませて胸壁に出たときだった。石を塡めなおして以来、そこだけ風雨《ふうう》にさらされていないセメントの縁取りがひときわ明るく目に付いた。ところが今は、その縁取りばかりか塡めこんだ石そのものまで、奇妙な白い輝きを放っている。

ベイリスはあわてることなく、とりあえずその部分をじっくりと観察した。見覚えのない物質は光沢があり、硬質で肌理細《きめ》かくて、セメントよりは琺瑯《ほうろう》に近い。爪でひっかいてみて、ガラス質だという印象が裏付けられた。軽く弾《はじ》いてみる。指先に痛みを感じるほど固い。

この物質はなんだ？　砦の倉庫にこんなものはなかった。ベイリスは胸壁から身を乗り出し、外側をのぞいてみた。硬質の、光沢のある物質はそちら側にも見えた。石壁を突き抜けている。

おおかた古い石材と新しいセメントが反応して、なんらかの化学変化が起きたのだろう。

とはいえ、部下に補修させたほかの亀裂にこんな変化は見られない。ここの石壁だけなにか違うのか？　風か？　砂か？

急に怖くなってきた。なんとか自分を納得させようとしたが、無理だった。ベイリスは身を起こすと、逃げるようにその場を離れ、プライスの執務室のドアを叩いた。

取り乱した説明を聞いて、司令官は緊急事態だと察したようで、すぐさまベイリスに伴《ともな》われて胸壁に上がった。ベイリスが震える指先を向けた白い染みを検分してから立ち上がったとき、プライスの顔は蒼白《そうはく》になっていた。

「補修は攻撃と見なされるかもしれんと案じていたが」司令官の口調は暗かった。「まずいな。どうやらこれは反撃らしい」

「いや、ですが、これが反撃とはどういうことですか？」ベイリスは問い詰めた。言葉がつぎつぎ転がり出る。「わたしの補修よりもこいつのほうがしっかりしている。元の石壁より固いぐらいだ。堅牢《けんろう》にすることがどうして反撃だと？」

「それは、われわれが作ったものを向こうのものと——向こうの物質、向こうが使いやすいものと入れ替えることで……。わからんのかね、ベイリス少佐？　まさに占領の王道ではないか」司令官は心許《もと》なげに唇を引っぱった。「なにか手立てを考えてみるしかなさそうだな」

「待ってください」ベイリスは食い下がった。「しかし、いったい誰を……なにを……敵はなんです？　どういう相手ですか？」

「わからんのだ」

プライス大佐はそういって、わずかに背筋を伸ばした。そうやって姿勢を正すと、司令官はずいぶん長身だった。

「敵の圧力については以前から認識していた。この砦は委任統治領のようなものでな。かつては諜報部《ちようほう》の女性工作員がときどき出入りして報告を上げていたが、もうずいぶん姿を見ていない。おそらくは連中が……あの工作員はもうもどらんだろう。

こうなったら、なにか手立てを考えてみるしかなさそうだ」プライスはくりかえすと、ベイリスを見やった。その視線に非難の色はなかったが、ひどく沈鬱《ちんうつ》で、ベイリスは罪悪感に胸を穿《うが》たれた。やがて、大佐は執務室にもどっていった。

その夜ベイリスは、ごわごわした茶色い毛布をかぶって震えて過ごした。また風が吹きはじめていた。居室《きよしつ》は窓を閉めて隙間《すきま》もすべて塞いだものの、外の砂嵐のせいで空気は重苦しかった。朝には枕まで砂だらけになっているだろう。

この砂嵐のなかで胸壁を巡回している歩哨《ほしよう》のことを思うと、申し訳ない気がした。交代するころには目は砂だらけでひりひり痛んでいるにちがいない。砦の弱点の補強を攻撃手段にするような敵を相手に歩哨を立てて、なんの意味がある？　目視不能。予測不能。砂と風を相手に戦うほうがましではないか？

明け方近くなって、ベイリスはやっと少し眠った。ひげを剃《そ》り終えて鏡の脇に立ったままコーヒーを飲んでいると、ミルズ軍曹がやってきた。

「失礼します」軍曹は切り出した。「プライス大佐ですが、その……かなりお加減が悪いようすです」

ベイリスはカップを置いて軍曹の後を追った。フォート・アイアンに常駐《じょうちゅう》の軍医はいない。ベイリスがここに異動になったのは、入隊前に二年間の医学教育を受けていることも大きいのだろう。もっとも今朝にかぎっては、医学教育に関係なく、ミルズ軍曹にも状況は把握できたはずだ。かなりお加減が悪いどころではない――プライス大佐は死んでいた。

すでに冷たくなっている手首をそっと下ろすと、ベイリスは軍曹に尋ねた。「心臓が悪かったのか？」

「はい。いつも薬を服用しておられました」

ベイリスは大きく息を吐き出した。安堵の吐息といってもよかった。「心臓発作かもしれない」とつぶやく。「ベイツに命じてフォート・マッキーに打電させろ。内容は、プライス大佐死亡、死因は心不全の可能性、確認のため正規の医師の派遣求む、だ。発信者は、司令官代理ベイリス。それから、地域統括本部にも報告を。プライス大佐死亡の事実と、あとは、指示の要請だけでいい。発信者は同じだ」

「はっ」ミルズは敬礼して立ち去った。

ベイリスはその場に残ってプライスを見下ろした。遺体はやけにひょろ長く、やつれ果てて見えた。死んでしまったのに安らかな顔ではなかった。闘っているとはいわないまでも、苦悩しているような顔だ。きっと死の間際《まぎわ》までなにか手立てを考えていたのだろう。

そもそもこれは自然死なのか。そのはずだ。そうでなくてはおかしい。とはいえ……未加工の石材を知らぬうちに未知のガラス様《よう》物質に入れ替える――変質させる――ことができる敵なら、夜間に老人の心臓を止めることもできるかもしれない。ちょっと指を伸ばして時計の振子《ふりこ》を止めるように、簡単に。

十一時少し前、フォート・マッキーから返信が届いた。「派遣可能な医師不在」ベイリスは読み上げた。「貴官《きかん》の診断が正しいものと判断する。任務を継続されたし」

ベイリスは溜息《ためいき》をついて通信文を放り出した。誰か寄越してくれるものと当てにしていたのだが……。ベイツが持ってきた司令部からのもう一通の通信文を手に取って読み上げる。

「これを以《もっ》て貴官をフォート・アイアン司令官に任ずるものとする。追って正式な辞令を送付する。任務補佐の後任士官が必要な場合は申請されたし。然《しか》るべく検討する。関連資料の調査によりプライス大佐の遺族はなしと判明。埋葬は砦内を希望する旨《むね》、故人の言明あり。希望に応じられたし。地域統括本部司令官ミケルソン」

ベイリスは窓に近づいて外を見やった。下の訓練場で、ミルズ軍曹が兵に戦技訓練をやらせている。訓練は順調なようだ。二カ月前に比べると動きがずいぶんきびきびしている。頭が痛くなってきた。これからはおれがこの砦の司令官か。

なぜプライスはもっと腹を割って話してくれなかった？　自分が健康に不安を抱えていることも、後任がおれになりそうなことも、あの老大佐にはわかっていたはずだ。それなのに、知っていることをすべて自分の胸一つに収めたまま逝《い》ってしまった。なにがどう危険なのか、手掛かりすらくれなかった。

いや、なにがどう危険なのか、プライスも知らなかったのかもしれない。

不意に、プライスが老いてやつれ果てて見えた理由がわかった気がした。いたるところに危険が潜《ひそ》んでいるかもしれないと——あるいは潜んでいないかもしれないと——常時警戒することを求められ、それでもこちらからは攻撃を仕掛けないよう細心の注意を払わねばならない戦い……そもそも具体的な対象が存在しないかもしれない戦い……ああ、そうだ、老いてやつれ果てるのも当然だ。その戦いが、こんどはおれに引き継がれた。この砦の新たな司令官たるおれに。

プライス大佐は訓練場の片隅の石壁のそばに埋葬された。葬儀がすんでからも、ベイリスはことあるごとにプライスについて考えた。ごく限られたつきあいだったことを思えば、あの大佐がいなくなってこれほど寂しく感じるのがわれながら意外だった。眠れぬ夜には毛布の下で、外はどれほど寒いだろうと胸を痛め、心臓が止まった瞬間プライスはどう感じただろうと思いを巡《めぐ》らせた。ときには、手が伸びてきてこの胸の壁を突き破り、心臓が跳《は》ねまわってもおかまいなしに握り締め、ついには鼓動を止めてしまうのではなかろうかと想像することもあった。想像がそこに至ったところでいつもベイリスは起き上がり、睡眠薬を飲んだ。薬はたいてい効《き》き目があった。

憂鬱《ゆううつ》と緊張と倦怠《けんたい》がベイリスにのしかかった。地域統括本部から新たな地位について正式な辞令が届いたので、こちらからは後任士官の申請をした。当面は申請に対する回答は期待できそうになかった。珐瑯様の白い物質を、ベイリスは毎朝のように観察した。少なくとも、範囲が広がっているようすは見られなかった。

風の吹きすさぶ一週間がやってきた。砦暮らしも十二カ月近くになるが、こんなひどい嵐は経験がなかった。朝が来てまだ頭上に屋根があるのが不思議に思えるほどだった。昼の光は灰色がかった毒々しい黄色で、どこもかしこも砂だらけ、食べるものすら砂入りだった。

嵐が止《や》んで、空がいつもの淡い青灰色にもどると、新たに二つの砲眼に亀裂ができていた。

ベイリスは軍曹を呼び、兵に亀裂を埋めさせるよう命じた。こんな調子では、十年もしたら砦は瓦礫《がれき》の山と化してしまう。それとも……今回の砂嵐による被害の補修を、敵は新たな攻撃と見なすのだろうか？

そのとき、目に見えない、いるかどうかもわからない敵の反撃の可能性に頭を悩ますことが、急にどうでもよくなった。うんざりして反吐《へど》が出そうだった。ベイリスは衝動的にミルズ軍曹を呼びつけると、砦に一台きりの戦車の出動準備を命じた。

「四人連れていく」とベイリスはいった。「規定の乗員でな。戦車を動かせる者はいるか？」

「はっ、おります」ミルズはいった。目が輝いている。「出動は久しぶりですが」

「かまわん。ただちに持ち場につかせろ。目標はおれが指示する」

砦に着任してから戦車を見かけたのは一、二度程度だ。格納庫の扉が開いて平たい巨大な車体が地響きとともに姿をあらわすと、ベイリスは思わず息を呑んだ。維持管理状態は申し分ない。

操縦していたウォー上等兵がこちらを見てにやりと笑った。「なかなかのものでしょう、少佐?」得意げな口調だった。「この手できっちり面倒見てましたからね」

ベイリスは車長席《しやちよう》に乗りこんだ。後方砲手を務めるミルズに声をかける。「弾数はどうなってる?」

「各砲五百ずつです」

「充分だろう」ベイリスはいった。

兵たちは興奮して居ても立ってもいられないようすだった。背後で砦の門が閉まったとたん、ウォー上等兵がいった。「進路は?」

「方向転換を命じるまで直進しろ」ベイリスは答えた。

フォート・アイアンにしては暖かい日だった。日が高くなるにつれて、暗い灰色の空が淡いながらも紛《まご》うことなき青に変わっていく。車内は換気口を開放しても暑いぐらいだった。ベイリスは上部ハッチを押し開けて展望塔に上半身を乗り出すと、双眼鏡で地平線を偵察しながら、片手で地図を広げた。

戦車は着実に進みつづけた。途中、ウォー上等兵がレバーを操作してスピードを上げたが、振動が偵察の邪魔になり、ベイリスはやむなく減速を指示した。砦はとうに視界の外だ。ウォーが不安げに咳払いした。その視線をたどって計器を見やると、すでに燃料の三分の一以上を消費している。ベイリスはふたたび地平線に目を凝《こ》らした。遙か遠くの死者の塚のほかはなにもない。

ウォーに命じてもどらせたほうがよさそうだった。そもそもおれはなにを探している？ なにが見つかると思っていた？ 戦車を引っぱり出したのは、苛立ちと不安が生んだ衝動的な行動だ。あと一回だけ地平線を偵察して、それから引き返そう。

どうせすぐ帰るのならばと、ベイリスは双眼鏡の視界に集中した。灰色。のっぺりした灰色。長く連なる死者の塚。右のほうにぽつりと白い点。

ベイリスは首を傾げながらしげしげとそれを見つめた。あの一角《いっかく》に塩が溜《た》まっているのか？ この日射しだ、塩ならもっと光を反射しそうなものだ。ほかの可能性は思いつかない。突き止めないでどうする？「右方向に信地旋回」とベイリスは命じた。

戦車は指示どおり方向転換した。履帯に踏まれて砂が悲鳴を上げる。ベイリスはなおも白い物体に双眼鏡を向けつづけた。球体のようだ。かたわらに白い長短の棒状のものも見える。戦車がその地点に到着する前に、ベイリスはそれの正体を確信していた。

ウォーに停止を命じて、ベイリスは戦車から飛びおりた。そう、骨だ。球体は頭蓋骨だ。人骨《じんこつ》の存在自体は騒ぐほどのことではない。おおかた今回の砂嵐で塚から転げ出たのだろう。が、こいつは新しい。頭骸骨には茶色の頭髪がまだ少し残っている。

骨盤の形状、それに、小柄で華奢《きやしや》なところを見ると、どうやら女性の骨らしい。ベイリスはさらに仔細《しさい》に観察した。まちがいない、女性だ。片方の手首の細い骨に、銀のバングルがひっかかっている。

プライスが話していた女性諜報員。きっとこれがそうだ。砦に向かうつもりだったにちがいない……。

ベイリスは車内の部下に命じた。「埋葬してやれ」

とはいえ、簡単ではなかった。ふたたび風が吹きはじめていたうえに、穴を掘ろうにも手のほかに道具がない。ベイリスも地図をスコップ代わりに手伝った。

やっと埋葬がすんだ。浅い穴だ、こんどの嵐でまた野ざらしになってしまうかもしれない。だが、とにかく今は砂の下だ。

部下たちが戦車にもどった。命令を待っている。ベイリスは平坦な地平線を、低い塚を、見渡した。不意に怒りが込み上げる。いつまで敵の思いどおりにさせておかねばならないのだ？　プライス。この諜報員。石壁の未知の物質。攻撃に次ぐ攻撃だ。

ベイリスはすばやく戦車に乗りこんだ。ウォーと三人の砲手が注目している。ベイリスはハッチを閉めると、砲手に告げた。「全方位狙え、撃ち方始め」

つかのまの沈黙。つぎの瞬間、三門の機関砲がいっせいに火を噴いた。乾いた音を響かせて、各砲が全円の三分の一ずつ砲火を浴びせる。こいつらは本気で戦っている、とベイリスは思った。

「砦方向に微速前進」操縦桿《かん》を握って待機していたウォーに、ベイリスは命じた。

動きだした戦車は緩旋回《かんせんかい》したかと思うと、猛然《もうぜん》と加速しはじめた。ほどなくウォーが指示を思い出し、ふたたびスピードが落ちる。撒《ま》き散らされる銃弾で砂に穴を穿《うが》ちながら、戦車は砦めざしてじりじりと進んでいった。

攻撃を命じたとき、つかのまベイリスは胸のすく思いを味わった。今はふたたびもどかしさが募《つの》って息が詰まりそうだった。一瞬、ミルズを後方機関砲から押しのけて自分で銃弾を叩きこんでやりたい欲求に駆られる。いや、いったい誰を撃つというのだ？　なんの意味もない。

「撃ち方止《や》め！」感情を込めずに、声だけ張り上げてベイリスは命じた。

左側面《そくめん》機関砲のエバンズの掃射《そうしゃ》を最後に、砲火が止んだ。静寂が垂れこめる。砲手たちはベイリスを振り返り、すぐまた正面を向いた。ミルズが言葉を選びながら、淡々といった。

「プライス大佐が以前おっしゃっていました、戦車を出すのも一考に値《あたい》する、と。それから、銃撃も」

では前任者は、実行に移さなかったとはいえ、同じことを考えていたわけだ。ベイリスはしばらく両手で目頭《めがしら》を押さえてから、「そうか」といった。「ウォー、少し速度を上げろ。もう引き揚《あ》げてもいいだろう」

それでも、砦に帰投《きとう》したときベイリスは、さっきよりもすっきりした気分だった。ほんとうに敵がいるとしたら――石壁の変色以上の実体を伴う相手だとしたら――そいつに真っ向勝負を挑んでやったのだ。砂漠への遠征は、砲撃は、まさに宣戦布告。やっと影との戦いに決着がつくかもしれない。警戒態勢を敷く必要がありそうだ。

ベイリスは歩哨の当直勤務時間を四時間から三時間に短縮し、人数を倍に増やした。奇襲をかけられる危険を冒すわけにはいかない。訓練場を囲む塀は忍び返しを付け替えさせて、新たな亀裂はセメントでしっかり塞いだ。なにごともなかった。新しい補修箇所が「入れ替え」されることはなかった。

日々が過ぎ、やがてベイリスも落ち着きを取りもどした。あいかわらず警戒態勢は敷いていたが、以前より気持ちは穏やかだった。たいていは睡眠薬なしで眠れた。どうして最初のうちフォート・アイアンが異質で謎めいた場所に感じられたのか、ベイリスは不思議に思うようになっていた。もちろん美しい環境とはいいがたいが、四方に果てしなく広がる砂漠は心を和《なご》ませてくれるし、空と大地の織《お》り成す微妙な灰色のグラデーションは目を楽しませてくれる。砂を孕んだ風すらも痛いほどの烈《はげ》しさを失って、今はぴりっと刺激的で、すがすがしいぐらいだった。

地域統括本部から「適切な人材がいないため」後任士官の申請を却下するという通知が届いたときも、落胆はなかった。まじめな話、士官が来たらかえって面倒だったかもしれない。それなりの付き合いが必要になってくる。最近のベイリスは一人で過ごすことを好んでいた。

ある日、ベイリスは早めに起きて朝食前に胸壁に上がった。最近はこの習慣がすっかり身についていた。歩哨が敬礼するのが見えた。寒さで体が強《こわ》ばっているのか、動きがぎこちない。おまけに震えているようだ。不思議だった。ベイリス自身はまったく寒さを感じなかった。まあ、少し風はあるかもしれない。それに、砂漠のところどころにまだ霜が残っている。だが、太陽が出ているではないか。

ベイリスはお気に入りの砲眼（例の「入れ替え」があった場所だ）に歩み寄り、砂漠を見はるかした。死人の塚が長い影を落とすあたり、明るい灰色と暗い灰色のコントラストがなんとみごとに美しいのだろう。空模様を見るかぎり、正午ごろには風が強くなりそうだ。

いつしかベイリスは身をかがめ、「入れ替え」された部分のなめらかな表面を爪でひっかいていた。これもやはり最近の習慣で、どういうわけか、こうすると妙に満ち足りた気分になった。とにかく触り心地がいいのだ。

手を持ち上げたとき、爪のあいだが汚いことに気づいた。これはいけない。こういう砦では、すべてにおいて清潔を保たねばならない。ベイリスは顔をしかめながら、ポケットナイフを取り出して汚い爪の手入れを始めた。

もっと明るいほうへ手の向きを変える。と、急に激しい突風が吹きつけて、砂が顔を叩いた。ベイリスは思わず身をすくめた。その拍子に手元が狂い、ナイフがすべって、親指の付け根の膨《ふく》らみに深々と突き刺さった。

ああ、しまった。ベイリスはほとほと自分に嫌気がさした。血が……そこらじゅう血だらけになったにちがいない。骨に達するほどの怪我だ。縫《ぬ》わないとまずいが、一人ではできないだろう。痛みが何週間もつづきそうだ。完治まで一カ月といったところか。なんと面倒なのか……なんと汚らしいのか……。

そもそも人間が面倒で汚らしいのだ。どこを刺してもかならず血が出る。止血《しけつ》しなくてはと、ベイリスは親指の付け根をしっかり押さえた。そして、気づいた。なんということだろう——血が一滴も出ていない。

血があふれているはずなのに。手も、袖口《そでぐち》も、胸元も、足元も、血だらけのはずなのに。それなのに、傷口は白っぽい泡が滲《にじ》んでいるだけだった。

胃袋が恐怖に反応したが、驚きがすべてに勝《まさ》った。目の前に親指を掲げて、しげしげと観察する。白っぽい泡しかない。そっと傷口を押し広げて——それでも痛みはなかった——のぞきこむ。

傷はかなり深い。奥のほうの湿り気を帯びた白い輝きは骨だ。周囲の組織は硬くてかすかな光沢がある。どう見ても肉ではない。

動物的な本能に促《うなが》され、傷口に唇を押し当てる。塩気を帯びた熱く生臭い血の味ではない、ひんやりと甘い、花の蜜めいた味がした。人間の肉にしてはおかしな味だ。

いや、むろん、人間の肉ではない。

今はもう。つかのま景色を見はるかし、濃淡の灰色の微妙な調和を愛《め》でてから、ふたたび思考の流れをたどる。この体はもはや人間とはいいがたい。したがって、当然ながらこれは人間の肉ではない。

入れ替え——。砲眼の補修部分が見たこともない異質な光沢を帯びたガラス様の固い物質と入れ替えられていたように、人間の柔らかい身体組織が痛みを感じず血の出ない身体組織と入れ替えられてしまったわけだ。その変化もそろそろ終わりかけているらしい。

どうでもいい。指から出血しなかったときに感じた恐怖の火花が消えていく。変化が完了したら、気分ももっとすっきりするだろう。

彼はあくびをした。じつにすばらしい計画ではないか——建材や補修材を別の物質と入れ替えて砦を乗っ取るより、よっぽど効率的だ。うっすら笑みを浮かべながら、砲眼を離れて朝食の席へと向かう。

司令官が敵の手に落ちれば、砦は簡単に落ちる。

（安野玲訳）

異星の十字架

ハリー・ハリスン

ハリー・ハリスン　Harry Harrison（1925-2012）

雑誌を母体とするアメリカＳＦ界には、かつて数多くのタブーが存在した。たとえば性的表現や卑語《ひご》猥語《わいご》の使用禁止だ。こうしたタブーの打破を叫んでニュー・ウェーヴ運動が起きるのだが、そのすこし前の一九六〇年ごろ、急進的な考えを持つ編集者のジュディス・メリルが、タブー・ブレーキングな作品ばかりを集めたオリジナル・アンソロジーを企画した。ハリスンは求めに応じて、無神論者を主人公にした本編を書きあげたが、その本はけっきょく出なかった。その後、本編の売れ口はなかったが、ハリスンの親友ブライアン・W・オールディスが、自分の企画しているアンソロジーに収録したいといってきた。しかも、再録作品で構成される同書の刊行前に、雑誌に載せてもいいという。この話を聞いた〈ニュー・ワールズ〉誌の編集長ジョン・カーネルが、本編を同誌一九六二年九月号に掲載し、この問題作はようやくイギリスで陽《ひ》の目を見たのだった。

作者はコスモポリタンとして有名だったアメリカの作家。世界じゅうを旅してまわるほか、デンマークやアイルランドにも在住していた。作家としては人口爆発を起こした世界を描いた『人間がいっぱい』（一九六六／ハヤカワ文庫ＳＦ他）、スラップスティックな反戦ＳＦ『宇宙兵ブルース』（一九六五／同前）が代表作。未来の盗賊を主人公にした《ステンレス・スチール・ラット》シリーズ（サンリオＳＦ文庫）も人気が高い。

頭上のどこか、〈ウエスカーの星〉の永久的な雲に隠された空のかなたで、雷鳴がとどろいた。交易商人のジョン・ガースは、それを聞いたとたん足をとめ、ブーツがぬかるみにじりじりともぐっていくのもかまわず、いいほうの耳の後ろに手を当てて、その音を聞きのがすまいとした。轟音《ごうおん》は、濃密な大気のなかで高まったり薄れたりしながら、しだいに大きさを増してくる。

「あの音は、あなたの空飛ぶ船の音とおなじです」アイティンがいった。ウエスカー星人特有の鈍重《どんじゅう》な論理で、ゆっくりと心の中で観念をかみくだきながら、その細片《さいへん》の一つ一つを綿密にふるいにかけているのだった。「しかし、あなたの船は、まだあなたがそれを着陸させた場所に居すわっている。ここからは見えなくても、まだあそこに止《とど》まっているはずです。なぜなら、あなた以外にあの船を動かせるものはいないからです。もしかりに、ほかのだれかがあの船を動かしたとしても、そのときは空に昇っていく音がわれわれに聞こえたはずです。それが聞こえず、しかもこの音が空飛ぶ船の音だとすると、答は一つしか……」

「そう、べつの宇宙船だ」ガースはてっとり早く断定した。ウエスカー星人の丹念な論理の積み重ねがゴトゴトと終点にたどりつくのを待ちきれないほど、自分の考えで頭がいっぱいだったのだ。もちろん、あれはべつの宇宙船に決まっている。それが現われるのは時日《じじつ》の問題だったし、この宇宙船も、彼がそうしたとおなじように、SSレーダー反射機を目標として進入しているのにちがいない。彼自身の船はきっと新来者《しんらいしゃ》のスクリーンにはっきりと映し出されていて、おそらくむこうはそのできるだけ近くへ着陸しようと試みるだろう。

「アイティン、きみは先に行け」ガースはいった。「水の中を進んだほうが、はやく村に着く。村のみんなに、かたい陸地から離れて、沼の中へもどるようにいうんだ。あの船はいまに計器着陸してくる。そのとき船の下にいたりしたら、黒焦《こ》げにされてしまう」

この切迫した危険は、ウエスカー星の小柄な両棲類人にも、よくわかっているようだった。ガースが話しおわらないうちに、アイティンは細い骨に支えられた耳をコウモリの翼のようにたたんで、音もなくそばの運河にすべりこんだ。ガースは、ブーツにまとわりついてくる泥にさからって、ズッポズッポと足どりを早めた。林間の村の外縁《がいえん》までたどりついたとき、轟音は鼓膜のはり裂けそうな咆哮《ほうこう》にかわり、低くたれこめた雲層《うんそう》の中から宇宙船がその姿を現わした。下に向かって長く伸びた噴炎《ふんえん》の舌から目をさえぎりながら、ガースは複雑な感情で、しだいに大きくなってくる黒灰色《こっかいしょく》の船体を見上げた。

〈ウエスカーの星〉で一標準年近くをすごしたいま、人間にならだれにでも会いたいという彼の気持ちは、抑えつけるのに苦労するほどだった。しかし、同族のモンキーたちに対するこの埋もれた群居《ぐんきょ》本能の断片がざわめき立つ一方で、彼の交易商人としての思考は、並んだ数字の下にせわしなく線を引き、合計を計算していた。これがほかの交易商人の船だという可能性は、大いにある。もしそうなら、この星での彼の独占事業も、これでおじゃんだ。といっても、むこうが交易商人だと決まったわけではない。彼がいま巨大なシダの影に隠れて、ホルスターから拳銃をひきぬいた理由も、まさにそれだった。

　宇宙船は百平方メートルのぬかるみをカリカリに焼き上げた。噴射の轟音がばったりやむと、着陸脚がひびわれた大地へがりがりと食いこんだ。金属の足が軋《きし》みを上げ、しっかりとおちつくあいだに、湿った大気の中へ煙と蒸気の雲がじわじわ漂い下りてきた。

「おーい、ガース――原住民を食いものにしてるペテン師――出てこーい！」宇宙船のスピーカーがわめいた。船体の輪郭にどことなく見おぼえがあるような気はしていたのだが、そのしわがれ声で、もう疑いの余地はなくなった。ガースはニコニコしながら木蔭《こかげ》を出ると、二本の指をくわえて鋭く口笛を鳴らした。それまで船の尾びれの中におさまっていた指向マイクが、鎌首《かまくび》をもたげて、彼のほうへ向きなおった。

「ここへなにしにきたんだ、シン？」ガースはそのマイクに向けてどなった。「宇宙三界《さんかい》を食いつめたあげく、自分の惑星を見つける気もなくして、まっとうな商人の儲《もう》けを横どりしにきたのか？」

「おいおい！」増幅された声がとどろいた。「そっちこそ、ブタ箱の常連のくせしてなにをいう！　女郎屋《じょろう》よりもブタ箱に寝泊まりした回数のほうが多いダンナが！　なあ、竹馬《ちくば》の友よ、ご期待を裏切って申し訳ないが、おれには、あんたにつきあって、この未開なペストの巣を骨までしゃぶってるひまはないんだよ。こっちはこれから、もっと空気清浄、しかも一攫《いっかく》千金の夢のある世界へ一路《いちろ》おもむくところ。ここへ寄り道したのは、たまたまタクシー業で正当な報酬をかせげるチャンスがめぐってきたまでのことさ。おれはあんたに友人を届けにきた。申し分のない話し相手の、あんたとは別方面の職業にたずさわり、しかもあんたの商売のためになってくれそうな男をな。こっちも船から降りて、あいさつなりとして行きたいところだが、なにぶん滅菌《めっきん》手続きがめんどうだ。ついては、お客さんだけエアロックの外に出すから、わるいが手荷物の世話をしてやっとくれよ」

すくなくとも、この惑星に商売上の競争者がやってきたのではないらしい。それは安心してよさそうだ。しかし、ガースはまだ疑惑を捨てきれずにいた。いったいこんな未開の惑星へ片道飛行でやってくるとは、どういうたぐいの旅客なのか？　笑いをこらえているようなシンの口ぶりの裏には、いったいなにが隠されているのか？　船体の裏側、すでにタラップの下りたほうへまわったガースは、上を見上げた。貨物出入口で、ひとりの男が大きな荷物を扱いかねてもたもたしている。男がふりむいたとき、ガースは相手が立ち襟《えり》の僧服を着ているのを目にとめ、シンがなにをおもしろがっていたのかを知った。

「ここへなにしにきた？」ガースは訊いた。自分を抑えようと努力したにもかかわらず、なじるような口調になっていた。相手はそれに気づいたのか気づかないのか、満面に笑みをたたえてタラップを降り、手をさしだした。

「マーク神父です。修道士伝道協会からまいりました。あなたにお会いできて、たいへん……」

「ここへなにしにきた、と訊いてるんだよ」ガースの声はすでに抑制をとりもどして、つめたく、静かになっていた。彼にはこれからなすべきことがわかっており、それはいますぐでなければ意味がないのだった。

「それはもうはっきりしているんじゃありませんか」マーク神父の温厚さは、いささかも揺るがなかった。「わが伝道協会は、浄財《じょうざい》を仰いで、はじめて外星へ宣教師を派遣することになったのです。わたしは幸運にも……」

「荷物を持って、とっとと船へ帰れ。あんたはここには用のない人間だし、着陸許可も持ってない。やってこられても足手まといになるだけだ。ウエスカーには、あんたの面倒を見るようなやつはひとりもいない。船に帰ったほうが利口だぜ」

「あなたがどういう方なのか、なぜわたしに嘘をつかれるのかは、よく存じませんが――」

神父の穏やかな口調はあいかわらずだったが、笑顔は消えていた。「――わたしは、宇宙法も、この惑星の歴史も、充分に研究してまいりました。ここには、わたしが特別に恐れるほどの疫病《えきびょう》もなければ、野獣もいません。しかもここは一般に開放された惑星です。宇宙調査局がその分類を変えないかぎり、わたしにも、あなたと同様、ここにくる権利があるはずですよ」

神父の言い分はもちろん正しかったが、ガースはそれを認めたくなかった。彼は、神父が自分の権利を知らないことを願いながら、はったりで脅《おど》していたのだ。だが、相手は知っていた。あとにはたった一つの不愉快な手段しか残されていない。それも、早くやらなくては間に合わないのだ。

「船へもどれ」ガースはもはや怒りを隠そうともせずにどなった。すばやいモーションでホルスターから銃を抜くと、あばただらけの黒い銃口を僧侶のみぞおちからほんの数センチの距離につきつけた。相手の顔からすーっと血の気《け》がひいたが、それでも動こうとはしなかった。

「おい、なにをするんだ、ガース！」おどろいたシンの声が、きしるようにスピーカーからとびだした。「神父さんはちゃんと運賃を払ってる。それを追い出す権利は、あんたにゃないぞ」

「おれの権利はここにある」ガースは拳銃を上にかざしてみせてから、僧侶の眉間《みけん》をねらった。「三十秒のあいだにこいつが船内へもどらないと、おれは引金をひくぜ」

「どうした、気でもくるったのか、それともただの冗談か？」シンのいきりたった声が、彼らの頭上にふりかかってきた。「もし冗談なら、わるい趣味だ。どっちにしろ、あんたの思いどおりにはいかんぜ。そのゲームにかけては、おれのほうが一段うわ手さ」

おもおもしいベアリングのひびきがしたかと思うと、宇宙船の側面にある遠隔操作の砲塔がぐるりと回転し、四門の砲口をガースに向けた。

「さあ、銃を捨てて、神父さんの荷物を運んでやれ」スピーカーから命令するシンの声には、さっきのユーモアの片鱗《へんりん》がもどってきたようだった。「旧友よ、あんたの手助けをしてやりたいのはやまやまだが、こっちは先を急ぐ身だ。珍客との語らいのチャンスは、気前よくあんたに譲《ゆず》ってやるよ。なにしろ、こっちは地球から道中ずっと、お守《も》りをさせられてきたんでね」

ガースは強烈な敗北感を味わいながら、拳銃をホルスターに押しこんだ。マーク神父はすでに愛嬌《あいきょう》のある笑顔をとりもどし、僧服のポケットからとりだした聖書を片手にかざして、歩みよってきた。

「わが子よ」と、神父はいった。

「おれはあんたの子供じゃない」こみあげる敗北感の中で、ガースはそういいかえすのがやっとだった。怒りにかられてひとりでにこぶしが動いた。彼としては、そのこぶしを開いて、手のひらをあてるだけにとどめるのが、せいいっぱいの努力だった。それでも、なぐられたはずみに僧侶はどすんとしりもちをつき、泥の中にほうりだされた聖書のページがぱたぱたとはためいた。

アイティンとほかのウエスカー星人たちは、この一部始終を無感動にも見える態度で眺めており、ガースも彼らの無言の質問に答えようとはしなかった。自分の家へ帰りかけようとしたガースは、それでも彼らがその場を動こうとしないのを見て、ひきかえしてきた。

「新しい人間がひとりここへきた」ガースは彼らに教えた。「彼は、自分の持ってきた荷物のことで助けをほしがるだろう。もし、彼が荷物を置く場所を持っていないようなら、彼が自分の家を作るまで、きみたちの大きな倉庫へあずかってやってくれないか」

異星人たちがよたよたと林間地を横切って、宇宙船のほうへ向かうのを見送ったあと、ガースは自分の家へ帰り、窓ガラスにひびがはいるほど乱暴にドアを閉めて、いくらかうっぷんを晴らした。なにか特別なことがあったときのためにと残しておいた、なけなしのアイリッシュ・ウイスキーの封を切ることにも、それに劣らぬ自虐的な快感があった。そう、特別なことがあったのはたしかだ――ただし、彼の予想していたたぐいのものではなかったが。……ひさしぶりのウイスキーは快《こころよ》くのどに沁み、口の中のいやな味をいくらか焼きはらってくれたが、それでもまだ気持ちはすっきりしなかった。もし、彼の戦術が功を奏していれば、成功がすべてを正当化してくれたろう。だが、結果は失敗に終わり、彼は敗北の苦痛だけでなく、とほうもない醜態《しゅうたい》を演じたという激しい後悔までしょいこむことになったのだ。シンはあれから、さよならもいわずに発進していった。シンがこの事件をどう解釈したかはわからないが、交易商人のたむろするロッジになにかの奇譚《きたん》を持ちかえることはまちがいない。まあ、その心配は、こんど彼がロッジに泊まるときまでとっておくとしよう。さしあたっては、あの宣教師ともう一度話しあってみることだ。

雨の中に目をこらしたガースは、僧侶が折り畳み式のテントを張ろうと大わらわなのを見てとった。村の全員がきちんと列を作って並び、それを見物している。もちろん、だれひとり手をかそうとするものはいない。

テントが完成し、たくさんの荷物がその中におさまったころには、雨もやんだ。瓶《びん》の中の液面はかなり低くなり、ガースにも、避けられぬ対決を早く片づけてしまおうという気持ちがわいてきた。実をいうと、彼はこの相手との話しあいを待ちかねているぐらいだった。この不愉快な一件を別にすれば、まる一年の孤独のあとでは、どんな人間との交流でも歓迎したい心境なのだ。〈夕食をいっしょにいかが？　ジョン・ガース〉と、彼は古い送り状の裏に書きつけた。しかし、むこうは彼をこわがって、やってこないのでは？　どんな交流をはじめるにしろ、それではまずい。寝棚《ねだな》の下をひっかきまわしたあげく、彼は手ごろな大きさの箱を見つけ、その中に拳銃を入れた。ドアをあけると、思ったとおり、アイティンが外で待っていた。それが〝知識収集者〟としての彼の仕事なのだ。ガースは彼に手紙と箱を渡した。

「これを新しい人間に届けてくれないか？」

「新しい人間の名前は〝新しい人間〟というのですか？」アイティンがきいた。

「そうじゃない！」ガースはどなった。「彼の名はマークだ。しかし、おれはきみにこれを彼に届けてくれとたのんだだけで、彼と話をしろとはたのんでいないんだぞ」

ガースがかんしゃくを起こしたときはいつもそうなのだが、このラウンドの勝利は理詰めなウエスカー星人のものだった。アイティンはゆっくりといった。

「あなたが話をしろとたのまなくても、マークが話をしたいというかもしれません。それに、みんなはわたしに彼の名を訊くでしょうし、もしわたしがそれを知らなければ……」ガースがドアをぴしゃんと閉めきったので、あとの言葉はさえぎられてしまった。しかし、これもほんの一時しのぎである。なぜなら、こんどアイティンに会ったときには――たとえそれが一日、あるいは一週間、いや、一カ月後でさえ——いま中断されたその言葉からふたたびモノローグがむしかえされて、だらだらとした思考が、すりきれた終点にたどりつくまでを聞かされることになるのだ。ガースは小声で悪態《あくたい》をついてから、とっておきの二罐《かん》の濃縮食に水をついだ。

「どうぞ」ドアに静かなノックを聞いて、彼はそういった。はいってきた僧侶は、拳銃のはいった箱を彼にさしだした。

「ありがとう。お借りしていた品をお返ししますよ、ガースさん。あなたがこれを届けられたお心づかいには敬服しました。着陸直後のあの不幸な事件の原因がなんであったかは知りませんが、これからこの惑星でごいっしょに暮らしていく以上、あのことはおたがいにもう忘れようじゃないですか」

「飲むかね？」ガースは箱をうけとって、テーブルの上のウイスキー瓶を指さした。二つのグラスを満たすと、片方を僧侶に手渡しながら、「おれもその点ではだいたい同感なんだが、やはりあそこで起こったことの説明はしておきたいね」そういうと、渋い顔で一秒ほどグラスをにらんでから、相手にむかってそれをさしあげてみせた。「なにしろ広い宇宙だ、おたがいにできるだけうまくやっていかなくっちゃ。じゃあ、正気に対して乾杯」

「あなたに神のお恵みを」マーク神父はそういうと、彼にならってグラスを上げた。

「いや、おれにも、この惑星にも、そんなものは必要ない」ガースはきっぱりといった。

「それがこの問題の要点なんだよ」

「あなたは、わたしを驚かそうとそんなことをおっしゃるんですか？」僧侶は微笑をうかべながらたずねた。「しかし、わたしはちっとも驚きませんよ」

「驚かすためじゃない。額面どおりに受けとってほしいのさ。たぶん、おれはきみらのいう無神論者だと思う。だから、啓示宗教ってものには、おれはなんの関心もない。一方、ここの原住民は単純で無学な石器人タイプだが、なんの迷信も、かけらほどの神仏崇拝もなしに、あれだけの文化に到達した。おれは連中に、そのやりかたをつづけてほしかったんだ」

「なんとおっしゃる？」僧侶は眉根をよせた。「では、彼らはいかなる神々も持たず、来世への信仰もない、というのですか？　しかし、彼らも死をまぬがれることは……？」

「もちろん死ぬさ。死ねば、ほかの動物とおなじように塵《ちり》に帰るだけだ。彼らは雷《かみなり》や、樹木や、水を知っているが、雷神も、樹霊も、水の精も知らないんだ。みにくい小さな神々も、タブーも、まじないも知らないから、それに悩まされたり、生活に枷《かせ》をはめられたりすることもない。おれがこれまででくわした原始人の中で、なんの迷信にもおかされず、そのおかげではるかに幸福で正気に見えるのは、ここの住民だけだ。だから、これからもそんな生活をつづけさせてやりたい、そう思うわけだ」

「あなたは彼らを神から——救済から——遠ざけておきたいというのですか？」僧侶は目を見はり、かすかに身をすくませた。

「いや」ガースはいった。「彼らがもっといろいろなことを知って、そのことを現実的に考えられるようになるまで、迷信から遠ざけておきたい、というだけさ。でないと、迷信のとりこになったり、悪くすると、迷信に滅ぼされるおそれもある」

「あなた、それは教会に対する侮辱《ぶじょく》ですよ。かりにも迷信と同一視するとは……」

「待ってくれ」ガースは手を上げていった。「神学の議論はやめよう。きみの伝道協会だって、おれと議論させるために、高い旅費を払って、ここへきみをよこしたんじゃあるまい。とにかく、この事実だけは素直にうけいれてくれよ。おれの信念は何年間もじっくり考えたあげくにたどりついたもので、青臭い形而上学《けいじじょう》をいくら聞かされたところで、めったに変わるもんじゃないんだ。ただし、きみを宗旨《しゅうし》替えさせようなんてことはしない、と約束する――ただし、きみのほうも、おなじことを約束してくれればだが」

「賛成です、ガースさん。あなたがいま思い出させてくださったように、わたしの使命は彼らの魂《たましい》を救うことであり、それに専念しなくてはなりません。しかし、なぜあなたは、わたしを下船させまいとするほど、わたしの仕事に危惧を感じられたのですか？　それも拳銃で脅迫したうえに……」僧侶はそこでいいやめて、じっとグラスを見つめた。

「そのうえに、きみをぶんなぐりまでしてか？」ガースは急にむずかしい顔つきになった。「あれには弁解の余地はない。すまなかった。礼儀知らずで、それに輪をかけた、かんしゃく持ちの男だと思ってくれ。ひとり暮らしを長くやってると、いつのまにかそんな人間になっちまうんだよ」ガースはテーブルの上にのせた両手をじっと見つめ、そこに刻まれた傷痕《きずあと》やたこの中に思い出を読みとった。「ほかに適当な言葉もないことだし、いちおう欲求不満とでもいっておこう。きみも職業柄、人間の心の中の暗い面をのぞく機会が何度もあったろうし、動機とか、幸福とかってことにはいくらか通じているはずだ。おれはやけに忙しい人生を送ってきた。腰をおちつけて家庭を持とうなんて気は起こしたこともなかったし、つい最近までそれを淋《さび》しいとも思わなかった。たぶん放射能洩れで頭がいかれてきたのかもしれんが、近ごろのおれはあのにこ毛の生えた魚臭いウエスカー星人たちが、なんだか自分の子供のように思えてきて、あの連中に責任みたいなものを感じはじめたってわけさ」

「われわれはみな神の子です」マーク神父は穏やかにいった。

「ところが、ここにいる神の子らは、神の存在を想像もできないんだぜ」ガースはいった。優しい気持ちをのぞかせてしまった自分に対して、ふいに憤《いきどお》りを感じたのである。しかし、それもつかのまで、たちまち熱情にわれを忘れ、体を乗りだしてしゃべりはじめた。「なあ、この重要さがきみにはわからないか？　とにかく、しばらくでもあのウエスカー星人たちといっしょに暮らしてみるがいい。そうすりゃ、きみたちがいつも説《と》いている恩寵《おんちょう》を受けた状態とぴったり一致した、素朴で幸福な生活が、げんに存在するのがわかる。彼らは生活から喜びを得ている――しかも、だれにも迷惑をかけていない。たまたま彼らは不毛に近い惑星の上で進化したため、外面的には石器時代の文化からまだ脱《ぬ》けだしていない。しかし、内面的にはわれわれと同等――いや、たぶんわれわれ以上だろう。彼らはみんな、おれの言葉をおぼえてしまった。いままでは、むこうの知りたがるたくさんの事柄を、らくに説明してやれるんだ。知識と、知識の獲得が、彼らにほんとうの満足を与えるらしい。そりゃ、ときにはいらいらさせられることもあるさ。新しいなにかが出てくるたびに、ほかのすべての物の体系と結びつけて、教えなくちゃならないんだからな。しかし、その過程も、むこうの知識がふえるにしたがって、スピードアップされるはずだ。遠からず、彼らがあらゆる点で人類と肩を並べる日がくるだろう。いや、たぶんわれわれを追い越すかもしれない。ただし、それには——なあ、一つ、おれのたのみを聞いてくれるかね？」

「なんでも、わたしでお役に立てることなら」

「あの連中をほっといてやってほしいんだ。いや、それじゃ気がすまないというなら、教えるのはいいさ——歴史や科学、哲学、法律、そのほか、彼らがもっと広い世界の、これまでその存在も知らなかった大宇宙の、その現実に直面していくうえで役に立つものなら、なんでもかまわない。しかし、どうかきみたちの宗教の憎しみや苦痛、心の咎《とが》めだの、罪だの、罰だので、彼らを混乱させないでほしいんだ。そんなことをしたら、どんな害が生まれるか……」

「なんという無礼な！」僧侶は憤然《ふんぜん》と立ちあがった。その灰色の頭は、大柄な宇宙商人のあごのあたりにしか届かなかったが、自分の信仰の擁護にかけては、すこしのおびえも見せていなかった。それに応じて立ちあがったガースも、もはやさきほどまでの告解者《こっかいしゃ》ではなかった。ふたりは、これまで男たちがつねにそうしてきたように、おのれが正しいと考えるものを頑《かたく》なに守りぬこうと、怒りをこめてにらみあった。

「無礼なのはそっちのほうだ」ガースはどなった。「おそるべき独善だ。きみらの派生的でいじましい神話、いまなお人類の重荷《おもに》になっている、ほかの何百何千のそれと大差ないしろものが、まだみずみずしい彼らの心になにかを与えるどころか、かえって混乱させるだけだとも気がつかないとはな！　彼らが真実を信仰しているのが――彼らが嘘というものを聞いたことがないのが――きみにはわからんのか？　まだ彼らには、ほかの種族が自分たちと違った考え方ができるということを、理解するだけの下地がないんだ。なんとかそのへんの手心を加えてやっては……？」

「ガースさん、わたしは神のご意志にそって、自分の義務をつくすだけです。ここには神の創《つく》りたもうた生き物が住み、彼らは魂を持っています。わたしの義務は、彼らに神の御言葉《みことば》を伝え、彼らが救われて天国の門にはいれるようにしてやることなのです。その義務を怠《おこた》ることはできません」

マーク神父がドアを開くのを待っていたように、強い風がそれをとらえて、大きく押しあけた。僧侶が吹き降りの暗闇の中へ姿を消したあと、ドアはばたんばたんと風にあおられ、雨のしぶきが降りこんできた。ガースは泥だらけの足跡を床に印しながらドアを閉め、アイティンの姿を閉めだした。異星人は、ガースがその豊富なすばらしい知識をほんのすこしでも分けてくれないものかと期待して、さっきから嵐の中にすわり、しんぼう強く、ぐちもいわずに待ちつづけていたのだった。

暗黙の合意で、あの最初の夜のことは二度と話題にのぼらなかった。相手が近くにいることがわかっているだけに、いっそうやりきれない孤独が二、三日つづいたあと、ふたりは慎重に中立不偏《ふへん》の立場を守って、話をかわすようになった。ガースはぼつぼつ荷作りと積み込みをはじめたが、自分の仕事が完了していつ出発してもよい状態にあることは、口に出さなかった。興味ある生薬《しょうやく》や植物の見本がかなりの量になるほど集まっていて、いい値段で売れそうな気がする。それにウエスカーの民芸品は、すれっからしの星間市場でもセンセーションをまきおこすことは確実なのだ。彼が到着するまで、この惑星の工芸は、堅木《けんぼく》を石のかけらで丹念に刻んだ彫り物ぐらいに限られていた。彼がしたことといっても、自分のストックの中から、若干の道具と材料を提供しただけである。だが、ほんの数カ月のうちに、ウエスカー星人たちは新しい材料の扱い方をのみこんだばかりか、彼ら自身のデザインとフォルムを、ガースがこれまでに見た最も異様な――だが、最も美しい――工芸品に仕上げたのだった。彼としては、それらの品物を市場へ紹介して第一次需要を作りだしてから、もう一度ここへ仕入れにもどるだけでいい。ウエスカー星人は、その代償に、本と道具と知識しかほしがらないだろう。そして、いずれはきっと銀河連盟への加入を自力でなしとげるだろう。

それがガースの望んでいたことだった。しかし、彼の宇宙船のまわりにできあがった村落には、変革の風が吹きはじめていた。もはや彼は、村人たちの注目の的《まと》でも、生活の焦点でもなかった。権力の座からの転落を考えるたびに、彼はおのずと口もとがゆるんだが、その微笑にはユーモアが欠けていた。きまじめで熱心なウエスカー星人たちは、まだ交代で知識収集者の役目をつとめにくるが、彼らの無感動なデータの記録ぶりは、僧侶をとりまく知識欲のハリケーンと比べて、天と地の相違があった。

ガースが、まず彼らを働かせてからでなければ、本も機械も渡さなかったのにひきかえ、僧侶はただでそれらをくれてやっていた。ガースは、知識を供給するうえで進歩的であろうとして、彼らを利口だが無学な子供として扱ったのだった。走る前にまず歩けるようにしよう、一歩をマスターしてからつぎの一歩を踏み出させよう、という考えだったのだ。

マーク神父は、いともあっさりとキリスト教の恩恵を持ちこんだ。神父が彼らに要求したのは、礼拝と学習の場である教会を建てることだけだった。この世界の果てしない沼地から、ぞくぞくとウエスカー星人が現われ、たった数日のうちに、柱と骨組に支えられた屋根が完成した。毎朝、会衆《かいしゅう》はしばらくの時間を壁の仕上げに費やし、それからそそくさと中にはいって、この宇宙についてのすべてを約束し、すべてを包含《ほうがん》している、すべて重要な事実を学ぶのだった。

ガースは、彼がウエスカー星人の新しい関心をどう考えているかを、彼らに話さなかったが、それはおもに先方がたずねようとしないからでもあった。だれかその気のありそうな聴《き》き手を見つけて、ぐちをこぼすことは、彼の自尊心が許さなかったのだ。もしアイティンが彼のところへ知識収集の仕事にかよってきていれば、おそらくこうはならなかったかもしれない。アイティンの頭のよさは、彼らの中でもずばぬけていたからだ。しかし、僧侶が到着した翌日からアイティンはそっちのほうへ回されて、それ以来ガースは一度も彼と話す機会がなかった。

そんなわけで、地球の三倍も長いウエスカー星の十七日目、朝食をすませて外に出ようとしたガースは、そこに代表団を見出していささか驚きを味わった。スポークスマンはアイティンだったが、彼の口はわずかに開かれていた。ほかのウエスカー星人たちの口もやはり半びらきで、中のひとりにいたってはまるであくびをしているように、上下二列の鋭い歯と黒むらさき色ののどを、はっきりと見せていた。そのことが、ガースにこの会合の重大性をまざまざと印象づけた。それは、ウエスカー星人の表情の中で、彼にも見分けがつく唯一のものなのだ。開かれた口はなんらかの強い感情を示している。幸福、悲しみ、怒り——そのどれに当たるのかは、まだよくわからない。ウエスカー星人はふだん冷静なので、なにが原因で口を開くのかを推測できるほど、たびたびそれを見る機会には恵まれなかったからだ。とにかく、いま彼はそれにとりかこまれている。

「われわれを助けてくれませんか、ジョン・ガース」アイティンはいった。「一つ質問があるんです」

「いいとも。どんな質問にでも答えよう」ガースは、不吉な前兆を感じながらいった。「どんなことだね？」

「神はあるのですか？」

「きみのいう〝神〟とはどんなものだ？」ガースは逆に訊きかえした。彼らになんといえばいいのだろう？

「神は天にいるわれわれの父で、われわれを創り上げ、われわれを守ってくれるものです。われわれがそれに向かって祈り、助けを求めるものです。もし救いをうければ、われわれは死後に……」

「もうそれだけで十分だ」ガースはいった。「神はない」

いまや彼らの全員が――アイティンさえもが――大きく口を開いてガースを見つめ、彼の答を反芻《はんすう》していた。もし彼がこの生き物たちの気心をわきまえていなかったら、ピンク色の鋭い歯なみに脅威を感じたかもしれない。つかのま、ひょっとするとむこうはすでに教義に感化されて、彼を異端者と見ているのでは、という疑念がわいたが、ガースはあわててその考えをはらいのけた。

「ありがとう」アイティンが言い、一同はきびすを返して去っていった。

まだ肌寒い朝なのに、汗をじっとり滲《にじ》ませている自分に気づいて、ガースはなぜだろうといぶかしんだ。

反応はまもなくあった。おなじ日の午後に、アイティンがやってきたのだ。

「教会へきてくれませんか?」アイティンはいった。「われわれの勉強していることの中には、学ぶのがむずかしいことがたくさんあるが、こんなにむずかしいことははじめてです。われわれがあなたの助けをほしいのは、あなたとマーク神父が話しあうのを、みんなで聞きたいからです。それはなぜかというと、彼はあることを真実といい、あなたは別のことを真実というが、その両方が同時に真実ということはありえないからです。われわれは、どっちが真実かを見きわめなくてはならないのです」

「わかった。もちろん行くよ」ガースは突然の歓喜を隠そうとつとめながらいった。彼がじっとしていても、やはりウエスカー星人は彼の意見を求めにきた。まだ彼らが自由でいられる望みは持てそうなのだ。

　教会の中はむし暑く、ガースはそこにいるウエスカー星人の数に、まず驚きを味わった。いままでこんなに大ぜいが一カ所に集まったのは、見たことがない。開かれた口も、たくさん目につく。マーク神父は、本をいっぱいに並べたテーブルの前にすわっていた。悲しそうな表情だったが、ガースがはいってくるのを見ても、なにもいわなかった。ガースが先に口を切った。

「これが彼らの思いつきだということは、わかってくれるだろうな？――彼らが自分たちの意志でおれのところへやってきて、ここへきてほしいといったんだよ」

「それは知っています」僧侶はあきらめたようにいった。「ときどき、彼らはひどく聞きわけがなくなるんです。しかし、学ぶことには熱心だし、信じようと努力もしています。なによりも大切なのはそれですよ」

「マーク神父、ガース商人、われわれにはあなたがたの助けが必要です」アイティンがいった。「あなたがたはどちらも、われわれの知らないことをたくさん知っています。われわれが宗教に近づくことはとてもむずかしいので、あなたがたがそれを助けてくれなくてはいけないのです」ガースはなにかをいおうとして、思いなおした。アイティンは先をつづけた。「われわれは聖書を読みました。マーク神父のくれた本をぜんぶ読みました。そして、一つのことが明らかになりました。われわれはそれを論じあい、みんなの意見が一致しました。これらの本は、ガース商人がくれた本と非常にちがっています。ガース商人の本では、われわれのまだ見たことのない宇宙というものがあって、それは神の存在なしに動いているようです。なぜなら、われわれがいくら注意ぶかく探しても、神のことはどこにも書かれていなかったからです。マーク神父の本では、神はあらゆるところに存在し、神なしではなにも動かないことになっています。このどちらかが正しく、どちらかがまちがっているはずです。どうしてこんなことになるのか、われわれにはわかりませんが、どちらが正しいかを見いだすことができれば、たぶんそのあとでわかるようになると思います。もし、神が存在しないとすれば……」

「わが子らよ、もちろん神は存在します」マーク神父が熱情あふれる声でいった。「神は天におわすわれらの父であり、われらすべてを創りたもうた……」

「だれが神を創ったのですか？」アイティンがそうたずねると同時に、ざわめきがやみ、すべてのウエスカー星人がじっとマーク神父に注目した。神父は、一瞬その強烈な視線に気圧《けお》されたようすだったが、すぐに微笑をとりもどした。

「だれが神を創ったのでもありません。なぜなら、神は創造主であるからです。神は最初から存在……」

「もし、神が最初から存在していたのなら——なぜ宇宙も最初から存在できなかったのですか？　創造主なしに？」アイティンは抑えきれなくなったように、僧侶の話をさえぎった。

この質問の重大さは明らかだった。僧侶は無限の忍耐を示しながら、かんで含めるようにさとした。

「わが子らよ、その答がそれほどに単純なら、どんなにかよかったでしょう。しかし、科学者でさえも、宇宙の創造に関しては意見がまちまちなのです。彼らは疑いに包まれている──しかし、われわれ、光明《こうみよう》を見たものは知っています。われわれは、いたるところに創造の奇跡を見ることができるのです。創造主なくして、どうして創造がありえましょう？　その創造主こそ、天にまします、われらの父なる神であります。あなたがたが疑いを持つことはわかります。それは、とりもなおさず、あなたがたに魂と自由意志があるからです。しかし、答は実に簡単なことなのですよ。信仰をお持ちなさい。必要なのはそれだけです。信じる、ただそれだけでよいのです」

「証拠がないのに、どうして信じることができるのですか？」

「もし、あなたがたの目に、この世界そのものが神の存在の証拠であることが見えないのならば、わたしはこういいましょう。信仰は証拠を必要としません。信じることがすべてです」

教会の中が騒然となり、さっきよりもたくさんの口がぱっくりと開かれた。ウエスカー星人たちは、ありったけの思考をふるいおこして、このややこしくもつれた言葉の塊《かたまり》から、なんとかして真実の糸をたぐり出そうとしているのだった。

「ガース、あなたにお訊きします」アイティンがいった。その声で、さわがしい話し声がぴったりと静まった。

「おれにいえるのは、科学的方法を使えということだけだよ。科学的方法は、それ自体も含めて、あらゆる事柄を調べることができるし、どんな主張に対しても、その真否を証明できるような答を与えてくれるからだ」

「そうです。それがわれわれのしなければならないことです。われわれの達した結論も、それとおなじでした」アイティンは分厚い本を前にさしだし、聴衆の中にうなずきの波が走った。「われわれは、マーク神父にいわれたとおりにこの聖書を読み、そして答を見いだしました。神はわれわれのために奇跡を生みだし、それによって神がわれわれを見守っていることを証明してくれるでしょう。そのしるしによって、われわれは神を知り、神を信じるでしょう」

「それは傲慢《ごうまん》の罪です」マーク神父はいった。「神はご自身の存在を証《あか》すのに、なんらの奇跡も必要とされません」

「しかし、われわれには奇跡が必要なのです!」アイティンはさけんだ。彼は人間ではなかったが、その声には切ないまでの訴えがあった。「われわれはこの本の中で、たくさんの小さな奇跡のことを読みました。パン、魚、水、ぶどう酒、蛇——その大部分が、これよりもっと小さな理由のためになされています。いま、神はたった一つの奇跡を起こすだけで、われわれみんなを従えることができるのです。一つの新世界が神の玉座《ぎよくざ》の前にひざまずく驚異、とあなたのいったようにね、マーク神父。あなたは、それがどれほど重要なことかを、われわれに話してくれたではありませんか。われわれはみんなで相談して、この種のことにふさわしい奇跡は一つしかないことを見いだしたのです」

それまでの神学的な論争に対してガースの感じていた退屈は、一瞬にしてさめた。よほど彼はぼんやりしていたのにちがいない。でなければ、この議論のすべてがどこに行きつくかは、予想できたはずだからだ。彼はアイティンが開いて見せている聖書のさし絵に目をやったが、それがなんの場面であるかは、すでに見当がついていた。彼は伸びをするようなかっこうで、ゆっくりと椅子から立ちあがり、そして後ろにいる僧侶をふりかえった。

「逃げる用意をしろ」ガースはささやいた。「裏口から出て、宇宙船へ急ぐんだ。あとはおれにまかせろ。あの連中も、おれには手出ししないはずだ」

「いったいなんのことです……？」マーク神父は、驚きに目をパチパチさせながら、問いかえした。

「逃げるんだ、ばかもの！」ガースはするどく叱《しか》った。「あの連中のいう奇跡がなんだと思う？　世界をキリスト教に改宗させたという奇跡は、どんなものだった？」

「まさか！」マーク神父はいった。「そんなことが……そんなばかなことが……」

「はやく行け！」ガースは僧侶を椅子からひきずりだすと、彼を裏口へつきとばすようにしてさけんだ。マーク神父はよろよろと立ちどまり、後ろをふりかえった。ガースは彼に駆けよろうとしたが、時すでに遅かった。両棲類人は小柄だが、なにしろ数が多すぎる。ガースはこぶしをふるい、一発のパンチでアイティンを群集の中へ後退させた。おそいかかってくる新手《あらて》をかきわけて、彼は僧侶のほうへ近づこうとした。あたるを幸いなぐりつけたが、まるで大波とたたかっているようなものだった。にこ毛の生えた魚臭い体が、彼のまわりに打ちよせ、彼をのみこんだ。彼はがんじがらめに縛《しば》り上げられるまでたたかい、それでも彼らに頭をめった打ちにされるまで抵抗をあきらめなかった。それから彼は外にひきずり出され、雨の中に横たわって、悪態をつきながら、じっと見守ることしかできなくなった。

もちろん、ウエスカー星人は優秀な細工師だったから、すべてが聖書のさし絵にのっとって、細かい点までも入念に作られていた。小さな丘の頂《いただき》に、十字架がしっかりと据えつけられ、きらきら光る金属製の大釘《おおくぎ》も、ハンマーも揃《そろ》っていた。マーク神父は衣服を剝《は》がれて、入念にひだをつけた腰布《こしぬの》だけをまとっていた。彼らは僧侶を教会から連れ出した。

十字架を見たとたん、僧侶は気絶しそうになった。しかし気をとりなおすと、これまで信仰にそって生きてきたように、信仰にそって死のうと決心したらしく、昂然《こうぜん》と頭をもたげた。

しかし、それは至難《しなん》のわざだった。ただの傍観者であるガースでさえ、耐えられない気持ちになった。磔刑《はりつけ》のことを口にし、祭壇のほのかな明かりの中で、美的に彫刻された肉体を眺めることはやさしい。しかし、裸にされて横木《よこぎ》からぶらさがった男の皮膚に、ロープが食いこむのを眺めるのは、まったく別の問題だ。そして、鋭くとがった大釘の先端が男の柔らかな掌《てのひら》にあてられ、冷静に計算された職人らしい手つきでハンマーが振りかぶられるのを見るのは。そして、金属が肉をつらぬく濁った音を聞くのは。

そして、悲鳴を耳にするのは。

生まれながらの殉教者は数すくない。マーク神父も、そのひとりではなかった。最初の一撃で、食いしばった唇《くちびる》から血が流れ出した。やがて、彼は大きく口をあけ、頭をのけぞらせ、そののどからは、しとしとと降る雨音を切り裂くような、恐怖の絶叫がほとばしった。

それを見物している大ぜいのウエスカー星人も、声なきこだまを返しているように見えた。彼らの口を開かせた感情がなんであるにせよ、それはいま彼らの肉体をありったけの力でかきむしり、そして大きく開いたあごまたあごの列が、はりつけにされた僧侶の苦悶《くもん》をそのままに映し出しているのだ。

最後の大釘が打ちこまれる瞬間に僧侶が失神したのが、せめてもの救いだった。むごたらしい傷口から血が流れだし、雨と混じりあって薄いピンク色のしずくをその足もとから滴《したた》らすのにつれ、僧侶のいのちもしだいに失われていった。その頃、おそらくその頃だろう、なぐられてもうろうとした頭をかかえ、すすり泣きながら縛《いまし》めを解こうともがいていたガースも、意識を失った。

つぎに彼が目ざめたのは自分の倉庫の中で、あたりは真っ暗だった。だれかが、彼を縛ったロープを切り離そうとしている。外はまだ雨が降りつづいているらしく、ぴちゃぴちゃとしぶきのはねる音が聞こえた。

「アイティン」と彼はいった。ほかのだれかであるはずがない。

「そう」異星人の声がささやきかえした。「ほかのみんなは教会の中でまだ話しあっています。リンはあなたになぐられたあとで死に、アイノンはひどく苦しがっている。あなたもはりつけにすべきだ、というものもいて、わたしはそれが起こりそうな気がするのです。それとも、あなたは頭に石を投げつけられて殺されるかもしれない。聖書の中にそういうことが……」

「知っているよ」かぎりない疲労をこめて、「眼には眼を、だな。きみたちがいったん探す気になれば、そうしたことはいくらでも見つかる。あれはすばらしい本だ」彼の頭は猛烈に疼《うず》いた。

「早く逃げなさい。いまなら、だれの目にもつかずに、あなたの船へ行けます。もう、殺しはあれだけでたくさんだ」アイティンもまた、新しく見いだした疲労を声にこもらせていた。

ガースは痛みをだましだまし、立ち上がった。荒削りな板壁にひたいを押しつけて、吐き気がおさまるのを待った。

「彼は死んだか」ガースはそれを質問としてでなく、事実の陳述《ちんじゅつ》としていった。

「そう、しばらく前に。それでなければ、わたしがこっそり抜け出して、ここへくることはできなかった」

「それで、もちろん埋められたのだろうな。でなければ、彼らがつぎにわたしをどうするかを考えるはずがない」

「そう、埋めました！」異星人の声には、感情の高鳴りに近いものがあった。死んだ僧侶の声のこだまのように。「彼は埋められ、そしてよみがえり、天に昇るのです。本に書かれているとおりのことが起こるはずです。マーク神父も、こんなふうになったことをきっと喜んでいるでしょう」その声は、人間のすすり泣きに似た音で終わった。

ガースは転ばないように壁によりかかりながら、痛みをこらえて戸口まで進んだ。

「われわれは正しいことをした。そうでしょう？」アイティンが訊いた。答はなかった。

「彼はきっとよみがえる。そうでしょう、ガース？」

ガースは戸口に立った。あかあかと灯《ひ》のともった教会からもれる明かりが、ドアの枠をつかんだ彼の傷だらけの血みどろの両手を照らし出した。アイティンの顔がすぐ目の前にうかび上がり、鋭い爪を持った、デリケートでたくさんの指のある手が、彼の衣服をつかむのを、ガースは感じた。

「彼はよみがえる、そうですね、ガース？」

「いや」とガースはいった。「彼はきみたちに埋められたまま、いつまでも出てこない。なにも起こるはずがない。いったん死んだものは、もう生きかえってこないからだ」

雨はアイティンの毛皮に幾すじもの川を作り、いまにもはり裂けそうな彼の口が、夜に向かって絶叫を上げているようだった。ようやくのことで彼は声を見いだし、異星の言葉で異星の思考をしぼりだした。

「では、われわれは救われないのか？　清らかになれないのか？」

「きみたちは清らかだった」ガースの声はすすり泣きと笑いのどこか中間にあった。「それがこの事件の、なによりも恐ろしく、みにくく、けがらわしいところだ。きみたちは清らかだった。だが、いまのきみたちは……」

「人殺しだ」アイティンはいった。雨はうなだれた彼のひたいを伝って、闇の中へと川のように流れおちていた。

（浅倉久志訳）

ジャン・デュプレ

ゴードン・R・ディクスン

ゴードン・R・ディクスン　Gordon R. Dickson（1923-2001）

本編がはじめて邦訳されたとき、訳者の岡部宏之氏は、解説でつぎのように述べた――「G・ディクスンといえば、タカ派の代表と言われていますが、この作品を読むと、タカ派に対する疑問のようなものが感じられ、そのために、かえって作品の彫りが深くなっているように、わたしには思われるのです」。この言葉に心から同意したい。

作者はカナダ生まれのアメリカ人作家。タカ派とみなされるのは、辺境の地を舞台に、アメリカ西部開拓時代のフロンティア精神を体現したような人々が苦闘するさまを描いた作風が、ときに右翼的で暴力的に見えるからだろう。ヒューゴー賞を三度、ネビュラ賞を一度獲得したという事実が示すように、人気も実力も兼ね備えており、《ドルセイ》シリーズ（本文庫）や『タイムストーム』（一九七七／講談社文庫）や『ドラゴンになった青年』（一九七六／ハヤカワ文庫FT）や『ファー・コール』（一九七八／早川書房海外SFノヴェルズ）といった主要作も邦訳されている。だが、わが国でいちばん有名なのは、畏《い》友《ゆう》ポール・アンダースンと共作したユーモアSF《ホーカ》シリーズ（ハヤカワ文庫SF他）かもしれない。

本編の初出はハリー・ハリスン編のオリジナル・アンソロジー*Nova 1*（1970）。既訳は四十年以上も前のものなので、本書のために新訳を起こした。

「父祖の遺灰と
神々の聖堂のために、
恐ろしき運命に立ち向かう
これに優る人の死にざまはなし」
——マコーレー卿

はじめてジャン・デュプレに出会ったときのことを話しておこう。おれは六名の分隊を率いて独立パトロール任務についていた。ウトワードのジャングルを歩きまわり、からみ合う緑の茂みを調べていたのだ。そのうちジャングルがすっぱりと断ち切れている場所のへりに行き当たり、縁が丸まった高さ八フィートの羊歯《しだ》——ジャングル最後の遮蔽幕《しゃへい》——を透《す》かして、地面の踏み固められた小さな空《あ》き地が見えた。その向こうにもっと大きな耕作地が広がっていた。大きな畑の入口近くに乗用マセレーターが停《と》まっていたが、サドルにまたがっている者はいなかった。おれの真ん前——羊歯から五フィートと離れていないところ——に、せいぜい四歳くらいの男の子が、ライフルに寄りかかっていた。それは本物そっくりのモデルガンで、とうてい偽物《にせもの》とは信じられなかった。

　つぎの瞬間、偽物でないことに気づいた。

　おれはあわてて最後の遮蔽幕となっている羊歯を突きぬけ、男の子が肩に当てがおうとしてふりあげたライフルを奪いとった。男の子はおれをじっと見つめた。とまどって目をしばたたき、泣こうか泣くまいか迷っているようすだった。おれはライフルにざっと目を走らせた。それはデバラウマー銃だった。有線誘導ロケット弾からその辺の石ころまで、銃口を通過できる大きさのものならなんでも発射できる銃だ。

「どこでこれを手に入れた？」と、おれは尋ねた。男の子は泣かないと決めたらしく、真っ青な顔でおれを見あげた。丸い目に必死の色が浮かんでいる。

「父ちゃんはどこだ？」

「父ちゃん」と彼はいった。

　おれから目をそらさずに、彼はなかばふり向き、入口の先に広がる大きな畑を指さした。

「わかった」おれはいった。「会いに行く。話をしないと」ベルトからハンドマイクをはずし、六人の部下に、集合してあとにつづくよう命じる。それからテレメーター・ビーコンをセットして、男の子といっしょに父親を探しにいこうとふり向いたとたん——ぴたりと動きを止めた。

　というのも、小さな空き地のへりのすぐ内側、二十フィートほど離れたところに、クラハリの若者がふたり立っていたからだ。おれ自身が最後の羊歯を突きぬけてくる前からそこにいたにちがいない。なぜなら、もし動いていたのなら、スキャナーが探しあてていたはずだから。彼らはシニアで、身の丈《たけ》は優に七フィートあり、皮膚はあまりにも緑が濃いので、宝石や、武器や、高い羽根の頭飾りがなかったら、背景のジャングルに溶けこんで見えなかっただろう。

この近さだと、彼らが亜人類《ヒューマノイド》ではあるが、人類《ヒューマン》でないのは歴然としていた。前腕と上腕の外縁《がいえん》にナイフのような骨質《こつしつ》の隆起があり、肘《ひじ》は骨質の板で覆われている。指に余分な関節があるせいで、その手は細く、薄っぺらに見える。頭髪はないが、緑がかった黒の鶏冠《とさか》が盛りあがり、わずかに震えている。警戒しているのか、興奮しているだけなのかは見当もつかない。おれにちょっかいを出そうとする気配はなかった。ふたりで空き地にいるだけだ——しかし、おれにはショックだった。おれが男の子から銃をとりあげ、話しかけているあいだ、ずっと耳を傾け、目をこらしていたのだと悟ったからだ。

おれが男の子をそっと小突《こづ》き、ふたりで彼らのわきをぬけて空き地を離れても、クラハリは動こうとしなかった。その目がおれたちを追いかけた。しかし、彼らが見ているのは男の子でもおれでもなかった。デバラウマー銃だった。だからこそ、おれは飛びかかるようにして、男の子から銃を引ったくらなければならなかったのだ。

耕《たがや》された畑へ出ると、およそ六百ヤード先に入植者の家と付属の建物が見えた。目もくらむほど白く輝く空にあいたピンホール、すなわちアケルナル、またの名をエリダヌス座アルファ星のもとでは建物は見るからに小さく、瘤《こぶ》のようで、黒々としていた。おれの目にかぶさったコンタクトレンズがたちまち暗くなった。男の子を見ると――幼すぎてコンタクトを安全に装着できないから――すでに日よけ帽からゴーグルを引きおろして目を覆っていた。「わたしはレインジャー部隊のトフェ・レヴェンスン伍長《ごちょう》」と畝《うね》をまたいで越えながら、おれは彼に告げた。「きみの名前は？」

「ジャン・デュプレ」と彼は答えた。「ジョン・デュ＝プレイ」というふうに発音した。

ようやく家の前まで近づくと、まだ十歩あまり離れているというのにドアが開いた。背が高く、髪が茶色で、すべすべの顔をした女性が出てくる。コンタクトが暗くなったにもかかわらず、手をかざして陽射《ひざ》しから目を守った。

「ジャン……」男の子と同じように発音して彼女がいった。家のなかで男の声がしたが、なにをいっているのかはわからなかった。やがておれたちは戸口に着いた。彼女はわきへ退《ど》いておれたちを通し、そのあとからドアを閉めた。はいったところはキッチンらしき場所だった。テーブルに入植者がついていて、皿からスープのようなものをスプーンですくって口に運んでいた。黒髪を短く刈《か》りこんだ頭、肩のいかついタイプだが、男の子とそっくりだ。

「伍長――？」彼はスプーンを皿へ下ろしかけておれをしげしげと見た。スプーンを皿に落とし、「あいつら、集まってるんだな！　掠奪《りゃくだつ》して――」

「すわってくれ」と、おれ。男が腰を浮かせたからだ。「ここから半径十キロ以内にクラハリの若者は、せいぜい四人しかいない」

男は腰を下ろし、よそよそしい表情で、

「それなら、あんたはここでなにをしてる？　人を脅《おど》かして――」

「これだ」おれは彼にデバラウマー銃を見せた。「あんたの子供が持っていた」

「ジャンが？」よそよそしい表情が深まった。「歩哨《ほしょう》についていたんだ」

「で、あんたはここにいるのか？」

「なあ」彼は一瞬考えをめぐらせ、「伍長、あんたには関係ない。おれの家族だし、おれの家だ」

「そしてあんたの銃だ」と、おれ。「こういうのを何挺《ちょう》持ってるんだ？」

「二挺だ」いまや彼はまぎれもなく顔をしかめていた。

「そうか、おれが通りかからなかったら、一挺になっていただろう。あんたの子供のわきにクラハリのシニアがふたりいた――目を銃に釘《くぎ》づけにして」

「それを学ばせようとしてたんだ――やつらが近寄ってきたら、撃つってことを」

「なるほど」と、おれ。「ミスター・デュプレ、あんたには息子が何人いる？」

彼はおれをまじまじと見た。ふと気づいたのだが、この会話のあいだ女性はエプロンの陰で両手をねじり合わせながら、ずっと無言でうしろに控えていた。

「ひとりよ！」いまはじめて彼女がいった。そのいい方でピンときた。

「そうか」デュプレに目を向けたまま、おれはいった。「それなら、よく聞くんだ。おれはただの兵士じゃない。知ってのとおり、保安官でもあるんだ。このウトワードには法律がある。たとえ判事や法廷をめったに見ないとしても。だから、警告してるんだ。このデバラウマー銃みたいな殺傷力のある武器を、金輪際《こんりんざい》、子供にいじらせちゃいけない。そしてあんたがそばにいて守ってやれないなら、息子をクラハリの危険から遠ざけておかなくちゃいけない」彼をひたと見つめ、「さっきのような台詞《せりふ》をまた耳にしたら、あんたを地方裁判所に引っぱりだしてやる。つまり、一週間半は畑に出られないってことだ。たとえ判事があんたを放免《ほうめん》しても——そんなことはしないだろうがね」

この手の男のことはよくわかっていた。男は椅子から立ちあがり、すぐに謝った。そのあとは、うって変わって親切になった。分隊の者たちがはいってくると、夕食を食べていけといってゆずらず、おれたちだけにではなく、妻と息子にも愛想をふりまいた。それはそれでけっこうだった、夕食の終わり近くに些細《ささい》な出来事が起きるまでは。

おれたちはクラハリが人間とどれほどちがうかについて意見を交わしていた。男の子はそのあいだずっと黙りこくっていた。しかし、会話が一瞬途切れたとき、彼が母親におずおずと訊く声が聞こえた……「母ちゃん、大きくなったら、ぼくは人間になるの?——それともクラハリ?」

「ジャン——」彼女はいいかけたが、夫——名前はペランで、妻の名前はたしかエルミールだ。ふたりとも地球のカナダ、ケベック州、セント・ジョン湖近辺出身のフランス系カナダ人だった——がその言葉をさえぎった。彼は椅子に深くすわり直し、満面の笑みを浮かべて、白いガラス・シャツの下でふくらんでいた下腹部の硬い脂肪を撫《な》でると、会話の主導権を彼女から奪いとった。

「で、大きくなったら、どっちになりたいんだ、ジャン?」と尋ねる。「人間か、それともクラハリか?」そしておれたちに愛想よくウインクした。

男の子は考えこんだ。彼が一心に考えているのが、いや、むしろ自分の知っている人々──このふやけた土地をジャングルから耕地《こうち》に変えようと奮闘している母親、父親、自分自身──と、ジャングルを自由自在に飛びまわり、宝石と羽根をひらめかせるのを見てきた長身で浅黒く、たくましいクラハリ、とりわけシニアたちを思い描こうとしているのが見てとれた。

「クラハリ」ジャン・デュプレはとうとういった。

「クラハリだと!」彼の父親はそう叫ぶと、椅子にすわったままピンと背すじをのばした。するると男の子はすくみあがった。だが、まさにそのとき、ペラン・デュプレは客がいるのを思いだしたにちがいない。自分を抑え、ジャンをにらみつけるだけにした。それから笑い飛ばしておしまいにしようとした。

「クラハリか! まあ、どうしようもないな。こいつは子供だ。ええ? 子供のいうことなんぞ気にしなさんな!」そういったにもかかわらず、男の子に向きなおり、食ってかかるように、「おれたちを殺す連中のひとりになりたいのか──おまえの母さんの口から、そして父さんの口からパンを奪いとる連中の仲間に」

妻が進み出て、男の子を両腕で抱いて、テーブルから引き離した。

「さあ、おいで、ジャン」と彼女。おれたちが立ち去る前に、男の子は二度と姿を見せなかった。

立ち去りぎわ、家の外で出発前の機材点検をしていたとき、ペランは家の前の踏み段に立っておれたちを見ていた。と、おれのところまで寄ってきて、「あの子のためなんだよ──ジャンのためだ、わかるだろう、伍長」といった。「この場所はコンタクトレンズの下の目は、些細な違法行為を見逃してくれといっていた。「この場所は暗くなったでは生きられないだろう。でも、あいつはいつか金持ちになる。わかるよな?」

──」と腕をふって開墾《かいこん》された畑を示し、「おれはつらい仕事に見合う利益をあげられるまでは生きられないだろう。でも、あいつはいつか金持ちになる。わかるよな?」

「ああ。法律からはみ出さないでいればだが」と、おれ。部下に集合を命じ、家の裏側にあるジャングルへ斥候《せっこう》隊形ではいっていく。あとで、ペランにすこしきつく当たりすぎたかもしれないな、とふと思った。

その季節、ふたたびその地域を通りかかることはなかった。つぎの季節のはじまりに寄ったとき、おれはほやほやの新兵から成る分隊を率いていた。身を隠せるところへ隊員を残しておき、おれ自身は姿を見られないようにして、ジャングルの縁からようすをうかがった。ペランがその季節二度目の穀物《こくもつ》の種をまいていた。そして一インチほど背の伸びたジャンが、またしてもデバラウマー銃を持って歩哨についていた。おれはとがめだてせずに先へ進んだ。もし収監すると脅しても、ペランが自分のやり方をあらためようとしないのなら、収監する意味がない。おれに罰金を払い、おれを憎むだけだろうし、彼が農作業もできずに家を空けることになって、家族全員が苦しむだけだろう。収監してもいいのは、相手が納得したときか、相手のためになるときだけだ。

おまけに自分の仕事で手いっぱいだった。ペランにはああいったものの、おれの本当の職務は兵士であって、仕事は入植者たちの取り締まりではなく、クラハリの取り締まりだった。そして十七年周期がひとめぐりする時期が近づくにつれ、その仕事はどんどん骨の折れるものになっていった。

おれの分隊員たちはミールパック（加熱しただけで食べられるようにしたパック料理。トレイに載せて冷凍してある）をあけて、食事に夢中だったので、近寄っていったおれに気づかなかった。

「おい、それでレインジャー部隊員のつもりか」と、おれ。「この周期を生きのびられないぞ」

彼らは跳《と》びあがり、うしろめたそうな顔をした。おめでたい連中だ。そしておれは、この連中を闘う男に鍛《きた》えあげなければならないのだ。

「なんの周期です？」と、ひとりが尋ねた。全員が若すぎて、この前ひとめぐりしたときのことを憶《おぼ》えていないのだ。

「周期だけじゃない。きさまらはクラハリを理解しなければならん。さもないと死ぬぞ。だが、彼らを憎んではならない。彼らのすることに悪意はないんだ。地球にだってヒバロ族がいた。アマゾン川の首狩りインディオだ。ヒバロの少年たちは、成長するあいだ毎日こう教えこまれた。つまり、敵を殺すのはたんに正しいのではなく、高潔であり、名誉であり、男として望める最高の行為なのだ、と。この掟《おきて》は、彼らが生まれ育った——そして彼らの一部となった——ジャングルから発生したものだ。同じようにクラハリの若者の生き方も、彼らの世界から発生したものであり、彼らの一部となっているんだ。

彼らはこのジャングルの外、砂漠のはるか彼方《かなた》で生まれた。蒸気機関の水準をわずかに上まわる文明を持つ都市で育てられた。九歳近くになるまでは男の子も女の子もいっしょくただ。そして九歳になると、女の子は都市にとどまり、家事を学びはじめる。だが、九歳になったクラハリの男児は追いだされて、砂漠で自活することになる。

そこでは助けあうか、命を落とすかだ。少年たちはゆるやかな集団、あるいは部族を形成し、およそ三年を生きのびること、そしてたがいが生きつづけられるように助けあうことに費やす。その生活は、完璧に近い兄弟の絆《きずな》を育《はぐく》む。砂漠では、彼らの問題は生きのびることであり、見つかった水の一滴、食べ物のひとかけらまで分かちあう。ひとりはみんなのためにあり、みんなはひとりのためにある。そしてこの年齢では、暴力行為や自分勝手な行動におよぶことが、文字どおり感情的に不可能なんだ。

十二、三歳くらいで、彼らはこの不可能な段階を脱し、ジャングルのほうに目を向けはじめる。それは砂だらけの荒野のすぐ隣にあり、彼らがはいっていくのを止めるものはない——ただし、十三歳から十七歳の年長のクラハリは別だ。この段階で若いクラハリの男性は、身長が五フィートから六フィート半くらいへ急激に伸び、その後はジャングルで四年を過ごすあいだ、もっとゆるやかにだが伸びつづける。そして、ジャングルにはいった瞬間から、自分以外のクラハリの少年は、潜在的に不倶戴天《ふぐたいてん》の敵となる。ジャングルでは、食料も飲料も手を伸ばせば届くところにある。したがって、思いわずらうことはなにもない――あるとすれば、自分ひとりで命をつないでいるあいだに、できるだけ多くの他人の命を奪うことだ」

「クラハリの命でしょう」と心配顔のレインジャー隊員が抗議した。「なんでおれたちに手を出すんです？」

「出してはならない理由があるとでも？　食うか食われるかだ。ひとたび歳を重ね、ジャングルでの経験を積めば、彼らは十人程度のグループに加わることもある。そうすれば一匹狼や、自分たちより小さなグループに勝てるからだ。これはなかなかうまい手だ――ただし、自分のグループのメンバーに囲まれていても、絶えず背中に目を配っていなければならないわけだが。ルールというものはない。このジャングルは主《あるじ》のいない土地だ。だからクラハリは、人類がここに入植することに最初から反対しなかった。成熟途上にあるクラハリの若者にとって、われわれは、ひとつ増えた試練にすぎなかった。一人前の男になるまで生きのびられたら、彼らは都市へもどれるんだ」

隊員たちはこの話をじっくり考えた。その意味するところは気に入らないものだった。分隊一の切れ者ジェンが、ただちにその先にあるものを見ぬいた。

「それなら、おれたち人間もいい獲物になるってことですか？」

「そのとおり。だから、この分隊はここ、ジャングルのなかにいるんだ。われわれの仕事は、率直にいって治安の悪い地区を担当する警官と同じだ――六つ以上のクラハリの集団が集まったら、検挙して解散させる。若いクラハリは、自分たちの棍棒や弩や槍がライフルにかなわないのを知っている。そして人家《じんか》を強襲したり、畑に出た入植者を襲ったりするには、すくなくとも六つの集団がまとまらなければならない。そういうわけで、入植者と兵隊とクラハリの関係は、たいていうまくいっている――彼らの一世代に当たる十七年のうちの一年をのぞけば。なぜなら、一世代にいちどだけ、大きな衝突が起きるからだ。

原因は五年目にはいったクラハリだ。ポスト・シニアと呼ぶ者もいる。砂漠を出て、ジャングルにはいったあとの年数にしたがって、年下のクラハリからフレッシュマン、ソフォモア、ジュニア、シニアと呼ぶように。ポスト・シニアは、都市にもどれば入れてもらえる年齢になったが――それをためらっているクラハリだ。ジャングルでお山の大将になっているほうが、都市へもどって、どん底からやり直すよりましではないかと思っているクラハリだ。一生をジャングルのなかで過ごしてもいいと考えているクラハリであって、ほかのクラハリを片っ端から殺したくなっても、成熟と経験がその衝動を抑えている。彼らは、ジャングルの経験が四年以下の者たちとはちがって、おたがいを信じ、共通の目的のために大きな集団を作ることができる――その目的とは、ジャングルの一部を奪取してみずからの王国とし、恒久的に維持することだ」

隊員たちはいまや熱心に聞き耳を立てていた――そして、にやにや笑っている者はいなかった。

「そのむかし、人類が来る前は、この十七年に一世代がめぐる過程は、主としてポスト・シニアで作られる大きな集団同士の互角の闘いで終わるのがつねだった。こうした闘いはクラハリの遺伝的変異体を淘汰《とうた》し、古くからつづく都市＝砂漠＝ジャングル＝ふたたび都市という、クラハリ男性を育てると同時に、各世代の不適応者を排除する行動様式の障害となりそうな者をとりのぞいた。われわれが来る前は、なにもかもがうまくいっていた。しかし、われわれ人類がジャングルにいるいま、集団を作ったポスト・シニアは、十七年ごとに当然のごとくわれわれに牙《きば》をむくんだ」

おれの話はいい影響をおよぼした。なぜなら、この後も除隊せずに残った者たちは優秀なレインジャー部隊員に育ったからだ。彼らは自分の仕事をわきまえていた——そして、その理由も。

季節はめぐりつづけ、幼いジャン・デュプレに再会するまで、おれは多忙をきわめていた。そのころ、かつて六人編成だった分隊は二十人編成の小隊にふくれあがっていた。というのも、この周期の十六年目の第二季節、すなわち最後の季節が終わりかけていて、一グループにつき五十人もいるクラハリの集団を解散させなければならなかったからだ。それだけではなく、ポスト・シニアが物事を仕切っているので、解散させたグループの大半は、おれたちが去った端から再結成しているのだ、という愉快な考えが頭から離れなかった。

入植者とその家族を急《せ》きたてて、地方軍事施設へ避難させはじめる時期だった。それは彼らの不平に耳を貸しはじめる時期でもあった。入植者が帰ったら、建物は焼かれたり、引き倒されたりしていて、開墾した土地の半分がジャングルに呑みこまれていたというのだが

――それはまったくの真実だった。彼らの土地を守るために、十七年ごとに地球から軍隊を連れてくるのが現実的でない理由を説《と》いて聞かせはじめる時期でもあった。そしてわれわれはクラハリの世界に居すわっているのであり、先住民を絶滅させて惑星全体を乗っとるのは、たとえできたとしても――そんなことはできないが――地球の方針に反するということをあらためて説明しようとする時期でもあった。都市には成熟したクラハリが何百万人もいて、われわれの技術的優位は、その数が問題にならないほど絶対的なものではないのだ、と。

そういうわけでちがう相手に同じ不愉快な議論を何十回もくり返してきたせいで、デュプレの所有地に到着したころには、おれの忍耐心はすり切れはじめていた。そして、それはまずい状態だった。なぜなら、ペラン・デュプレが頑固者のひとりだということはわかっていたからだ。おれはゆっくりと近づいていき、彼の畑の一枚のへり、羊歯のすぐ内側で歩みを止めると、地所を見渡した――だが、目に飛びこんできたのはペランではなくジャンだった。

彼はこちらへやって来るところだった。今回は用心深く畑のへりからたっぷり三十ヤードは離れたところにいた。スキャナーを目の上に引きおろし、例の旧式万能ラッパ銃デバラウマーを両腕でかかえていた。三年のあいだに背が伸びて、瘦《や》せぎすになっていた。おかしなことに、いまは母親のほうに似ていた――そして、それ以外のなにかに。おれは羊歯の陰にしゃがんで、その謎を解こうとした。と、思い当たった。彼はクラハリのように歩いているのだ――彼ら特有の慎重で正確な足どりで。腰から上はつねに棒を呑んだように直立させ、足首から先の丸くふくらんだ部分を交互に動かして。

おれはもっとよく見ようと立ちあがった。つぎの瞬間、彼がパッと地面に腹這《はらば》いになり、デバラウマー銃をおれの正面の羊歯に向けた。おれの動きを彼のスキャナーがとらえたのだ。おれもすばやく身を伏せ、口笛を吹いた――というのも、クラハリには口笛が吹けないからだ。舌と唇《くちびる》の筋肉が、それにふさわしい動きをしないのだ。

彼は即座に立ちあがった。おれも立ちあがり、畑へ出て彼と向かいあった。

「軍曹さんだね」近寄ったおれの袖章《そでしょう》を見て、彼がいった。

「そのとおりだ」と、おれ。「レインジャー部隊のトフェ・レヴェンスン軍曹。この前きみに会ったときは伍長だった。憶えてるかい？」

彼は眉間《みけん》にしわを寄せ、一心に考えてから首をふった。そのあいだ、おれは彼をじっくりと見ていた。彼にはどことなく奇妙なところがあった。まだ少年だが、なにか異なるものがつけ加わっているのだ――まるで七歳の子供に、将来そうなるはずの成人がかぶさっているかのように。あたかも未来の男が、以前の自分に影を落としているかのようだった。その影はライフルの持ち方に、そして立った姿勢と目に表れていた。

「きみの父ちゃんに会いにきた」

「いないよ」

「いないって！」おれは彼をまじまじと見たが、その顔はおれの反応に対して、すこしだけ好奇心を示しているだけだった。「どこにいる？」

「父ちゃんと母ちゃん――お母さんは」――と、いい直し、「支給品をとりに防衛拠点一一四へ行った。明日もどって来る」

「つまり、いまはきみひとりだけってことか？」

「うん」彼はそんなことを奇妙だと思うおれに対して、またしてもあのかすかな困惑の表情を浮かべ、建物のほうに向きなおった。「家まで来て。コーヒーを淹《い》れるよ、軍曹」

おれは彼について家まで行った。その途中、彼の記憶を呼びさまそうとして、前回の訪問のことを話して聞かせた。憶えている気もするけど、よくわからない、と彼はいった。クラハリについて話をふると、彼らが自分にとって危険であることはよく承知していたが、奇妙なほど落ち着いていた。まるで彼自身がクラハリであるかのように。きみのお父さんに警告しに来たんだ、とおれは告げた。家財道具をまとめて、いま支給品をとりに行っている防衛拠点へ避難しろ——でなければ、こちらのほうがお勧《すす》めだが、おれたちの軍事基地のどれかへ逃げこめ、と。ポスト・シニアのクラハリが集まっていて、三週間以内に入植者の地所を襲いはじめるかもしれない、ともいった。ジャンは生《き》真面目な顔でおれの言葉を訂正した。

「ちがうよ、軍曹。この季節の終わりまで襲撃はないよ」

「だれがそういったんだ？」と、おれ——鼻を鳴らしたのかもしれない。父親がそういったのだという答えを予想していた。

「クラハリ」とジャンはいった。「話をしたときに」

おれはまじまじと彼を見て、

「あいつらと話をしたって？」といった。彼は首をすくめた。不意にばつが悪くなったのだろう。すこしうしろめたそうな顔さえしていた。

「畑のへりまでやって来るんだ」とジャン。「ぼくと話をしたいって」

「きみと話をしたがる？　きみと？　どうして？」

「あいつら……」彼はますますうしろめたそうな顔になった。おれと目を合わせようとしない。「知りたがっていて……」

「なにを？」

「その……」みじめな顔をして、「ぼくが……一人前の男かどうかを……」

たちまち合点《がてん》がいった。もちろん、この少年のような子供がいてもおかしくない。地球を見たことがなく、ここで生まれ、いまでは畑へ出られる年齢になっている子供だ。とはいえ、ほかの子供たちはだれひとりライフルを持ち歩いていないだろう――本物を。もちろん、彼らを人類の若年層だとクラハリが推定するのは当然だ――ただし、ジャンの場合はそうではない。クラハリにとって、理解に苦しむ点がひとつある。ジャンのような小柄で、明らかに未成熟な者が武器を持ち歩くなどということは、クラハリにとってとうてい考えられない――いや、それどころではない、想像を絶する事態なのだ。ましてや、それを使うなど。前にいったように、ジャンの年齢だと、クラハリは兄弟の絆のことで頭がいっぱいなのだ。

「きみはなんて答えるんだ？」

「ぼくは……もう一人前の男と変わらないって」ジャンがようやくおれと目を合わせた。自分自身とおれを、あるいは人類という種族のほかの成人男性とくらべたことを心から申し訳なく思っているようだった。その裏には、父親の偏狭で、無意識のうちに粗暴な精神が透けて見えた。

「そうか」おれの声はざらついていた。「きみはもう一人前の男と変わらない――スキャナーとライフルをそんなふうにあつかえるんだから」

しかし、彼は信じなかった。そんな見え透いた嘘をつくおれを信用していないことさえ、その目から読みとれた。彼はペランの目を通して自分を見ていた――デバラウマー銃とスキャナーを自在に使え、クラハリと話ができるにもかかわらず。

そろそろ立ち去るころあいだった――こんなところで油を売っていないで、つぎの入植者に警告しに行かなければならない。だが、おれはもうしばらく居残って、彼がクラハリとの話し方をどうやっておぼえたのか探ろうとした。しかし、ジャン自身には見当もつかなかった。成長の過程のどこかでおぼえてしまったのだ――子供ならではの無意識の方法で。その方法だと、ある言語から別の言語へ逐語訳《ちくご》をするのは不可能に近い。ジャンは英語で考えるか、クラハリ語で考えるかだ。同じ意味の言葉がない場合は、お手あげだった。なぜクラハリは、この季節の終わりまで大きな集団を作らないし、襲撃もしないといったのかと尋ねると、まったく答えられなかった。

そういうわけでおれは先へ進み、警告という名の福音《ふくいん》を説いてまわりながら、クラハリの大集団に出会えば小競《こ ぜ》り合いをし、小集団は狩りたてて解散させた。ようやく担当区域の巡回を終えて地方軍事施設へもどると、少尉に昇進していて、中隊の半分の指揮をまかされていた。入植者を説得し、家族を連れて保護区域へ避難させることには、すでに七割方の成功をおさめていた――説得に応じたのは、主に十七年以上この地にいる者たちだった。しかし、避難をためらった者たちも、局地的な襲撃が増すにつれ、日ごとに安全な場所へやって来るようになった。

とはいえ、ジャンのいったとおりだった。先住民とのいざこざがついに重大局面を迎える前にこの季節は終わった――それから、すべてがいっせいに起きた。

巡回を終えて、地方軍事施設でシャワーを浴びていたとき、全面警報が出された。二時間後、おれはジャングルの奥深く、砂漠のへりまであと一歩のところにいた。部下全員を引き連れていて、もういちどシャワーをおがめるのなら御《おん》の字だった。

闘いながら撤退するしかなかった。季節の終わりまで、クラハリの蜂起《ほうき》が延期されたのには――そして今日《こんにち》までこの規模の一斉蜂起が起こらなかったのには理由があった。われわれがウトワードで経験した種族間社会学的状況は、半分ほど空気のはいった風船のようなものだった。一カ所を握りつぶせば、別の場所がふくらむ。われわれの入植者が成熟途上のクラハリに圧力をかけ、五年目の連中、通称ポスト・シニアを一致団結させたのだ。これまでその必要もなく、望まれもしなかった事態だった。

われわれの入植者の数は、ひとつ前のクラハリの世代以来、十七年のうちに増加の一途《いっと》をたどっていた。開墾地と家屋と防衛拠点が目立つようになり、ポスト・シニアのクラハリが夢見るジャングル王国にとって、もはやこの障害物は無視できなかった。

そこでクラハリは意見をまとめ、集団を作らるのをやめ計画を練《ね》った。それから、一夜にして作りあげたのだ、軍勢を——まあ、軍勢でなければ、大群を——つまり、二万から三万強のクラハリが、ジャングル内の人類居留地《きょりゅうち》を跡形もなく消し去ろうと押しよせてきたのだ。

われわれ人類の兵士は、彼らを前にして退却した。ちょうど細い散兵線《さんぺい》が、組織化されてもおらず武装も貧弱な、それでいて止めることのできない大軍を敵にまわしたときのように。ひとりひとりが、あのジャングルの奥深いところで汗みずくになった。戦闘そのものは、これまで個々の群れを相手に百回もくり広げてきた小競り合いとさして変わらなかった——もっとも、殺したクラハリがパッと生きかえり、ふたたび襲ってくるように思えたが。新たな戦士がつねにあとを引き継ぐからだ。突撃があり、戦闘があり、撤退がある。それから三十分か、ことによると一時間、息をつく暇があり——それからまた弩と槍をかまえた浅黒い体の群れが、ふたたび押しよせてくるのだった。こうして闘いはつづいた。おれたちは十対一、いや二十対一の割合で敵を殺していたが、味方も数を減らしていた。

とうとう、こちらの戦線が細くなりすぎた。おれたちはいま、いちばん外側の入植者の土地まで後退していて、もはや切れ目のない前線を作れなくなっていた。指揮権は個々の部隊にゆだねられ、おれたちは個々の防衛拠点へ向かって退却した。それから、本当の苦難がはじまった——突撃がいまや正面からだけでなく、正面と左右から来るようになったからだ。人員の損耗《そんもう》が激しくなりはじめた。

撤退しながら拾った数人の入植者——愚かにも、もっと早く避難しなかった連中——で戦列の穴をすこしだけふさげた。しかし、所有地によっては、着いたときにはもう手遅れで、そういう愚かな連中を拾いあげられないこともあった。男だけでなく、女も見分けがつかないほど切り刻まれて、煙で黒ずんだ廃墟のなかにころがっていた。

……こうしてとうとうやってきた。おれの部隊の生き残り、おれと三人の兵士と、ひとりの入植者は、ペラン・デュプレの地所へと。

そこへ近づいているのはわかっていた。おれは入植地にはいるときの行動手順を編みだしていた。ジャングルから出ずに、畑のすぐ手前で停止する。それから、農場に迫っていたクラハリを撃退しておいて、ジャングルから飛びだし、遠いアケルナル星のギラギラ輝く白光のもとをひた走り、鋤《す》きかえされたばかりの黒々とした畑を横切って建物をめざすのだ。

クラハリはうしろにも前にもいた。おれたちが走って向かうあいだにも、建物で戦闘がつづいていたのだ。おれたちはそのまっただなかに飛びこんだ。そそり立つような浅黒い裸体に施《ほどこ》した装飾が渦を巻き、怒号《どごう》と金切《かなき》り声があがり、槍と弩の太矢《ふとや》が宙を飛ぶ。エルミール・デュプレは家から引きずりだされていて、おれたちが駆けつけたときには絶命していた。おれたちがクラハリを何人か殺すと、ほかのやつらは逃げ去った——いつでもわれ先に逃げだすのだ。ただし、いつでもかならずもどって来るが。ペランは地所のどこにもいないようだった。壊れた戸口から押し入ると、居間はクラハリの死体で足の踏み場もなかった。その向こうで、ジャン・デュプレがただひとり、家具で築いたバリケードの陰で隅にうずくまっていた。バリケードの片端に裂け目があり、デバラウマー銃がそこから突きだしていて、銃身に溶接された手製の銃剣一対《いっつい》が見てとれた。クラハリにつかまれて、もぎとられるのを防ぐためだろう。ジャンはおれを目にして、ライフルをさっと引きもどし、バリケードの端をすばやくまわりこんでやってきた。

「母ちゃんが——」と彼がいった。おれのわきを通り過ぎようとしたので、つかまえると、激しく抵抗した——いきなり、声もあげずに。目的意識に囚《とら》われて、少年の力は倍増していた。

「ジャン、よせ!」おれはいった。「外へ出ちゃいかん!」

彼は不意にあらがうのをやめた。

あまりにも突然だったので、こちらを油断させ、おれの手をすりぬけるための策略にちがいない、と一瞬思った。つぎの瞬間、視線を下げると、ジャンの顔は冷静そのもので、うつろで、あきらめ切っているのがわかった。

「母ちゃんは死んだ」と彼はいった。そのいい方、その言葉そのものが墓碑銘《ぼひめい》のようだった。

おれは用心深く手を離した。彼は落ち着いておれのわきを通り過ぎ、ドアから出ていった。しかし、彼が外へ出たときには、おれの部下のひとりが、クラハリが持ちだしていたカーテンですでに彼女の体を覆っていたので、死体は見えなかった。ジャンはそこまで行き、カーテンを見おろしたが、持ちあげたりはしなかった。おれは歩みよって、彼の隣に立ち、なにをいおうかと考えた。しかし、奇妙な落ち着きを保ったまま、彼のほうが先に口を開いた。

「埋めてあげないと」あいかわらず抑揚《よくよう》のないうつろな声で彼がいった。「あとで地球へ送りかえしてあげるんだ」

遺体を地球へ送りかえす費用は、デュプレ農場全体を売らないと工面できないだろう。だが、そんな説明はあとですればいい。

「悪いが、埋めるのを待ってるわけにはいかないんだ、ジャン」と、おれ。「クラハリがすぐうしろに迫っている」

「だいじょうぶ」とジャンが静かな声でいった。「時間はある。あの人たちと話してくる」

彼はデバラウマー銃を置き、いちばん近いジャングルのへりに向かって歩きだした。おれは、彼がすべてをあっさり受け入れたことに動揺しきっていたので、そのまま行かせた——やがてジャングルに話しかけるかん高い声が聞こえてきた。子供の喉からでも出るはずがないと思わせる言葉と音だった。ややあって彼がもどってきた。

「待ってくれるって」と、こちらへもどってきた彼がいった。「不作法な真似はしたくないって」

こうしておれたちはエルミール・デュプレを埋葬した。夫ぬきで——彼はその朝、隣人の畑へ出かけていた——息子は涙を一滴も流さなかった。もし居間のバリケードの前に積みあがったクラハリの死体を見ていなかったら、ジャン自身はここで起きたこととなんの関係もないと思っただろう。最初は、ショック状態にあるのだと思った。しかし、そうではなかった。彼はいたって正気で正常だった。母親を失って悲嘆に暮れるのと、ここで起きたことは、どういうわけか別の次元に属しているのだ——それだけのことだった。これもまたクラハリのようだった。彼らはいつ、どのように死ぬかよりも、なぜ死ぬかのほうに関心をいだいているのだ。

おれたちは墓標を立て、戦闘と退却をくり返しながら進みつづけた——そしてジャン・デュプレはおれたちと肩を並べて闘った。彼はどんな状況下でも部下と同じくらい優秀だった——いや、もっと優秀だった。もっと静かに動けるし、だれよりも早くクラハリの襲撃を察知できたからだ。彼はデバラウマー銃を肌身《はだみ》離さず持ち歩いていた——長年の相棒だからだろう、とおれは思った。しかし、彼にとっては武器にすぎなかった。おれたちのジャングル・ライフルのほうが、軽さと火力の点で優るとすぐに見ぬいて——おれの部下にはじめて戦死者が出ると、デバラウマー銃を置いて、官給品の銃を手にとった。

ようやく防衛拠点一一四のゲートにたどり着き、なかへはいったとき、おれたちは三人の男とひとりの少年になっていた。防衛拠点に女性はいなかった。そこはいまやまぎれもない砦《とりで》だった。のっぺりした高い塀《へい》と、ひとつきりの頑丈《がんじょう》なゲート。なかにいたのは仲買人《なかがいにん》と、手遅れになるまで避難を拒《こば》んだ、ひと握りの地元の入植者だった。そいつらはいまここにいて、ここにとどまるつもりだった。だから、おれたちもとどまるのだ。かろうじて生き残ったおれたちが、あと五十キロもジャングルのなかを生きて進めるとは思えなかった。

おれはゲート内の中庭にジャンと部下を残して、仲買人のオフィスへ走った。地方軍事施設に連絡を入れるためだ。輸送機が一機飛べば、三十分でここに着陸して、入植者もおれの部下も全員を収容できるはずなのだ。例の知らせを聞いたのは、そのときだった。

理由を尋ねる暇もなく、映話はレインジャー部隊の大佐に直通でつながれた。大佐は禿頭《とくとう》の気のいい男で、おれはこれまでの人生で三語も交わしたことがなかった。彼は簡単明瞭に、できるだけ穏当な言葉遣《づか》いでこういった。

「……ジャングルのクラハリが単一の集団を結成したという今回の一件は、都市のクラハリをはじめて動揺させた」映話からおれをひたと見据えて彼はいった。「いいかね、彼らはここに入植した人間をわれわれの若者、つまりクラハリの若年層に相当する存在だとずっと決めてかかっていた。どこかよそにある、われわれ自身の文明地にもどる前に最終試験を受けているのだ、と。そういう見方をすることで、自尊心をくすぐられさえしたのだ――われわれはそう自分たちの若者をここで、彼らの試練の場で試験するためにはるばるやってきたのだし、われわれは当然ながら、ここに匹敵する試験場がよそにないというわけだ。もちろん、われわれはそう思わせておいた」

「なるほど、いまになって、そのどこに不具合が生じたんですか――大佐殿？」と、おれは尋ねた。「たしかに、われわれは試練にさらされています」

「まさにそこなんだ。今回はきみたちを試練にさらさねばならない。都市のクラハリ、つまり年長の者たちは、ここで起きている異変をようやく心配しはじめた。彼らは自分たちの若者に干渉《かんしょう》しないから――われわれも自分たちの若者に干渉しないよう期待するといってきたのだ」

おれは眉間にしわを寄せて大佐を見た。彼がなにをいおうとしているのか、とっさには理解できなかったのだ。

「つまり、われわれをここから救出できないということですか？」

「補給品を送ることさえできんのだよ、少尉」と彼はいった。「もう手遅れだが、ここにおけるわれわれの真《しん》の状況をクラハリに説明し、それに基づいてなんらかの合意をとりつける方法を考えだそうと、いま地球では時間外労働をしているところだ。しかし、そのあいだ――この世界に投資した人員と機材に支援はない――いまクラハリの成人と戦争になったら元も子もないのだ」いったん言葉を切り、しばらくおれを見つめて、「自力でやってもらうしかない、少尉」

おれはじっくり考えた。

「わかりました、大佐」とうとうおれはいった。「了解です。ここを死守します。二十人ほどいますし、弾薬と食料もあります。しかし、男の子がいるんです、地元の入植者の息子で……」

「すまない、少尉。その子にもとどまってもらわねばならん」

「わかりました……」

話は防衛拠点を守るための詳細に移った。ひとりの軍曹が、中隊の半分のうちの生き残り――おそらく二十名ほど――とともに、ここからさほど遠くない西のほうで、未完成の防衛拠点に立てこもっていた。しかし、連絡がつかなかった。伝令を派遣して、こちらに合流しろと伝えられたら、状況は多少ましになるだろう。ひとりなら、クラハリのあいだをすりぬけて行けるかもしれない……。

話を終えて外に出た。三人の入植者が新たにゲートの通過を許されたところだった。三人ともぼろをまとい、疲れきっている——そのひとりがペラン・デュプレだった。おれがそちらへ歩きだしたときには、彼がジャンを見つけ、少年のもとへ駆けよって、質問攻めにした。

「……でも、おまえの母ちゃんは！　おまえの母ちゃんは！」近づいていくと、じれったげに詰問《きつもん》する声が聞こえた。その場に居合わせた部下のひとりが、ペランと少年とのあいだに割ってはいり、

「わたしから話します、ミスター・デュプレ」といって、ペランの腕に手をかけて、ジャンから引きはなそうとした。起きたことを追体験させて、ジャンを苦しめる必要はない、と部下が考えているのがわかった。しかし、ペランはその手をふり払い、

「話すだって？　なにを話すんだ？」と叫び、兵士を押しのけると、またジャンのほうを向いて、「なにがあったんだ？」

「ちゃんと埋めたよ、父ちゃん」ジャンが静かな声でいった。「あとで地球へ送ってあげるんだ——」

「埋めたって——」ペランの顔が、皮膚の下の鬱血《うっけつ》で黒ずんだ。彼は声を詰まらせ、「死んだのか！」そういうと、自分を引きはなそうとした男に食ってかかった。「見殺しにしたんだな。代わりに助けたんだ、こいつを——こいつを——」彼はふり返り、すでに拳《こぶし》に固めていた手でジャンになぐりかかった。ジャンはその打撃をよけようとしなかった。防衛拠点へ

来るまでに見せた敏捷《びんしょう》さをもってすれば、確実によけられたのに。拳を受けて彼はよろめき、隣にいた男が彼を抱きとめようとした。

しかし、ペランがジャンをなぐったとき、おれの頭に血が昇った。悪いとは思っていない、いまでさえ。おれは人垣を突きぬけて、ペランの襟首《えりくび》をつかむと、監視塔のコンクリートの側面に押しつけ、その頭をたたきつけた。彼は小柄な雄牛《おうし》なみにずんぐりしていて、たくましかったが、おれはすこしばかり逆上していたのだ。おれたちは鼻と鼻を突きあわせた。彼のすすり泣くような荒い息遣いの熱が感じられ、その茶色い目が、苦悶《くもん》ですぼめられた上下の肉にはさまれてぎゅっと縮むのが見えた。

「あんたの奥さんは死んだんだ」と、おれは歯の隙間《すきま》から絞りだすようにいった。「だが、あの子は、あんたの息子は、デュプレ、自分の母親が死んだとき、その場にいたんだぞ！あんたはどこにいた？」

そのとき、彼の茶色い、すがめられた目のなかで涙がキラリと光った。不意に彼は壁を背にして、ぐったりとおれにもたれかかった。その頭が、陽焼けした太い首の上でぐらぐら揺れた。

「おれは懸命に働いた――」彼は不意に声を詰まらせた。「このおれ、ペランよりも懸命に働いた者はいない。あのふたりのためだ――それなのに、あいつらは……」体をまわし、監視塔の壁に向かって嗚咽《おえつ》した。おれは彼から離れた。しかし、まわりを囲む男たちを押しのけて、ジャンが父親のもとまでやってきた。白いガラス・シャツの上から父親の広い背中を軽くたたいてから、父親の太い腰に両腕をまわし、父親のわき腹に頭をもたせかける。しかし、ペランは息子を無視して、とめどなく泣きつづけた。ほかの男たちはゆっくりと背を向けて立ち去り、親子ふたりだけにしてやった。

西にある未完成の防衛拠点に伝令を送り、中隊の半分と連絡をつけるなら、だれを送るかについて疑問の余地はなかった。われわれのなかでジャングル経験がもっとも豊富な者でなければならない。とすれば、おれだ。砦の指揮は仲買人、シュトラデンメイヤーという男にまかせた。生き残ったふたりの下士官のどちらかを指揮官にしたいところだったが、仲買人は自身の防衛拠点では名目上は将校であり、彼らより階級が上だった。ここに立てこもった地元の入植者たちとも顔見知りだった。当然ながら彼が指揮官だった。しかし、太鼓腹《たいこばら》で、破《わ》れ鐘《がね》のような声で話す、やけに白目の目立つ男だった。この男は意気地《いくじ》なしではないか、とおれはにらんでいた。

防衛拠点の四方で、百メートルほど離れたところに大木が生えていて、その樹冠《じゅかん》に監視哨《しょう》が設けてある。そこに見張りを置くように、とおれは彼にいった。無期限にとどまれる男を選ぶように、ともいった。さらに、クラハリが防衛拠点を奪おうとして、じっさいに攻撃を仕掛けてくるまでは、人員と弾薬を節約しなければならない、ともいった。

「……だいじょうぶ、うまくやれるさ」ゲートから出る直前に、おれは彼とほかの男たちにいった。「くれぐれも忘れるな、弾薬が尽きないかぎり、そしてそれを使う人間がいるかぎり、防衛拠点が奪われたためしはないんだ」

そういい置いて、おれは出発した。

森にはクラハリがうようよしていたが、移動しているのであって、狩りをしているのではなかった。まだ生きている人間は、その全員が一、二カ所に立てこもっていると考えているようだった。未完成の防衛拠点へたどり着くのに三日もかかり、着いてみると、軍曹とその部下は全滅していて、防衛拠点そのものも洗いざらい掠奪されていた。そこでシニアふたりの不意打ちにあったが、なんとか音をたてずにふたりとも殺して逃走した。おれは防衛拠点一一四にとって返した。

帰りのほうが難儀《なんぎ》だった。そして八日もかかった。距離のほとんどは夜中に匍匐《ほふく》前進で稼いだ。そうであっても、幸運に恵まれず、クラハリが下生《したば》えのなかの人間を探していたら、とうてい帰り着けなかっただろう。彼らの注意は、防衛拠点一一四に対して準備の進められている攻撃だけに向けられていた。

防衛拠点に近づけば近づくほど、クラハリは密集してきた。そして四六時中、新手《あらて》が続々とやってきていた。彼らはジャングルのなかでうずくまり、待機していた。そのあいだにまた数が増えていくのだ。防衛拠点本体へは帰り着けそうになかったので、北の監視哨を樹冠に隠している（クラハリはふつう木登りをしないし、見あげさえしない）大木をめざし、その哨兵と合流しようとした。

大木の根元にたどり着いたのは八日目の夜、日の出の一時間前だった——そして光が射しそめたときには、幹《みき》のかなり上方に隠れていた。その木の股《また》に一日じゅうへばりついていて、そのあいだクラハリは音もなく下を通り過ぎた。彼らにはつぶれた草のにおいような体臭がある。すぐそばまで近づかなければにおわないが。あるいは、大勢のクラハリが集まっていなければ。いま彼らは大勢いて、その体臭が鼻にツンとくる強さで空中にただよい、人間の鼻には生ゴミを連想させる、彼らの息の不快なにおいと混じりあっていた。おれはその木の股に夕方までとどまり、日が暮れたあと、残りを登った。見張り台に着くと、そこは暗くて人けがなかった。規則で保管されている装備の備蓄は手つかずだった。シュトラデンメイヤーは部下を派遣しなかったのだ。

朝が来ると、その怠慢《たいまん》がどれほど深刻なものかがわかった。おれは夜のうちに頭上に繋った大きな葉から飲み水を集める漏斗《ろうと》形の露《つゆ》受けを設置しておいたし、ほかにもいくつか、暗闇のなかで音をたてずにできる単純な作業をしておいた。夜が明けたので、監視哨の機材をセットアップした。とりわけ防衛拠点やほかの監視哨との通信機を。案の定、ほかの監視哨も無人だった――さらにシュトラデンメイヤーは、防衛拠点の通信室に当直を置いてさえいなかった。のぞいてみると、部屋は無人で、ドアは閉まっていた。呼びだしブザーの音に応《こた》えてやってくる者はいなかった。

防衛拠点内部の部屋の大部分を見ることができた。建物の外も見てとれた。塀の内側をぐるっと一周見ていけたし、中央の監視塔と建物をへだてる中庭も見えた。壁と天井に設置されたスキャナーは完璧に作動していた。しかし、おれがここにいることをシュトラデンメイヤーやほかの者たちに伝えられなかった。まったく同じように、地方軍事施設の局から無線は受信できるが、地方軍事施設を呼びだせなかった。なぜなら、おれの送信は防衛拠点内の通信室を経由しなければならないが、そこに当直はいないのだから。

百八十フィート下の地面、そして防衛拠点を防衛拠点たらしめている四面の塀の周囲に、新しい巣へ向かう蜜蜂《みつばち》のようにクラハリがぎっしりと群れていた。そして刻一刻と新手がやってきていた。特に意外ではなかった。西側のグループが一掃《いっそう》されたので、ここがジャングル内に人類がかまえた最前線基地となっていたのだ。ここより西のなにもかもがすでに奪取されて、荒廃していた。大群を率いるクラハリのポスト・シニアたちは、ここを迂回《うかい》して先へ進むこともできた――しかし、それは彼らの性質ではなかった。

そしてシュトラデンメイヤーは、二十人の男とひとりの少年とともに下にいた――いや、十七人の男だ。西の中庭の天幕の下に負傷者が三人数えられたから。すでに塀に襲撃があったにちがいない。いまでさえ若いクラハリには本当の規律がなく、痺《しび》れを切らした連中がいたら、あっさりと打って出るだろう。たとえ指導者たちが忍耐強く、兵力がそろうのを待っているのだとしても。

したがって、塀に先走った襲撃があったのか、あるいはシュトラデンメイヤーが、おれが思ったよりもさらに無能な指揮官であり、自動遠隔制御のライフルを銃眼《じゅうがん》ごしに使わず、男たちを塀の上にあげて弓矢の的《まと》にしたかのどちらかだった。そう思いながらも、おれはその考えを心から締めだしていた。仲買人がそこまでお粗末なリーダーだ、とこのときは信じたくなかったのだと思う。なぜなら、彼に防衛拠点の指揮をまかせたという負い目があったからだ。とはいえ、そのときちょうど、うまい具合にその考えを心から締めだせた。というのも、おれが哨兵の任務を学んでいたころにはなかった新機軸が、この樹冠の監視哨にそなわっているのに気づいたからだ。

防衛拠点内部を見せてくれる壁面スキャナーに加えて、塀の内側に八本の映話がつながっていた。指揮官はそこから哨兵のひとりひとりを確認できる。受話器をとりあげ、なんでも訊きたいことを訊くだけでいい。しかし、この忌々《いまいま》しいしろものは一方通行なのだ！

受話器をこちら側で起動することはできた。いい換えれば、電話のすぐ近くでしゃべっている者の言葉は聞こえるわけだ。しかし、だれかが向こう側の受話器をとりあげなければ、こちらの声は届かない。そしてベルも信号も出せないので、相手に呼びかけられるよう受話器をとりあげてくれと頼むこともできなかった。もちろん、受話器はすべて起動しておいたので、砦周辺の会話がいくつも別々にこの監視哨へ届いた。それと合致する映像もおれの眼前のスキャナーに届いた。しかし、監視哨のひとつに映話を繋いでみようといっている者はいなかった。いるはずがない。彼らの知るかぎり、監視哨は無人なのだから。

樹冠に繁った葉の影に守られて、おれはそこに横たわっていた。そのあいだにアケルナルがジャングルと防衛拠点の上空へ昇っていき、下界では新手のクラハリが間断《かんだん》なく集まってきた。おれは安全で、居心地よく、まったくの無力だった。半年分の食料があり、飲みきれないほどの真水を作ってくれる露受けがあり、気持ちがよく風通しのいい止まり木のまわりには、文明の利器がそろっていた。たとえば食料を、いや、そのときが来たら髭剃《ひげそ》り用の水までも温めてくれる太陽光調理器だ。おれは目に見えない神のように横たわり、下界の防衛拠点内で起きていることの大半を見聞きしながらも、見られている者たちにはまったく気づかれないのだった。部下のいない指揮官であり、そして——まもなく明らかになったのだが——指揮官のいない部下の運命の傍観者だった。

クラハリのような脅威を前にして、最後まで退却せずにいた男たちは、入植者のなかでもっとも勇敢で、もっとも優秀な者たちだと思うかもしれない。だが、そうではなかった。この男たちは入植者のなかでもっとも頑固で、もっとも愚かで、もっとも貪欲《どんよく》だった。石頭で不信心な者たちだ。この事実のすべてが、いまやスキャナーの画面から、そして開いている映話の回線を通じて、おれの前に流れだしてきた。自分たちが完全に外界から切り離され、ぐずぐずしていた結果を彼らがはじめて目の当たりにしたからだ。

そしてシュトラデンメイヤーは、当然のごとく彼らのリーダーだった。

この仲買人がやるべきなのにやったことはなく、やるべきではないのにやらずにいたこともなかった。彼は監視哨に人を送らなかった。派遣に反対されたからだ。おれといっしょに防衛拠点へ行った下士官二名の軍事知識と経験を活《い》かさなかった。それどころか、防衛拠点の守備という課題が生じたとき、多数派——戦闘のことはなにひとつ知らない入植者たち——に与《くみ》して、軍事のわかる少数派であるふたりに反対した。彼は塀に人員を配置し——クラハリの早まった襲撃を招いた。どのみち、その攻撃では防衛拠点は落ちなかっただろうが、味方の戦力を削《そ》ぐことになりかねなかった。いや、ペラン・デュプレをふくむ三人の有能な男が負傷することで、すでにそうなっていた。そして、ある意味でなにより愚かだったのは、最高の射撃手にしてもっとも博識なクラハリの専門家を戦力外にしたことだ。ジャンを戦闘員の地位から七歳児のそれに格下げしたのである。

シュトラデンメイヤーがそうしたのは、ペランが息子を虐待《ぎゃくたい》しているせいだった。彼は天幕の下に横たわり、妻を失ったうえに槍で肩をつらぬかれた自分を哀れんでうめき声をあげながら、息子に負傷者の世話しかさせず、あからさまに軽蔑《けいべつ》してあつかっていた。ジャンの味方は、ジャングル内で行動する彼を見たことのある下士官二名だけだった。しかし、このふたりは、入植者たちにとってはしょせん部外者であり、信用ならない相手だった。入植者たちはいまの状況全体に対する憤懣《ふんまん》をふたりに、そして軍隊一般にぶつける理由を見つけたかったのだろう。

そう——愚か者は愚か者に耳を傾け、賢い者を無視するものだ。いつか、どこかでそんな言葉を読んだ気がする。破れ鐘のような声で話す三白眼《さんぱくがん》の仲買人は、不安とうぬぼれで太鼓腹をますますふくらませ、自分の畑以外のことはなにひとつ知らない近視眼で、恨《うら》みがましく、心身の傷で苦しんでいる父親の言葉に耳を傾け——もの静かで打ち解けない少年を無視したのだ。防衛拠点内で仲買人がなんらかの行動をとれば、クラハリがどう反応するかを毎日、時々刻々教えることのできる少年を。おれが監視哨にあがった日の午後、防衛拠点の塀にまたしても早まった襲撃があり、また別の入植者——バーカーという名前の男——が胸に弩の太矢を受けて重傷を負った。一時間足らずで彼は息を引きとった。

太陽が沈む直前、ジャングルから呼びかけがあった。何度もくり返される、ひとつきりのかん高いクラハリの声。おれは防衛拠点の外側と周囲のジャングルの光景を見せてくれるスキャナーを穴のあくほど見つめたが、呼びかけている者の所在はつかめなかった。じっさい、スキャナーで見るかぎり、その光景は平穏そのものだった。クラハリの大部分はジャングルの緑陰《りょくいん》にまぎれて姿が見えず、防衛拠点はその小さな開けた土地のなかで見捨てられ、暑さにうだっているようだった。高さ三十フィートのコンクリート塀に囲まれた内部の建物のなかでは、五十フィートあまりの空中へそそり立つコンクリートの角柱《かくちゅう》のような監視塔がひときわ目立っていた。シュトラデンメイヤーはそこ、日よけの下の空調のきいた半球形のドームに当直の男を置いていた。だが、呼びかけがはじまったとき、そいつは居眠りをしていた。

そのときスキャナーのスクリーンからジャンの声が聞こえてきて、おれは防衛拠点内部を映しているスキャナーの列に注意をもどした。負傷者のいる、天幕に覆われた区画と西塀の中間に彼はいた。シュトラデンメイヤーがジャンの腕をつかんでいて、それ以上は行かせまいとしていた。

「……なんのために？」おれがスキャナーのスクリーンへ寄ったとき、シュトラデンメイヤーがいっていた。

「ぼくを呼んでるんだ」とジャン。

「きみを？　どうしてきみがここにいると、あいつらにわかるんだ？」と仲買人が不安そうに彼をじっと見おろした。

ジャンは見つめかえしただけだった。説明しても無駄なとき、幼い者が見せるうつろな凝視だ。彼にとって——そして見ているおれにとっても——彼がそこにいるだけでなく、砦内にいるほかの全員をクラハリが知っている理由は歴然としていたので、言葉にするのは時間の無駄だったのだ。しかし、シュトラデンメイヤーは、クラハリが単純な知能くらいはそなえていると考えたこともなかった。この装飾を施した若い先住民たちが元は都市や学校にいたことを無視し、彼らを——動物に近いとまではいえないとしても——野蛮人だと思っていた。

「もどろう。きみのお父さんと話をする」と、しばらくして仲買人がいった。ふたりはペランのもとへ帰り、ペランはシュトラデンメイヤーの状況報告に耳を傾け、仲買人と息子の両方をののしった。

「きみがまちがっているにちがいない、ジャン。クラハリの言葉がそこまでわかるはずがないからね」とうとうシュトラデンメイヤーは判断した。「さあ、砦から離れていなさい。お父さんはきみがいないと困るし、きみに怪我してほしくない。あの砦は大人の場所であって、きみは幼い少年でしかない。さあ、いうことを聞くんだ!」

ジャンはしたがった。いい返しさえしなかった。子供の順応性とはたいしたものだ——思いもよらないほどだ。そして、それが証明される形となった。ジャンは自分が何者か知っていた。しかし、父親とほかの大人におまえはこうだといわれたことを信じていた。おまえはクラハリの言葉がわからず、防衛拠点の砦につく資格がないのだといわれたら、たとえすべての事実に反していても、それが正しくなければならなかった。彼は冷たい飲み物をとりに行き、負傷者のもとへ運ぶ仕事にもどった。しばらくすると、ジャングルからの声がやんで、陽《ひ》が沈んだ。

個々のクラハリは夜中に殺しあおうとしない。したがって、防衛拠点を奪取《だっしゅ》できる可能性がいちばん高いときだとしても、暗闇のとばりの下で強襲しようとはしなかった。しかし、翌朝の日の出とともに、二千人のクラハリが外側から塀に押しよせた。

彼らは隠密《おんみつ》行動をとらなかった。防衛拠点が助かったのは、ひとえにそのおかげだ。監視塔にただひとりいた哨兵は、下の連中と同じくらいぐっすりと眠っていたのだから。砦内の全員が塀に配置され、射撃をはじめた。手に持った銃だけではなく、それぞれの左右に一挺ずつ配備された自動遠隔制御のライフルも使って。いや、彼らの約四分の三が射撃をはじめたというべきだろう。なぜなら、残り四分の一は、塀の基部に押しよせ、そこから樹《き》の幹をもたせかけ、それをよじ登ろうとする身長七フィートの浅黒い体の波を見て身動きできなくなったからだ。しかし、それ以外の四分の三は有能な男たちであり、自動制御ライフルのおかげで火力は三倍になっていたので、文字どおりホースで水をまくように、塀からライフルの鉛玉《なまりだま》を襲撃者たちに浴びせかけていた。やがて攻撃が唐突にやみ、クラハリは逃走した。

朝の太陽のもと、ジャングルがいきなり静まりかえり、死んだクラハリと瀕死のクラハリが、信じがたいカーペットのように防衛拠点を囲む四方の空き地を覆っていた。内部では戦闘員たち——そして闘わなかった者たち——にひとりの死者と、程度のまちまちな負傷者が五人出ていたが、天幕の下の野戦病院へ移送するほどの重傷者はひとりだけだった。
斃《たお》れたクラハリは単独で、あるいは折り重なって散らばっていた。まるで前進するイナゴの大群が、低空で殺虫剤をまく飛行機に遭遇したあとのようだった。周囲のジャングルにいる者たちが、わずかな数の負傷者を羊歯の葉陰《はかげ》まで引きずっていったが、彼らには薬も外科術もなかったので、じきに塀の外の負傷した先住民と、塀の内側の負傷した人類から絶えず声があがるようになった。太陽が昇るにつれ——目には見えないが感じられた——暑くなってきた。ほどなくして防衛拠点の周辺に死臭が立ちのぼりはじめた。まるで目に見えない第二の塀のように。

こんなことを強調したくはないが、このとおりだったのだ。こういうことはむかしからこうだったし、それがジャン・デュプレにとってどうであったのかを知ってほしい。彼は七歳で、母親を失い、死に囲まれていて、自身も死に直面していた——そして、これまでのところ、周囲の大人たちの身に起きたことはすべて体験し、生きぬいていた。いまは防衛拠点内でいっしょにいる多くの者たちが、目の前で人間としての生得権《せいとく》をとりもどすのを見ることになった。

というのも、大部分の者はとりもどしたからだ。これもつねに起きることだ。防衛拠点へのクラハリの総攻撃は殻竿《からさお》をふるうようなものであり、小麦の穂から穀粒《こくりゅう》をたたき落とした。それが終わると、シュトラデンメイヤーはもはや指揮官ではなかった。そしてペラン・デュプレをはじめとする負傷者の数人が起きあがり、ふたたび銃を手にしていた。シュトラデンメイヤーは、襲撃のあいだ発砲しなかった者のひとりだった。彼ともうひとりの男は、数日後に死を迎えるそのときまで発砲しなかった。しかし、二時間前に民間人が配備されていた防衛拠点は、いまや歴戦の勇士に守られていた。おれの部下の下士官二名についていえば、ひとりは攻撃のさなかに命を落とし、もうひとりは重傷を負って死にかけていた。しかし、デイクハムという名の入植者がいまは指揮をとっており、攻撃が終わった直後に監視塔に人をやり、自分は地方軍事施設の司令部に連絡を入れようと通信室へ赴《おもむ》いた。救援は無理でも、助言を得るために。

だが、無線機を作動させられなかったのだ。その部屋の壁面スキャナーを通して監視哨からなすすべもなく見ていたおれは、彼の無知に腹が立った。こちらの声が届けば、無線機を使えない理由を教えてやれるのに、それができない自分にも腹が立った。無線機が使えない理由は、シュトラデンメイヤーが、ひとりでやっているオペレーターの例に漏れず、自己流でぞんざいに装置の操作や保守をするようになっていたことにあった。主電源スイッチがすり減っていたのだが、シュトラデンメイヤーはそれを交換する手間をかけなかった。代わりに二本の裸《はだか》電線をよじり合わせ、装置に電気を流すという応急処置をしていた。電線は制御盤の前に置いてあり、いやでも目についた。しかし、デイクハムは、たいていの現代人と同様に、無線機についてなにも知らなかった——そしてシュトラデンメイヤーは、通信室に呼びだされたとき、顔面蒼白《そうはく》で、抵抗もせず、心理的ショックが大きすぎて、なにも教えられなかった。

デイクハムはあきらめて出ていき、通信室のドアを閉めた。おれの記憶にあるがぎり、それは二度と開かなかった。

その日の夕刻、クラハリがふたたび塀に攻撃を仕掛けてきた。最初の攻撃ほど断固たるものではなかったうえに、そのときよりも断固たる抵抗に遭《あ》った。それは撃退され、こちらは二名がかすり傷を負っただけだった。しかし、それは総攻撃の初日にすぎなかった。

その後は一日に二度、ときには三度、クラハリは攻撃してきた。砦のまわりに立ちこめる死臭があまりにも強くなり、高い樹冠にいるおれの夢のなかにまではいりこんできた。そして学生のころに読んだ、過去の忘れられた戦争の死者で埋まった戦場をさまよう夢を見るのだった。クラハリは襲撃のたびに信じられないほど多くの死者を出した——しかし、新手がつねにジャングルの奥からやってきて、数は増えるばかりだった。この防衛拠点ひとつが全クラハリの前進を食い止めていた。というのも、抗争がいったんはじまったら、彼らは心理的に抗争をやめられないからだ。もっとも、一時的に撤退して休息をとることはあった。しかし、防衛拠点内部の守り手は数を減らすいっぽうだった。とても見ていられなかった。気がつくと銃をかまえ、引き金に指をかけていることが十数回におよんだ。しかし、引かなかった。おれのささやかな助力では戦況を変えられないだろう——そしておれにとっては自殺行為になるだろう。クラハリは闇にまぎれてここまで登ってきて、おれを見張り、おれが眠るのを待つだろう。うとうとしたら、命がない。おれはこのことを知っていた。だが、守り手がひとりまたひとりと死んでいくのを見ているあいだ、無力感に呑みこまれないわけにはいかなかった。

包囲しているクラハリにも防衛拠点内の人類にも、その姿は見えず、音も聞こえなかったが、毎日偵察機がその地域の上空の見えないほど高いところを旋回して、写真と報告を地方軍事施設へ送っていた。ニュースキャスターの落ち着き払った声が、地方軍事施設からウトワード居住のほかの人類にニュースを伝えるのを、樹冠の監視哨のなかでやきもきしながら、おれは音声受信器ごしに聞いていた。

「……防衛拠点への三十七度目の攻撃が、本日の夜明け直後に行われた模様です。偵察機は、四方の塀をとり巻く空き地に先住民の新たな死傷者が横たわっているのを目撃しました。周辺のジャングルに潜むクラハリの数は、四万近くまで増加したと推定されますが、一回の攻撃に参加できるのは、明らかにその一部にすぎません。ひるがえって防衛拠点では、写真の示すところによりますと、守備隊が冷静に状況に対処していると思われ……」

そしておれは、防衛拠点内部のようすを教えてくれるスキャナーと映話のほうを向き、負傷者の、瀕死の者の、死神と顔を突きあわせている者たちの声を聞くのだった……。

「……あいつらだっていつかはここを離れるんだ」入植者のひとり、バート・カジャの声が聞こえたのは、樹冠で過ごした十五日目のことだった。彼は負傷者やデイクハムとともに天幕の下でうずくまっていた。

「かもしれん」とデイクハムが言葉を濁した。彼は長身瘦軀《そうく》で浅黒く、なんとなくすねたような顔の男だが、目つきは鋭かった。

「こんなことが永久につづくわけがない。食料が底をつくだろう」カジャは陽焼けした顔で地面に腰を下ろし、あぐらをかいた。「いまごろ、このあたりのジャングルは食料がとりつくされているにちがいない」

「かもしれん」とデイクハム。

ふたりは地球で人々が株式市場の話をするときの感情のこもらない声でこの話題を話しあった。ジャン・デュプレはそこから八フィート足らずのところにいた。ふたりの疑問に答えられたはずだが、あいかわらずシュトラデンメイヤーに割りふられた仕事――負傷者の世話――に従事していた。

いまこのときは父親の槍傷を洗っていた。彼が肩に受けた最初の傷だ。ペランは顔をしかめて息子を見ていたが、ほかのふたりの男が立ちあがって、いなくなるまでなにもいわなかった。それから――いきなり罵声を発した。ジャンが新しい包帯を肩にきつく巻いたのだ。

「――気をつけろ、このばか」

「おまえ……」首を傾けて、作業している自分の手もとを見つめている息子の顔を見ながら、ペランがますます顔をしかめた。「おまえと母さんは帰りたかったんだろう……地球へ」ジャンが驚いて顔をあげた。

「いったじゃないか、母さんは地球に葬《ほうむ》ってほしかったって。おまえがそういったんだ!」とペラン。あいかわらず父親を見つめたまま、ジャンがうなずいた。

「で、おまえもか? ええ? おまえも帰りたかったのか、ここにおれを置き去りにしたかったのか？」

ジャンは首をふった。

「嘘をつくな」

「嘘じゃない！」ジャンは傷ついた声でいった。

「いや、おまえは嘘つきだ……嘘つきめ！」とペランが不機嫌そうに歯をむきだして怒鳴った。「言葉じゃ嘘をつかないが、とにかく四六時中嘘をついてるんだ！」無事なほうの手を伸ばして、少年の肩をつかみ、「いいか、ここはひどい場所だ。でも、おれは、おまえの父ちゃんは、いつかおまえを金持ちにするために懸命に働いた。さあ、答えてみろ！」少年を揺すり、「ここはひどい場所だ、このジャングルは！　ちがうか？」

「ちがうよ」と少年。いまにも泣きだしそうだ。

「おまえは……」ペランはジャンの肩から手を放し、息子をなぐろうとするかのように拳を固めた。だが、そうはせずに自分が泣きだすかのように顔をゆがめた。彼は立ちあがり、塀のほうへふらふらと歩いていき、直近のスキャナーの視界からはずれた。ジャンはしばらくみじめそのものといった顔でじっとしていたが、すぐにその顔が元にもどり、彼も立ちあがって、負傷者の世話をしに行った。

その夕刻の襲撃で、さらにふたりの男がクラハリに殺された。その片方がデイクハムだった。総攻撃がはじまって十五日目。塀に配置できる男は八人に減っていて、それぞれが一挺のライフルを手動で、左右の二挺を自動で操作するというやり方をあらため、自動遠隔操作のライフルで塀の半分を守っていた。攻撃を撃退するのに有効なのは零《ゼロ》距離での一斉射撃だと判明していた。そして怖いのは塀に突撃してくるクラハリではなく、まぐれでこの防壁を乗り越え、防衛拠点内にはいった一、二名の先住民であることも。ひとりでも塀のなかに侵入すれば、射殺される前にすくなくともひとりの人類を殺すか、負傷させるのがふつうだった。

デイクハムを殺したやつは、だれにも気づかれないうちにやってのけてから、天幕の下の負傷者のもとへと進んだところで阻止された。そこで、ジャンがそいつを殺したのだ。負傷者のひとりがそばに置いていたライフルで——だが、そのときには負傷者は全員が死亡していた。

しかし、新たな負傷者が出ていた。ペランはふたたび槍を受けていた——今回はわき腹で、体を動かしすぎると、包帯の下から血がにじみ出てきた。カジャがデイクハムに代わって指揮官に選ばれていた。ひとたび夜のとばりが下りると、照明の下で彼は男たちのもとを巡回し、無傷の背中や肩を注意深くたたいて、

「しっかりしろ！」と彼らに声をかけた。「しっかりしろ！　クラハリはもうじき離れていく。このあたり数マイル四方の食料を食いつくしたにちがいない。もう時間の問題だ！　もうじきだ！」

だれも答えなかった。ペランをはじめ数人が彼に向かって悪態《あくたい》をついた。ジャンはおだやかにカジャを見つめたが、なにもいわなかった。そして、高い監視哨にいる傍観者のおれに

は、ジャンの表情の意味がわかった。防衛拠点の数キロ四方でクラハリの食料が尽きているのはたしかだ。しかし、それでなにかが変わるわけではない。彼らは人類とまったく同じように食料がなくても数日は生きていられるのだ、その値打ちがあるのなら——そしてこの場合はその値打ちがある。飢《う》えるのは、戦闘に参加する代償にすぎない。数日もすれば、腹を空《す》かせた連中から順に戦線を離れ、果実や木の根を探しに遠くへいき、腹を満たせば、もどってくるはずだ。

「……あと一週間もすればこの季節は終わる！」とカジャがいった。「この季節が終われば、あいつらはいつも新しい場所へ移動するんだ」

この言葉は食料が尽きるという予測よりも真実だった。これこそが頼みの綱《つな》なのだ。しかし、一日に二度も三度も攻撃を受ける防衛拠点では、二週間ははるか先だった。夕刻のラジオ・ニュースもこの点を強調した。

「……このジャングルの小さな前哨《ぜんしょう》地点は、クラハリの若者すべてを寄せつけずにおります」とアナウンサーが冷静に述べた。「先住民の前進は阻止されており……」

おれは揺れる樹冠でまどろみに落ちた。

つぎの二日間のいつかの時点で、ジャンがとうとう塀にもどった。正確にいつのことかは記憶にないし、防衛拠点内のだれも憶えていないと思う。列をなした自動射撃ライフルを操作していた男が、塀を乗り越えてきたクラハリに殺されたとき、その役目を引き継いだにちがいない。とにかく、彼はいまいちど男たちと肩を並べて闘っていた。そして闘える者はいまや三人まで減っており、天幕の下ではふたりが死にかけていたので、異を唱える者はいなかった。

二日間、ひとりの犠牲も出なかった。そのあいだ、ジャンは塀の持ち場についていただけでなく、塀を乗り越えてきたクラハリを三人射殺した。まるで頭のうしろに目がついているかのようだった。それから、ある朝の襲撃で、突如としてふたりが戦死し、ペランが出血多量で倒れた——戦闘中にわき腹の傷が開いて失血してしまっていたのだ。その日のうちに、ふたりの負傷者が息を引きとった。夕刻の襲撃では、ペランはなんの役にも立たず、天幕の下でうとうとしているばかりだった。いっぽうジャンと、まだ闘える状態で残っているもうひとりの入植者は、防衛拠点中央の広場で背中合わせに立ち、それぞれの前にスキャナーを積みあげ、それぞれが隣接するふたつの塀に配置された自動遠隔操作の銃を操作していた。

六人のクラハリが塀を乗り越え、防衛拠点内にはいりこんだ。ジャンと入植者——名前は憶えていない——がライフルを引っつかみ、そいつらを撃った。万にひとつの幸運に恵まれたのか、男と少年はかすり傷ひとつ負わずに全員を射殺してのけた。

夜のとばりが下り、その日の闘いは終わりを告げた。しかし、そのあと、真夜中ごろにピストルの鋭い銃声が一発だけ鳴り響き、おれは樹冠で目をさました。スキャナーに向きなおり、フードをひとつずつ持ちあげていくと、天幕の前の空き地に立っているジャンを見つけた。なかば影につつまれて、塀の内側の角《かど》に横たわるなにかを見おろしていた。見ていると、ジャンはきびすを返し、照明の下を通って天幕の下にもどった。前にいったかもしれないが、そこにもスキャナーはあった。だが、夜陰《やいん》と天幕内の明かりとのコントラストが強すぎて、直立したジャンの黒々とした影と、横になった男――ペランだろう――の影を見分けるのが精いっぱいだった。先ほどまでペランは朦朧《もうろう》としていたが、いまはその声が近くの映話を通して弱々しく聞こえてきた。

「――どうした？」

「撃たれた」とジャンが答えた。直立した彼の影が、もっと大きな父親の影の隣へしゃがみこむのが見えた。

「だれが……？」ペランが蚊《か》の鳴くような声で訊いた。

「自分で自分を撃った」

「ああ……」男の口から漏れたのはため息だったが、絶望のあまり漏らしたのか、疲労困憊《こんぱい》したためなのかはわからなかった。ペランは無言で横たわったままで、ジャンはそのかたわらにすわっているか、しゃがんでいるかのどちらかだった……おれはスクリーンを見ながら、またうとうとしかけた。目がさめたのは、ペランのささやき声が聞こえたからだ。なかばひとりごとだが、彼はまた話しはじめていた。いつからだったのかは、よくわからなかった。

「……おれは男だ……どこへでも行ける。故郷では……星を見た。自分にいった、エルミールと自分に……このおれ、ペランさまより畑仕事のうまい者はいない。おれより懸命に働くやつはいない、と。ここはひどい場所だ。でも、おれを止められはしない。エルミールは、おまえの母ちゃんは、故郷へ帰りたがった。でも、ここで手に入れた土地は、ミスタシビ河畔《ボール・ラ・リーヴ》の石ころだらけの古い畑とはくらべものにならん。男が自分の畑から追いだされるわけにはいかん——そうとも、持ち逃げはさせないぞ、聞いてるか?」彼の声が大きくなって、興奮をつのらせていった。彼の影がむっくりと起きあがり、ジャンの影がその上にかがみこむのが見えた。

「起きちゃだめだ、父ちゃん……」少年のささやき声。「起きちゃだめだよ……」

「ここはひどい場所だ。でも、おれは息子を金持ちにする……おまえはいつか金持ちになるんだ、ジャン。みんなはいうだろう——『なあ、ジャン、どうやってそんな金持ちになったんだ?』って。そうしたらおまえはいうんだ——『父ちゃんのおかげだよ、ぼくの父ちゃん《モン・ペール》ペランがぼくを金持ちにしてくれたんだ』ってな。それからおまえは故郷に帰り、母ちゃんも連れていく。セント・ジョン湖の上《かみ》の連中におまえの姿を見せてやるんだ。『ぼくの父ちゃん、ペランは』と、おまえはいう。『だれにもへつらわないし、けっしてあきらめない。男なんだ、ぼくの父ちゃん、ペランは……』」

その声が低くなり、やがて言葉を聞きとれなくなったが、彼はとりとめなく話しつづけた。しばらくすると、おれはうとうとした。そしてそのすこしあと、深い眠りに落ちた。

ふと目がさめた。昼間になっていた。太陽が頭上の葉叢《はむら》の上に昇っている——そしてあたりには奇妙な静寂が垂れこめていた。

そのとき呼び声が聞こえた。

聞き憶えのある呼びかけだった。前にいちど、防衛拠点の塀の外で聞いたことがある。樹冠の監視哨にこもった初日に。それはクラハリの呼びかけ、何日か前にジャンがシュトラデンメイヤーに、自分を呼んでいるのだと語った呼びかけだった。

おれはころがるようにスキャナーに飛びつき、フードを片っ端から撥《は》ねあげていった。ジャンはまだ天幕の下にいた。暗闇にまぎれて、父親の影を見おろしていた場所に。しかし、ペランはいま——顔まで——毛布で覆われていて、ぴくりともしなかった。ジャンはあぐらをかいて、毛布の下の体に顔を向けていた——喪《も》に服すのではなく、むしろ死者の守りを務めているようだった。最初のうち、ジャンには塀の向こう側の呼びかけが聞こえてさえいないように思えた。

しかし、かん高いクラハリの声で呼びかけがつづき、しばらくすると彼はおもむろに立ちあがり、かたわらに置いてあった官給品のライフルを手にとった。それをたずさえて、のろのろと広場を横切り、西塀の裏の狭い通路に登ると、そこから幅二フィートある塀にあがった。ジャングルに潜んでいるクラハリに丸見えだ。彼はそこにあぐらをかいてすわりこみ、ライフルを膝に置いて、ジャングルのなかに目をこらした。

呼びかけがやんだ。そのあと、なんともいいようのない音が聞こえてきた。ざわめきとため息の混じったような音といおうか。まるで膨大な数の聴衆が、半信半疑で一瞬息をこらえたあと、なにかの出来事に注目したかのような音。おれは双眼鏡に切り替え、西塀の前の空き地をじかに見おろした。背の高いクラハリが何人かジャングルから出てきて、西塀の前の約二十フィート四方の空き地にあった遺体を片づけはじめた。遺体の下のふやけた土が現れると、きれいな羊歯の葉を運びこんで、そこの地面を覆った。

それが終わると彼らは退《しりぞ》き、代わって、これまで見たことないほど羽根と装身具で飾りたてたクラハリが三人、ジャングルから出てきて、羊歯の上に腰を下ろし、彼らの流儀であぐらをかいた――ジャンは塀の上の高いところでそれを真似ているのだった。ひとたび彼らがすわりこむと、クラハリたちがジャングルから続々と現れ出て、その背後の空間を埋めつくすように、立ったまま見まもった。

すわっている三人とジャンのあいだにはいって視界をふさがないようにして、彼らが空き地を埋めつくすと、またしても静寂が垂れこめた。それは数秒つづき、やがて先頭のクラハリが立ちあがり、ジャンに語りかけはじめた。

レインジャー部隊ではクラハリの言葉をいくつか教わる――「解散しなさい――」「武器を下ろしなさい」のたぐいだ。クラハリに通じるほどうまく発音できるようになる者もすこしはいるが、クラハリのもっとも単純な文章を六つ以上理解できるようになる者はまずいない。先住民の発声が異なる――彼らは高い声で、われわれとは形のちがう喉の奥のほうでしゃべる――だけではない。考え方が異なるのだ。

たとえば、われわれはこの惑星を「ウトワード」と呼ぶ。それは先住民の呼び名にならおうとしたからだ。クラハリの言葉――というか音――は、じつは口の奥のほうに向かって歯切れよく高い声でいった「ウト」に近い。しかし、肝心なのは、自分の惑星をたんに「ウト」と呼ぶクラハリはいないことだ。クラハリはつねにそれを「ウトの世界」と呼ぶ。なぜなら、このひとつの惑星に縛《しば》りつけられているクラハリにとって世界は四つあり、どれもが同じくらい重要だからだ。すでにあった世界と、これから来る世界とがある。そしてクラハリにとっての地獄のようなもの——挫折して死んだ者が住む世界がある。それゆえ彼らの魂は、これから生まれてくるクラハリのなかにふたたび血肉化することはない。さらに、物理的に存在する世界——ウトの世界がある。「ウトワード」は、「ウト」に人類の言葉「世界《ワールド》」をくっつけて、クラハリには発音できない「l《エル》」の音を落としたものだ。

だからクラハリのしゃべっていることは、なにひとつ理解できなかった。彼が防衛拠点の塀と背後のジャングルをしきりに指さすので、ここでの闘争について語っているのだと察しをつけた。そしてすわって耳を傾けているジャンのようすから、おれにはわからなくてもジャンにはわかっているのだと見当がついた。そのクラハリは、話しおえると着座した。そして長い沈黙が延々とつづいた。彼らがジャンの返答を待っているのは、おれにさえ明らかだったが、彼はすわっているだけだった。やがてまんなかのクラハリが立ちあがってしゃべりはじめた。

彼の身ぶりは前の者よりもはっきりしていて、ぶっきらぼうで、押しつけがましかった。しかし、それ以外は、最初の者と同じようにちんぷんかんぷんだった。ただし、その身ぶりと口ぶりから、いっていることの多くは最初の話し手がいったことのくり返しだという印象を受けた。とうとう彼は腰を下ろし、ふたたび沈黙が降りて、ジャンが話すのを待った。

今回ジャンは口を開いた。立ちあがらずに、短い台詞をひとつしゃべってから、また身動きしなくなった。彼のいったことがもうすこしで理解できそうな気がして、おれはもどかしい思いに駆られた。言葉が単純だったし、人間の口と喉と舌で発せられたからだ。

しかし、それに応えてまたしてもざわめきとため息の混じったような音が聴衆からあがり、それがやむと、三人目として、いちばん背の高いクラハリがおもむろに立ちあがり、話しはじめた。ジャンの発した数語のせいでおれの勘《かん》が研《と》ぎすまされたのか、それともこの話し手のしゃべり方が前のふたりよりわかりやすかったのかは判然としないが、たとえひとことも翻訳できなくても、はるかに多くを理解できるような気がした。

彼はジャンになにかを頼んでいるようだった——懇願しているといってもいいくらいだ。ジャンが同意すべき理由を並べたてていた。それは、おそらく先に話したふたりが並べたてたものと同じだったのだろう——しかし、この話し手はそれをもっと重要視しているようだった。彼は両腕をいっぱいに伸ばし、ゆっくりと、強調するように動かした。その声は、前のふたりよりも広い音域——とおれには思えた——で上下した。とうとう彼がすわりこむと、前よりも深い、前よりも期待に満ちた沈黙が降り、ジャングルの聴衆すべてと静まりかえった防衛拠点をつつんだかのようだった。

ジャンはじっとしていた。おれは一瞬、身ぶりをしたり答えたりする気はないのだ、と思った。と、彼があの台詞をくり返した。先ほど翻訳できそうな気がした理由がこんどはわかった。最初の音は「ク・アハリ……」だった。語頭の音が喉にかかる先住民の名前で、われわれは人間にもっと発音しやすい「l《エル》」に置き換えて「クラハリ」という言葉にした。それがわかると、台詞全体が理解できそうに思えた。

しかし、ジャンはもう立ちあがっていて、ついに話しはじめていた。そのかん高い子供の声は、先住民の発声器官と音程が合っていた。

彼は熱情をこめて語った——いや、彼がおれと同じ人間だから、クラハリのなかにはうかがえなかった熱情が、彼のなかにはうかがえるおかげかもしれない。ジャンは彼らと同様の身ぶりをしたが、彼らとはちがう方向を示した。それはクラハリが防衛拠点へやってきた方向、彼の家族がやっていた農場の、いまは蹂躙《じゅうりん》された畑がある方向、その向こうに深いジャングルと砂漠のある方向だった。さらに二回、彼が二人目と三人目の先住民の話し手に答えたとき使った台詞が、彼の言葉のなかに聞きとれた——そしてついには頭にこびりついて離れなくなった——

「ク・アハリ・トマグナ・マノイ……」——とにかく、おれの人類の耳にはそんなふうに聞こえた。おれは椅子に深くすわり直し、双眼鏡ごしに彼を見つめた。というのも、その顔がまるで血が一滴残らず流れ出てしまったかのように真っ青だったからだ。と、その目からいきなり涙があふれだし、頰を伝った——泣き声をともなわない涙は、言葉の激しさを弱めなかったが、しゃべっているあいだ、密かに拷問でもされているかのように絶え間なく流れつづけた。言葉は彼からこぼれ出て、下で聞いている先住民に降り注いだ——そして、突如として彼のいっていることが完璧に理解できた。

つかのま、なんらかの奇跡が起きたのだと思った。しかし、奇跡ではなかった。本人も知らないうちに、英語に切り替えただけだった。クラハリ語のリズムに合わせた英語だった——

「……ぼくは人間だ。ここはひどい場所で、母ちゃんはここにいたくないと思ってた。父ちゃんもここが好きじゃなかったけど、ぼくを金持ちにしようとしてた。ぼくの父ちゃん、ペランより懸命に働く者はいない。ぼくはここにいたくない。地球へ帰って、セント・ジョン湖の上《かみ》にむかしからいる人たちといっしょに金持ちになるんだ。ク・アハリもジャングルも二度と見るもんか。でもってク・アハリはジャングルへ帰る。だって、人間は自分の畑から押しだされたりしないから。いいか、あんたたちは無事じゃすまないし、この防衛拠点にもはいれない。だって、ぼくは人間で、ク・アハリをなかに入れないから……」

ジャンが言葉を彼らのものにもどし、おれにはまた意味がわからなくなった。彼は頬を伝う涙をぬぐおうともせずに立ちつづけた。砦を明け渡しはしないぞ、とクラハリ語で何度もくり返しているのだけは疑問の余地がない。とうとう彼は、前に聞いたことのある台詞で締めくくった。そしてついに、今回はおれにも理解できた。なぜなら簡単明瞭だったから。そして彼が先ほどいった言葉のおかげで。

「ク・アハリ・トマグナ・マノイ!」——「ぼくはクラハリの兄弟じゃない、人間だ!」

そういうと彼はふり向き、塀のてっぺんから内側の狭い通路に飛び降りて、すぐさまうずくまった。しかし、弩の太矢も槍も塀を越えてはこなかった。彼はしゃがんだまま塀の角《かど》にある階段まで行き、それを下りて天幕の前にもどった。そこで、四面の塀すべての外側の光景を映しているスキャナーを引きよせて正面に並べ、ライフルを膝に載せてキャンプ・チェアにすわりこむと、スキャナーをにらんだ。

彼のスキャナーには、おれのと同じように、クラハリがジャングルのなかへ後退していくところが映っていた。全員が行ってしまうと、あたりは静まりかえり、そのすこしあと彼は目をぬぐい、ライフルを置いて、食料をとりにいった。まるですぐに攻撃してこなかったからには、しばらくは襲ってこないことを知っているかのように。おれは樹冠で椅子に深くすわり直した。頭がくらくらした。

この少年が、自分で耕した畑をクラハリそっくりに歩いていたのを見た記憶が、にわかによみがえった。そこにひとりでいると襲われるかもしれないと告げたときの彼の反応や、母親が殺されたときの反応に、おれがどれほどとまどったかも思いだされた。いまなら彼のことが多少はわかる。クラハリのいるジャングルは、彼にとって当たり前のものだった。彼の知っている世界はそれだけだったからだ。地球ではない。そこは話に聞くだけの場所だ。しかし、周囲に広がるこれは本物の世界なのだ。そこでのルールは人類のルールではなく、クラハリのルールだ。そこでの正常な形は地球の草と太陽ではなく、ウトワードの太陽の灼熱の白光《はっこう》と羊歯とふやけた大地だ。ウトワードが、そしてその住民がどれほど異質かについて、父親やほかの者たちが話すことを彼は信じた――彼にとっては異質ではなく、彼の世界はそれだけだったのに。

いまクラハリは、兄弟として呼びかけにきたのだ。生得権をつかめ、自分たちに加わって防衛拠点を明け渡せ、と。そうすれば、彼らはそれを破壊し、これ以外の人類の前哨地へ進むことができる。彼はそれを拒《こば》み、いまやひとりきりで下にいる。いつのまにか彼ひとりきりになっていたと思うと、おれは激しいショックに見舞われた。ひとりぼっちで——父親をはじめとする男たちの死体といっしょに下にいるのだ。外ではクラハリが攻撃再開の準備をととのえている。彼をあそこから救出しなければならない、とおれは自分にいい聞かせた。そうすることで自分が命を落とすはめになっても、と。

そのときすぐに、つまり真っ昼間のうちに樹の幹を降りはじめようとしなかった理由はただひとつ。すくなくとも万にひとつは成功の見こみのある、なんらかの計画を立てようとしたからだ。自分が助かろうとは思っていなかったが、無駄死にもしたくなかった——ジャンのために。おれは立ちあがり、居心地のいい安全な止まり木の上を行ったり来たりした。二歩歩いて、くるっとふり向き、二歩引きかえす……懸命に頭を絞りながら。

そうしているうちにクラハリの攻撃がはじまった。鬨《とき》の声と騒音が、おれのほぼ真下で炸裂した。おれはスキャナーに飛びついた。

ジャンは監視塔の西壁を背にして立っていた。彼自身のスキャナーの列が眼前にあり、すべての塀のすべてのライフルを遠隔自動操作していた。もしライフルが自動装塡式でなかったら——六年前はそうではなかったのだ——そういう芸当はできなかっただろう。しかし、現にこうして彼ひとりで防衛拠点を死守していた。精神集中するあまり、かすかに眉間にしわを寄せている。ちょうどカーヴで線路から飛びだしそうなスピードで模型の列車を走らせている地球の少年のように。襲撃者がふたり、背後の監視塔の陰になって彼には見えない塀を乗り越えてきた。だが、あいかわらずジャンは頭のうしろにも目がついているようだった。というのも、このふたりのクラハリが監視塔をまわりこんできたちょうどそのとき、彼はスキャナーを放棄して、ライフルをつかみとり、ふり向きざましゃがみこんだからだ。ふたり目の先住民が倒れて死ぬまぎわに投げた槍が、監視塔の壁、彼の頭のすぐ上にドスンと当った。しかし、ジャンは顔色ひとつ変えなかった。

攻撃は失敗した。先住民は撤退し、ジャンはスキャナーから離れて、邪魔にならない場所まで、クラハリの死体ふたつを引きずって塔の角をまわりこんでいくという重労働にとりかかった。大人の人間の死体ならそういうふうにはできなかっただろう。しかし、クラハリはわれわれよりも骨肉《こつにく》が軽く、なんとか片づけることができた。

その日の夕刻、日没直前にもういちど、もっと小規模な攻撃があったが、塀を乗り越えた先住民はいなかった。それから暗闇がおれたちを覆った――おれはいまだに少年を救出する計画を立てられずにいた。

漠然《ばくぜん》と考えていたのは、彼を逃がしてから、防衛拠点のゲートをあけ放しにするという案だった。クラハリは拠点内に侵入し、荒らしまわってから先へ進むだろう――ここよりも装備が充実していて、やつらとの闘いをつづけられる拠点へ。この防衛拠点を落としたとなれば、ジャンを――あるいは、おれを――探しまわりはしないだろう。

だが、おれは無力だった。樹冠で怒り狂うだけだった。この高所で気づかれずにいるおれは、地球の故郷にいるのと同じくらい安全だった。だが、樹の幹を下りたなら、たとえ暗闇にまぎれていても、三十秒と生きてはいられないだろう。数千頭のライオンがひしめく闘技場へロープを伝い降りていくようなものだ。夜が明け……おれはなにも思いついていなかった。

夜明け後の攻撃がはじまった。いまいちど、ジャンはそれを撃退した――昨日の夕刻の攻撃を退けたときよりもうまく、といってもいいくらいだ。まるで彼らの行動を予測する能力が、たったひとりで防衛拠点を守るという重圧で研ぎすまされたというかのように。戦闘のさなかに自動ライフル制御装置から離れて、北の塀をちょうど乗り越えてきたクラハリを撃ちにいきさえした。

その日は正午にも攻撃があった。そして夕刻にも。ジャンはそのすべてを撃退した。しかし、その夜、暗闇のなかで泣く彼の声が聞こえた。彼は天幕の下に這いもどっていた。父親の遺体からさほど遠くないところだろうが、薄闇につつまれていて地面に溶けこんでいたので、居場所は特定できなかった。しかし、声は聞こえた。大きな泣き声ではなく、見捨てられた子供が絶望のあまり延々と泣きつづけるような声だった。

夜が明けると、ジャンの顔は一夜にしてげっそりとやつれてしまっていた。目ばかり大きく、目つきが鋭い。そして疲労で目の下に黒い隈《くま》ができていた。それでも、彼は夜明けの攻撃を撃退した。

昼間の攻撃も退けた。しかし、食事をとるところを一日じゅう見なかったし、見るからに痩せ細っていた。動きはぎごちなく、まるで怪我をしているかのようだった。そして昼間の攻撃を撃退したあと、ただすわって身動きもせず、目の前のスキャナーと、そこに映るものを見つめていた。

昼下がりが夕刻となりはじめたころ、ジャングルからまたクラハリの呼びかけがあった。彼はジャングルのなかの声がする場所のほうに面した塀から自動ライフルを連射して応えた。声はぷっつりと途絶えた。まるで呼びかけていた者が撃たれたかのように——そんなわけはないのだが。

夕刻の攻撃がはじまった。今回は八人ものクラハリが塀を乗り越えてきた。ジャンはこの襲来にとっくに気づいていて、迎え撃ったが、動きがのろすぎて、そのうちのふたりに危うくやられるところだった。

太陽が沈み、光が薄れていき、その日最後でいちばん激しかった攻撃がようやく終わった。防衛拠点内部の明かりが自動的につき、ジャンはスキャナーと制御装置を放りだして、天幕の下に這いこんだ。昨晩と同じように、彼の泣き声が聞こえたが、しばらくするとその音もやみ、とうとう彼は眠りに落ちたのだとわかった。

安全な樹冠にひとりでいたおれは、少年を救いだす計画をいまだに立てられないまま、自分もまどろみに落ちていった。

ふと目がさめたのは、夜明けの突撃の音がしたからだ。おれは上体《じょうたい》を起こし、目をこすった——そしてスキャナーに飛びついた。その一台のスクリーンに天幕の下の光景が映しだされていたからだ。ジャンが見えた。手足を広げたまま、疲れ果てた末の眠りをむさぼっていた。

すでにクラハリは塀に達して、よじ登っているところだった。彼らが監視塔の前の空き地になだれこんだとき、ジャンがついに目をさまし、跳《は》ね起きて、ライフルを引っつかんだ。自分を半円形にとり囲み、目をギラつかせている浅黒い顔の列をにらみつける。彼らはジャンが待ちかまえていなかったとわかって、驚きのあまり立ち止まっていた。一瞬、両者はにらみ合った――クラハリと少年は。

つぎの瞬間、ジャンが必死に立ちあがり、ライフルをすばやくかまえて、クラハリを撃ちはじめた。怒号《どごう》をあげる浅黒い体の波が彼に打ちよせ、呑みこんだ……

その向こうでは、クラハリの戦士が続々と壁を乗り越えてきていた。防衛拠点のゲートはあけ放たれ、手足と武器をふりまわす、羽根と宝石で飾られた黒い川が広場に流れこんだ。ほどなくして、建物から煙が立ちのぼりはじめ、襲撃者の洪水が引きはじめた。あとには引き裂かれてぼろぼろになったガラクタが残された。

一カ所だけ、地面の比較的きれいな場所があった。監視塔の基部を囲む小さな円で、ジャンが斃《たお》れたところだった。最後まで残っていたクラハリのなかに、背の高い、派手な飾りを身に着けた先住民がいて、塀の前で三番目にジャンと話した者にすこし似ているように見えた。彼は監視塔の基部までやってきて、しばらく地面を見おろしていた。

それから身をかがめ、ジャンの血で指を濡らすと、背すじを伸ばし、監視塔の白くなめらかなコンクリートに先住民の文字を書いた。おれはクラハリの言葉をしゃべれないが、読むことはできる。彼がアラビア語に似た書体で書いたのは、こういうものだった——

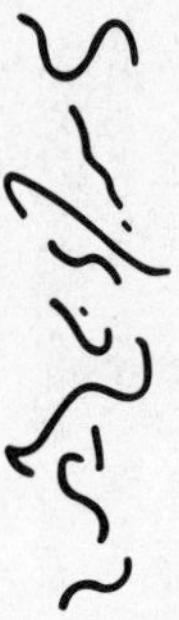

——その意味は、「これは人間のひとりだった」

そのあと彼はきびすを返し、防衛拠点を出ていった。クラハリ全員が防衛拠点から立ち去り、ジャングルにもどったのだ。ジャンがこの場所を守っていた最後の二日間、ここに足止めされているあいだに季節が終わり、年が変わったからだ。そのとき、クラハリにとって、成功しなかった古い冒険はすべて放棄され、新たな冒険がはじまったのだ。こうして、われわれウトワードに暮らす人類すべてにのしかかっていた脅威は、終わりを告げたのだった。

しかし、クラハリの年と季節のように、すべての終わりははじまりにすぎない。数週間のうちに、入植者たちが畑へもどりはじめた。そして四万のクラハリに包囲されて焼け落ちた防衛拠点は再建された。そのあとすぐに、地球から交渉団が到来し、都市に住む成熟したクラハリと長時間におよぶ協議を重ね、ウトワードに新たな入植者を送らないことを決定した。しかし、すでにいる者たちは残ってかまわないし、彼らとその家族には手を出さないことが決まった。したがって、ジャングルで一人前になったことを証明しようとする若いクラハリが人間を襲う心配はなくなった。

いっぽう、デュプレ家の財産はウトワードにはほかに跡取りがいないので、競売にかけられ、ペランとエルミールの遺体を地球へ輸送する費用をまかなえる額に達したので、ふたりは出身地であるケベックの小さな町に葬られることになった。いっぽうジャンについては、地方軍事施設にいて無事だった善意の人々によって募金が集められ、両親の遺体とともに地球へ送られる運びとなった。

おれが反対したとき、この人たちは信じなかった。おれが悲惨な体験をしたせいで、そんなことをいうのだと考えた。おれはこういったのだ。ジャンはそれを望んでいない——ここに、父親の畑に葬ってほしかったのだ、と。

（中村融訳）

総花的解決

キース・ローマー

キース・ローマー　Keith Laumer（1925-1993）

ローマーの作品には、大別してふたつの系統がある。ひとつは、ハードボイルド・ミステリの形式を借りたサスペンス・タッチの冒険SF。もうひとつはドタバタ・ユーモアSFである。前者の代表が『前世再生機』（一九六三／ハヤカワ文庫SF）なら、後者の代表が本編を含む《レティーフ》シリーズだろう。

地球外交団に所属する若き外交官レティーフが、無能な上司の引き起こす数々の難問を解決していくというのがシリーズの骨子《こつし》。地球は銀河文明の一員となっており、ひと癖もふた癖もある異星人がつぎつぎと登場する。ローマーは外務省に勤務したことがあり、そのときの経験が活《い》かされているのだという。シリーズは一九六〇年にはじまり、九三年まで続いた。長短とりまぜて多数の作品があり、最終的に十五冊が刊行された（ただし、死後出版をのぞく）。そのうち長編『突撃！ かぶと虫部隊』（一九六六／ハヤカワ文庫SF）と短編四作が邦訳されている。

作者はアメリカの作家。デビューは一九五九年で、六〇年代は無類の多作家として鳴らしたが、七三年に大病を患《わずら》ってからは筆の勢いが鈍《にぶ》った。

本編の初出は〈イフ〉一九七〇年五・六月合併号。原題の"The Piecemakers"は誤植に非《あら》ず。訳者が既訳に手を入れた新ヴァージョンでお目にかける。

1

「諸君――」星務省のサンダーストローク次官は、この世の終わりがきたとでもいいたげな顔で告げた。「どうやら戦争になりそうだ」

それまで気持ちよさそうに舟を漕《こ》いでいた男――地味な平服姿のずんぐりとした武官が、〝戦争〟ということばが出たとたん、はっと目を覚まし、ろれつのまわらない舌でたずねた。

「はい？　はい？　いま戦争とおっしゃいましたか？」そこで、爪にきちんとマニキュアを施《ほどこ》した手で、どん！　と会議テーブルを殴《なぐ》りつけ、「そうですか！　いよいよ物乞《ものご》いどもに目にもの見せてやるときがきましたか！」

「なにを血迷っとるか、大佐」次官は苦虫《にがむし》を嚙《か》みつぶしたような顔でたしなめた。「敵対的行動をとろうとしているのは、われわれではなく――」

「もちろん、そうでしょうとも」大佐と呼ばれた軍事顧問はさらに勘《かん》違いを重ね、すっくと立ちあがった。「たしかに、あなたがたの仕事ではありません。文民諸兄《しょけい》による外交努力もけっこうですが、いよいよ軍事介入のときがきた！　失礼して、次官閣下、自分はただちに連隊のもとへ――」

「すわれ、大佐」グローク担当局の局長が、げんなりした口調でいった。「ちっとも状況が見えてないようだな。地球《テラ》軍がユドール紛争に介入することはありえない。これは純然たる外交問題だ」

「お説、ごもっともです」敬意をこめて、大佐はうなずいた。「使いつぶしていい現地人がごまんといるのに、あたら地球《テラ》の若者に命を投げださせる必要はない。神聖冒《おか》すべからざる地球の外交方針を貫くためにも、まったくもってご高説のとおり。で、われわれはどっちにつくんです？」

「いいかげん、要点を把握したらどうだ、大佐」次官の声は辛辣《しんらつ》になっていた。「こんどの紛争に関して、われわれは厳正中立で臨《のぞ》む」

「そうでしょうとも。ですから、中立の立場で支援するのはどっちの陣営です？　あるいは、どっちの勢力がわがほうと気脈《きみゃく》を通じて——」

「どちらともだ！　われわれは断固、あくまでも中立を貫《つらぬ》く！」

「ははあ……」

大佐は急に興味をなくし、すわりこんで居眠りにもどった。

「どうやら——」次官は語をついで、「われらが旧友のグローク人どもめ、スロックス人と眼柄《がんぺい》つきあわせてことをかまえる腹だ」

「そのガラクタ人《シュロックス》とかいうのは何者でしょう？」

形ばかりに興味津々《しんしん》の態度を装《よそお》って、副次官補代理のマニャンがたずねた。

答えたのはサンダーストローク次官自身だった。

「スロックスだ、マニャン。S・L・O・X。渦状肢《かじょうし》の中心方向へ六光年のところにある、スロックス星系の住人を指す。こいつらが根っからのトラブルメーカーでな。グローク人もこの連中も、ユドールの統治権をめぐって一歩も引かぬかまえでいる。ユドールというのは、交易ルートから遠くはずれた小さなG型恒星系の、しごくありふれた惑星でしかないんだが……」

「なんだってまた、そんな僻地《へきち》の統治権なんか争うんです？」商務省の代表が問いかけた。

「交易ルート上には、ほかに有用な惑星がいくらでもあるというのに」

「グロークの言《げん》を借りれば、ユドールは〝わが帝国の影響下にあって当然の位置にある〟」サンダーストロークは答えた。「いっぽうのスロックスは、ユドールを最初に発見したのが自分たちだといってゆずらない」

「やあれやれ、ここはコインでも投げて決めてほしいもんだな」商務省のチェスター代表がぼやいた。「そうしたら、この議題をさっさと切りあげて、もっと重要な案件に移れるのに。けさがた、最新精度の心理統計技術で発見したんですがね、ニコデマ圏の各後進惑星では、年齢が九歳から九十歳までの未婚の父親のあいだで、げっぷナッツの消費量増大率に生じた減少傾向の減少率に異常な増大率が見られるんです」

「なんだって？　そいつはおおごとじゃないか、チェスター！」政治予測の専門家が顔色を変えた。「その場合、どんな余波が予想される？　その増大率の減少によってだ」

「素人《しろうと》にもわかる表現を使うならば、減少率の増大、というべきなんだがね」チェスターは訂正した。「ともあれ、現在のペースでいけば、九七パーセントの確率で、各惑星の未婚の父親におけるげっぷナッツ消費量には記録的な変化が訪れるだろう」

「本題にもどるぞ、諸君」サンダーストロークが眉間《みけん》に縦じわを寄せていった。「それでだ。くだんの両陣営は双方ともに小艦隊を派遣し、ユドール近傍《きんぼう》に待機させていて、一触即発の緊迫した状態にある」

だれかがつぶやいた。

「うーん、勝手につぶしあってくれれば、ひとりでに解決しそうなもんですが……」

「そうはいかん！　当該星域における武力行使を看過《かんか》すれば、われわれの沽券《こけん》に関わる！」サンダーストロークはいまつぶやいた男をにらみつけた。「残念なことに、グローク大使はわし個人に面と向かってきっぱりと公言しおった――グローク本国政府の方針は不変だとな。大使の説明によれば、グロークは外交政策を堅持《けんじ》し、やつのいう〝悪臭ふんぷんの身勝手なやから〟と和解することは絶対にありえないそうな。かたやスロックスのスポークスマンはこうのたまう。一センチたりとも譲歩《じょうほ》するつもりはない――あえて当人の表現を使うなら、この続きはこうだ――〝あの五つ目の盗《ぬす》っ人《と》どもになど〟」

「グロークの連中、またもや外交上のヘマをやらかしたみたいですね」マニャンが満足げにいった。「いいきみじゃありませんか。こんどばかりは地球外交団《コー・ディプロマティーク・テレストリアン》も介入せずにすみそうだ」

「介入せずにすむとはいえまいよ、ミスター・マニャン」サンダーストロークはいかめしい顔で指摘した。「この紛争の性質をじっくり考えてみさえすればな」

「ええ、はい、介入不要とは申しませんが——なにもそう、悲観的になることはないんじゃありませんか？　どこの世界に、蛭《ヒル》のうじゃうじゃ詰まった袋に進んで顔をつっこむ馬鹿がいるとおっしゃるんです？」

「いるんだよ、たまたまな。つまり……」サンダーストロークは氷山が北極の海に崩落《ほうらく》する音のような凄味《すごみ》のある声になって、「このわしだ！」

「か、閣下が？」マニャンは首を絞められたような声を出した。「まことにもって、それはすばらしいお考えで——よくよく考えてみれば、ここは介入するのが筋かと、はい」

ひ弱そうな顔のチェスターが、さっそく次官をよいしょにかかった。

「なんといっても、われわれ外交官の役割は、戦争勃発《ぼっぱつ》一歩手前の状態で惑星間の〝緊張を維持すること〟にあるわけですからな」

「そこは〝緊張を緩和すること〟に変えたほうがいいんじゃないか、チェスター？」情報部代表がペンをつきつけた。「マスコミに曲解されて引用されたらたまらんだろう？」

「本件に関しては、いっさい公表はせん」サンダーストロークは宣言した。「これが外野の耳に入って、ごくつまらん失言を取り沙汰《ざた》されてみろ、考えただけでぞっとする」

ここでマニャンがたずねた。その細面《ほそおもて》には次官の顔色をうかがう表情が浮かんでいる。

「ところで、本件の処理には、百名規模の調停団を派遣されるおつもりなんでしょうね？

平和執行軍の一個艦隊をつけて?」

「まさか!」サンダーストロークは冷たい声で応じた。「ここは豪腕《ごうわん》をふるう局面ではない、繊細な外交的努力を行なうべき局面だ。かくのごとき状況にあっては、勇敢・冷静・気転がきき、かつ有能な人材を単身で派遣するのが定石《じょうせき》というものだろう」

「ごもっともです、閣下。そこにすぐ思いいたらないとは、まったくもって浅はかなことで……」マニャンは考え深げな顔で唇をかんだ。「とすると、当然、その仕事にうってつけの人物は、きわめて経験豊富で――」

「身の危険などすこしも顧《かえり》みぬ、大胆不敵な男ということになるな」横からだれかがいった。

「それに、身内のいないことが望ましい」うんうんとうなずきながら、マニャン。

「ああ、残念、そういう条件では、わたしはむりですね」副次官補代理のひとりがあわてて口をはさんだ。「ごぞんじのとおり、わたしはひとりで十二匹の猫を世話しておりまして。それに、口やかましいインコの世話も――」

「だれもおまえなぞあてにしとりゃせんわい、ヘンリー」サンダーストロークがぴしゃりといった。「わしの念頭にあるのは、もっと優秀な外交官――きわめて知能が高く、確固たる信念を持ち、はなはだ弁《べん》の立つ人物だ」

「あー、それはとても身にあまるおことばではありますが、閣下……」こんどはマニャンがあわてていった。「……ご信任はたいへんありがたく思います。しかしながら、わたしにはほかに重要な職務がありまして……」

「残念なことに」マニャンを無視して、サンダーストロークは先をつづけた。「一件書類を検索してみたところ、そのような人材はひとりも引っかからなかった。したがって、ここにいる外交官で間にあわせるしかない」

「ふはあ……」

一難《いちなん》去ったという顔で、マニャンはつぶやいた。が、サンダーストロークがなおも自分を見つめていることに気づき、またもや蒼《あお》ざめた。

「きみは各種の予防接種を受けているな?」次官は冷たい声でたずねた。

「わ、わたしですか?」マニャンは椅子をうしろに押しやり、あわてて立ちあがった。「は、はい、三十分もしましたら花粉症の注射も受けることになっておりますが――」

「現地入りに備えて、抗放射能剤をたっぷり射《う》っていったほうがいいぞ」星務省の補佐官がにこやかに助言した。「もちろん、破傷風《はしょうふう》の注射も射っていったほうがいい」

「とにかく、すわれ、マニャン」サンダーストロークは咬《か》みつかんばかりの口調でいった。「いいか、きみには非武装の特使船に乗っていってもらう。双方の小艦隊に接近するさいは事前に身元を通告しろ。好戦的なグロークがやたらと引き金を引きたがることはいうまでもないが、スロックスはグロークに輪をかけて頭に血が昇りやすい連中だそうだ」

「そんな連中のまっただなかへ乗りこんでいくんですか? 武器もない小型船で?」

「武器ならあるさ、わしの指示という武器がな、マニャン。さ、しゃんとしろ! 臆病風に吹かれとる場合ではないぞ!」

マニャンは椅子にへたりこみ、悄然《しょうぜん》として答えた。

「わたし自身は、もちろん、喜び勇んで出向きたいところでありますが……同行する善良なクルーのことを考えますと、胸がこう、きりきりと痛む思いが……」

「そこもちゃんと考えてあるさ、マニャン。きみが危惧《きぐ》するのも当然だ。クルー全員の命を危険にさらすのは愚行としかいえん」

ぱっと顔を輝かせたマニャンに向かって、次官はつづけた。

「したがって、きみには単身、乗りこんでもらう。紛争空域まで一天文単位未満の距離まで近づいたら、ひとり乗りの快速艇で突入するんだ」

「ひ、ひとり乗りの快速艇？　しかし――」マニャンはそこで、ほっと安堵した顔になった。

「しかしですね、はなはだ残念なことに――わたしは宇宙船の操縦ができません」

「なんだと？」

「まさか星域航宙規定を破るわけにもいかず」マニャンは口早に答えた。「そういえば……つい先月、うちの部局のやつが、プラブチンク湖の上でアクロバット飛行をやらかしまして、大目玉をくらったんですが――」

「ほほう？　なんという男だ？」

「レティーフという者です。しかし、いま申しあげたように、譴責《けんせき》処分を受けておりまして、考慮の対象となさるにはおよびません。いや、もちろん、次官がどうしてもとおっしゃるのでしたら話はべつですが――」

「レティーフか……」サンダーストロークはつぶやいた。「よかろう。では、ふたり乗りの快速艇でいけ、マニャン」

「は？　しかし――」

「しかしもカカシもあるか、マニャン！　こいつは戦争だぞ！――というか、きみが任務に失敗すれば戦争になるんだ！　ことは一刻を争う！　きみとそのレティーフという男には、一時間以内に紛争宙域へ出発してもらいたい」

「で、ですが、閣下！　二個小艦隊相手に外交官ふたりだけとは、あんまりな――！」

「ふうむ。そういわれれば、多少はアンフェアに聞こえんでもないが。とはいえ――紛争をはじめたのはやつらだ！　いいな、マニャン、自分の尻は自分でぬぐわせてやれ！」

2

地球外交団《CDT》輸送船の降下艇格納庫では、全長十メートルの小型艇が発進準備をおえていた。マニャンはせまい副操縦席にすわり、ストラップを締め、落ちつかなげな表情で発射時刻の表示装置を見つめたまま、操縦席のレティーフにいった。

「感謝しろよ、レティーフ。次官は単座艇でおまえだけ派遣するつもりだったのに、そこをなんとかと頼みこんで、おれも同行することにしてもらったんだからな」

「だれがこれほど危険な任務に推挙《すいきょ》してくれたのかと、ずうっと気になっていたんですよ」

レティーフは答えた。「うれしいですね、気づかってくださって」

「おい、待て、レティーフ――おまえ、まさかおれが――」

マニャンはことばを切った。ちょうどそのとき、パネルのスピーカーから輸送船の船長が報告してきたからだ。

「あと十五秒で射出する。きみたちの非暴力主義が報《むく》われるといいな。前方小艦隊の連中、舌戦《ぜっせん》の真っ最中だぞ。通訳機を通して聞いた内容から察するに、きみたちが到着するのは、ちょうど戦端《せんたん》が開かれるころだ」

「ちくしょう、さっさと射出しろってんだ」マニャンは小声で毒づいた。「こんなボロ船、縁が切れてせいせいすらあ。船長の小気味よさげな声を聞かずにすむだけでもラッキーってもんだ」

「聞こえたぞ」船長がいった。「なにをそうカリカリしてる」

「カリカリするのもむりないだろう!」

「いかんなあ、平常心、平常心」船長はさらりと答えた。「さ、時間だ。ぶじに着陸できるよう祈ってる!」

リレーのつながる音につづいて、重く鈍《にぶ》い衝撃音が轟《とどろ》き、ガクンというショックののち、ふたりの視野はしばしぼやけた。ようやく視力がもどってみると、前方展望スクリーンには漆黒《しっこく》の宇宙空間が広がっていた。その暗黒に、いくつものまばゆい光点が燃えている。後方展望スクリーンでは乗ってきた輸送船がみるみる小さくなっていき、ふっと消えた。

「早くも艦隊が見えてきましたよ」前方スクリーンのコントロールパネルを操作しながら、レティーフがいった。「あの船長、なかなかの豪傑《ごうけつ》だ。間際《まぎわ》まで接近して射出したらしい」

「ドンパチ、もうおっぱじまってるか？」不安顔でマニャンがたずねた。

「まだです。しかし、両陣営の布陣からして、もうじきでしょう」

「いまのうちに和平の呼びかけを送っといたほうがいいんじゃないか」マニャンは冷や汗をかいていた。「なにかこう、やつらの良識に訴えるようなことをだな、すこしばかり威嚇《いかく》もちらつかせて……」

「あの手合いが相手となると、かなり激しいやりとりを覚悟しなければいけないでしょうね。とかく真新しい戦艦を手に入れたやからは、ちゃんと動くかどうかを試したがるもので」

「なあ……考えてたんだけどな」マニャンがいきなり切りだした。「地球外交団《CDT》には、おれみたいに経験豊富な人材が払底《ふってい》してるだろ？　こんどの調停が絶望的である以上、このまま無闇につっこむのはどんなもんかな。なんらかの成果を持ち帰ってこそ、一流の外交官ってもんじゃないか。でだ……現場の目撃証言は、次官にとっても測り知れない価値がある——そうだろう？　どうして目と鼻の先で戦争が起こるのをとめられなかったのか、査問会議で次官が追及される事態になったら、おれたちの証言が決め手になるよな」

「そこまでは同感ですね、ミスター・マニャン」

「で、な」マニャンはつづけた。「もしもだよ——もしもおまえが、いますぐ撤退しようといいはるんなら、おれとしては、まあその、引きとめようがないと……」

「進むか退《ひ》くか、判断する立場にあるのはあなたです、ミスター・マニャン」レティーフはすげなく指摘した。「ただし、このまま星域本部に引き返しても、あまりいい顔はされないでしょうね。せめて何発か船体に被弾しないことには」

「じょ、冗談はよせよ、レティーフ！」マニャンが指さしたスクリーン上では、グロークの長大で凶悪そうな戦艦が徐々に膨《ふく》れあがりつつあった。「あの怪物戦艦を見ろ！ 艦首から艦尾まで、ハリネズミみたいに火砲だらけじゃないか！ あれだけの火力を見せつけられて、どうしてのこのこ近づいていけるってんだ！」

そのとき、スピーカーからノイズが響き、人類のものではない顔がスクリーンに現われた。五本ある眼柄の先端についた目玉で、異星人はじっとこちらをにらんでいる。頭にかぶっているのは上部が花弁のように広がったヘルメットだ。

「高速侵入してくる小艦艇に告ぐ、ただちに身元を明かせ！」ノイズにまじって、歯擦音《しさつおん》の多いグローク語が命令した。「報告後は即時退去せよ！ さもなくば、宇宙のもくずにしてくれる！」

「あっ――こいつ、スリス同胞《どうほう》長じゃないか！」マニャンは叫んだ。「レティーフ、スリス同胞長だ！ スリス同胞長は憶《おぼ》えてるだろう？ ホーンチ第四《IV》惑星で出っくわしたグローク交易《こうえき》団の――」

「きさまか、マニャン！」グロークのきしり声がいった。「あのときの屈辱《くつじょく》はわすれんぞ。よくも社会に貢献する無欲な一善人のふりをして、われらが平和的商業活動をぶちこわし、グローク外交に水をさしてくれたな。こんどはなにを企《たくら》んでグローク領に侵入する気だ？」

「ちょっと待った、よくもまあ、あれを平和的商業活動だなんていえたもんだ。後進惑星のホットドッグ好きにつけこんで、プラスティックでこさえたフランクフルト・ソーセージを売りこもうとしたのは、どこのどいつ――」

「現地人のヤワな消化器に健康食品であるポリスチレンが消化できんことなど、われわれにわかるはずなかろうが！」スリスはマニャンをにらみつけた。「こんな話はどうでもいい！　とっとと消えろ。さもなくば不用意な接近の代償として、遺憾《いかん》な事故に遭《あ》ってもらうぞ！」

「まあまあ、そういきまくなって、スリス同胞長――」

「よかったら復讐小艦隊司令官・スリス準提督と呼んでもらおうか！　ええい、もう時間がない、警告はしたからな！　六十秒たったら砲手に攻撃命令を出す！」

「それは再考なさったほうがいいんじゃありませんか、準提督」レティーフが口をはさんだ。

「一発でも射ったとたん、十中八九、スロックス艦隊が総力をあげて射ってきますよ」

「それがどうした！」スリスはわめいた。「あの外道《げどう》どもめ、くるならこい！　グロークの怒りをかきたてた愚か者には鉄鎚《てっつい》あるのみだ！」

「ざっと数えたところ、そちらの艦隊二十八隻《せき》に対して、向こうは三十一隻」レティーフは指摘した。「鉄鎚をくだされるのは、むしろ準提督のほうかもしれませんね」

「だいたい、なんでそう物騒な方向に話を持っていきたがるんだよ」マニャンが考えなしに大声でいった。「砲火を交えたって、なんの得にもなりゃしないだろ？」

「そんなことはない！　まず、一定の領土が手に入る」スリスは平然と答えた。「おまけに、一定数、憎むべき害獣どもを駆除できる」

マニャンはためいきをついた。

「それ、ユドールを武力制圧すると公言してるわけかい？」

「まさか――だいいち、そのようなこと、いちいちテラ公のスパイに断わる義理はないわ！　いいか、我輩《わがはい》の任務はな、無力な惑星ユドールをば、狡猾《こうかつ》きわまりないスロックス人どもの侵略の魔手から護《まも》ってやることに――」

「――聞いただぞ」

バックグラウンド・ノイズにまじって、ざらついた感じのかんだかい声が割って入った。

補助スクリーンの画像がいったん揺らぎ、安定したが――そこに現われたのは、てらてらと赤紫の光沢を帯びた、細長い顔だった。顔面からはいくつものこぶや棘《とげ》がつきだし、さらに一対《いっつい》の眼柄が左右に三十センチも伸びだして、その先端に黄色い目玉がくっついている。

「怒上心頭《どじょうしんとう》！　聞き捨てなんねえだ！　東渦状肢標準時間で一分さ待ったるだで、とっとと撤退すれ！　カウントはじめ！　九、十二、二、七――」

「な、なんだ、いきなり？」マニャンが目をむき、会話に割りこんできた新顔を見つめた。

「ぐぬぬぬ――さてはきさまら弱肌《よわはだ》どもめ、スロックスと示しあわせおったな！」スリスが邪推《じゃすい》した。「読めたぞ！　きさまらが紳士面《づら》して我輩の注意を引きつけている隙《すき》に、悪辣《あくらつ》な盟友どもが不意打ちを喰らわす腹か！」

「乃公《だいこう》が――この統制将軍オッキョックが――あんな化け物と手を組んだとぬかすだか！」スロックスの将軍は金切《かなき》り声を発した。「これほど腹ん立つことばさ、乃公、知んねえだ！スロックス保護領の利益さ脅《おびや》かすたあげく――侮辱《ぶじょく》までするだか！　腐敗外道！　吝嗇鬼《りんしょくき》！どんだけ罵倒《ばとう》してもしたりねえだ！」

「ふん、好きなだけ罵倒するがいい！」スリスが激昂《げっこう》した声で応じた。「きさまらの中傷に応《こた》えて、わが火砲はいつでも発射できる態勢をととのえておるぞ！」

「そんの細首《ほそくび》がなしてへし折られてねえと思うだ！　この偉大な統制将軍さまが慈祥《じしょう》の心でこらえてやってるおかげだべな！」オッキョックがわめき返した。

「まあまあ、ふたりとも、そう熱くならず……」ノイズにまぎれて、マニャンは呼びかけた。「じっくり話しあえば、なんとか平和的に解決する方法が――」

スリスは聞きいれなかった。

「あの邪悪な侵略者めがグローク領への侵略をば中止し、ただちに軟弱な背甲《はいこう》を向けて引きあげんかぎり、どんな事態になろうと責任は持てん！」

「ぬ、ぬかしただな！」オッキョックはわめき、複雑な形の裁断器官がついた一対の前肢《ぜんし》をふりまわした。「悲憤慷慨《ひふんこうがい》、その五つの眼柄さひと束《たば》に縛《しば》りあげて、枯《か》れたデイジーみたく引っこぬいてやったらば、さぞかし痛快だべよ！」

「はっ、おとなしく待っているがいい、我輩みずからきさまの葬儀を取りしきって、死体を儀式用の砂箱に収めてくれる――頭を下にしてな！」

「……すくなくとも、口喧嘩《くちげんか》のレベルで収まってはいるようだぜ」面罵《めんば》合戦がつづくなか、マニャンが口に手をあて、小声でレティーフにいった。「なんとか脈がありそうだ」

「このぶんなら、艇体に何発か喰《く》らう事態は避けられそうですね」レティーフはうなずいた。

「当面、罵倒の応酬《おうしゅう》に終始《しゅうし》しそうです。きょうのところは、魚雷の応酬まで発展する恐れはないでしょう。飛びかうのが罵倒ですんでいるうちに、そろそろ〝戦術的撤退〟を敢行《かんこう》したほうがいいんじゃないですか？」

「うーん……まあ待て。ここで撤退しても、地球外交の得点にはならない。立場上、交戦を回避させるうえで、もっと積極的な役割を果たさないとな……」マニャンは細いあごに指をあてがった。「たとえばだよ、ここでおれが妥協策を提案すれば、あとあと……」

「差し出口は控えたほうが賢明ですよ、ミスター・マニャン」レティーフは助言を試みた。

「頭に血が昇ったやからは、殴り合いにまではいたらなくとも、相手にカップを投げつけるくらいは平気でやります。しかも、投げつけるのに手ごろなカップというと、ちょうどこの小型艇が――」

「平気平気、いくらやつらでも、そこまでするもんかい」マニャンは画面に身を乗りだし、口をきわめて罵《ののし》りあうふたりに割ってはいった。「おふたりさん！　じつは完璧な解決策があるんだがね。双方、相手の腹のうちにいまひとつ信頼が置けないようだし――どうだろう、ここはひとつ、ユドールを地球《テラ》の保護領にしてみては！」

マニャンは満面の笑みをたたえ、期待に満ちた顔で反応を待った。

罵倒合戦は唐突に収まり、ふたりの異星人の知覚器官がぴたりと凍《こお》りついた。その器官が、ゆっくりと、マニャンのほうへ向けられた。痺《しび》れたような沈黙を最初に破ったのは、スリス準提督だった。

「なんだと……？　わがグロークが苦労して実らせた果実を……テラに収穫させろだと？　馬鹿も休みやすみいえ！」

「ね、寝言《ねごと》ぬかすなや！」オッキョックがわめいた。「勃然大怒《ぼつぜんたいど》！　頰面窩洞《きょうめんかどう》から泡っこさ噴いてまうだ！　どの面さげてそったら虫のええことぬかす！　慈悲乞《こ》うても遅えだぞ！　ただじゃすまさね！」

「いやいや、誤解しないでほしい、おふたかた！」マニャンは声を張りあげた。「われわれテラがユドールに駐留《ちゆうりゆう》するのは、先住民に現代通商や性病予防の適切な教育を受けさせるまでのこと。その後は地元政府の意向を尊重し、さっさと引きあげるつもりでいる！」

「まず甘言《かんげん》でたらしこみ、飼い馴《な》らせねば見捨てる魂胆《こんたん》か！」スリスがわめいた。「これは挑戦と見なすぞ、弱肌よ！　こんな横暴、断じて許してはおけん！　オッキョック将軍！　休戦を申しこむ！　まずは手をとりあって、この共通の敵をたたきふせようではないか！」

「んだんだ！　こんほで《カランボ》なすが！　厚顔無恥《こうがんむち》とはこのことだなや！　こっただ侮辱、万死《ばんし》に値《あたい》するだ！　先にドあつかましい虫けらをたたきつぶすっぺよ！　スロックス＝グロークの口論は、あとでまたやりなおしゃええだ！」

「ま、待った、待った！」マニャンが叫んだ。「ふたりとも、わかってないんだ――！」

「いや、よくわかってると思いますよ」レティーフは操縦桿《かん》に手を伸ばした。「回避行動をとります、つかまって、ミスター・マニャン！」

小型艇が急加速し、右に左にと跳《は》ねまわりだした。つぎの瞬間、閃光《せんこう》がほとばしったかと思うと、すべてのスクリーンが真っ白になり、すぐさま真っ黒になった。小型艇は荒々しく撥《は》ねあげられ、逆立ちし、ひっくりかえった。二発めの至近弾《しきんだん》が炸裂《さくれつ》するにおよんで、艇はくるくる回転しだし、湖面をスキップする平らな石のようにがくんがくんと進みはじめた。

「レ、レティーフ！　返せ！　もどせ！　このままじゃ両軍のあいだに突っこむぞ！」

そこでマニャンは、ひっと息を呑んだ。一面だけちらついてよみがえったスクリーンに、グロークの巨大戦艦が映しだされたのだ。艇が接近するにつれ、その巨体がぐんぐん大きく膨れあがっていく。

「砲火をかいくぐります！」レティーフが怒鳴った。「ここで引き返せば格好のカモだ！」

「こ、降伏させてくれるかもしれないだろ！」マニャンの声は悲鳴にちかかった。「白旗をかかげるとかなんとかできないのか？」

「かえって目じるしになるだけですよ！」

レティーフは小型艇を横へとひねり、あわやのところで至近弾を回避すると、巨艦の下に潜《もぐ》りこもうとした。

「み、見ろ！」マニャンが悲鳴をあげた。スクリーンの中に、青と緑のまだらに彩《いろど》られた、巨大な円盤がすべりこんできたのである。「ユドールに不時着するぞ！」

「運がよければね」とレティーフは答えた。

ついで、空気をつんざく轟音《ごうおん》に艇が包まれ、それ以上の会話は不可能になった。

3

しだいに小さくなっていく空気漏れの音、灼熱《しゃくねつ》の金属が収縮するピシッピシッという音を除けば、コックピット内で聞こえるのは、形状調整シートの残骸の下から這《は》いだそうとするマニャンのうめき声だけだ。艇体の裂け目ごしに黄色い陽光が射しこみ、小型艇のくすぶるコントロールパネルや、ねじくれて歪《ゆが》んだデッキ、無人の操縦席などを明るく照らしだしている。

「よかった、やっと気がつきましたか」レティーフの声がいった。

マニャンはずきずきする頭をもたげ、声のするほうを見た。開け放たれた脱出ハッチから、レティーフが艇の中を覗きこんでいた。頬骨《ほおぼね》の上に痣《あざ》ができており、パウダーブルーの略装アフタヌーン・ブレザーには前身頃《まえみごろ》の一部に焼け焦《こ》げがあったが、とくに怪我らしい怪我はしていないようだ。

レティーフはつづけた。

「空気はちょっと薄いですが、酸素は充分です。気分は？」

「最悪だ」

マニャンは本心からそういうと、シートのストラップをはずしてのろのろと立ちあがり、ふらつく脚でハッチをくぐりぬけ、芝のように短い葉が地面を覆う桃色の草地に降り立った。淡いブルーの空の下には、草地を取りかこんで、畝《うね》のある金赤《きんあか》の樹々《きぎ》が高くそびえている。幹《みき》から伸びた枝々には、スポンジ状をした赤橙色《せきとうしょく》の葉がついており、枝葉《えだは》のあちこちには、蛍光色の絵具を塗りつけたように、黄色、琥珀《こはく》色、深紅色《しんこうしょく》の花々が咲き誇っていた。

「おれたち、なんでまだ生きてるんだ？」マニャンは力なくたずねた。「行く手の雲の堤《つつみ》に、薄いピンクの山頂がつきだしてるところまでは憶えてるんだが……」

「かわしましたよ、なんとかね」レティーフはなだめるようにいった。「エネルギー残量がそこそこあったんで、比較的やんわりと着陸できました。大量の枝葉がクッションになってくれましたしね。首が折れずにすんだのは植物のおかげです」

「ここ、どこだ？」

「北半球の小さな島です。どうやら、この惑星の陸地はここだけのようですね。十中八九、ほかに陸地はないものと見ていいでしょう。勝手ながら、この島を〈北極〉と名づけさせてもらいました」

「まあいい――さっさとやることをやっつけちまおう」マニャンはためいきをつき、周囲を見まわした。「で、やつらはどこにいる？　こうなったらスリスの慈悲にすがるしかないな。正直いって、あのオッキョックってやつは信用できない。あいつの異様に飛びでた目ん玉、なんだかうさんくさーい感じがした」

「残念ながら、ただちに降伏はむりな状況です」レティーフは否定した。「降伏しようにも、相手がまだ着陸していないので」

「うーん、そうか。まあ、おれたちみたいに無謀な突っこみかたをするわきゃないもんな。やつらがくるまで、せいぜいのんびり待つとするか」

「おことばですが……」レティーフは道理をさとす口調でいった。「漫然《まんぜん》と待っているのは、さて、どんなものでしょうね」

「ほかに助かる見こみがあるってのか？」

「どちらの勢力に降伏しても、あまりいいあつかいを受けるとは思えませんが——そもそも、捕虜として生かしておいてもらえるかどうかも怪《あや》しいものです」

「じゃあ、スリスが——おなじ外交官仲間のスリスが——何度も酒杯《しゅはい》をともにしたスリスが——深く考えもせず、おれたちの処刑を黙認するとでも？」

「するでしょう——黙認どころか、率先して手ずから処刑しようとするんじゃないかな」

「とほほほ、レティーフ、どうしたらいい？　いちばん近い現地人の村までどのくらいだと思う？」

「空から見たときは、文明の形跡は見あたりませんでした。町も道路も、畑らしいものも、なにひとつ。とりあえず、長波でも拾ってみましょうか」

レティーフは大破《たいは》した小型艇に乗りこむと、緩衝《かんしょう》装置付きの通信機を調べ、断線していたコードを何本かつなぎなおし、ノブをひねった。ごくごく小さなノイズしか出てこなかった。

つぎに、船舶同士の周波数に切り換えた。

「――そこなうとは、なんと無能な二つ目どもだ！」スリスの怒声《どせい》が大きく響きわたった。「いくらきさまらの旗艦《きかん》がポンコツでも、我輩の最新鋭旗艦よりは艇に近かったのだぞ！あれを破壊するのはきさまらの役目ではないか！――」

「ばかこくでねえ！　燃起怒火《ねんきどか》！　この多目怪《たもくかい》！　目腐《めぐさ》れ虫！　五つ目玉の貧弱指に文句をつけられる筋合いはねえだ！　もうがまんなんねえ！　侮辱はゆるさねえだぞ！」

「もういい！」スリスの激昂した声が叫んだ。「いつまで罵倒しあっていても埒《らち》があかん！あの弱肌どもが生き延びていたらなんとする！　われわれがテラの船を――もちろん、正当防衛で――攻撃したことを報告されてみろ、呪わしいテラ平和執行軍が、幼虫育成期にある娼婦《しょうふ》カブトムシの群れよろしく、大挙《たいきょ》して襲いかかってくるぞ！」

「なに寝言こいてっだ！　笑ってまうだよ！　頭沸《わ》いてんのけ！　生きてるはずねえべな！あの調子で墜落してぶじですむわけねえ！　まんず生きてっこねえだ！　その反対だべさ！そったらことより論戦再開すてけろ。どこまでだったべか？　おお、そうだじゃ――おめの先祖の――」

「ええい、聞かんかっ、このボンクラが！　ほかの軟弱な生物どもと同様、あの弱肌どももあれでなかなかしぶといのだ。ほんとうに死んだかどうかを確認せねばならん！　これより我輩みずから手勢《てぜい》を率いて惑星に降下し、もしも生存者がいたらばとどめを刺してくれる。そちらはけっして惑星に近づくな。むしろ中立宙域まで――」

「抜け駆けして惑星さ占領するつもりけ？　いい度胸だなや、そうは問屋がおろさねえだ！　思惑《おもわく》どおりにゃさせねえだぞ！　断固《だんこ》、乃公《だいこう》も同行するだよ！」

「よかろう——いっしょにきたいというなら、くるがいい。我輩の個人用小型砲艇に乗せていってやる。地表までは適当な駆逐《くちく》艦に護衛させよう」

「冗談こくでねえ。お心づかい、ありがとさんだども、いくんならおめえ、自分の降下艇でいくに決まっとるべな。一隻じゃナメたまねされはんで、巡航艦も何隻か連れてくだぞ」

「巡航艦だと？」スリスは剣呑《けんのん》な声を出した。「それならば、わがほうとしてもグロークの戦艦を二隻連れていかざるをえんな——戦力バランスをたもつために」

「そっちがその気なら、乃公もスロックスの戦艦さ連れてくだ！」

「いいだろう——ならば当方は全艦隊を引き連れていくまで！——我輩が地表に降りているあいだに、奇襲でもされてはかなわんからな！」

「それっきゃこっちのせりふだぴょん！　乃公もそうするだ！　多けりゃ多いほどええ！　太っ腹だでな！　ものども！　全速的に前進！　ビリけつ懲罰《ちょうばつ》だべ！」

「望むところだ！　通信おわりっ！」

「……なんてこった、レティーフ」マニャンはつぶやいた。「ふたりとも、いかれてやがる。やつらときたら、相手の行動に目を光らせるってだけの理由で、全面的侵略をおっぱじめるつもりだぞ」

「こうなると、スロックス＝グロークの敵対関係をうまく利用できなかったからといって、だれもわれわれを責められないでしょうね」レティーフは冷静に答えた。「それでは、出発するとしましょうか。一時間もすれば、連中にここを見つけられてしまうでしょうから」

レティーフはコントロールパネルからすばやく小型通信機を取りはずし、小型艇の残骸をあさって非常用糧食《りょうしょく》パックを回収した。

「で、どっちにいくんだ?」

マニャンが途方にくれた顔でたずね、草地を包みこむ濃いオレンジ色の森を見まわした。

「適当に選んでください、ミスター・マニャン」レティーフはコンパス上の、四つの方位を指さしながら、「〝ど・ち・ら・に〟。さあ、どっちへいきます?」

「うーん。〝ち〟の方角かな。あっちのほうが、なんとなくましのような気が……。待てよ、〝ち〟のやや〝ら〟よりのほうが……」

「つまり〝ち・微《び》・ら〟の方角ですね」

レティーフはそういうと、高い樹々めざして歩きはじめた。

4

「レ、レティーフゥ——もうヘトヘトだぁ!」

歩きはじめて四十五分、難破した小型艇からまだ五キロほどしか離れていないというのに、マニャンは早くも肩で息をしていた。

「まだまだ安全圏とはいえません」とレティーフはいった。「休むのはあとにして、もっと進んだほうがいい」

「心不全と熱疲憊《ばて》でくたばるくらいなら、グロークの銃殺隊に射殺されたほうがましだぁ」

マニャンはぜいぜいと荒い息をしながら、ピンクの芝生に似たしなやかな草の上にへたりこみ、あおむけに寝ころがった。

「追手がスロックスの皮剝《は》ぎ部隊だったらどうします？　あの連中、頭の皮からはじめて、だんだん下へ剝いでいくそうですよ――バナナの皮をむくみたいに」

「好きなだけ脅《おど》してくれ。なにをいわれても、もう起きあがる気力はない」

マニャンは弱々しい声でそういったが、そのとたん、急にがばとはね起き、眼前の小さな釣鐘《つりがね》形の花を見つめた。花びらは繊細《せんさい》な珊瑚《さんご》色をしている。

「ハチだ！」顔をしかめて、マニャンはいった。「地球の昆虫にもアレルギーがあるのに、異星の虫に刺された日にゃ、即死してしまうかもしれん」

「異星の虫なら、むしろ刺されても平気じゃないでしょうか」レティーフは上司をなだめた。

「ところで、いま見たのがハチだとすると、われわれに存在を見せた最初の原住動物ということになりますね」

「いや、見たんじゃない――羽音《はおと》が聞こえたんだ、はっきりと」マニャンはぞっとした顔で答えた。「まるで耳の中を飛びまわってるみたいだった」

「ふうん……しかしこの森、とても不思議なところですよ」レティーフは周囲を見まわした。

「樹が一種類、草も一種類、花も一種類だけ。ただし花については、サイズと色が何通りも。雑草はなし。寄生する蔦《ツタ》のたぐいもない。低い樹々が高く伸びた樹々の陰になることもない。発育不良の樹や草もない。枯れ枝や枯れ草さえない」

「そうかい」マニャンはうめくような声でいった。「なあレティーフ、当面、つかまらずにすむと仮定しよう。その場合、どうする？　おれたちがここにいることはだれも知らない。救援がくる可能性はあると思うか？」

「興味深い質問ですね、ミスター・マニャン」

「ま、助けがきたって、大差はないけどな」マニャンはふさぎこんだ顔でいった。「任務に失敗した以上——失敗なんてなまやさしいもんじゃない——おれのキャリアはおしまいだ！　おれたちのおせっかいがなかったら、ここが侵略されることもなかった。そうだろ？」

「そう思わないでもありません」

「小型艇をおしゃかにした件はいうにおよばずだ。次官がおれの責任を追及しようものなら——いや、ここはおれたちの共同責任を、というべきだろうな、レティーフ、もしも次官がパイロットのおまえだけに不時着の責任をとらせたなら——おまえ、この先何年も、弁済で首がまわらなくなるぞ」そこで、すこし明るい声になって、「ま、だいじょうぶ、おまえのことはおれがちゃあんと口添えしてやるから。なんてったって、スリスのほうから一方的に射ってきたわけだしさ」

「それはまあ、そうですが」

「だいいち、おれが友好的な配慮から妥協策を働きかけたところ、侵略を誘発したなんて、だれも思やしないだろ？　そうとも。どっちにしろ、あれだけ血の気《け》が多い連中のことだ、結局は侵略行動に出ていたにちがいない」

「かもしれませんね」

「じっさい、連中と交信することで侵略を遅らせられたわけだよな？……それも、かなりの時間」

「すくなくとも、数十秒程度は」

「しかもだぞ、レティーフ、みずからを犠牲《いけにえ》として友好関係樹立という祭壇に捧げることで、おれはたくさんの艦隊将兵を死なさずにすんだんじゃないか！」

「当地ではたくさんのバクテリアを死なせましたがね、不時着で」

「まぜっかえすな。ともかく、歴史はおれの主張を擁護してくれるにちがいない！　特別に追叙《ついじょ》されたとしても、ちっとも不思議じゃ——」マニャンはぎょっとした顔でことばを切り、あわてて立ちあがった。「まただ！　また怒ったスズメバチみたいな羽音が！　どこだ？」

レティーフは小首をかしげ、しばらく聞き耳を立ててから、マニャンがすわりこんでいた場所に歩みより、長い茎《くき》の先に連なるアプリコット色の花を調べ、意味ありげにうなずいた。

「のんびり花を愛《め》でてる場合か！」マニャンが叫んだ。「おれはハチに襲われたんだぞ！」

レティーフはかぶりをふった。

「ミスター・マニャン、あたりには虫一匹いないと思いますよ」

「はあ？　なにいってんだ、だってほら、はっきり羽音がしてるじゃないか！」マニャンは眉をひそめた。「待てよ……辺境惑星《かたいなか》の〈顎骨《ジョーボーン》〉でまだ使われてる大むかしの手まわし式電話、あれの音みたいでもあるな。ほら、受話器をはずしっぱなしにしたときの音……」

「それに近いですね、ミスター・マニャン」

レティーフはかがみこみ、トランペット形をした花のひとつに耳を近づけた。

ひどく小さな声が、はっきりと耳の中に響いた。

「やれやれ、耳がないのかと思ったぞ、きみたち！」

5

「ブンブンうなる花ってだけでも十二分に妙ちきりんなのに……」マニャンは目を丸くしていった。「しゃべるチューリップかよ！　だれが信じるんだ、こんな話！」

「……いやあ、話し相手がほしかったんだ」花は蚊《か》の鳴くような小さな声でしゃべっていた。「新しいニュースを聞きたくて聞きたくて、死にそうだったよ。なに、当面は、きみたちのことを話してくれるだけでいい。きみたちの希望、夢、どうしてここにいるのか――そんなことを、いっさいがっさいね！」

レティーフは花のひとつに口を近づけて、まさしく手まわし式電話の送話器を使うように話しかけた。

「わたしはレティーフ。そこにいるのは連れのミスター・マニャン。お話しさせていただく栄誉を賜《たまわ》れるのはどなたさまでしょう？」

「やあやあ、お近づきになれて光栄だ、レティーフ。ミスター・マニャンもね。ミスター・マニャンは縮めて〝ミスター〟と呼んでもいいかな？　ファーストネームで呼びあうほうが、ずっとうちとけた感じになるじゃないか。わたしは〝草本《ハービー》〟。もちろん、ニックネームだ。じっさいには、名前はない。そのときまで、わたしがいかに他者と無縁の暮らしを送っていたかは、やってくるまではね。すくなくとも、以前は持っていなかった。愛《いと》しいレンフルーがとても想像がつかないだろうな。なにしろ、自分が銀河系で唯一の知性生物だと思いこんでいたんだからね」

「あ……あんた、何者だ？」マニャンが及び腰でいった。「どこにいるんだ？　なんだってマイクを花みたいにカムフラージュしてる？」

「カムフラージュ？　いいや、カムフラージュなんかじゃないさ、ミスター。わたしの姿は見てのとおり、そのままだ」

「だけど——姿なんてどこにも見えないじゃないか！」マニャンは不安の面持《おもも》ちであたりをきょろきょろと見まわした。「どこに隠れてるんだ？」

「そういうそばから、きみはわたしを強く締めつけているぞ」ハービーが答えた。

「ま、まさか——」マニャンは手にしたかすかな芳香《ほうこう》ただよう花に視線を落とし、食いいるように見つめた。「まさか——これが……あんたは……あんたたちは……」

「そうそう、そのとおり、やっとわかってくれたようだね」声は力づけるようにいった。

「しゃべる花——草の中からにょっきり生えて——しかも地球語《テラ》をしゃべる花？　こいつは幻覚だ！　逆境のあまり、おれは気が変になっちまったんだ！」

「そんなことはありませんよ、ミスター・マニャン」レティーフがなだめるようにいった。「わたしにもその声が聞こえますから」

マニャンは辛辣に答えた。

「どこからともなく聞こえる声が幻聴なら、おまえにも聞こえるといういまのせりふだって幻聴かもしれないじゃないか！」

「いやいや、わたしは現実の存在だよ」声はいった。「どうしてわたしの存在を信じようとしないんだ？」

「だれからテラ語を教わったんです？」レティーフがたずねた。

「レンフルーからさ。彼にはずいぶんいろいろと教わった。興味深いね——彼がくるまでは、自分が孤独などとは思ったこともなかったんだから——」

「そのレンフルーとは？」

「友人だよ。きわめて親しい友人だ」

マニャンはレティーフにそっと耳打ちした。

「レティーフ、こいつは不幸中の幸いかもしれないぞ！　同胞がきてるらしい！」それから、これはしゃべる花に向かって、「ここには……きみみたいなのがおおぜいいるのか？」

「いや――わたししかいない。なにしろ、見てのとおり、せまい場所なものでね――」

「とんでもない僥倖《ぎょうこう》もあったもんだ！」マニャンがいった。「惑星じゅうでたった一体しかいないしゃべる植物に、たったの一時間で遭遇するなんて！　どうやらおれたち、まだ運に見放されちゃいないようだぞ！」

植物がたずねた。

「さて。きみたちはどこからきたのかな？　よかったら教えてくれないか」

「われわれはテラ人なんだ、ハービー」マニャンはいった。「きっとうまくやっていける」

「はて――テラというのは、レンフルーの母星だったと理解しているが……？」

「そのとおり、われわれ人類の故郷だよ。すばらしい惑星だ。見たらいっぺんで気にいるぞ。いまではジャングルというジャングルが伐《き》り開かれて、駐車場に……」そこで、はっと気がついた顔になり、マニャンはあわてて取りつくろった。「あー、いや、いまのはもちろん、悪気《わるぎ》があっていったわけじゃなくてだね。テラと友好関係の深い種属には植物生命もいるし……」

「なるほど――きみたち三人とも、おなじ惑星の出身なんだね？　脱出してきたのもむりはない！　三人もいたなら、そうとう窮屈《きゅうくつ》だっただろう」

「あー、うん、うん……ところで、ミスター・ハービー――いちばん近い現地の村を教えてもらえないかな……？」

「建物のことかい？　道路、宇宙港、そういったもの？」

「そうそう！　退屈な田舎町《いなかまち》じゃなければなおけっこう。現代的なメトロポリスであれば、申し分——」

「すまない、町はないんだ——レンフルーからいろいろと町のことは聞いているんだが」

マニャンはがっくりと肩を落とした。

「町がない？　それじゃあ……」

「あるのはジャングルだけだよ」

「だけど、そのレンフルーという男が宇宙船を持っているのなら、便乗《びんじょう》させてもらえるかもしれないな——その男に会わせてもらえるかい……？」

「そうだね——会わせてはあげられるよ、ミスター。たまたまごく近いところにいるからね——」

「まだここにいるんだな？」

「ああ、もちろん」

「助かった」マニャンは安堵の吐息《といき》をついた。「そこに案内してもらえるか、ハービー？」

「喜んで。このまま〝ち〟の方角に進んで、小川に行きあたったら、〝ら〟の方角にすこしいく。すると湖にぶつかるから、そこで真《ま》〝に〟を向く。そうすれば、すぐにわかるよ」

マニャンは驚き顔になり、

「どうして方角の仮称を知ってるんだ？」といって眉をひそめ、レティーフにけげんな顔を向けた。「ここでの方角に呼び名をつけたのは……」

「そう、それそれ」ハービーがいった。「そのときの呼び名を使わせてもらったんだ」

「よほど耳がいいらしいや」マニャンは感に堪《た》えないという顔になって、「呼び名を決めた場所はここから何キロも離れてるのに」

ハービーが悦《えつ》に入った声で答えた。

「わたしがなにかを聞き漏らすことはめったにないのさ」

「こんなに小さな花なのに、優秀なんだな、ハービーは」

マニャンはそういって、教えられた方向へ歩きだした。

「ハービーの本体は土の下にあるのかもしれませんよ、ミスター・マニャン」レティーフがいった。「地上に見える部分には言語中枢《ちゆうすう》の収まる余地がなさそうだから」

「やあれやれ、地中の脳髄《のうずい》かよ――ばかでっかいジャガイモみたいなもんか?」マニャンは不安の面持ちになり、そうっと地面に脚を踏みおろした。「考えただけでもぞっとするぜ、レティーフ」

二十分ほど歩いたところで、ふたりのテラ人は小川のほとりにたどりついた。小川の上に覆いかぶさるのは両岸からせりだした枝葉が形作る植物のアーチだ。そこから川沿いに右へ五百メートルほど歩いていくと、小川は琥珀色の滝となり、直径が一キロほどの凪《な》いだ湖に流れこんでいた。

「ここまではよし、と」マニャンが不安そうにいった。「だけど、人が住んでそうな気配は見あたらないな。小屋らしいものもないし、ましてや宇宙船なんて……」

湖岸《こがん》を縁《ふち》どる樹々は高さがほぼ一定にそろっているが、そのラインに一カ所だけ、すこし突出《とっしゅつ》して高く、枝葉も密生している部分があった。レティーフはマニャンの横を通りすぎ、その一画《いっかく》に向かった。幅が広い銅色の葉をかきわけてみると……その下から現われたのは、赤錆《あかさ》びて孔《あな》だらけになった金属の表面だった。薄闇の奥へ向かって、金属はカーブを描いている。

レティーフはぼろぼろの船体に記された、かすれた文字を読みあげた。

「〈けちなアンII世〉――どうやらこれがレンフルーの船のようですね」さらに、低い枝を押しのけて奥を覗きこみ、語をついで、「それに、レンフルーらしき人物も見つけました」

「でかした！」

マニャンは急いで駆けよった。が、茂みの奥を覗きこんだとたん、恐怖の表情を浮かべて凍りついた。地面に山をなしていたのは、朽《く》ちはてた白骨死体だったからである。その山の上ではいまも、頭蓋骨がヨットレースの船長帽を小粋《こいき》にかぶり、髑髏《されこうべ》特有のにやにや笑いを浮かべていた。

「これが……レンフルーか？」マニャンは震え声でつぶやいた。

「もちろんだとも」頭上のどこかから、深く響く声がいった。「それに、ほんとうなんだ、ミスター――彼がそこにすわりこんでしまってから、わたしはもうずいぶんと長いあいだ、孤独な時間を過ごしてきたんだよ」

6

「二百年といったところでしょうね、誤差十年から二十年として」レティーフはそういって、難破船の歪んだハッチを出て下に降りてくると、手についたほこりと赤錆《あかさび》の粉をはたいた。「コンコルディア船籍の宇宙船でした。レースヨットを長距離航行用に改造したものです。居住区の成れのはてを調べてみたところ、ひとり乗りの仕様だったことがわかりました」

「そのとおりだ」深く響くバリトンが肯定した。テラ人たちの感覚では、その声は頭の上、六、七メートルの枝に咲くラン風の大きな花から降ってくるようだった。「ここにいたのはレンフルーひとり。ずいぶん小さな世界に閉じこもっていたものだが、本人は満足していたらしい。もちろん、彼がよそよそしかったわけではないよ。可能なかぎり親しくつきあってくれたとも——ある深刻な事態に気づくそのときまでは」

「その深刻な事態っていうのは？」マニャンがたずねた。

「船で二度と飛びたてないことさ。そうとわかって、ひどく動揺していたな。わたしもね、できるだけなぐさめようとはしたんだよ。いろいろな物語や詩を語って聞かせたし、愉快な歌も歌ってやったし——」

「どこでそんなものを憶えたんだ？」マニャンは鋭く口をはさんだ。「レンフルーはここを訪れた最初のテラ人じゃなかったのか？」

「だから、当のレンフルーから教わったんだよ、もちろん」

「レンフルーという男、きっとつらかったろうな、レティーフ」マニャンは口元をおおい、ささやきかけた。「自分の知ってる話や歌を何度も聞かされる身になってみろ」

「あなただって、どこかの大使に手あかのついたジョークをいったことがあるでしょう?」

「こいつは一本とられた」マニャンは認めた。「だけど、ふつうはオチを変えるとかして、多少は変化をつけるもんだぜ」

レティーフは植物にたずねた。

「レンフルーはどんなふうに不時着したんです?」

「いや、不時着したんじゃない。ごく優雅に舞いおりてきた」

「じゃあ、どうして飛びたてなくなったんだ?」これはマニャンだ。

「外的要因によるワープ場《ば》歪曲機構の機能不全、といっていたように思う」声はあいまいな答えかたをした。「しかし、過去の話はよそうじゃないか。ずっとエキサイティングなのは、いま現在だ! じつに楽しい! こんなにもにぎやかになったのは前氷河期以来だ!」

「レティーフ――この状況には、すこしばかり怪しいものがあるぞ」マニャンはささやいた。「口がよくまわるあのクチナシを信用していいものか……。ハービーのやつ、この惑星には自分しかいないといっていたのに――ここにもう一体、おしゃべりな花がいる」

「ああ、あれはほんとうだよ」頭上の声がすぐさま応じた。「どうしてわたしがきみたちにうそをつく必要があるんだい?」

「すまんが、盗み聞きは遠慮してもらえないかな」マニャンは冷たい声でいった。「これは私的な会話なんだ」

「わたしをジャガイモ頭呼ばわりしたときほど私的ではないだろう？」

ランの口調もわずかに冷たくなっている。

マニャンは努めて威厳ある態度をとろうとした。

「ジャガイモ頭って……きみねえ、無責任なうわさを鵜呑《うの》みにするのはやめてくれないか。わたしがそんな侮蔑《ぶべつ》的言辞《げんじ》をふるう人間に見えるのか？」そこでマニャンは、レティーフの耳元に口を持っていき、「ここの情報網、おっそろしく伝わりが速いみたいだぞ。外交官のレセプションでだって、こうも速くは伝わらない」

「ところで、ちょっといいかい？」高みのランが思いをめぐらしているような声を出した。「さっき駐車場というもののことを口にしたろう。それについて、ぜひ話を聞きたいんだが――」

「それもハービーから聞いたのか！」マニャンは声を荒らげた。「おしゃべりなやつだな、あいつは！　そうとわかっていたら、うっかり秘密をしゃべるんじゃなかった！　いこう、レティーフ――盗み聞きされずに話のできる場所へ」

「それなんですがね、ミスター・マニャン――」レティーフがいいかけた。

「ここじゃだめだ」マニャンはさえぎり、湖岸にそって三十メートルほど離れると、大きく広がった枝の下で立ちどまり、なるべく唇《くちびる》を動かさないようにしてぼそぼそとしゃべった。

「あのハーピーってやつを信用したのは軽率だった。あいつときたら、最低のうわさ魔だ。おまけに、どうしようもない虚言癖《きょげんへき》があるらしい。なーにが〝わたししかいない〟だい！　目につくかぎりどの茂みにも、ペラペラとよくまわる舌が生えてるんじゃないか？」

「その可能性は高いですね、とても」レティーフはうなずいた。

「それはどうしようもない。その点は明らかだ。だが、せめて実直そうな花を見つけてだな、もういちど最初から交渉して、われわれの誠意と友好的な意図を納得させなきゃならないぞ。じっくり時間をかけてその花の信頼を勝ちとったら、そこではじめて、どうすればそいつをうまく利用できるか見きわめる。どうだ？」

「外交の常套《じょうとう》手段ですね」

「失礼……」マニャンの真上でかぼそい声がいった。マニャンは肝《きも》をつぶし、三十センチも飛びあがった。「……いまの文脈では、〝誠意〟はどういう意味にとるべきだろう？」

「意味というほどのことは、とくに」上を見あげて、レティーフが答えた。

頭上から話しかけてきた相手は、密生する小さな斑入《ふい》りの葉にまぎれてほとんど見えない、朽葉《くちば》色のこまかい蕾《つぼみ》の集まりだった。

マニャンは声を張りあげた。

「こ……この得体《えたい》の知れない原生林には、プライバシーをたもてる場所がないのか？」

「ないんだな、残念ながら」かぼそい声は答えた。「しばらく前にいったように、わたしがなにかを聞き漏らすことはめったにないんだよ」

「しばらく前に――?」マニャンはけげんな声を出した。「だって……きみとはいま会ったばかりなのに!」

「妙なことをいうね、ミスター。わたしはハービーだよ。知っているはずじゃないか!」

「ば、ばかな! ハービーというのは一キロ半離れた樹の下の小さな花だぞ!」

「もちろんだとも! わたしがいたるところに花を咲かせるのは当然さ。なんといっても、ここはわたしの島なんだから。ああ、いや、だからといって、少数の友人とこの島を分かちあうのがいやだといっているわけじゃないよ」

「いいかげんにしろ!」マニャンはわめいた。「ジャガイモに論理的な思考ができないことくらい、おれにわからないと思うのか!」

「ハービーのいうことはほんとうですよ」レティーフが口をはさんだ。「この島に生育しているのは、すべてひとつの植物体です。樹々も草も――なにもかも。ベンガル菩提樹《バニャンじゅ》の枝と気根《きこん》が複雑に分岐すると、あたかも木立《こだ》ちのように見えるでしょう。あれをうんと大規模にしたものと思えばいい。ほら、たとえば、この花。ここには鼓膜のような膜がある。これがマイクとスピーカーの役割をするんじゃないかな。母なる自然の造化はじつにすばらしい」

「じゃあ――彼らは――いや、それは――」

「彼、です」

「その彼は、おれたちのやりとりをひとこと漏らさずに聞いてたっていうのか。不時着してから、ずっと……」マニャンは花に向きなおり、語りかけた。「聞いてくれ、ハービー――

われわれが難破した外交官であることはもうわかっていると思う。われわれは不幸な事故によってここに漂着したのであって——」

「事故というより、スリスともうひとり——オッキョックか——あの者たちのせいで漂着を余儀《よぎ》なくされたわけだろう？」ハービーは訂正した。「それにしても、おそろしく口喧嘩の好きな連中だね。もうすこし声を落としてほしいものだが」

「まったくだ。で、もうわかっていると思うが、やつらの敵対的行動によって、ミスター・レティーフとわたしは——」

「うわ、これはまた……」ハービーがさえぎった。「すっかり逆上《ぎやくじよう》しきっている。すごいことばづかいだね、どうも」

「まったくだ。で、いまいおうとしていたのは……」マニャンはそこではっと気づいた顔になり、ことばを切った。「待てよ……どういう意味なんだ、その〝すごいことばづかいだね、どうも〟というのは？」

「つまり、スリス準提督のきわめて写実的な罵倒の数々のことだよ」ハービーは説明した。

「もちろん、オッキョック将軍の罵倒の豊富さも負けず劣らずだがね。いやはや、わたしの語彙《ごい》は急激に増えつつあるといわざるをえないな！」

「まるで……連中の声が聞こえてるような口ぶりじゃないか」マニャンが当惑顔でいった。

「うん、聞こえているよ、船舶・地上間用の周波数でね」

「だけど無線機はないはずだろう——それとも、あるのか？」

「なにがだい？」

「音波をとらえる器官があるなら」レティーフがいった。「短波をとらえる器官があってもおかしくはないですね」

「受信器官？　そんなばかな！」マニャンは叫んだ。「しかし――短波だと？　もしかして、受信だけじゃなくて、送信もできたりするのか……？」

「ああ、送信もできると思うよ、振動節《せつ》を通じてね。それが送信してもいい内容であれば」

「レティーフ――助かったぞ！」マニャンは満面に喜色《きしょく》を浮かべて、「ハービー――つぎのメッセージをただちに送信してくれ。えーと……特別優先度Z、救難信号、CDT星域本部、オルド・サリーズ宛。CDT87903より、われ正当な理由なき攻撃を――いや、訂正だ――不当なる攻撃を受け、近隣の惑星に不時着を余儀なくされり、至急救援を――」

「ああ、申しわけない、ミスター」ハービーはさえぎった。「それは送信できない」

「できない？　なぜ？」

「だって、送信したらおせっかいがやってきて、きみたちを連れ帰ってしまうだろう？」

「連れて帰ってほしいんだよ、おれは！」

「わたしは二百年間も話し相手を待っていたんだ」ハービーは傷ついた口調になっていた。「それなのに、もう帰る話をするだなんて、あんまりじゃないか。それは送信できないな」

「SOSがおれたちの唯一の希望なんだぞ！」マニャンは叫んだ。「救助させない気か？」

「たのむから――すこし落ちついてくれ、ミスター。レティーフを見てごらん。騒いでなどいないだろう? いいかげんあきらめて、この先、ここで生涯《しょうがい》を送るしかないという事実を見つめたらどうだい。そうしたら、きっとうまくやっていけるとも。レンフルーともうまくやっていたんだ——亡くなる数日前までは」

「生涯を……ここで……?」マニャンは唖然《あぜん》となった。「だけど——だけど、そんなこと、考えられるもんか! あと五十年もこんなところにいろってのか!」

「スリスがくるとなると、話はべつですよ」レティーフがいった。「連中、いまはどこだい、ハービー?」

「それをいおうとしていたんだ。もういまにも、到着……」

そこまで説明しかけたとき、ハービーのことばが突然の遠い雷鳴《らいめい》に呑みこまれた。雷鳴はぐんぐん大きくなっていき、ついには耳をつんざかんばかりの轟音と化した。つぎの瞬間、サメの鼻づらに似た先端を持つ細長いものが猛烈な勢いで上空をよぎっていった。ついで、もうひとつ——さらにもうふたつ——そしてついには、小艦隊の全艦が。ソニックブームがジャングルをゆるがし、凪いだ湖面を荒々しい波紋《はもん》でかき乱す。航跡の乱流は樹々をムチのように荒々しく吹きなびかせている。そこへさらに、もう一個の小艦隊が出現した。二個の小艦隊は低高度で侵入をつづけ、みるみる小さくなり、たちまち見えなくなった。

「見たかい?」訪れた静寂のなか、ハービーがいった。すこし息を切らしている感がある。「ふたりなら連れとしては申し分ないが、あんなにおおぜいではわずらわしいだけだ!」

レティーフはベルトにかけた無線機のノブをひねった。

「……獲物の位置を絞りこんだぞ！」歯擦音だらけの鋭い声が響きわたった。スリスの声だ。「そっちの艦隊は島の南岸に展開してくれ、将軍、わがほうは北岸に展開する。しかるのち、包囲の輪をせばめよう！」

「どうやら、われわれの所在をつきとめたらしい」レティーフがいった。「スリスのやつ、思ったよりも優秀な光学機器と赤外線探知機器を持っていたようだ」

旋回してきた小艦隊の一隻が、陽光をきらめかせながら島の一端《いったん》で降下し、生《お》い茂る森の向こうに隠れて見えなくなった。左にも右にも、そして後方にも、つぎつぎに艦艇が降下し、森の陰に消えていく。

「クロスカントリーで逃げまわってもしかたがない」レティーフが考えこんだ口調でいった。

「こうして包囲されてしまった以上はね」

「じゃあ、どうすんだよ！」マニャンが金切り声をあげた。「ここにぼーっと突っ立ってるわけにはいかんだろ！」

「痛いっ！」いきなり、ハービーが悲鳴をあげた。「うわっ！　いたたたっ！」

「どうした？」マニャンが飛びあがり、周囲を見まわした。

「痛い痛いっ、ものすごく痛いっ！」ハービーがまた叫んだ。

「着陸時の噴射だな」レティーフが島の全周から立ち昇る煙を指さした。「グロークはまだ、大気圏内の飛行に旧式の反応機関を使ってるんです。ハービーもあちこちを焼き焦がされて、そうとうにつらいでしょう」

マニャンは顔をしかめ、腹だたしげな口調でハービーにいった。

「な？　やつらがいかに粗暴《そぼう》なごろつきどもか、これでわかったろう？　さすがにもう気が変わったはずだ、ハービー、救難信号を――」

「そうしたら、きみの友人たちがやってきて、第三度火傷《やけど》の領域をもっと増やすんだろう？　ごめんだね！　そんなのは論外だ！」

唐突に、低いくすくす笑いのような音が聞こえた。その音がしだいに大きくなってくる。

「捜索ヘリだ」レティーフはいった。「さすがに行動が迅《はや》い」

ふたりのテラ人は木陰に身を隠し、近づいてくる捜索ヘリを見まもった。ヘリは湖の上に出ると、湖面に波を立てながら、高度七十メートルのあたりで空中停止した。

「**よっく聞けっ、テラ公のスパイども！**」拡声器を通して歯擦音の多い声が空中に轟いた。「**ただちに降伏せよ。さもなくば、形容に絶する運命をたどることになるぞ！**」

マニャンは必死の声でハービーに訴えた。

「ハービー――あの野蛮人どもにつかまったら、われわれはもう話し相手になってやれない。いいのか？」

「**警告はした！**」拡声器が吠えた。「**さあ、ただちに武器を捨てて出てこい！**」

「ここの密生した茂みにならら隠れられるかもしれない……」マニャンはレティーフにいった。

「ハービーがやつらの位置を常時教えてくれれば、助けがくるまで、つかまらずにすむかも……」

捜索ヘリが近づいてきた。

「**三十秒の猶予を与える**」拡声器が吠《ほ》えた。「**三十秒たってもグロークの正義に投降せぬとあらば、全島が炎に包まれると思え！**」

「なんだって？　生きたまま蒸《む》し焼きにするつもりか？」マニャンが情けない声を出した。

「そんなむちゃな！」

「レティーフ……ミスター……」ハービーが不安そうな声を出した。「あれは本気か？」

「残念ながら、本気だろうね、ハービー」レティーフは答えた。「しかし、心配はいらない。われわれがそんなまねはさせないから。さあ、出ていきましょう、ミスター・マニャン」

マニャンはごくりとつばを呑み、絞め殺されるような声を出した。

「生きたまま蒸し焼きにされるくらいなら、文明世界の死刑執行室であっさり絞首刑になるほうがまだましだよな、きっと……」

そして、レティーフとともに木陰をあとにし、湖岸にさんさんと射す明るいオレンジ色の陽光のもとへ歩み出た。

7

「賢明な判断だったな、弱肌どもよ」スリスがのどを鳴らさんばかりの声でいった。ここはグローク小艦隊旗艦のブリッジ内だ。「協力的な態度に免《めん》じ、おまえたちの遺体はきちんと梱包《こんぽう》を施したうえで、遺族のもとへ送りとどけてやろう。おまえたちがグロークの対スパイ機構にかかり、殺されてもやむをえんところ、わが特段の配慮で助けてやろうとしたものの、間にあわなくて射殺されてしまった、との説明をつけてな」

「さすがに準提督ともなられると、思慮が深い」マニャンはひきつりぎみの笑みを浮かべた。「しかし――ほんのちょっぴり、方針を変えてはもらえないかな。特段の配慮というやつを、もうちょっとだけ早めてだね、処刑される前に送還してくれるとか――いっそう親善関係を深める意味で――」

「テラ公の性質を調べているわが研究者たちによれば――」スリスはマニャンをさえぎった。五つの眼柄をそそりたたせたしぐさの意味は見まがいようがない。「弱肌というやからは、徹底して敵対的政策を貫く勢力に対し、もっとも甘い対応を示すそうな。今回、グロークの断固たる決意を見せつけることにより、〈グロークをグレイに運動〉にテラが払う助成金は大幅に増額されるものと見てよい。当然ながら、それで集まった資金は、焦眉《しょうび》の急である、わが宇宙海軍の近代化計画にまわされることになる」

「しかし、なぜだ？」マニャンはしょげた顔で鎖《くさり》をガチャつかせた。「なぜ友好的な関係を築こうとしない？」

「これはしたり！　われわれグロークから見れば、きさまら弱肌など、九感すべてにとって反発の対象以外の何物でもなく、交流がぎこちなくなるのも当然だという事実――さらに、わがグロークの明白な運命《マニフェスト・デスティニー》に基づく領土拡張政策にとり、銀河系に覇《は》を唱えんとするテラの野望が相入《あいい》れぬものであるという事実――加うるに、この我輩自身、ホーンチ第四《IV》惑星での商業活動にさいし、きさまから悪意に満ちた妨害活動を受けたことに対して、個人的に含むところがあるという事実――以上では足りないかのように、今回のこの横車《よこぐるま》だ。となれば、この機会に口封じをするのは当然の処置というものだろうが」

「く、口封じ？　よしてくれ、スリス準提督――きみのいう横車が、われわれをユドールへ不時着するのやむなきにいたらしめた発言、それもごくごくささやかな誤解に基づく発言を指すのであるならば、あれはなかったことにしようじゃないか！　こっちはもうわすれた！　じっさい、あのとき不時着の憂《う》き目を見たのは、ここにいる同僚のミスター・レティーフが艇を操縦しそこねたからで――」

「準提督が口を封じるといっているのは、それとは別の理由ですよ、ミスター・マニャン」レティーフは口をはさんだ。「ほら、あの件――グロークがユドールを囮《おとり》にして、その隙にスロックス帝国本星を攻撃するというあの件。あれを隠すためにわれわれの口を封じようとしているんです」

「な、なにをいいだすっ！　どこからそんなデタラメをっ！」スリスがどなった。

それまで複雑な形状の台座に無言ですわり、会議スクリーンごしに無言でこちらを眺めていたオッキョックが、おもむろに口を開いた。

「そこのやつ、何者《なにもん》だべ？　気になることさいうでねえか。おめ！　もっと話すっぺや！」

スリスが荒々しく立ちあがり、レティーフに向かってのどぶくろを振動させ、

「愚か者めが！　根も葉もない言いがかりで死期を早めおって！」というなり、衛兵たちに合図を出した。「ただちに処刑を実行せよ！」

「あわてるでねえ、五つ目！」オッキョックがどなった。「話さ、つづけるだよ、テラ公。乃公《だいこう》、興味津々《しんしん》だべな、どうぞ！」

「よけいな口出しをするな、オッキョック！」スリスがわめいた。

そのあいだにも、衛兵たちは決然とテラ人ふたりに近づいていく。

「よっく聞くだ！」オッキョックは声を張りあげた。「わすれただべか、スリス――うちの火砲、全門でそこ狙ってるだぞ！　乃公とテラ公の話じゃまする、おめえの船、木端《こっぱ》の微塵《みじん》、これ明白！」

「あんまり刺激しないほうがいいですよ、スリス準提督」レティーフはいった。「あなたの艦隊は大半が擬装《ぎそう》した輸送船で、火砲もみんなダミーじゃありませんか。戦いになったら、まず勝ち目はありません」

スリスは激昂し、わけのわからない音をまきちらした。

「火砲、ダミー？」オッキョックは愉快そうな声を出した。「今夜の大ニュースだべな！　テラ公、もっと話すっぺ！」

「話はごく単純でしてね」レティーフはつづけた。「スリス準提督は、ユドールの領有権で騒ぎたて、あなたがたの艦隊をまんまとここへおびきだした。その隙に別動隊が、最小限の抵抗しかないスロックス本星を攻略する計画なんです。おそらく、こうしているうちにも、本星爆撃ははじまっているはずですよ」

「で、でたらめをっ！」スリスはようやくことばを取りもどした。「オッキョック――食わせ者の口車《くちぐるま》にのってはいかん！　こやつはわれわれを仲間割れさせるつもりなのだ！」

「礼さいうだぞ、テラ公！」スロックスの将軍はスリスの抗議に耳を貸そうともせず、鉄の梁《はり》がへし折れるようなきしり声でいった。「死ぬ覚悟はできてるだな、グロークの頭目《とうもく》！　なにが大戦争の布石《ふせき》だべか！　なにもかもウソっぱちだっただな？　なにが協力してテラを侵略しようだべか！　三百代言《さんびやくだいげん》！　これ以上はたばかられねえぞ！　ものども、砲撃戦用意――」

「射つなっ！」スリスが声を張りあげた。「この弱肌はうそをついてるんだ――どうしても我輩のことばが信じられんというなら、もっとも劇的な方法でわが無実を証明してやる――きさまらの醜悪《しゆうあく》きわまりないポンコツ船を構成原子に還《かえ》すことでな！」

「レ、レティーフ――なんとかいえ！」マニャンが叫んだ。「砲撃戦がはじまったら――」

「きさまらも死ぬ！」スリスも叫んだ。「やつらが勝てば――きさまらもわが旗艦とともに死ぬ！　我輩が勝てば――たっぷりと時間をかけて生皮《なまかわ》を剝がしてくれる！」

「張りぼて火砲で勝つ？　そったら秘策があんなら聞かせてほしいもんだなや」

オッキョックが用心深く探りをいれた。

「レティーフ！」スリスはわめいた。「いってやれ、さっきのはうそだと！　さもなくば、わが秘蔵の拷問《ごうもん》を駆使して、じわじわと責め殺してやるぞ！」

「さっさと発砲したほうがいいですよ――できるものならね」レティーフはいった。ついで、こんどはスクリーンに向かって、「あなたもです、将軍。先手必勝というじゃありませんか――」

「レ、レティーフ、なにをいいだすんだ！」マニャンがわめいた。「さっきから、どうしてそう煽《あお》るようなことばかり！　どっちが勝っても、おれたちは破滅だぞ！」

「困ったなや！」オッキョックがいった。「武装ない五つ目射つ、これ至上の快楽だんべ。だども、テラ公、大法螺《おおぼら》吹きんときゃ、どうすんべか……？」

「攻撃するなら、相手が逡巡《しゅんじゅん》しているうちですよ、スリス準提督」レティーフは煽った。

「砲術長！」グロークの準提督はついに苦渋《くじゅう》に満ちた決断を下した。「全砲門、開け！――全門斉射！」

即座に命令が実行された。が、インターカムを通じて聞こえてきたのは、ガチンガチンという一連のうつろな響きだけだった。ほどなく、砲術長が呆然《ぼうぜん》とした声で報告してきた。

「閣下――たいへん申しあげにくいことですが……」

「破壊工作か！」スリスはわめいた。

スクリーン上のオッキョックは、大きな暗緑色のボタンに操作指の一本をかけていたが、それを押すのは思いとどまった。

「あんりま、爆発しねえだぞ。火砲ダミー、テラ公のいうとおりだか？　しめしめだべ！」

スロックスの将軍は長い眼柄を愉快そうにぐりぐりとまわした。「いま一寸刻みに弄《もてあそ》んでやるだで！　砲術師！　五つ目の旗艦、艦橋《かんきよう》の窓っこさぶちぬくだ！　スリス準提督閣下の見晴らし、よくしてさしあげるだよ！」

スリスは悲鳴をあげてブリッジ後方の出口に駆けだし、ハッチに殺到《さっとう》していた衛兵たちと揉《も》みあいになった。マニャンは耳を押さえ、目をぎゅっと閉じている。

「なんだべ？」オッキョックのけげんな声がスクリーンから聞こえてきた。「なしただ？　こったただときに火砲の故障か？　成らぬ堪忍《かんにん》！　こんほで《カランボ》なすが！　なにやってっだ！」

「おふたりとも、すこしリラックスしたほうがいいのでは」あちこちで騒ぎが起こるなか、レティーフはやや大きめの声で呼びかけた。「どの艦も、もう一発も射てませんから」

「さては……きさまらのスパイのしわざか！　我輩の旗艦に細工させおったな！」スリスがわめいた。「その場しのぎをしてもむだだぞ、レティーフ！　ひとたび宇宙に出たならば、我輩の創造的才能を極限まで駆使して、きさまの痙攣《けいれん》する《コルポリー》からだを徹底的に拷問しつくしてやる！」

スリスはまろぶようにして絨毯《じゅうたん》の上をコンソールに駆けよるや、司令マイクをひっつかみ、叫んだ。

「機関長！　ただちに離昇《りしょう》！　緊急発進手順をとれ！」

「お気の毒ですが、またもや失望におわるだけですよ、スリス準提督」レティーフはいった。

そのことばどおり、旗艦が浮かびあがる気配はまったくなかった。レティーフは説明した。

「ハービーはロケット噴射にとくに敏感ですからね。したがって《エルゴ》、砲火もです」

「ハービー？」スリスは五つの目玉をぎょろつかせ、鋭い口調でおうむがえしにたずねた。戸口の揉《も》みあいにより、眼柄にかけていた宝石つきフェイスシールドが落ちてしまっている。

「ハービー？」

「ハービー……」オッキョックがつぶやいた。「なんの草《ハービー》っぱだ？　どの草《ハービー》っぱだべ？」

「ハービー！」マニャンが唖然とした声を出した。「しかし……しかし……」

「破滅か……？」スリスがつぶやいた。「狡猾《こうかつ》な弱肌めの罠《わな》にはめられて、我輩はこの地に閉じこめられてしまうのか？　さぞかしいい気分だろうな、わが愛しのレティーフよ。だが、いつまでもそんな気分にさせてはおかんぞ！」

グロークの準提督は、骨質《こつしつ》の腰につけた模造鰐革《わにがわ》のホルスターに手を伸ばし、ごてごてと装飾を施したエネルギー銃を引きぬくや、レティーフに突きつけた。そして引き金を……。

「三振、バッター・アウト」レティーフがいった。

銃口からは小さな珊瑚色の花が咲いていた。スリスは呆然となり、保護ゴーグルをつけた五つの目でじっとその花を見つめた。レティーフはつづけた。

「ハービーとしては、わたしとの会話のほうがはるかに大事ですからね。準提督にわたしを射殺させるわけにはいかなかったんでしょう。そうだろう、ハービー？」

「まったくもってそのとおりだよ、レティーフ」可憐《かれん》な花が蚊の鳴くような声でさえずった。

「発進だべ！　もうつきあってらんね！」スクリーンのオッキョックがどなった。「航海師、全力的に推進！」

「むだですよ、将軍」レティーフはいった。「だれも地上からは飛びたてません。あなたのフィールド発生装置はいまごろ蔦だらけになっているでしょう」

「それでレンフルーは飛びたてなかったのか！」マニャンがひざを打った。「ああ、いや、もちろん、最初からわかっていたけどな」

「どういう意味だ？」スリスが力ない声でたずねた。

「要するにあなたがたは、ここに住んでいるたった一体の知性生物に征服されたということです」レティーフは異星の準提督と将軍に語りかけた。「というわけで——準備がよければ、おふたかた、さっそく交渉の席についていただきましょうか。ハービーのほうは、そちらの降伏条件を話しあう用意ができていると思いますので」

8

「やれやれだな、レティーフ」

星務次官室の立派なマホガニー扉の横に立ち、金縁の姿見で服装をあらため、暗緑色《あんりよくしよく》の襟《えり》の折り返しを正しながら——今回、着てきたのは、午前なかば用のいちばんフォーマルなモーニング・コートだ——マニャンはつづけた。

「ハービーが降伏条件を詰めている隙に、こっそりスリスの通信機で救難信号を送信できてなかったら、あの気の滅入《めい》る島でずっと退屈をかこってたところだぜ」

「退屈していたかどうかは疑問でしょう」レティーフは指摘した。「なにしろ、千人以上の宇宙海軍将兵が〝地上勤務〟をさせられて、森の中をうろつきまわっていたんですからね。あの連中に、〝それもこれもおまえたちのせいだ〟となじられつづけてごらんなさい」

「なんにしても、奇っ怪な光景ではあったよな。茂みという茂み、枝という枝に咲いた花が、ブロークンなスロックス語や抑揚のないグローク語を操《あやつ》って、千二百の将兵と同時に会話をしてる光景ときたら！」

「そのうちハービーは、自分の花同士でたがいに会話する技術をマスターすることでしょう。調査の結果わかったように、ハービーの地下脳は長さ七キロもあるわけですが——そこから株分けしてきたほんの一部でさえ、あんなに物覚えがいいんですから」

「じっさい、記録的な速さで創造的交渉術を身につけたもんなあ」マニャンはうなずいた。「あわれなスリスとオッキョックには、ちょっぴり同情を禁じえないよ。やつらの小艦隊、地上に釘《くぎ》づけにされて朽ち果てるしかないんだからな。おまけに、〝征服者〟の気晴らしのために、この先ずっと、話し好きを集めた会話担当チームを提供しつづけなきゃならないときたもんだ」

背後のエレベーターでドアが開き、レティーフとマニャンはふりむいた。軽食用ワゴンを押して外に出てきたのは、職員のひとりだった。ワゴンの上には美しいチーク材の植木桶《おけ》が載せてあり、そこにユリを思わせる大きな植物が植えてある。茎《くき》の先端で咲いているのは、つややかなピンクと黄色の花弁《かべん》が鮮やかな、直径十五センチほどもある大輪《だいりん》の花だった。

「やあ、おふたりさん」花は魅力あふれるテノールであいさつした。「喜んで報告をさせてもらうよ、新しい環境は、わたしにとってじつに刺激的だ――すくなくとも、わたしのこの一部にとってはね！」

マニャンは小さく身ぶるいし、手を口にあててレティーフにささやいた。

「想像もつかなかったよ、前頭葉《ぜんとうよう》の一部を切りとってきたら、外交官が生えてくるなんてさ。考えただけで頭が痛くなる」

ここで、部厚い眼鏡の瘦《や》せた男が次官室から顔を出し、

「次官がお会いになります」

というと、ドアを手で押さえた。まず最初に、職員がワゴンを押して室内に入っていった。

「次官閣下」マニャンはもったいぶった態度で語りかけた。「ご紹介する栄誉をになわせていただきます。こちらにおられますのが、草本種属《ハーベイシャス》の大使閣下であられます」

「お会いできて光栄です、紳士または淑女の大使閣下」サンダーストロークはよく響く声であいさつし、花に向かって優美に一礼した。それに応えて花のほうも一礼した。「さて――くわしいお話をおうかがいできますかな。いかにして完全装備の二個艦隊を虜《とりこ》とすることができたのか、まずはそこから……」

味気《あじけ》ない勝利の話を連綿と語る大使と、それに聞きいる次官をあとに残し、レティーフとマニャンはそっと部屋をあとにした。

「前頭葉を切除されたってのに、ハービーは平気らしいや」マニャンは満足そうにいった。

「そいじゃ、レティーフ、おれはちょっくら用があるから。これからグローク大使の公館にいって、窓の外の花壇にこっそり植えてやるんだ――切りとってきたハービーの一部をな」

それだけ言い残し、マニャンはいそいそと歩み去っていった。

「やれやれ」小さな声でそうささやいたのは、レティーフの襟のボタンホールに挿《さ》してあるピンクの飾り花《ブトニエール》だった。「きみたちが次官のところに残してきたわたしの一部は大喜びだよ。ティーローズ・ベゴニアとの異種交雑《こうざつ》に関するきわどい話がよほど楽しいらしい」

レティーフはたしなめた。

「私的な会話に聞き耳を立てるのは、節度のあることじゃないな、ハービー」

「とはいえ、しかたがないじゃないか!」小さな花は抗議した。「なんといっても、次官が話しかけている相手は、このわたし自身なんだから!」

「だったら、聞いたことをいちいちくりかえさなくてもいいさ。ただし……」

省内のバーに向かいながら、レティーフはそっとつけくわえた。

「……きみの判断で、ぼくがほんとうに知りたいだろうと思う話を聞いたときは、例外でたのむ」

(酒井昭伸訳)

表面張力

ジェイムズ・ブリッシュ

ジェイムズ・ブリッシュ　James Blish（1921-1975）

ブリッシュは造語の名手で、いまでは一般名詞となった〝ガス巨星《ジャイアント》〟もそのひとつだ。もうひとつ重要な造語をあげるとすれば、〝パントロピー〟になるだろう。ギリシャ語の〝すべて《パン》〟と〝変える《トロープ》〟を組み合わせた言葉だが、その意味については本編をお読みいただきたい。

この作品は、じつはふたつの中編から成っている。まず「第一周期」に当たる部分が、〝Sunken Universe〟の題名で〈スーパー・サイエンス・ストーリーズ〉一九四二年五月に発表され（アーサー・マーリン名義）、「プロローグ」と「第二周期」に当たる部分が、「表面張力」の題名で〈ギャラクシー〉一九五二年八月号に発表された。作者は同じ主題の作品をさらに三つ書きあげ、『宇宙播《は》種《しゅ》計画』（一九五七／ハヤカワ・SF・シリーズ）としてまとめた。このとき前記二作は加筆訂正を経て、いまの形の「表面張力」となった。

ブリッシュは一九五〇年代を代表するハードSF作家。壮大な宇宙年代記《宇宙都市》四部作（一九五五〜一九六二／ハヤカワ文庫SF他）、ヒューゴー賞受賞の神学SF『悪魔の星』（一九五八／本文庫）などを著《あらわ》すほか、ウィリアム・アセリング・ジュニア名義で評論家としても活躍した。晩年は《宇宙大作戦》のノヴェライズで人気を博した。

既訳は五十年以上も前のものなので、本書のために新訳を起こした。

プロローグ

シャヴィウ博士がいつまでたっても顕微鏡から目を離さないので、手持ち無沙汰になったラ・ヴェンチュラは、ハイドロットの死んだような風景《ランドスケープ》を見ているしかなかった。いや、それをいうなら水景《ウォータースケープ》だ、と彼は思った。宇宙空間から見ると、新世界にはひとつだけ小さな三角形の大陸があって、果てしない大洋のまっただなかに浮かんでいるようだった。その大陸にしても、大部分は沼沢地《しょうたくち》だ。

難破した播《は》種船《しゅせん》は、ハイドロットにひとつしかないと思われる本物の岩の突起《とっき》に壊れた姿をさらしていた。その岩場は海抜《かいばつ》二十一フィートというすばらしい高さまでそそり立っている。この高所からだと、ラ・ヴェンチュラは地平線まで四十マイルもつづく平坦な泥の層を見渡せた。恒星タウ・ケチの赤い光が、無数の小さな湖や池や沼沢にギラギラと照りつけ、水浸しの平原を縞瑪《しまめ》瑙《のう》とルビーのモザイクのように見せている。

「ぼくが信心深い人間だったら」と操縦士がいきなりいった。「今回の一件は、どう見ても神の報復だというでしょうね」

シャヴィウは「ほう?」と生《なま》返事した。

「まるでたたき落とされたみたいでした。報《むく》いを受けたんですよ――傲慢《ヒューブリス》の、かな？　うぬぼれ、思いあがり？」

「神々に対する不遜《ハイブリス》だな」ようやくシャヴィウが顔をあげ、「さて、そうだろうか？　わたしはいま自尊心ではち切れそうになっている気はしないがね。きみは？」

「ぼくだって自分の操縦に誇りをいだいてるわけじゃありません」とラ・ヴェンチュラはいったん認め、「ですが、そういうことをいってるんじゃないんです。そもそもここへ来た理由について考えていたんです。銀河系の表面全体に人間を、あるいは、すくなくとも人間によく似たものを撒《ま》き散らせると考えるのは、相当に傲慢《ごうまん》でなければなりません。その仕事をやってのけるには、それに輪をかけて自尊心が強くないとだめです――機材一式を荷造りして、惑星から惑星へ渡り歩き、行く先々でじっさいに人間を作り、その場所にふさわしい存在にしてやるのは」

「まあ、そういえるだろう」とシャヴィウ。「だが、われわれは銀河系のこの渦状肢《かじょうし》にいる数百隻《せき》の播種船のうちの一隻にすぎない。したがって、神々がわれわれを特別な罪人《ざいにん》として選びだしたかというと疑問に思うね」にっこり笑って、「もしそうなら、ウルトラフォンを残しておいただろう。それなら、われわれが墜落したことが植民評議会の耳にはいったはずだから。それにね、ポール、われわれは人間を作るのではない。適応させるんだ――地球に似た惑星に適応させる、それだけのことだ。木星のような惑星や、タウ・ケチのような恒星の表面に人間を適応させられないとわかるだけの分別が――お望みなら、謙虚さが――われわれにはある」

「とにかく、ぼくらはここにいるのです」とラ・ヴェンチュラがいかめしい声でいった。「そして飛び立つことはない。フィルの話だと、生殖細胞バンクさえもうないから、ふつうの方法でこの惑星に播種はできないそうです。ぼくらは死んだ世界に投げだされて、適応を迫られている。変化を受けつけなくなったぼくらの遺体で変形順化誘導子《パントロープ》はなにをするんでしょう——水中翼でも生やすんでしょうか？」

「いいや」とシャヴィウがおだやかな口調で、「きみも、わたしも、ほかの者たちも全員が死ぬだろう、ポール。変形順化技術《パントロピック》は、生体には作用しない。人の体は受胎《じゅたい》したときに形が定まって、一生そのままだ。それを作り替えようとしても、障害が生じるだけだろう。パントロープは遺伝子にしか影響しない。生まれつきの水中翼を生やせないのは、新しい頭脳一式をあたえられないのと同じだ。われわれはこの世界に人間を住まわすことはできるだろう。しかし、生きてそれを目にすることはない」

操縦士はそのことを考えた。冷たい脂肪のかたまりが、胃のなかでしだいに凝集《ぎょうしゅう》していった。

「時間はどれくらいあるんです？」とうとう彼はいった。

「だれにもわからない。一カ月くらいだろうか」

大破した船の区画に通じる隔壁《かくへき》が押し開かれ、塩気《しおけ》混じりで、蒸《む》し暑く、二酸化炭素をたっぷり含んだ空気が吹きこんできた。通信士官のフィリップ・シュトラスヴォーゲルが、泥の跡《あと》を点々と残しながらはいってきた。ラ・ヴェンチュラと同様に、いまは職務を失った男である。それを気に病《や》んでいるようだった。もともと内省《ないせい》が得意な質《たち》ではないのに、ウルトラフォンが完全に壊れて、機敏に動きまわる彼の手に反応しなくなると、中身の乏《とぼ》しい自分の心に向きあうしかなくなったのだった。シャヴィウからあたえられた仕事のおかげで、ゲル化したコロイドのように、半永久的に不機嫌な状態にはかろうじておちいらずにすんでいた。

彼はキャンヴァス地のベルトを腰からはずした。環金《かんきん》が並んでいて、それぞれのなかにプラスチックの瓶《びん》が弾薬筒のようにおさまっている。

「追加のサンプルですよ、先生。どれもこれも似たり寄ったり――水です、びしょびしょの。ブーツに流砂《りゅうさ》もくっつけてきました。なにか見つかりましたか？」

「いろいろとね、フィル。ありがとう。ほかのみんなはその辺にいるのかな？」

シュトラスヴォーゲルが首を突きだし、オーイと声をかけた。ほかの声が干潟《ひがた》をつぎつぎと渡っていった。数分後には、墜落を生きのびた者たちがパントロープ・デッキにひしめいていた。ソルトンストール――シャヴィウの先任助手。つねに変わらず楽天的で、つねに変わらず若々しい技師であり、死ぬことを含めて、なんでもいちどは試してみようという性分《しょうぶん》だ。ユーニス・ワグナー――そのおだやかな顔の裏には、遠征隊でただひとり生き残った生態学者《エコロジスト》の頭脳がおさまっている。エレフゼリオス・ヴェネズエロス――つねに寡黙《かもく》な植民評議会の代表。そしてジョーン・ヒース――士官候補生。その職務は、ラ・ヴェンチュラやフィルの場合と同様に、いまや意味をなくしているが、輝く金髪と、一見するとものうげな長身は、操縦士の目にはタウ・ケチよりも——墜落してからは故郷の太陽よりも——明るく輝いて映った。

五人の男性とふたりの女性——「立錐《りっすい》の余地」という言葉が水に浸《つ》かることを意味する惑星に入植する者たちだ。

彼らは静かにやってきて、座席か、デッキの片隅やテーブルの端など、すわれる場所を見つけた。ジョーン・ヒースはラ・ヴェンチュラのかたわらへ行って立った。視線こそ交わさなかったが、ラ・ヴェンチュラは、彼女の肩の温もりが隣にあるだけでよかった。思ったほど事態は悪くないのかもしれない。

ヴェネズエロスが、「評決は出ましたか、シャヴィウ博士?」と話しかけた。

「この場所は死んでいない」とシャヴィウが答えた。「海水にも淡水《たんすい》にも生命がいる。動物方面では、進化は甲殻類《こうかく》で止まってしまったように思える。わたしが見つけたもっとも高等な生物は小型のザリガニで、この辺の細流のひとつから採取したものだ。どうやら、そう広く分布はしていないらしい。池や水たまりにはもっと下等な小型の後生《こうせい》動物がうようよしていて、いちばん発達しているのがワムシだ——なかには地球のフロスキュラリダエに似た築城する属もいる。加うるに、驚くほど多様な原生動物《プロトゾアン》が生息していて、その最上位を占めるのはパラモエシウム(ゾウリムシ)そっくりの繊毛虫《せんもうちゅう》タイプだ。さらにさまざまな肉質虫類がいて、植物性鞭毛虫《べんもうちゅう》が繁栄しているのはふつうだが、よもや海中以外でお目にかかれるとは思わなかった燐光を放つ種《しゅ》さえいる。植物のほうはというと、単純な藍藻《らんそう》から高度に発達した葉状体《ようじょうたい》生産タイプにいたるまでそろっている──ただし、当然ながら、水の外で生きられるものはいない」

「海もだいたい同じです」とユーニス。「もっと大型の単純な後生動物をいくつか見つけました──クラゲのたぐいですね──それにロブスターなみの大きさのザリガニも。しかし、海水種のほうが淡水種よりも大きくなるのはふつうのことです。それと、ありふれたプランクトンと微小プランクトンが生息しています」

「要するに」とシャヴィウ。「われわれはここで生きのびるだろう──闘いさえすれば」

「ちょっと待ってください」とラ・ヴェンチュラ。「ついさっきあなたは、われわれは生きのびられないとおっしゃったじゃないですか。それにあなたが話題にしていたのはぼくら、ここにいる七人であって、人間という属のことじゃなかった。なぜなら、生殖細胞バンクがもうないからです。いったい──」

「バンクはない。だが、われわれ自身が生殖細胞を提供できるんだよ、ポール。いまからその話をするつもりだ」シャヴィウがソルトンストールに向きなおり、「マーティン、われわれの入植者を海に住まわせたらどうだろう？　われわれはかつて遠いむかしに海から出てきた。ハイドロットでも、もういちど出てこられるかもしれない」

「やめときましょう」とソルトンストールは即座に答えた。「アイデアそのものは悪くありません。でも、この惑星はスウィンバーンのこともホメロスのことも聞いたことがないはずです。われわれとは無関係のたんなる入植問題として考えても、葡萄酒色の海《エピ・オイノパ・ポントン》（ホメロスの『オデッセイア』より引用）に賭けるつもりはありません。そこは進化圧が強すぎて、ほかの種との生存競争は熾烈をきわめます。海に播種するのは最後の手段であって、最初にやることではありません。入植者は物事を学ぶ機会もないうちに食いつくされるでしょう」

「なぜです？」とラ・ヴェンチュラ。いまいちど、胃のなかの死の予感は、抑えづらくなっていた。

「ユーニス、きみの見つけた海生腔腸《こうちょう》動物には、カツオノエボシの仲間もいるのかい？」

生態学者はうなずいた。

「それが答えだよ、ポール」とソルトンストール。「海は問題外だ。淡水でなければならない。そこなら競合する生物はそこまで手強《てごわ》くないし、隠れる場所も多い」

「ぼくらはたかがクラゲとも競争できないのか？」とラ・ヴェンチュラが尋ね、ゴクリと唾を飲みこんだ。

「できないんだよ、ポール」とシャヴィウがいった。「そんな危険なクラゲとはね。パントロープは適応形質を作るのであって、神々を作るわけではない。人間の生殖細胞――墜落でバンクが使いものにならなくなったから、この場合はわれわれ自身の細胞だ――をとりこみ、遺伝的に改修して、適切な環境で生きられる生き物の方向へ変化させる。その結果生まれるのは、人間に似ていて、知能をそなえた生き物だろう。修整は、結果として生まれる個人の形態面に施《ほどこ》されるのが主であって、精神面は手つかずのままなので、提供者の人格パターンが表《おもて》に出るのがふつうだ。
しかし、記憶の移植はできない。適応した人間は、新たな環境で子供にも劣《おと》る存在となる。彼には歴史もなく、技術もなく、先例もなく、言語さえないのだ。通常の入植計画、たとえばテルウラの事例では、播種チームは適応した人間に小学校程度の教育を授けてから、惑星を彼にゆだねたが、われわれはそんな教育をしてやれるほど長生きできないだろう。われわれの入植者は生まれつきの保護機能をたっぷりとそなえた設計にして、できるだけ有利な環境に置いてやらなければならない。そうすれば、経験だけを頼りに学んで生きのびる者もすこしはいるだろう」

操縦士はそのことについて考えた。だが、いくら考えても、その災厄《さいやく》は現実味をおびなかったし、身近なものにもならなかった。ジョーン・ヒースがわずかに彼に身を寄せた。

「新しい生き物のひとりは、ぼくの人格パターンをそなえているかもしれないが、ぼくであった記憶はない。そういうことですか？」

「そのとおりだ。現在の状況だと、われわれの入植者は十中八九半数染色体《ハプロイド》になりそうだ。とすれば、そのなかには、ひょっとすると大勢かもしれないが、遺伝形質がきみひとりにだけさかのぼる者がいるだろう。かすかな上にもかすかだろうが、自己同一性《アイデンティティー》が残っているかもしれない——パントロピーのもたらしたデータのなかには、祖先伝来の記憶という古いユング派の概念を支持するものがあるからね。しかし、自意識のある人間としては、ポール、われわれはみんなハイドロットで死ぬのだ。それは避けられない。そしてわれわれのようにふるまい、われわれのように考え、われわれのように感じる人々をどこかへ残していくだろう。しかし、彼らはラ・ヴェンチュラを、シャヴィウ博士を、ジョーン・ヒースを憶《おぼ》えてはいない――あるいは、地球を」

操縦士はもうなにもいわなかった。口のなかに苦い味が広がった。

「ソルトンストール、きみはどういう形態がいいと思う？」

変形順化学者《パントロピスト》は考えこんで鼻を引っぱり、

「もちろん、水掻《か》きのある手足ですが、親指は太くして、棘《とげ》のようにとがらせましょう。その生き物が学ぶチャンスを得られるまで、身を守るためです。外耳《がいじ》は小さくして、鼓膜は大きくし、耳道《じどう》の外縁部に近づけます。保水系も作りなおさないといけません。糸球体《しきゅうたい》を持つ腎臓《じんぞう》は淡水のなかで生きるのにうってつけですが、水中で生きるということは、体内に塩分を持つ生物にとっては、体内の浸透圧が体外よりも高くなることを意味するので、腎臓は事実上いっときも休まず排出をつづけなければなりません。その状況では、尿《にょう》の生成速度をあげるのが最善であり、つまり下垂体《かすいたい》の抗《こう》利尿作用を事実上なくさなければなりません」

「呼吸器はどうする？」

「そうですね」とソルトンストール。「蛛形《しゅけい》類の一部がそなえているような書肺《しょはい》がいいでしょう。それなら肋間《ろっかん》呼吸孔《こう》から空気をとり入れられます。われわれの入植者たちが、いよいよ水から出ようと決意すれば、しだいに空気呼吸へ適応するでしょう。その可能性を消さないために、鼻は残すべきだと思います。耳系《じけい》の一部として鼻腔《びこう》はそのままにしておきます。

しかし、空洞は細胞膜で喉頭《こうとう》から切り離しておき、その膜は循環系ではなく、直接の注流で酸素をとり入れるようにします。その生き物が、たとえ生涯の一部であっても、ひとたび水から出て生きるようになれば、その膜は何世代かで消えてなくなるでしょう。両生類として二、三世代を重ね、それからある日、ふと気がつくと、ふたたび喉頭で呼吸していることになるのです」

「よく考えられている」とシャヴィウがいった。

「さらにいえば、シャヴィウ博士、胞子を形成するようにしましょう。水生動物として、われわれの入植者は不確定な寿命を持つことになります。しかし、学習期間中にその数を維持しておくには、およそ六週間の繁殖周期をあたえねばなりません。したがって、活動期間に明確な切れ目を設けておく必要が生じます。さもないと、人口問題に対処する知恵をつけないうちに、人口過剰になってしまいます」

「それに、わたしたちの入植者が硬い殻《から》にはいって冬を越せるなら、そのほうが有利です」とユーニス・ワグナーが同意した上でつけ加えた。「それなら胞子が正解です。ほかの多くの微生物がそうしています」

「微生物だって？」フィルは信じられないといいたげだった。

「そのとおりだ」とシャヴィウが面白がっていう。「身長六フィートの人間を直径二フィートの水たまりへ押しこもうといったって無理な相談だ。しかし、ひとつ疑問が湧いてくる。われわれはワムシと猛烈な競争をしなければならないが、そいつらのなかには、厳密には顕微鏡サイズといえないものもいる。それをいうなら、原生動物のなかには肉眼で見えるものさえいる。暗視野照明《あんしや》（顕微鏡試料の側面から光を当て、試料が暗い背景に浮き出て見えるようにすること）を当てて、かろうじて見える程度だがね。きみの平均的な入植者は二百五十ミクロンを大きく下まわってはいけないと思うよ、ソルトンストール。彼らに闘いぬくチャンスをやろう」

「その倍の大きさにしようと思っていました」

「それだと、その環境で最大の動物になりますから」とユーニス・ワグナーが指摘した。

「どんな技能も発達させずに終わるでしょう。おまけに、彼らをワムシほどの大きさにしたら、築城種《ちくじょうしゅ》のワムシを押しだして、その城を自分の住み処《か》にしようとする動機をあたえることになります」

シャヴィウがうなずいて、

「よし、そろそろはじめよう。パントロープを計測しているあいだ、ほかの者はこの人々に残す記録について知恵を出しあおう。ひと組の防腐性金属の薄片《はくへん》に記録をマイクロ彫刻する。その大きさは、入植者が楽にあつかえる程度だ。なにがあったかを簡潔に伝え、自分たちの水たまりに見つかるもの以外にも宇宙には多くのものがあるのだという暗示を二、三あたえることにする。いつの日か、彼らがその謎を解くかもしれない」

「質問があります」とユーニス・ワグナー。「彼らが微生物だということを教えるんですか？　わたしは反対です。彼らの歴史の黎明《れいめい》に神々と悪魔の神話を負わせることになるかもしれません。そんなものはないほうがいいんです」

「いや、教える」とシャヴィウがいった。声の調子が変わったので、いま彼は遠征隊の最高責任者として話しているのだ、とラ・ヴェンチュラにはわかった。「この人々は、人間という種族の一部になるのだよ、ユーニス。彼らには人間のコミュニティに復帰する道を歩んでほしい。彼らはおもちゃではない。淡水の子宮のなかで永遠に真実から保護されていてはいけないんだ」

「そのうえ」とソルトンストールが意見を述べた。「歴史の初期には記録を翻訳できないでしょう。彼らは独自の文字言語を発達させなければなりません。こちらとしても、ロゼッタ・ストーンやらなにやら、解読の鍵を残してやるわけにはいきません。真実を解明できるようになったころには、その心がまえができているはずです」

「それを公式見解とします」とヴェネズエロスが唐突にいった。これで決まりだった。

こうして議論は実質的に終わった。全員がパントロープに必要な細胞を提供した。ラ・ヴェンチュラとジョーン・ヒースはひそかにシャヴィウのもとへ行き、ふたりでいっしょに細胞を提供できないかと訊いてみた。しかし、科学者がいうには、核が地球のリケッチア（グラム陰性の微小球菌、あるいは桿菌様微生物）なみに小さな微小細胞構造をとらせるには、顕微鏡サイズの人間は半数染色体でなければならない。したがって各人は個別に生殖細胞をあたえなければならない——接合子《せつごうし》（生物の有性生殖に際し、配偶子の合体や接合によって生じた細胞）に使い道はない、とのことだった。そういうわけで、ふたりにはその慰めさえ許されなかった。彼らは子供がないまま死を迎え、永久に別々の存在でいるのだ。

一同はできるかぎり助けあって、金属の薄片に刻むメッセージの本文を考えた。自分たちの人格パターンを記録した。なんとかやってのけた。すでに飢《う》えがはじまっていた。ハイドロットで食用になる大きさの生き物はウミザリガニだけだったが、深すぎて冷たすぎる水中に棲《す》んでいるので、漁業《ぎょぎょう》の対象としては不向きだった。

ラ・ヴェンチュラは制御盤を修理したあと——無駄ではあったが、尊重するように教えこまれてきた習慣《がんしょう》だったし、そうしていると、物事がすこしだけ耐えやすくなる気がした——外へ出た。岩礁《がんしょう》の突端《とったん》に腰をおろし、いちばん近くの池に小石を投げこみながら、タウ・ケチが真っ赤になって沈んでいくのを眺める。

しばらくすると、ジョーン・ヒースが音もなく背後へやってきて、やはり腰をおろした。ラ・ヴェンチュラは彼女の手をとった。赤い太陽のギラギラした輝きは、いまにも消えそうで、ふたりは肩を並べて陽《ひ》が沈むのを眺めた。すくなくとも、ラ・ヴェンチュラは、どの名もない水たまりが自分のレーテーの川（ギリシャ神話に登場する冥界にある忘却の川）になるのだろう、と暗澹《あんたん》たる思いに駆られていた。

もちろん、彼にはわからなかった。だれにもわからなかった。

第一周期

銀河系の忘れられた片隅で、水の惑星ハイドロットが、赤い恒星タウ・ケチのまわりを果てしなくめぐっている。何カ月ものあいだ、そのひとつしかない小さな大陸は、雪に降りこめられていた。そして大陸に散在する数多《あまた》の池や湖は、氷に固く閉ざされていた。とはいえ、いまや赤い太陽がハイドロットの天頂にぐんぐん近づいている。雪は奔《ほん》流《りゅう》となって永遠の大洋へ突進し、氷は湖や池の岸に向かって退《しりぞ》いていく……。

1

眠っているラヴォンの意識に最初に届いたのは、切れ切れに聞こえる小さな引っかく音だった。つづいて体内に不穏な感覚が生まれた。まるで世界が——ラヴォンもろとも——前後に揺すられているかのように。彼は目をあけないまま、不安げに身じろぎした。新陳代謝《しんちんたいしゃ》が大きく低下しているせいで体がだるく、胸がむかむかするし、揺すられても気分はよくならない。とはいえ、彼がわずかに動いたせいで、音と揺れの両方がますます執拗になった。頭にかかった霧が晴れるのに、まだ何日もかかりそうだった。しかし、揺れを引き起こしているのがなんであるにしろ、彼を放っておいてはくれなかった。ラヴォンはうめき声をあげて、無理やり目をあけると、水掻きのある片方の手をいきなり動かした。その動きで指から離れていった燐光《りんこう》の波のおかげで、球形殻《かく》のなめらかな琥珀《こはく》色の壁は破れていないとわかった。壁を透《す》かして外をのぞこうとしたが、暗闇しか見えなかった。まあ、それも当然だ。胞子《ほうし》内部の羊水《ようすい》は光を生むが、ふつうの水はそうではない。どれほど激しく掻きまわしたとしても。

外にいるのがなんであれ、そいつはまた球体を揺すっており、殻をこすっているのか、前と同じささやきのような音をたてている。十中八九は好奇心の強い珪藻《けいそう》だろう、とラヴォンは眠たげに思った。愚かすぎて迂回《うかい》できずに、障害物を突きぬけようとしているのだ。それとも早起きの狩猟生物で、胞子内部のご馳走を味わいたくて仕方がないのか。どっちにせよ、好きにさせておけばいい。ラヴォンは、まだ殻を割るつもりはなかった。羊水のなかで何カ月も眠っているうちに、体の働きは止まり、頭の働きも遅くなっていた。ひとたび水中に出たら、呼吸と食べ物探しをまたはじめなければならない。そして濃淡のない外の暗闇を見れば、春がまだ浅すぎて、そのことを考えはじめる時期ではないとわかったのだ。

彼は反射的に指を曲げた。小指から親指まで一本ずつ別々に折っていくのは、人間以外の動物には真似のできない芸当だ。そして緑がかった光の波頭《はとう》が広がり、もっと大きな弧となって、湾曲した胞子の壁からはね返ってくるのを眺めた。ここは小さな琥珀色の玉のなかだ。くつろいで体を丸めていれば、深みさえ温かくなり、光が射すまでここにいられる。いまこのとき、空にはまだ氷が残っているはずだ。そして食べるものがまだろくにないのはまちがいない。もっとも、ふんだんにあったためしはないが。温かな水が最初に押しよせてきて、貪欲なワムシもめざめたら――

ワムシか！　そうだった。やつらを駆逐《くちく》する計画が進んでいるのだ。ありがたくない記憶がどっとよみがえった。まるでそれに力を貸すかのように、胞子がまた揺れた。人食いがこれほど早く〈水底《みなそこ》〉まで来たためしはないから、十中八九原生《プロト》の一体が、彼の目をさまそうとしているのだろう。そういえば、早めに起こしてくれとゾウリ《パラ》に頼んでおいたのだった。

そしていまそのときが来た。望んだとおりの寒さと早さと暗さで。

ラヴォンはしぶしぶ体を伸ばし、水掻きのある足指を踏ん張ると、背骨をできるかぎり弓なりにして、琥珀色の牢獄《ろうごく》に全身を押しつけた。ピシッという鋭い小さな音がして、半透明の殻に網《あみ》の目状のひび割れが走った。

つぎの瞬間、胞子の壁が無数の破片となって砕け、彼は氷水の猛攻を受けて激しく身を震わせていた。もっと温かい冬眠房《ぼう》の液体は音もなく消散し、ほのかに輝く霧となった。そのつかの間の明かりのなか、さほど遠くないところに、なじみ深い形が見えた。透明で、泡の詰まった円筒。無色のゼリーでできたスリッパ。螺旋《らせん》状の溝が走っていて、体長は彼の身長とほぼ同じ。その表面は静かに振動している細い毛――根元は太くなっている――にびっしりと覆われている。

光が消えた。プロトはなにもいわなかった。ラヴォンが喉を詰まらせ、咳きこんで、胞子の液体を最後の一滴まで書肺から吐きだし、純粋な氷のように冷たい水を吸いこむまで待っているのだ。

「パラか？」とうとうラヴォンがいった。「もういいのか？」

「もういい」目に見えない繊毛《せんもう》が振動し、平板で感情のうかがえない音を作った。毛のような突起物のひとつひとつが、まちまちの速さでブーンとうなる。結果として生じた音波が水中に広がり、相互変調して、増幅しあったり、減殺《げんさい》しあったりする。人間の耳に達するころには、集まった波頭はかなり無気味だが、それでも人間の言葉として理解できるものになっていた。「いまがそのときだ、ラヴォン」

「そのときもそのときだ」ふたたび訪れた暗闇から別の声がいった。「フロスクを城から追いだすのであれば」

「だれだ、おまえは？」無駄と知りつつ、新しい声のほうを向いてラヴォンがいった。

「わたしもパラだ、ラヴォン。われわれは、めざめから十六体になっている。おまえたちが、われわれと同じくらい速く繁殖できれば――」

「頭脳は数に優る」とラヴォン。「食肉族がすぐに思い知るように」

「これからどうする、ラヴォン？」

　人間は膝《ひざ》を引きよせ、考えをめぐらそうと〈水底〉の冷たい泥まで沈んだ。尻の下でなにかがもぞもぞと動き、感触でしかわからないほど小さなスピリルム（螺旋状の形態を持つグラム陰性（いんせい）菌）が、くるくると螺旋を描きながら離れていこうとした。彼は行かせてやった。まだ腹は減っていないし、食肉族――ワムシ――のことを考えなければならない。まもなくやつらは空の上層を泳ぎまわり、手当たりしだいに餌《えさ》を貪《むさぼ》りはじめるだろう。捕まったら人間も餌食《えじき》にされるし、ときには天敵であるプロトさえ餌食にされるのだ。そしてやつらと闘うためにプロトを組織できるかどうかは、まだ試すべき課題だ。

頭脳は数に優る。それだって、命題として正しいかどうかは、これから試されるのだ。つまるところ、プロトは彼らなりに知能をそなえている。そして自分たちの世界を知っている。だが、人間はそうではない。この世界の生物のさまざまな種族を頭のなかで整理し、その混乱した名前に筋を通すのがどれほど困難であったか、ラヴォンはまだはっきりと憶えていた。それが頭の芯《しん》までしみ通るまで、教師であるシャーに容赦なくたたきこまれたのだ。

人が〝人間〟というとき、それが意味するのは、外見がだいたい同じ生き物だ。バクテリアは桿状《かんじょう》菌、球菌、螺旋菌と三種類だが、いずれも小さくて食べられるので、区別の仕方はすぐにおぼえた。これがプロトになると、識別は本当に厄介な問題となった。ここにいるパラはプロトだが、ステントとその一族とは見かけがまるっきりちがうし、ディディンの一族はその両方と似ていない。ようやくわかったのは、体色が緑ではなく、目に見える核を持っているものは、その形がどれほど奇妙であろうと、プロトだということだった。食肉族もすべて見た目がちがっていて、なかには水生植物の実をつける冠《かんむり》と張りあえるほど美しいものもいる。しかし、そのどれもが危険きわまりなく、すべてが繊毛の渦巻く冠をそなえていて、人を一瞬にして吸いこみ、絶えずものを嚙《か》み砕いている咀嚼嚢《そしゃくのう》に送りこめるのだ。いっぽう体色が緑で、彫りこみのあるガラスの殻を持つものをシャーはひとまとめに珪藻と呼んでいた。なんとも奇妙な言葉だが、例によって例のごとく、シャー以外のだれにも手が届かない頭蓋のなかの〈水底〉からさらいあげてきたもので、シャー本人にも説明はできないのだった。

ラヴォンがすばやく浮上し、

「シャーに相談しないと」といった。「彼の胞子はどこだ？」

「ある植物の葉の上だ。空に近い、はるか上のほうだ」

大ばか者！　あの老人は身の安全をけっして考えようとしない。空の近くで眠れば、長い冬眠で体の動きが鈍《にぶ》ったまま出てきたとき、たまたま近くにいた食肉族にぱっくりとやられかねないのだ！　どうしたら、あれほど賢い男がそこまで愚かになれるのか？

「急がないと。道を教えてくれ」

「じきに。ちょっと待て」とパラの片方がいった。「おまえは視界がきかない。ノックが近くで餌を漁《あさ》っている」のっぺりと広がる暗闇のなかで小さな動きがあった。機敏な円筒生物が泳ぎ去ったのだ。

「なぜシャーに相談しないといけないのだ？」と、もう一体のパラ。

「知恵を借りるためだ、パラ。彼は考えるのが仕事だ」

「だが、彼の考えは水のようだ。プロトに人間の言葉を教えて以来、彼は食肉族のことを考えるのを忘れている。人間がどうやってここへ来たのかという謎を永久に考えている。たしかに謎だ、そのことは――食肉族さえ人間には似ていない。しかし、それがわかったところで、われわれが生きる役には立たない」

ラヴォンは見えないのを承知でその生き物のほうを向いた。

「パラ、ひとつ教えてくれ。なぜプロトはぼくらの味方をするんだ？　つまり、人間の味方を。なぜぼくらを必要とするんだ？　食肉族はきみたちを恐れている」

短い沈黙があった。パラがまたしゃべりだしたとき、その声の振動は前にもましてぼやけていて、前にもまして平板で、前にもまして理解できる感情を欠いていた。

「われわれはこの世界に生きている」とパラはいった。「われわれはその一部だ。それを支配している。人間がやって来るはるか以前に、食肉族との長い闘いを通して、その地位に達した。とはいえ、われわれは食肉族と同じように考える。計画は立てず、知識を分けあい、そして存在する。人間は計画を立てる。人間は導く。人間はたがいにちがっている。人間は世界を作りかえたがる。そしてわれわれ同様に、食肉族を憎んでいる。われわれは人間に力を貸す」

「そして支配者の地位をあきらめるのか？」

「そして支配者の地位をあきらめる、もし人間の支配のほうがいいのなら。それが道理というものだ。さあ、もう行けるぞ。ノックが光とともにやってきた」

ラヴォンは顔をあげた。なるほど、はるか頭上で冷たい光がたてつづけに閃《ひらめ》いた。すぐに球形のプロトが視界へおりてきた。その体が規則的にパッと輝き、青緑のパルスが生じる。そのかたわらへ第二のパラが飛ぶようにやってきた。

「ノックが知らせを持ってきた」と第二のパラがいった。「パラは二十四に増えた。空では光合成《シン》が何千という単位でめざめている。ノックはシンの個体群《コロニー》と話をしたが、彼らはわれわれに手を貸すつもりはない。食肉族がめざめる前に、自分たちはみんな死んでしまうと思っているのだ」

「当然だ」と最初のパラ。「つねにそうなっている。それにシンは植物だ。プロトを助けるいわれはない」

「シャーのところまで案内してくれるかどうか、ノックに訊いてみてくれ」とラヴォンが痺《しび》れを切らしていった。

ノックは一本しかない短く太い触手をふった。パラの片方が、「彼がここへ来たのはそのためだ」といった。

「それなら行くとしよう。さんざん待たされた」

種族のちがう四人組は、〈水底〉から舞いあがり、液体の闇をぬけていった。

「だめです」ラヴォンがぶしつけにいった。「もう一秒も待っていられません。シンはめざめています。とすると、食肉族のノソルカがすぐあとにめざめるでしょう。そのことはぼくと同じくらいよく知っているはずですよ、シャー。起きてください！」

「わかった、わかった」老人が不機嫌そうな声でいった。伸びをして、あくびをし、「おまえはいつもせっかちだ、ラヴォン。フィルはどこだ？　わしのそばに胞子を作ったはずだが」一段下の水草の葉にくっついた、まだ割れていない琥珀色の球を指さし、「押して落としたほうがいい。〈水底〉のほうが安全だろう」

「彼は〈水底〉へ行き着けないだろう」とパラ。「変温層が形成されている」

シャーは驚いた顔をして、

「変温層が形成されているだと？　これほど遅い時期に？　記録を集めるあいだ待っていてくれ」

彼は葉の上に積みあがった胞子の破片やゴミのなかを探りはじめた。ラヴォンはじれったげに周囲を見まわし、シャジクモ（淡水産の緑藻）のかけらを見つけると、太いほうの端を先にして、すぐ下にあるフィルの冬眠房に投げつけた。胞子が即座に砕けて、がっしりした体つきの若い男がころがり出てきた。冷たい水にぶつかったとたん、ショックで青ざめる。

「うへっ！」と彼はいった。「落ち着け、ラヴォン」上を見て、「爺さんはおめざめか？　それならいい。冬じゅうここにいるといって聞かなかったんだ。当然、おれもここにいるしかなかった」

「あったぞ」シャーがそういって、長さが彼の前腕くらい、幅がその半分くらいの分厚い金属板を持ちあげた。「これがその一枚だ。さて、もう一枚の置き場所をまちがえてさえいなければ――」

フィルがバクテリアのかたまりを蹴りとばし、

「ここにあります。両方ともパラにやっちまったほうがいい。そうすれば荷物になりませんから。ここからどこへ行くんだ、ラヴォン？　これほど高いところは危険だ。ディクランがまだ姿を現していないだけでもめっけもんだ」

「ここにいるぞ」彼らのすぐ上で、なにかがものうげにいった。

ラヴォンは上を見ずに、すぐさま身を躍らせ、開けた水中へ飛びこんだ。ようやく首をひねって肩ごしにふり返ったときには、すでに出せるかぎりの速さで潜っていた。シャーとフィルも同時に飛びだしていたにちがいない。シャーが冬を過ごした場所のすぐ上の葉に、ワムシの一種ディクランの装甲に覆われたラッパ形の体があり、彼らを追って飛びだそうと身を縮めたところだった。

二体のプロトが弧を描きながら、どこからともなくもどってきた。と同時に、たわんで短くなっていたディクランの装甲板につつまれた体が、さっと伸びて、パラめがけて突進した。ポチャンという音がして、ラヴォンは気がつくと目の細かな網のなかでもがいていた。地衣《ちい》類のマットのようにからみ合っていて、どんなにもがいても通りぬけられない。第二の同じ音につづいて、フィルが悪態《あくたい》をつぶやく声が聞こえた。ラヴォンは激しく暴《あば》れたが、しなやかで丈夫な透明の物質の網のなかで身をくねらすのが精いっぱいだった。

「じっとしてろ」

聞きおぼえのあるパラの声が、うしろで振動した。彼はなんとか首をねじ曲げてから、起きたことをとっさに理解できなかった自分を内心で蹴りとばした。パラたちが、外皮《がいひ》の下にちっぽけな薬包《やくほう》のように並んだ毛胞《もうほう》を破裂させたのだ。それぞれが液体を放出し、それが水と接触したとたん固まって、細長い糸となった。それは彼らが身を守る標準的な方法だった。

ずっと下のほうでは、シャーとフィルが、第二のパラとともに白い靄《もや》のまんなかあたりを漂流していた。まるで腐葉土《ふようど》のなかでぼろぼろになった生き物のようだ。ディクランは旋回してそれをよけたが、あきらめていないのは一目瞭然《いちもくりようぜん》だった。身をひねり、彼らのまわりを矢のように泳ぐ。その冠がビービーと耳ざわりな音をたてている。いくつか憶えた人間の言葉を忘れてしまったのだろう。この距離からだと、冠が回転して見えるのは、繊毛一本一本が脈打つリズムによって生みだされる幻影だとはっきりわかった。しかし、ラヴォンにしてみれば、それはとるに足らないことであり、距離はあまりにも近すぎた。透明な装甲ごしにディクランの咀嚼嚢の大きな顎《あご》が見えるのだ。あいているだけの口に流れこんでくるさまざまな断片を機械的に磨《す》りつぶしているところが。

その頭上の高いところで、ノックが優柔不断に旋回しながら、その青い光をすばやく神経質に閃かせて、集団全体を照らしていた。彼は鞭毛虫であり、ワムシに対抗する生まれつきの武器を持っていない。彼が自分に注意を引きつけながらうろうろしている理由は、ラヴォンには想像もつかなかった。

と、その理由がいきなりわかった。ノックくらいの大きさの樽《たる》のような生物が来ていたのだ。二列になった繊毛にとり巻かれ、船の衝角《しようかく》に似た先端をそなえている。

「ディディン！」彼はその必要もないのに叫び声をあげた。「こっちだ！」

そのプロトは優雅に身をひるがえしてこちらへやってきた。彼らを調べているようだったが、目がないのにどうして見えるのかはよくわからなかった。ディクランも同時にその姿を見て、ゆっくりと後退をはじめた。そのビービーいう音が高まって、すさまじい怒鳴り声になる。彼女は水草のところまでもどって、そこにうずくまった。

これであきらめてくれるだろう、とラヴォンは一瞬思ったが、経験に照らしてみれば、そんな分別が彼女にあるわけがなかった。うずくまったしなやかな体が不意にまた伸びきった。こんどはディディンめがけてまっしぐらに飛んでいく。ラヴォンは支離滅裂な警告の叫びを発した。

プロトに警告はいらなかった。ゆっくりと遊弋《ゆうよく》する樽のような生き物がさっとわきへよけたかと思うと、驚くべき速さで前進した。もしその有毒の把握器官をワムシの装甲の弱いところへ打ちこめれば――

ノックは闘う二体の邪魔にならないよう、もっと高いところへ昇っていった。結果として弱まった光のなかで、ラヴォンには闘いのありさまが見えなくなった。もっとも、激しい水の攪拌《かくはん》も、ディクランのビービーいう音もつづいていたが。

しばらくすると、その音が遠のいていくように思えた。ラヴォンはパラの網の内側に広がる薄闇のなかでうずくまり、一心《いっしん》に耳をすましていた。とうとう沈黙が訪れた。

「どうなった?」と彼はこわばった声でささやいた。

「ディディンはなにもいわない」

さらに永遠の時が何度も過ぎ去った。やがて暗黒が薄れはじめた。ノックが恐る恐るこちらへおりて来るのだ。

「ノック、あいつらはどこへ行った？」

ノックは触手で信号を送り、体軸を中心に回転してパラのほうを向いた。

「見失ったといっている。待ってくれ——ディディンの声が聞こえる」

ラヴォンにはなにも聞こえなかった。パラに〝聞こえる〟のは、プロト自身の言語を構成する半テレパシー的インパルスのどれかなのだ。

「ディクランは死んだそうだ」

「よし！　死体をここへ持ち帰るように頼んでくれ」

短い沈黙があり、

「持ってくるそうだ。死んだワムシがなんの役に立つ、ラヴォン？」

「いまにわかる」とラヴォン。

彼が熱心に目をこらしていると、やがてディディンが光に照らされた領域へ悠然ともどってきた。ワムシの弛緩《しかん》した体に有毒の衝角を深く食いこませている。その死体は、組織がもろいせいで、すでに分解がはじまっていた。

「この網から出してくれ、パラ」

プロトはさっと身を引いて、長軸を中心にほんのすこし体を回転させ、糸の根元をプツンと切っていった。その動きは正確無比でなければならなかった。さもないと、外皮もいっしょに裂けてしまうからだ。からみ合った糸のかたまりが流れに乗ってゆらゆらと上昇し、深淵《しんえん》の向こうへただよい去った。

ラヴォンは泳いで前進し、ディクランの装甲のはめ合わされた端の一方をつかむと、大きく引き裂いた。いまや崩《くず》れかけている体に両手を突っこみ、黒っぽい楕円体を二個つかみとってくる——卵だ。

「こいつを壊してくれ、ディディン」と彼は命じた。プロトは従順に卵を切り開いた。

「これからは」とラヴォン。「食肉族を殺すたびに、かならずこうしてくれ」

「雄《おす》を殺したときはちがう」とパラの片方が指摘した。

「パラ、きみにはユーモアのセンスがないな。わかった、雄を殺したときはちがう——でも、どうせ雄を殺す者なんていない。やつらは無害だ」動かなくなったかたまりをいかめしい顔で見おろし、「忘れないでくれ——卵を壊すんだ。化け物を殺すだけじゃ足りない。種族全体を一掃《いっそう》したいんだ」

「われわれはけっして忘れない」とパラが感情のこもらない声でいった。

2

ラヴォンとシャーと一体のゾウリ《パラ》を先頭にした二百人を超える人間の集団が、上層の温かく明るい水のなかをすばやく泳いでいた。各自が木っ端《こっぱ》か、シャジクモから削《けず》りとった石灰《せっかい》のかけらを棍棒《こんぼう》代わりに握っていた。そして二百対《つい》の目が、右から左へ油断なく視線を配っていた。彼らの上を二十体のディディンから成る小艦隊が遊弋しているので、途中でワムシに出会っても、相手はひとつしかない赤い眼点でにらみつけてくるだけで、攻撃するそぶりは見せなかった。頭上の空に近いところでは、闘ったり、採餌《さいじ》したり、産卵したりしている生き物の分厚い層があり、陽光はそれを通ってくるので、下の深み全体が濃緑色《のうりょくしょく》に染まっていた。この生き物が密集した層の大部分は藻類《そうるい》と珪藻から成っていて、食肉族がそこでわがもの顔に餌を漁っていた。ときどき瀕死の珪藻が、軍勢のわきをゆっくりと落ちていった。

春たけなわだった。二百人か、とラヴォンは思った。冬を生きのびた人間は、おそらくここに勢揃いしているのだろう。とにかく、ほかにはひとりも見つからなかった。これ以外の者たち——何人なのかはだれにもわからないだろう——は、この季節にめざめるのが遅すぎたか、外から丸見えの場所に胞子を作り、ワムシにぱっくりとやられてしまったのだろう。この集団についていえば、三分の一以上が女性だ。つまり、邪魔さえはいらなければ、あと四十日で軍勢の規模を倍増できるということだ。

邪魔さえはいらなければ、か。ラヴォンはにやりと笑い、揺れ動いているユードリナの個体群《コロニー》を押しのけて道を開いた。その言葉から、去年シャーが公《おおやけ》にしたある考察を連想したのだ。もし邪魔がはいらなければ、と古老《ころう》はいったのだった。パラは季節が終わる前にこの宇宙全体を埋めつくすほどの速さで繁殖できる、と。もちろん、この世界で邪魔がはいらないということはない。にもかかわらず、ラヴォンは、人間が生きるために、これまで自然と考えられてきた数をかなり下まわるところまでほかの生き物を減らすつもりだった。

彼は片手をさっとあげて、またおろした。矢のように水中を進む小艦隊が、彼を追って突進した。空の光は急速に薄れていき、しばらくするとラヴォンは、かすかな肌寒《はださむ》さを感じはじめた。もういちど合図する。二百人が遊泳中の体をダンサーのように旋回させ、いまや足から先に〈水底〉へ向かって突進していった。この姿勢で変温層に突入すれば、通過時間が短くなるので、プロトの護衛があるとはいえ刻一刻と危険が高まっていく上層からいっそう早く出られるのだ。

ラヴォンの足が変温層の表面に当たり、それをへこませた。そして水しぶきとともに、彼は冷たい水のなかに頭まで沈んだ。もういちど浮上すると、氷のように冷たい分界面が肩に触れるのを感じた。軍勢が変温層に突入するにつれ、ほかの水しぶきの音があたり一面であがりはじめた。もっとも、水は上にも下にもあるので、じっさいの衝突のようすはラヴォンには見えなかった。

ここで体温が下がるまで待たなければならない。この宇宙の分割線で温かい水は終わりを告げ、水温は急激に下がるので、その線より下の水は密度がはるかに高くなり、浮力が増してしまうのだ。冷たい水から成る下層は〈水底〉まで達している——あまり賢いとはいえないワムシが、めったにはいってこない領域だ。

死にかけた珪藻が、ラヴォンのわきへゆらゆらと落ちてきた。黄緑色の体色が薄れて気味の悪いオレンジになっており、美しい模様のはいった楕円形の薬箱のような殻には、貪欲なバクテリアが群がっていた。それが変温層まで来て止まると、体をとり巻くゼリー状の半透明キャタピラの接地面が弱々しく動きはじめ、滑動《かつどう》する水の界面をむなしく引っぱろうとした。ラヴォンは水掻きのある手を伸ばし、主脈の開口部から殻に潜りこもうとしていた、小刻みに震える桿状菌のかたまりを払いのけてやった。

「ありがと……」珪藻が不明瞭なささやき声でいった。そしてもういちど、「ありがと……死ぬ……」ゴボゴボいうささやき声が薄れていった。キャタピラの接地面がまたしても動きだし、やがて動かなくなった。

「それでいい」とパラがいった。「なぜあの生き物たちを気にかける？　あいつらは愚かだ。してやれることはない」

ラヴォンは説明しようとしなかった。体がゆっくりと沈むのを感じた。胴体と脚のまわりの水はもはや冷たくはなく、呼吸している水が息苦しいほど熱かったあとなので、ひんやりしているのがありがたいほどだった。つぎの瞬間、冷涼《れいりょう》で静かな深みの水が頭の上で閉じた。軍勢のほかの者たちが、ひとり残らず無事に変温層を通りぬけ、上層で生存者を探すという長い試練が本当に終わったのだと確信が持てるまで、彼はそこに浮いていた。それから身をひねり、猛然《もうぜん》と〈水底〉をめざした。フィルとパラが両わきにいて、シャーは息を切らしながら、前衛とともに進んでいた。

ひとつの石が前方にぬっと現れた。ラヴォンは薄明かりのなかでそれに目をこらした。見たいと思っていたものがすぐさま目にはいった。山のような岩の斜面にへばりついているイサゴムシの砂造りの家だ。彼はまわりの側近《そっきん》団に手をふり、それを指さした。

人間たちは慎重に散開してU字形を作ると、石をとり囲んだ。Uの開いた口は、虫の家である石造りの管《くだ》の開口部と同じほうを向いている。一体のノックがあとを追ってきて、山頂の上に照明弾のように浮かんだ。パラの一体が、挑戦的にブンブンうなりながら、虫の家の扉に近づいていく。この挑発行為は陽動《ようどう》作戦であり、Uの字の後部にいる人間たちが岩にとりつき、匍匐《ほふく》前進をはじめた。家の高さは彼らの背丈の三倍はあった。家を構成する、ぬるぬるした黒い砂粒は、彼らの頭くらいの大きさだ。

家のなかで身じろぎする気配があり、ややあって醜《みにく》い虫の頭がぬっと突きだした。ブンブンうなって平穏を乱したパラに向かってゆらゆらと体を揺らす。パラが後退すると、やみくもな飢えに襲われた虫がそのあとを追いかけた。急な突進で、その体の半分近くが管から出た。

ラヴォンが叫び声をあげた。たちまち虫は、吼《ほ》えたてる二本脚の悪魔の群れに囲まれた。彼らはこぶしと棍棒で容赦なくそいつを打ちすえたり、突いたりした。どういうわけか、そいつは羊がメーメー鳴くような音をたてたが、魚が鳥のようにさえずるのと同じくらい異様だった。そしてするすると家のなかへもどりはじめた――しかし、後衛《こうえい》がすでに裏手から侵入していた。そいつはまた管から飛びだし、打撃を浴びて体を鞭《むち》のように左右へふった。

巨大な幼虫にとって、いまや行く道はひとつしかなかった。そして周囲の悪魔たちは、そちらへ行くのを邪魔しなかった。そいつは岩の側面を伝って〈水底〉へ向かって落ちていった。丸裸のぶざまな姿をさらし、盲目の頭をふりながら、羊のような声をあげて。

ラヴォンは五体のディディンにあとを追わせた。彼らにもイサゴムシの幼虫は殺せない。

あまりにも体が大きすぎて、彼らの毒では死なないからだ。しかし、こっぴどく刺してやれば、そのまま進みつづけるだろう。さもないと、岩へもどってきて、新しい家を作りはじめるのは必至《ひっし》だ。

ラヴォンは迫台《せりだい》に腰をおろし、戦利品を満足げに調べた。それは彼の氏族全体をおさめてもお釣りが来るほど大きかった——巨大な管状の広間は、奥の壁に生じた裂け目をふさぎさえすれば、守るのが容易だし、食肉族がうろついている水域からは遠く離れている。イサゴムシが残していった糞《ふん》を掃除して、衛兵を配置し、酸素の乏《とぼ》しい深みの水が内部でとどこおらないように孔《あな》をうがたなければならない。アメーバに掃除をまかせられないのは不便きわまりないが、そういう命令を発しないほうがいいのはわかっていた。プロトたちの父祖に有益な仕事を頼んでも無駄だ。それは身にしみてわかっていた。

彼は自分の軍勢を見まわした。兵士たちは彼を囲んで立っており、畏怖《いふ》に打たれて黙りくったまま、自分たちが世界最大の生き物を襲って勝ちとったものを見つめていた。彼らが食肉族を前にして臆病風に吹かれることは二度とないだろう、と彼は思った。すばやく立ちあがり、

「なにをぽかんと口をあけている？」と叫ぶ。「きみたちのものだ、このすべてが。さあ、仕事にかかれ！」

老シャーが小石にすわってくつろいでいた。その石はなかをくりぬき、アオミドロの藁《わら》を

敷きつめてクッションにしたものだった。ラヴォンは戸口の近くで軍団の演習を見まもっていた。その数はいまや三百を超えている。大広間で満喫《まんきつ》した比較的おだやかな一カ月のおかげだった。ラヴォンが考案した水中教練で、彼らはその数を活《い》かす技を磨《みが》いてきた。編隊を解いたり、また組んだりしながら、岩めがけて急降下し、その上で方向転換する。その姿が目に焼きついている目に見えない敵と模擬戦闘を行っているのだ。

「ノックの話だと、食肉族のあいだでありとあらゆる諍《いさか》いが起きているそうだ」とシャーがいった。「まずわしらがプロトと手を組んだことが信じられん。つぎに広間を占領するために、いっしょに行動したことが信じられん。そして先週仕掛けた総攻撃が、やつらを震えあがらせた。やつらはこの種の行動をこれまでいちども試していないが、それは失敗しないと思い知らされたのだ。いまは、なぜそうなのかをめぐって喧々囂々《けんけんごうごう》らしい。協力というものは、この世界にとって目新しいものだ、ラヴォン。まさに歴史を作っておるのだ」

「歴史?」ラヴォンは演習中の編隊を専門家の目で追いながらいった。「なんですか、それは?」

「これだ」老人は小石の肘《ひじ》掛けごしに身を乗りだし、肌身《はだみ》離さず持っている二枚の金属板に触れた。ラヴォンは首をめぐらせ、その動作を無関心に目で追った。その板のことならよく知っている――腐食しないピカピカ光るもの。両面にだれにも――シャーにさえ――読めない文字が深く刻まれている。プロトたちはその板を非=材質と呼んでいる――木でも肉でも石でもないからだ。

「それがなんの役に立つんです。ぼくには読めません。あなたにも読めない」

「糸口をつかんだのだ、ラヴォン。板に書かれているのはわしらの言葉だとわかった。最初の言葉を見てくれ。ha ii ss thu oh or ee――‘history’という言葉と文字の数と正確に一致する。これは偶然の一致ではない。そうすると、つぎの二語は‘of the’にちがいない。すでに知っている文字だけを使って、そこから進めていくと――」シャーは身をかがめ、新しい文字の連なりを棒で砂に書きつけた――i/terste//ar e//e/ition.

「それはなんです?」

「糸口だよ、ラヴォン。ただの糸口だ。いつか、もっとたくさんの文字がわかるようになるだろう」

ラヴォンは肩をすくめた。

「まあ、もっと安全になったときになら。でも、いまはそんなことに気をまわしている余裕はありません。そんな時間はあったためしがないんです、〈最初のめざめ〉以来ずっと」

老人は眉間《みけん》にしわを寄せて、砂に書かれた文字を見おろした。

「〈最初のめざめ〉か。なぜなにもかもがそこで行き止まりに思えるんだ? わしはそれ以来自分の身に起きたことなら、些細《ささい》な点までほぼすべてを思いだせる。だが、わしらが子供だったころになにがあった、ラヴォン? 〈最初のめざめ〉を生きのびた者は、だれひとり子供のころを憶えていないらしい。わしらの親はだれなんだ? なぜわしらは世界のことをなにも知らないんだ? おとなの男と女ばかりなのに」

「その答えが板のなかにあるんですか？」

「そう願っておる」とシャー。「そうだと信じておる。だが、なにもわからない。その板は、〈最初のめざめ〉のとき、胞子のなか、わしの隣にあった。わしにわかるのはそれだけだ。いや、これに似たものは世界にひとつもないということもわかっておる。それ以外は推論で、その推論はあまり先へ進んでいない。いつか……いつかだ」

「ぼくもそう願いますよ」とラヴォンが真面目な声でいった。「からかうつもりはないんです、シャー、じれったがるつもりもありません。ぼくだって疑問をいだいています。みんなそうです。でも、しばらくは先送りにしなければなりません。完全な答えがけっして見つからないとしたらどうします？」

「そのときは、わしらの子供たちが見つけるだろう」

「でも、それが問題の核心なんです、シャー。子供をもうけるためには生きなければなりません。そして彼らが学ぶ時間を持てるような世界を作るためには。さもないと——」

ラヴォンの言葉が途切れた。広間の戸口に立つ衛兵のあいだを、ひとつの人影が矢のようにぬけてきて、体をひねって止まったからだ。

「知らせはなんだい、フィル？」

「あいかわらずだよ」フィルは全身で肩をすくめるような動きをした。その足が床に触れる。「フロスクどもの城が砂州《さす》の端まで並びそうだ。もうじき完成するだろう。そうなったら、近づかないようにしないと。いまでもやつらを追いだせると思っているのかい？」

ラヴォンはうなずいた。

「でも、どうして？」

「第一に、見せしめだ。ぼくらはこれまで防御一辺倒《いっぺんとう》だった。たとえその仕事をうまくやってのけたとしてもだ。食肉族を混乱させておくつもりなら、こちらからの攻撃で追い打ちをかけなければならない。第二に、フロスクの建てる城は、トンネルと出口と入口だけでできている——ぼくらが住むには虫の家よりはるかにいい。この広間にぼくらを閉じこめることを食肉族が思いついたら、なにが起きるかは考えるだけでぞっとする。それに敵地に前哨地《ぜんしょうち》が必要なんだ、フィル。そこにいる食肉族を全滅させるんだから」

「ここは敵地だよ」とフィル。「ステファノストは〈水底〉に棲むものだ」

「でも、彼女はただの罠《わな》師であって、猟師じゃない。殺そうと思えばいつでも殺せるし、最後に見かけた場所へ行けばかならず見つかる。真っ先に根絶やしにしなければならないのは、ディクランやノソルカのような飛び跳ねるもの、ローターのような泳ぐもの、フロスクのようなコロニーを作るものだ」

「それなら、いますぐはじめたほうがいい、ラヴォン。ひとたび城が完成すれば——」

「そうだ。きみの部隊を集めてくれ、フィル。シャー、来てください。広間を出ます」

「城を攻撃するためにか？」

「もちろんです」

シャーは板をかかえあげた。

「それはここへ置いていったほうがいい。闘いの邪魔になります」
「いや」シャーはきっぱりといった。「目の届かないところへやりたくない。持っていくぞ」

3

軍勢が〈水底〉の広間から舞いあがり、変温層に向かって上昇をはじめたとき、漠然とした予感が、細かな沈泥《シルト》の雲のようにラヴォンの心を通りぬけた。よく似たものをこれまで感じたことがなかったので、なんとも心がざわついた。ラヴォンにわかるかぎりでは、なにかも計画どおりに進んでいるようだ。軍勢が進むにつれ、その数はふくれあがった。原生《プロト》たちが隊列に加わろうと、四方から馳《は》せ参じてくるからだ。規律はとれていた。そして人間はひとり残らず、乾燥させた長い木っ端で武装し、シャジクモの薄片《はくへん》で作った手斧《ておの》をベルトに吊していた。孔《あな》に革ひもを通してぶらさげているのだが、その孔のあけ方はシャーに教わったのだった。今日の光が薄れる前に、大量の死者が出るだろう。だが、死はいつの日もありふれたものであり、今回は食肉族がこっぴどい目にあうはずなのだ。

しかし、深みにはラヴォンの気に入らない肌寒さがあり、変温層の下に不自然な水流の存在がうかがわれた。軍勢を集め、はぐれ者たちから新兵を補充し、広間の安全を確保するのに非常に多くの日々を費やした。それにつづいた集中的な繁殖と、新しく生まれた者と新しく補充した者たちの訓練にはさらに多くの時間を要した。いずれも、やらないわけにはいかない仕事だったが、いずれも貴重な時間を注ぎこむことになった。もし肌寒さと水流が秋の訪れの前触れだとしたら……。

そうだとしても、手の打ちようがない。季節の変転は、昼夜の到来と同じくらい先のばしできないのだ。彼はいちばん近くにいるゾウリ《パラ》に合図を送った。

光沢《こうたく》のある魚雷形の生き物が、こちらへ向かってきた。ラヴォンは上を指さし、

「もうじき変温層だ、パラ。この方向でいいのか？」

「これでいい、ラヴォン。〈水底〉が空に向かって迫《せ》りあがっている場所はあっちだ。フロスクの城はその反対側にあるから、彼女にはわれわれが見えない」

「北から延びている砂州だな。よし。温かくなってきた。行こう」

ラヴォンは不意に速度があがるのを感じた。まるで目に見えない親指と人差し指で種《たね》のように弾《はじ》かれた気分だ。肩ごしに目をやり、ほかの者たちが水温の障壁を突きぬけるところを見まもった。その光景は、どんなめざめにも負けないくらい彼をゾクゾクさせた。いまのいままで、自分の兵力の規模や、一糸《いっし》乱れぬ動きの三次元的な美しさをはっきりと思い描けていなかったのだ。プロトさえ各部隊にしっくりと溶けこんでいる。編隊につぐ編隊が、ラヴォンを追って〈水底〉から舞いあがってくる。先頭は一体のノックで、ほかのものすべてを導く標識《ビーコン》のように悠然《ゆうぜん》と進んでいる。そのつぎが円錐《えんすい》陣形を組んだディディンの部隊で、仲間に警告するため逃げていきそうな個々の食肉族を見張っている。そのつぎが主力を構成する人間とプロトで、初等幾何学を元にシャーが編みだした美しい密集隊形を組んでいる。

砂州が前方にぬっと現れた。どんな山脈にも負けないほど大きい。ラヴォンは急上昇に転じた。するとごつごつした砂粒でできた丸石が、幅広い石の洪水となって眼下を急速に流れていった。尾根のはるか彼方《かなた》、緑に輝く濁った水をつらぬいて空までそびえているのが、彼らの目標である植物ジャングルの葉に覆われた茎《くき》だった。遠すぎてぼんやりとしているので、葉にくっついているフロスクの城はまだ見えないが、行軍の最長部分が終わったことはわかった。彼は目を細め、水搔きのある手足をすばやく動かして推進力を生みだし、陽光に照らされた水をかき分けていった。侵略者たちは、整然とした奔流《ほんりゅう》となって、彼のあとから砂州の頂《いただき》をつぎつぎと越えていった。

ラヴォンは片腕をふって円を描いた。後続の部隊が音もなく散開して、軸をジャングルに向けた大きな放物面となった。城はいまくっきりと見えていた。軍勢が結成されるまで、緊密な協力の産物というものは、この世界にそれしか見られなかった。城は根元が細くなった褐色《かっしょく》の管が無秩序にくっつき合った造りで、全体としては枝分かれした珊瑚《さんご》と同じくらい優美だった。それぞれの管の口にワムシの一種、フロスクがいた。四つ葉のクローヴァー形の冠を持ち、ものをつかめる指を腰のくびれから一本だけ生やしていることで、ほかの食肉族とは区別できる。その指で茶色い唾を絶えずこねて硬い粒《つぶ》に変え、管の縁に丹念に貼りつけている。

いつもながら、城を見るとラヴォンの筋肉が疑惑の念で冷たくなった。それらは完璧であり、〈最初のめざめ〉のずっと前、いや、人間が登場するずっと前から、つねに夏を代表する石の花のひとつだった。それに上層の水には、たしかにおかしなところがある。温かくて眠気《ねむけ》を誘うのだ。フロスクの頭が、それぞれの管の口で満足げに低いうなりをあげている。なにもかもがそうあるべき姿だし、つねにそうであった姿だ。軍勢は幻であり、攻撃ははじまる前に失敗したのでは――

そのとき彼らは見つかった。

たちまちフロスクが姿を消した。激しく身を縮めて管のなかに引っこんだのだ。通りかかったものを片っ端から平らげる口から絶えず発する、おだやかなうなり声もかき消えた。命拾いしたプランクトンたちが、光を浴びて城のまわりをただよっていた。

ふと気がつくと、ラヴォンの口もとはほころんでいた。そう遠くないむかし、フロスクは人間が近寄るまで待ち、それから一気に吸いこむだけだった。あちこちで多少の小競《こぜ》り合いが起き、特大のひと口を呑みこみ、挽《ひ》き臼《うす》に送りこむあいだ、低いうなりがたまに途切れるだけだった。それがいまや、フロスクが隠れるのだ。人間を恐れているのだ。

「行け！」彼は声のかぎりに叫んだ。「殺せ！　やつらが引っこんでいるうちに殺すんだ！」

背後の軍勢がすさまじい鬨《とき》の声をあげ、彼のあとから突撃に移った。

戦術は消え失《う》せた。花冠《かかん》がラヴォンの正面で開き、低いうなりをあげる渦に巻きこまれて、彼はくるくるまわりながらその黒い中心へ吸いよせられていった。ラヴォンは木っ端の刀でめったやたらに切りつけた。

鋭利な刃《は》が繊毛を生やした突出部に深々と切りこんだ。ワムシはサイレンのように絶叫すると、傷ついた顔を冠で覆って、管のなかに引っこんだ。ラヴォンは容赦なくあとを追った。

城の内部は真っ暗だった。そして苦痛が引き起こす激流にさらわれて、彼は小石だらけの壁から壁へと翻弄《ほんろう》された。歯を食いしばり、木っ端で突く。間髪《かんはつ》を容《い》れずに、それがへこむ表面に突き刺さり、またしても耳を聾《ろう》する悲鳴があがった。苦悶《くもん》のあまり意味を失い、聞くだに恐ろしいものの、ラヴォン自身の言葉の切れ端がいくつも交じっている。彼はそれがやむまで切りまくり、恐怖を克服できるまでひたすら切りまくった。

恐怖を抑えられるようになると、すぐに切り裂かれた死骸の内部に卵を探った。木っ端の切っ先が卵を見つけると、グサリと刺して命を絶った。彼は身震いしながら管の口までとって返し、いまの出来事を考える暇もなく、最初に通りかかった食肉族めがけて身を躍らせた。

そいつはディクランだった。彼女はただちに猛然と身をひるがえし、彼に襲いかかってきた。さしもの食肉族も、協力ということについてなにがしかを学んでいたのだ。そしてディクランは開けた水中での戦闘が得意だった。彼らはフロスクに呼べる最強の援軍といえそうだった。

ディクランの装甲は、ラヴォンの木っ端の切っ先をやすやすと弾《はじ》いた。関節に当たるよう願って、彼は狂ったように突き刺したが、敏捷《びんしょう》な相手は狙いを定める暇《いとま》をあたえてくれなかった。彼女はラヴォンに飛びかかり、その低くうなる冠が、彼の頭をつつみこむと、前腕をわき腹に押しつけて——

と、食肉族が痙攣《けいれん》するように体を波打たせたかと思うと、ぐったりとなった。ラヴォンは肉に切りつけて、なかば引きちぎるようにして外へ出た。一体のディディンが、その把握器《はあく》官を引きぬきながら退《しりぞ》いているところだった。ディクランの死体はゆらゆらと落ちていった。「ありがとう」ラヴォンはあえぎ声でいった。そのプロトは返事をせずに泳ぎ去った。人間の言葉を真似るには、繊毛の数が足りないのだろう。いや、答える気がないのかもしれない。ディディンは社交的な種族ではないのだ。

体を引き裂くような渦巻が、またしても周囲に生まれ、彼は剣をふるうほうの腕をたわめた。夢にも似たつぎの五分間に、彼は固着《こちゃく》して餌を吸いこむフロスクに対処する技《わざ》を編みだした。流れにあらがって、木っ端を前後にふるうのではなく、渦流《かりゅう》に身をゆだね、流れに乗るのだ。木っ端は切っ先を下にして、足ではさんでおく。結果は望外《ぼうがい》というほかなかった。フロスクが人間を吸いこもうと大口をあけているあいだに、フロスクみずから仕掛けた罠の力を借りて、切っ先がそのやわらかな虫のような体をなかばまでつらぬくのだ。それぞれの遭遇戦のあと、ラヴォンは卵の破壊という気の滅入《めい》る儀式を根気強くやり通した。

ある管から出てきたとき、戦闘がいつのまにか遠ざかっていたことにようやく気づいた。彼は管のへりでひと休みして息をととのえ、丸い半透明の煉瓦《れんが》にしがみついて、闘いを見まもった。その乱戦から軍事的な意味を汲《く》みとるのはむずかしかったが、彼にわかるかぎりでは、ワムシたちは大敗を喫《きっ》しているようだった。彼らはこれほど注意深く組織された攻撃に対処する方法を知らないし、本当の意味では知能がないのだ。

ディディンは乱戦の端から端へ広がり、密集隊形を組んだ勇猛なグループふたつに分かれると、遊泳するワムシたちをとり囲み、群れ全体を一気に殲滅《せんめつ》しにかかった。ラヴォンの見るところ、ゾウリの《パ》チ《ラ》ームに囚《とら》われた食肉族は六体をくだらなかった。それぞれのペアが、毛胞の網にからめとられた犠牲者を容赦なく〈水底〉のほうへ引きずっていく。そこで食肉族は窒息するしかないのだ。驚いたことに、軍勢に同行してきた数体のノックのうちの一体が、すくみあがったローターをその実質的に無害な触手でごしごしこすっていた。食肉族は驚愕《きょうがく》のあまり反撃できないようだ。こんどばかりは、食肉族の気持ちがラヴォンにも察せられた。

下から彼のところまで、のろのろと大儀《たいぎ》そうに泳いでくる人影があった。息も絶え絶えの老シャーだった。ラヴォンは手をさし伸べて、管のへりまで引っぱりあげてやった。老人の顔には、ショックと純粋の嘆きが相半《あいなか》ばした怯《おび》えの表情が浮かんでいた。

「なくなった、ラヴォン」シャーがいった。「なくなった。消え失せた」

「なにが？　なにがなくなったんです？　どういうことです？」

「板だ。おぬしのいうとおりだった。わきまえておくべきだった」彼は発作的にしゃくりあげた。

「なんの板です？　落ち着いてください。なにがあったんです？　歴史の板の一枚をなくしたんですか――それとも両方ですか？」

彼の教師はゆっくりと息をととのえているようだった。

「片方だ」みじめそのものといった口調で彼はいった。「闘いのさなかに落としてしまった。

もう片方は空《から》っぽになったフロスクの管に隠した。だが、最初の一枚を落としてしまった――ようやく解読の糸口が見つかったほうを。はるばる〈水底〉まで落ちていった。戦闘に巻きこまれて、追いかけるわけにはいかんかった――あれがくるくるまわりながら、暗闇の奥へ落ちていくのを見ているしかなかった。泥を永遠に掻きまわしても、二度と見つからんだろう」

彼は両手に顔を埋《うず》めた。緑に光る水のなか、茶色い管のへりにすわっている彼は、哀れを誘うと同時にばかげて見えた。ラヴォンは、なんといっていいかわからなかった。板の喪失が重大で、おそらく決定的な出来事だということは彼にもわかった。〈最初のめざめ〉に先立つ記憶の空白は、もはやけっして埋まらないのだ。シャーがどういう気持ちでいるかは、おぼろげに理解できるだけだった。

また別の人影が矢のように泳いできて、こちらへ向かって身をひねった。

「ラヴォン！」フィルの声が叫んだ。「うまくいったぞ、うまくいった！　泳ぐやつらは逃げている。生き残りは、ってことだ。フロスクがまだ何体か城の暗闇に隠れている。そいつらを開けたところへおびき出せさえすれば――」

ハッとわれに返って、ラヴォンはいくつかの可能性をすばやく検討した。フロスクが城に立てこもってしまえば、攻撃全体はやはり失敗ということになりかねない。けっきょく、大量殺戮《さつりく》だけが目的ではないのだ。もともと城をぶんどるために出発したのである。

「シャー――この管はつながり合っているんですか？」

「ああ」老人は興味なさそうに答えた。「これは連続した系だ」

ラヴォンは開けた水域へ飛びだした。

「行くぞ、フィル。うしろから攻撃する」向きを変え、管の口へ飛びこむ。フィルがすぐあとにつづいた。

管のなかは真っ暗で、前の所有者のにおいで水は臭かったが、しばらく手探りしていると、つぎの管に通じる開口部が見つかった。壁の傾斜で、どちらが出口かは簡単にわかった。フロスクが作るものには例外なく円錐形の孔があり、隣の管とのちがいは大きさだけだ。ラヴォンは決意も固く本道に向かって進んでいった。つまり、つねに下へ、内側へ。

いちど、ある開口部の下にさしかかると、その向こう側で水が激しく動いていて、叫び声や挑戦するような低いうなり声がくぐもって聞こえてきた。ラヴォンは停止して、剣をその孔に突っこんだ。ワムシが驚いて金切《かなき》り声をあげ、傷ついた尾を跳ねあげたとたん、管の壁をつかんでいた足の指を思わず離してしまった。ラヴォンはにやりと笑いながら先へ進んだ。あとは上にいる男たちがうまくやるだろう。

ようやく中央の本道にたどり着くと、ラヴォンとフィルは枝道から枝道へと順番にはいりこみ、不意をつかれた食肉族をうしろから串刺《くしざ》しにしたり、壁から切り離したりしていった。そうすれば、自分の冠の吸引力でワムシは浮かびあがり、外で待ちかまえていた男たちに始末されるのだ。管がラッパ形なので、食肉族は方向転換して闘うことも、城を通りぬけて背後から不意をついた者たちを追いかけることもできない。それぞれのフロスクはひとつしか部屋を持たず、けっしてそこを離れないのだ。

城の大掃除は十五分もかからなかった。ラヴォンがフィルとともにある小塔の口へ出てきて、史上初の〈人間の都《みやこ》〉を見おろしたとき、その日はちょうど暮れはじめたところだった。

彼は額《ひたい》を膝に押しつけて、死人のようにぴくりともせずに暗闇のなかに横たわった。水は息苦しく、冷たく、黒一色だった。周囲にはフロスクの城を形作る管の壁がある。頭上では一体のパラが、新しくできた円蓋《えんがい》にまたひとつ砂粒を置いている。軍勢のほかの者たちは、新しい石の蓋がはまった別の管で休んでいたが、身動きする音や話す声は聞こえない。あたりは共同墓地のように静まりかえっていた。

ラヴォンの思考は、薬漬けのシロップのように緩慢《かんまん》で、苦みを帯びたものだった。季節の推移について、彼が思ったとおりだったのだ。毎年秋の逆転で起きる鉄砲水の前に、すべての民《たみ》を広間から城へ連れてくるのは、かろうじて間に合った。そのとき宇宙の水は一回転して、空を〈水底〉へ、〈水底〉を空へ運んでから、両者の水を混ぜあわせる。来年の春の逆転で作りなおされるまで、変温層は破壊されるのだ。

そして当然ながら、水温と酸素濃度の急変に合わせて、胞子形成腺《せん》がふたたび活動をはじめた。球形の琥珀色の殻が、いまラヴォンの周囲にできあがりつつあり、それについて彼にできることはない。それは不随意反応であり、心臓の鼓動と同じくらい彼の意のままにはならないのだ。まもなく胞子を満たす発光性の油があふれ出てきて、冷たく汚い水を押しだし、それに置き換わり、そうしたら眠りが訪れて……。

そしてこのすべてが起こったのは、彼らが本当の戦利品を得たちょうどそのとき、敵国に拠点をかまえ、食肉族を未来永劫この世から葬《ほうむ》り去るチャンスに手が届いたちょうどそのときだった。いまや食肉族の卵は産み落とされた。そして来年には、また一からやり直しだ。それに板が失われた。それが未来にとってなにを意味するのか、彼はまだ考えはじめてもいなかった。

やわらかなカチャンという音がした。最後の砂粒が屋根の所定の位置におさまったのだろう。その音は、彼が先ほどから闘ってきた絶望の波を最後にもたらしたわけではなかった。むしろ、漠然とした満足の波を運んできたように思え、その波とともに彼の意識は、ますます急速に眠りのほうへ沈みはじめた。けっきょく、自分たちは安全だ。城から追いだされはしない。それに来年になれば食肉族の数は減っているだろう。あれだけの卵が、そして卵を産む者たちが滅ぼされたおかげで……。板もまだ一枚残っている……。

静寂と寒気《かんき》。暗黒と沈黙。

銀河系の忘れられた片隅で、水の惑星ハイドロットが、赤い恒星タウ・ケチのまわりを果てしなくめぐっている。何カ月ものあいだ、生命は湖と水たまりに蝟集《いしゅう》していたが、いまや太陽が天頂から退《しりぞ》き、雪が降りしきり、永遠の大洋から氷が進出している。生命はいまいちどまどろみに向かって、仮死状態に向かって沈みこみ、十億もの微生物の闘いと野望と情欲と敗北が、そうしたものがまったく重要ではなくなる忘却の淵《ふち》へと退いていく。
そう、ハイドロットに冬が君臨するとき、そうしたものはまったく重要ではなくなる。
だが、冬は気まぐれな王なのだ。

第二周期

1

老シャーは縁《ふち》がギザギザになった分厚い金属板をとうとう下に置くと、城の窓の外をじっと見つめた。どうやら緑金色《りよくきんしよく》に淡く光る夏の水で目を休めているらしい。部屋の穹稜《きゆうりよう》（交差した円筒から成る面）でのんびりとうたた寝しているノックから射すやわらかな蛍光《けいこう》が、その体の上で戯れている。こうして見ると、彼がじつは青年であることがラヴォンにはわかった。その顔の造りはあまりにも繊細なので、胞子からはじめて出てきて以来、そう多くの季節が過ぎていないことがうかがえる。

しかし、老人だと思うこと自体がまちがっているのだ。すべてのシャーは伝統的に〝老〟シャーと呼ばれてきた。その理由は、ほかのあらゆるものの理由と同様に忘れられているが、慣習は消えずに残った。すくなくとも、その形容詞は役職に重みと威厳をあたえる——つまり、民人《たみびと》すべての英知の中心だ。ちょうど歴代のラヴォンが権威の中心であったように。

現在のシャーは第十六世代に属している。したがって、ラヴォン自身よりすくなくとも二季節は若いにちがいない。彼が老成しているとしたら、知識の面においてのみだ。

「ラヴォン、あなたには正直でなければなりません」と、ようやくシャーがいった。視線はあいかわらず形の不規則な縦長の窓の外に向けられている。「あなたは成年に達したので、金属板の秘密を知ろうとしてわたしのところへやってきた、あなたの先代たちがわたしの先代たちのもとを訪れたのとまったく同じように。わたしは秘密のいくつかをあなたに教えられる——しかし、大部分は、なにを意味しているのか、わたしにもわかりません」

「これほど多くの世代を重ねてもですか?」とラヴォンは驚いて尋ねた。「はじめて完全な翻訳を成しとげたのは、シャー三世ではありませんでしたか? それは遠いむかしのことです」

若者がふり返り、深みを見つめていたせいで暗くなり、幅が広がった目でラヴォンを見た。

「板に書いてあることは読めます。だが、その大部分は意味をなさないように思えるのです。最悪なのは、記録が不完全なことです。知らなかったのですか? 不完全なのです。板の一枚は、食肉族との最初の戦争のさなかに失われました。これらの城がまだやつらの手中にあったときに」

「だったら、ぼくはなんのためにここへ来たんです?」とラヴォン。「残っている板に価値のあることは書かれてないいんですか? 本当に〝創造主の英知〟がおさまっているんですか、それとも、それもまた別の神話なんですか？」

「いや、そうではありません。それは真実です」とシャーがゆっくりといった。「その点に関するかぎりは」

彼はいったん言葉を切った。ふたりの男は首をめぐらし、窓の外にいきなり現れた亡霊じみた生き物を見つめた。それからシャーが重々しい口調で、「おはいりなさい、ゾウリ《パラ》」といった。

数千個の黒みがかった銀色の粒と細かい泡が内部にぎっしり詰まっていることをのぞけば透明に近いスリッパ形の生物が、すーっと部屋にはいってきて、その場に浮かび、繊毛でヒューヒューと音をたてた。一瞬、それは無言のままだった。あらゆる原生《プロト》の儀式ばった流儀に則《のっと》って、丸天井の下に浮かんでいるノックにテレパシーで話しかけているのだ。こうした会話を傍受《ぼうじゅ》した人間はいないが、それが現実に行われていることに疑いの余地はなかった。人間は何世代ものあいだ、それを長距離通信に使ってきたのだ。

やがてパラの繊毛がいまいちど震えた。

「慣習にしたがい、われわれはやってきた、シャーとラヴォン」

「歓迎する」とシャー。「ラヴォン、板の件はしばらく置いておきましょう。パラの話をあなたが聞くまでは。それは、ラヴォンたる者が役職についたら持たなければならない知識の一部です。そして板に優先します。わたしは、われわれが何者であるかについて、あなたにヒントをいくつかさしあげられます。その前にパラが、われわれが何者でないかについて、あなたに伝えなければならないことがあります」

ラヴォンは進んで聞く気になってうなずいた。そしてシャーがすわっている木製テーブルの上面にプロトがふわりと舞いおりるところを見まもった。その存在は完全無欠で、組織に無駄がなく、動きが優雅で確実なので、自分自身が成熟したとは思えなくなるほどだった。すべてのプロトと同様に、パラを見ると、知恵が足りないとまではいえないとしても、すくなくとも自分は未完成だという気がした。

「この宇宙には、人間の居場所が論理的には存在しないことをわれわれは知っている」とテーブルの上でキラキラ輝く、いまはじっとしている円筒形の生き物が、だしぬけに低い単調な声でいった。「われわれの記憶は、種族全体が共有する財産だ。それは人間のような生き物、あるいはすこしでも人間に似た生き物がここに存在しなかった時代にまでさかのぼる。そのむかし、ある日突然、しかもある程度の数の人間がここにいたことも記憶している。彼らの胞子が〈水底〉に散らばっていた。季節の〈めざめ〉のすぐあとに、われわれはその胞子を見つけた。そのなかでまどろんでいる人間の形が見えた。

やがて人間は胞子を壊して出てきた。はじめのうち彼らは無力に思え、食肉族が何十人もいっぺんに彼らを貪《むさぼ》り食った。そのころやつらは、動くものを片っ端から貪り食っていたのだ。しかし、そういうことはすぐに終わった。人間には知能があり、行動的だった。そしてこの世界のほかの生き物にはない習性、特徴をそなえていた。野蛮な食肉族さえ持っていなかった習性だ。人間はわれわれを組織して、食肉族どもを皆殺しにした。ちがいはそこにある。人間は主導権を握っていたのだ。われわれはいま言葉を持っている。おまえたちが授けてくれたものだ。われわれはそれを利用するが、名前がなにを指しているのかわからないものがいまだにある」

「きみたちは、ぼくらのかたわらで闘った」とラヴォン。

「さいわいにも。あの戦争を起こすという発想が、われわれにはなかっただろう。しかし、それはよいことであり、よい結果をもたらした。それでも、われわれは疑問に思ったのだ。人間は泳ぎが下手で、歩くのが下手で、這うのが下手で、登るのも下手だ。だが、道具を作り、それを使うようにできている。われわれにはまだ理解できない概念だ。これほどすばらしい才能がこの宇宙では大部分が浪費され、それに代わるものはないのだから。人間のような不器用な生き物に、道具を使える手をあたえてなんの役に立つのか？　われわれにはわからない。ひとつ明らかだと思えるのは、これほど急進的な才能は、世界に対するはるかに大きな支配権に結びつくはずだということだ。事実、人間はなにができるかを証明してきたが、それよりもはるかに大きなことができるにちがいない」

ラヴォンは頭がくらくらした。

「パラ、きみたちが哲学者だとは、ちっとも知らなかった」

「プロトは古い種族です」とシャーがいった。彼はまた向きを変え、背中で手を組んで窓の外を見ていた。「彼らは哲学者ではありません、ラヴォン。しかし、仮借《かしやく》なき論理の徒《と》ではありますよ。パラの話に耳を傾けてください」

「こうして筋道立てて考えると、結論はひとつしかありえない」とパラがいった。「われらが奇妙な同盟者、人間はこの宇宙にまたとない存在だ。彼はこの宇宙にふさわしくなかったし、いまもふさわしくない。彼はここに属していない。ここに――適応させられたのだ。とすれば、この宇宙のほかにも宇宙があるのだと考えざるを得ない。だが、それらの宇宙はどこにあるのか、それらの特徴がどんなものであるのかは想像を絶する。人間も知ってのとおり、われわれには想像力というものがない」

この生き物は皮肉をいっているのだろうか？　ラヴォンにはわからなかった。彼はゆっくりといった。

「ほかの宇宙だって？　どうしたらそんなことが真実でありえるんだ？」

「わからない」パラが抑揚のない低い声でいった。ラヴォンは待ったが、プロトがもうなにもいわないのは明らかだった。

シャーはまた窓の敷居にすわって、両膝をかかえ、光の射す深淵を行き来するぼんやりした影を眺めていた。

「それは掛け値なしの真実です」と彼がいった。「板に書かれていることが、それを明らかにしてくれます。これからその内容を語らせてください。

われわれは造られたのです、ラヴォン。われわれとはちがうけれど、にもかかわらずわれわれの祖先である人間によって造られたのです。彼らはなんらかの災厄に見舞われ、われわれを造り、このわれわれの宇宙に置きました――たとえ自分たちは死を免《まぬか》れないとしても、人間という種族は生きつづけるように」

ラヴォンはアオミドロを織って作ったマットにすわっていたが、そこからゆらりと立ちあがり、「ぼくを愚か者だと思っているんですね」と鋭い声でいった。

「いいえ。あなたはわれわれのラヴォンです。事実を知る権利があります。それを受け入れてもらいたい」シャーは水掻きのある足指を部屋のなかに引っこめた。「いまお話ししたことは、なかなか信じられないかもしれません。しかし、そうとしか思えません。パラの話が裏づけてくれます。われわれが生きるのに、ここがふさわしくないのは自明でしょう。いくつか例をあげます——

過去四人のシャーが、熱を制御する方法を学ばないかぎり、われわれの研究は行き止まりだということを発見しました。われわれは化学的にじゅうぶんな熱を生みだし、温度がじゅうぶん高くなれば——あるいは、じゅうぶん低くなれば——周囲の水さえ変化することを示しました。まあ、そのことは最初からわかっていたのですが。しかし、そこで止まっています」

「なぜです?」

「開けた水のなかで生みだされた熱は、生まれる端から運び去られてしまうからです。いちどその熱を閉じこめようとしたところ、城の管全体が吹っ飛び、あたりにいたものすべてを死なせてしまいました。その衝撃はすさまじいものでした。その爆発で生じた圧力を測ったところ、われわれの知る物質では抵抗できないことがわかりました。理論上、それよりも強い物質はあり得ますが——それを作るには熱が必要なのです！

化学を例にあげましょう。われわれは水のなかに住んでいます。水中では、あらゆるものが、ある程度は溶けるように思われます。化学実験をどうやったら坩堝《るつぼ》のなかに閉じこめられるのでしょう？　どうやって溶液をいちど希釈《きしやく》した状態に保っておけるのでしょう？　わたしにはわかりません。あらゆる道が、同じ石の扉へ突き当たってしまいます。われわれは考える生き物です、ラヴォン。しかし、自分たちが住んでいるこの宇宙について考えるとき、なにかが根本的にまちがっているのです。どうしても結果を導きだせないのです」

ラヴォンは浮いている髪の毛を無駄と知りつつ押しもどした。

「あなたはまちがった結果について考えているのかもしれない。戦争や、作物や、そういった実用的なことで困ったためしはありません。多くの熱を生みだせないとしても、まあ、おおかたの者は残念に思わないでしょう。いまある以上の熱は必要ありません。それより、ほかの宇宙というのは、いったいどんなふうなんですか？　ぼくらの祖先が住んでいた宇宙は？　ここよりましなんですか？」

「わからない」とシャーは認めた。「あまりにもちがっているので、両者をくらべることは困難です。金属板は、自力で動く容器にはいって、場所から場所へ旅をしていた人間たちの物語を語っています。わたしに思いつく似たものといえば、若者たちが変温層をすべるのに使う珪藻の殻でできた軽舟《けいしゅう》だけですが、はるかに大きなものであることはまちがいありません。

わたしの頭にあるのは、四方が閉じていて、多くの人々——二、三十人といったところでしょうか——を収容できるほど大きな船です。それは何世代ものあいだ、なんらかの媒体のなかを旅しなければなりませんでした。そこには呼吸するための水がないので、人々は自前《じまえ》の水を持ち運び、それを絶えず再生しなければなりませんでした。季節というものはなく、空に氷は張りませんでした。閉じた船のなかに空というものはありえないからです。したがって、胞子も形成されませんでした。

やがてその船は、なんらかの形で遭難しました。乗っていた人々は、自分たちが死ぬのを知っていました。彼らがわれわれを造り、ここへ置いたのです。まるで自分たちの子供であるかのように。彼らは死ぬ運命にあったので、自分たちの物語を板に記し、起きたことをわれわれに伝えようとしました。シャー一世が戦争のさなかになくした板があったら、もっとよく理解できたでしょう——しかし、その板はありません」

「一から十まで寓話《ぐうわ》のように聞こえる」とラヴォンが肩をすくめ、「さもなければ歌に。理解できない理由はわかりました。わからないのは、わざわざ理解しようとする理由です」

「板があるからです」とシャー。「そうしてご自分であつかってみたからには、似たものがないことはおわかりでしょう。われわれにもハンマーでたたき伸ばした粗雑で不純な金属はあります。しばらくは保《も》つけれど、やがて朽《く》ちてしまう金属です。しかし、その板は何世代にもわたって輝きつづけている。それは変わりません。われわれのハンマーや彫刻刀は、それに当たると壊れてしまいます。われわれに生みだせるささやかな熱では、傷ひとつつけられません。その板は、われわれの宇宙で作られたものではありません――その事実がひとつあれば、そこに記された言葉のひとつひとつが重要に思えてきます。だれかがたいへんな苦労をして、その板を破壊不能にし、われわれにあたえようとしたのです。そのだれかにとって、〝星〟という言葉は、十四回もくり返す値打ちがあるほど重要でした。その言葉がなにも意味しないように思えるにもかかわらず。われわれの創造主が、永遠に保つらしい記録にひとつの言葉を二回でもくり返せば、その意味を知ることは、われわれにとって重要だと考えたくなるじゃありませんか」

ラヴォンはいまいちど立ちあがった。

「その別の宇宙やら、巨大な船やら、意味のない言葉やら――そういうものが存在しないとはいえません。しかし、それがあると、なにがちがうんですか。数世代前のシャーたちは、バクテリアを糧《かて》にしてその日暮らしをする代わりに、ぼくらにとって都合のいい藻類を繁殖させ、その栽培の仕方を教えるのに一生を費やしました。さらにさかのぼれば、シャーたちは兵器を考案し、戦争の計画を練りました。いずれもやる値打ちのある仕事です。当時のラヴォンたちが、金属板とその謎がなくてもうまくやっていたのは明らかだし、シャーたちもうまくやれるように骨を折ったんです。まあ、作物の改良よりもそっちのほうをやりたいというのなら、板にかまけるのもいいでしょう――でも、投げ捨てるべきだと思いますよ」

「わかりました」シャーが肩をすくめた。「あなたにその気がないのなら、伝統の会見はこれで終わりにします。われわれはそれぞれの道を――」

テーブルの上面から低いうなりが湧きおこった。パラが浮上していて、その動きで生じた波が繊毛を乗り越えていた。ちょうど〈水底〉に植えられた繊細な菌類の畑で実をつける茎を音もなく伝っていく波のように。パラがあまりにも静かだったので、ラヴォンはその存在を忘れていた。シャーのぎょっとした顔を見れば、シャーも同じであることがわかった。

「それは大きな決断だ」その生き物から伝わってくる音の波はそう聞こえた。「あらゆるプロトがそれを聞いて、同意している。われわれは長いあいだこの金属板を恐れてきた。人間がそれを理解できるようになり、それにしたがって、どこか秘密の場所へ行き、プロトを置き去りにするのではないかと恐れてきたのだ。いまやその恐れはなくなった」

「恐れるものなんてなかったんだ」とラヴォンが鷹揚《おうよう》にいった。

「ラヴォン、歴代のラヴォンでそういった者はいなかったのだ」とパラ。「われわれはうれしい。その板を投げ捨てるとしよう、ラヴォンが命じたとおりに」

そういうと、キラキラ光る生き物が、窓の朝顔口に向かって舞いあがった。テーブル上面でそいつの下敷きになっていた残りの板をかかえている。腹側のしなやかな繊毛の湾曲した先端からぶらさがっているのだ。透明な体の内側では、浮力を増して、重い荷物を運べるようにするため、空胞《くうほう》がふくらんでいた。

シャーが叫び声をあげ、窓に向かって水中を突進した。

「止まれ、パラ！」

しかし、パラはすでにいなくなっていた。あまりの速さに、呼びかけさえ聞こえなかったのだろう。シャーは体をひねり、片方の肩を塔の壁に押しあてた。彼はなにもいわなかった。顔を見ればじゅうぶんだった。ラヴォンはしばらくその顔をまともに見られなかった。

ふたつの人影が、丸石を敷いたでこぼこの床をのろのろと動きはじめた。ノックが丸天井からおりてきた。その触手で水をかきまわし、体内の光を不規則に明滅させている。そいつも従兄弟のあとを追って窓から出ていき、〈水底〉に向かってゆっくりと沈んでいった。その生きている光が徐々に暗くなっていき、深みでちらついたかと思うと、ふっと消えた。

2

長いあいだ、ラヴォンは板をなくしたことをあまり考えずにすんだ。やるべき仕事がつねに山ほどあったのだ。城の補修は終わりのない仕事である。無数の二叉《ふたまた》に分かれた翼は、時間がたつと崩れやすくなる。とりわけ分岐している根元のところで。そして、以前それらをつなげていたワムシの唾と同じくらい優秀なモルタルをもたらしてくれたシャーはまだいない。おまけに、初期のころは窓をあけたり、部屋を造ったりするのも行き当たりばったりで、しばしば信用ならなかった。けっきょく、食肉族の本能に頼った建築物は、人間の居住者の必要を満たすようにはできていないのだ。

それに作物がある。人間はもはや通りかかったバクテリアを捕まえて口に運ぶという不安定な食生活を送っていない。いまは特定の水生菌類と藻類のマットが水中をただよい、〈水底〉には滋養《じよう》に富んだ類菌糸体《るいきんしたい》――五代のシャーが交配してきたもの――の畑がある。菌株を純粋に保つために、そして原生《プロト》のなかでも出現が古く、知能の足りない種に食い荒らされないように、絶えず世話をしなければならない。たしかに、あとのほうの仕事では、古い種族よりも複雑で、遠目《とおめ》のきくタイプのプロトが協力してくれるが、それでも人間が監督しなければならないのだ。

食肉族との戦争のあと、動きが遅く、頭の働きが鈍い珪藻を餌食にすることが習慣となった時代があった。彼らの精妙でもろいガラスの殻は簡単に破裂するし、親しげな声がかならずしも友人を意味しないということを彼らはおぼえられないのだ。他人の目がないと、珪藻を割って食べる人々はいまだにいる。だが、彼らは野蛮人とみなされて、プロトをいたく困惑させた。華麗な彫りこみのある植物は、舌足らずで無邪気な話し方をするので、共同体のペットの範疇《はんちゅう》に入れられている――プロトにはまったく理解できない概念だ。とりわけ、半《はん》弁殻《べんかく》をまとった珪藻は美味だと人間が認めているのだから。

その差は非常に小さい、とラヴォンもあっさり認めるしかなかった。けっきょく、人間はチリモを食べるのであり、それと珪藻のちがいは三つしかない。チリモの殻は柔軟だ。チリモは動かない（それをいうなら、珪藻もわずかな種族しか動けない）。そしてチリモはしゃべらない。それでもラヴォンにとって、たいていの人間にとってと同様に、プロトにそれがわかるにしろわからないにしろ、そこにはなんらかの差があるように思えるのだ。そうした状況のもとで、慣習に反し、陽に照らされた空の高層でときおり珪藻を賞味する密猟者から彼らを守ることは、人間の世襲のリーダーである自分の義務の一部だと感じるのだった。それでも、自分自身の軽率な誇張的表現のせいで、人間の起源と目的に関する最後の手がかりが奪いとられ、ほの暗い空間へ運び去られた瞬間を忘れられるほど忙しくしつづけるのは不可能だった。

誤解をあたえてしまったのだと説明して、ゾウリに板《パラ》を返してくれと頼むことはできるかもしれない。プロトは論理一辺倒の生き物だが、人間に敬意を払っているし、人間の非論理的なところには慣れているので、強めにいえば、決定をくつがえすかもしれない――

《申しわけない。板は砂州の向こうへ運ばれ、深淵に投じられた。〈水底〉を探してはみるが……》

答えはそんなところだろう、とラヴォンは悟って、抑えきれない吐き気に襲われた。なにかに価値がないとプロトが判断したら、老女のようにどこかの部屋へ隠したりしない。投げ捨てるだろう――きれいさっぱりと。

良心の呵責《かしやく》をおぼえはするものの、板は失われてよかったのだ、とラヴォンは納得しかけていた。あれがいったいなにをした？　歴代のシャーが、人生の晩期に益体《やくたい》もないことを考えるようになっただけではないか。ここで、水中で、世界で、宇宙で、歴代のシャーが人間のために成しとげたことは、直接の実験によるものだった。あの板から有益な知識はひとかけらも出てこなかった。とにかく、第二の板に書かれていたのは、考えないほうがいいことばかりだった。プロトたちのいうとおりだ。

ラヴォンは植物の葉状体《ようじょうたい》の上で姿勢を変えた。青緑色で油の豊富な藻類の実験的作物が、空のてっぺんに近いところに密集してただよっている。その収穫を監督するために、彼はそこにすわっているのだった。そしてごわごわした幹《みき》に背中をそっとこすりつけた。つまるところ、プロトはめったにまちがわない。創造性が欠けていて、独創的な思考ができないことは、限界であると同時に才能でもある。おかげで物事をつねにあるがままに見て感じられるのだ——そうあってほしいと望むようにではなく。なにしろ、望む能力もないのだから。

「ラ・ヴォン！　ラー・ヴー・オン！」

長々と呼びかける声が、眠気《ねむけ》を誘う深みからあがってきた。ラヴォンは葉状体の表面に片手を突くと、身をかがめて下を見た。手斧をさげた収穫者たちのひとりが、こちらを見あげていた。藻類のかたまりから、ねばねばした四分子を切り分けていたのである。

「ここだ。なにごとだ？」

「熟した四分円を切りとりました。綱をかけて引いていきましょうか？」

「引いていってくれ」

ラヴォンはものうげに手をふりながらいうと、背中をまた幹にあずけた。それと同時に、赤みがかった光が頭上に燦然《さんぜん》と輝き、この上なく細い金糸《きんし》で織った網をつぎつぎと投げこむように深みに射しこんだ。昼間は空の上に棲んでいて、どのシャーにも解明できていないパターンにしたがって明るくなったり暗くなったりする大いなる光が、またしても花開いていた。

その光の温かな輝きを浴びて、ふり仰がずにいられる人間はまずいない――とりわけ、空のてっぺんそのものにしわが寄り、一瞬水が迫《せ》りあがったり、泳ぎ去ったりするのを見てほほえむときは。ラヴォンはいつものように何気なく空をふり仰いだが、ゆがんで浮き沈みしている自分の反射像と、いま自分が休んでいる植物の反射像しか返ってこなかった。

ここに上限がある、宇宙を構成する三つの表面のうち三番目が。最初の表面は〈水底〉で、水はそこで終わっている。

第二の表面は変温層で、夏に橇《そり》すべりするにはうってつけだが、やり方さえ知っていれば簡単に突きぬけられる程度の硬さだ。

第三の表面が空だ。〈水底〉を突きぬけられないのと同様に、その表面は通過できないし、あえてそれを試みる理由もない。宇宙はそこで終わっている。毎日その上で戯《たわむ》れ、気まぐれに強くなったり弱くなったりする光は、その表面の特性に思える。

季節の終わりに向かって、水はしだいに冷たくなり、呼吸しにくくなる。同時に光は鈍くなり、暗闇と暗闇のあいだが短くなる。遅い水流が動きはじめる。高いところの水は冷えて、降下をはじめる。〈水底〉の泥が掻きまわされ、煙となって去っていき、菌類の畑の胞子を運んでいく。変温層が激しく揺れ、波立つようになって溶け去る。空は〈水底〉や、壁や、宇宙の四隅《よすみ》から運ばれてきた、やわらかな沈泥《シルト》の粒子で曇りはじめる。ほどなくして、世界全体が冷えて住み心地が悪くなり、黄ばんで死にかけた生き物たちで綿《わた》に覆われたようになる。温かい水が最初におずおずと流れはじめて、冬のしじまを破るまで、世界は死ぬのだ。

第二の表面が消えるときは、そういうふうだった。もし空が溶けて消えれば……。

「ラヴォン！」

その長い呼びかけの直後に、キラキラ光る泡が昇ってきてラヴォンのわきを通った。彼は手を伸ばして、つついてみたが、泡は鋭い親指からはね返った。晩夏に〈水底〉から昇ってくる気泡はめったに壊れない――そして特別に強い一撃を加えたり、硬い刃《は》でつらぬいたりしても、もっと小さな泡に分かれるだけで、鼻の曲がりそうな悪臭をあとに残して去っていく。

気体。泡の内部に水はない。泡のなかにはいった人間は、呼吸するものがないだろう。

だが、いうまでもなく、泡のなかにはいるのは不可能だ。表面張力が強すぎる。シャーの金属板と同じくらい強い。空のてっぺんと同じくらい強い。

空のてっぺんと同じくらい強い。するとその上には――泡がはじけるのだとしたら――水の代わりに気体の詰まった世界があるのだろうか？　すべての世界は、気体のなかをただよう水の泡なのだろうか？

もしそうだとしたら、両者のあいだを旅することなど問題外だ。なぜなら、そもそも空は突きぬけられないのだから。揺籃《ようらん》期の宇宙論も、世界に〈水底〉が用意されているとはいっていない。

だが、このあたりの生き物には〈水底《なんでい》〉を掘って潜りこみ、人間の手の届かない深みで餌を探すものがいる。夏の盛りには、軟泥の表面さえ、ふだんは泥を棲みかとするちっぽけな生き物がひしめいている。そして人間がともに暮らしている生物の多くは、変温層を境《さかい》に分かれた水のふたつの国のあいだを自由に行き来できないが、人間にはできるし、じっさいにそうしている。

もしシャーの語った新しい宇宙が本当に存在するのなら、光のある空の彼方に存在するのでなければならない。けっきょく、空だって通過できないわけではないのだ。泡がときどき壊れるという事実から、水と気体とのあいだに形成される表面膜が、まったく破れないわけではないということがわかる。これまでに試した者はいるのだろうか？

空のてっぺんを突きぬけられないのは、〈水底〉を掘って潜りこめないのと同じだが、その困難を迂回する道があるかもしれない、とラヴォンは思った。たとえば、彼の背後には植物があり、それは空の彼方へつづいているように見える。その上のほうにある葉状体が折れ曲がっているように見えるのは、反射による錯覚にすぎないのだ。

植物は空に触れたところから死んでいくということは、むかしから当然とされてきた。たいていはそのとおりだ。水分を失って黄ばんでいる枯《か》れた延長部分や、完璧な鏡にはめこまれたかのように空《から》になって浮いている、植物を構成する細胞の箱が頻繁に見られるのだから。しかし、いま彼の避難所になっている植物のように、切り落とされただけのものもある。ひょっとしたら、それは幻影にすぎず、本当はどこか別の場所へ果てしなく延びているのかもしれない——人間がかつて生まれ、いまも住んでいるかもしれない場所へ……。

板は両方とも失われた。真実を解明する方法はほかにひとつしかない。

ラヴォンは、揺らめく鏡のような空に向かって決然と登りはじめた。親指が棘《とげ》状になった足が、斑点の散った珪藻のもろい葉鞘《はさや》の群れを無頓着《むとんちやく》に踏んでいく。おだやかで、ブツブツいっているパラの従兄弟《いとこ》ヴォータエが、渦巻状の茎に生えているチューリップ形の頭をぎょっとして引っこめて道をあけ、背後で愚《ぐ》にもつかない噂話をはじめた。

ラヴォンは耳を貸さなかった。手足の指で植物の幹をつかみながら、光に向かってひたすら登りつづけた。

「ラヴォン！　どこへ行くんです？　ラヴォン！」

彼は身を乗りだして下を見た。いまは人形のように見える手斧を持った男が、青緑のまだらになった畑から手をふっていたが、その光景全体が菫《すみれ》色の深淵の底へ遠ざかっていくようだった。彼はめまいがして目をそらし、幹にしがみついた。これほどの高さまで来たのははじめてだった。もちろん、落ちても恐れることはなにもないのだが、その恐れは先祖伝来のものだった。それからまた登りはじめた。

しばらくすると、片手が空に触れた。立ち止まって息をする。好奇心旺盛なバクテリアが、彼の親指のつけ根に集まってきた。小さな切り傷ができていて、そこから血が霧のように広がっているのだ。手をふるとバクテリアはいったん散らばるが、くすんだ赤色の餌のほうへ、のたくりながらもどって来るのだった。

もはや息切れを感じなくなるまで待ち、また登りはじめた。空が頭のてっぺんに、うなじに、肩にのしかかってきた。それはわずかにたわむように思えた。丈夫で、摩擦がなく、弾力があるようだ。ここの水は目もくらむほど明るく、色というものがまったくない。彼はもう一歩登り、その途方もない重みを両肩で押しあげようとした。

徒労に終わった。崖を突きぬけようとするのと変わらない。

もういちど休まなければならなかった。息をととのえているあいだに、彼は興味深い発見をした。水生植物の幹のまわりで、鋼鉄のような空の表面が上向きの弧を描き、一種の鞘《さや》になっているのだ。手を入れてみると、すっぽりおさまった——この広さなら、頭だってはいりそうだ。彼は幹にしっかりとしがみつき、傷ついた手で探りながら、上にある鞘の内側をのぞきこんだ。ギラギラする光に目がくらんだ。

と、音のない爆発のようなものが生じた。手首全体が、不意に人間のものではない手にぎゅっと握られたのだ。まるでふたつに切られるかのようだった。驚きのあまり、思わず体を突きあげた。

あがっていくにつれ、痛みの環《わ》がふりあげた腕をするするとおりてきて、気がつくと両肩と胸にまわっていた。さらに体を突きあげると、両膝が円形の万力《まんりき》に締めつけられた。さらに突きあげると——

なにかがひどくおかしかった。彼は幹にしがみつき、あえぎながらも息をしようとした。だが——呼吸するものがなかった。

水が体から流れ出ていた。口から、鼻から、両わきの呼吸孔から、すさまじい勢いで噴きだしている。火のように強烈なかゆみが、体の表面を這いまわった。痙攣《けいれん》するたびに、長いナイフを突き刺されるようで、さらに多くの水が書肺《しょはい》から吐きだされるときに出るブクブクという卑猥《ひわい》な音が、はるか彼方から聞こえてきた。頭のなかに火がついて、鼻腔の底を貪りはじめた。

ラヴォンは溺《おぼ》れていたのだ。

最後の力をふり絞って、彼はぎざぎざのある幹を蹴って飛びだし、落下した。激しい衝撃に全身を揺さぶられる。と、先ほど離れようとしたときには、ぴったりとしがみついてきた水が、冷たい激しさで彼を連れもどしてくれた。

手足を広げ、ぶざまに宙返りを打ちながら、彼は下へ下へ、〈水底〉へ向かってゆらゆらと落ちていった。

3

何日ものあいだ、ラヴォンは冬眠にはいったかのように、人事不省《ふせい》のまま、胞子のなかで丸くなっていた。自分が生まれた宇宙へ再突入したときに感じた冷気のショックを、冬の到来のしるしだと体が勘違いしたのだ。つかの間とはいえ、空の上に出て酸素不足におちいったことも、同じしるしだと受けとられた。ただちに胞子形成腺が活動を開始したのだった。

そうでなかったら、ラヴォンは死んでいたにちがいない。溺死《できし》の危険は落ちているあいだに早くも消えた。空気は泡となって肺から排出され、命をあたえてくれる水がふたたびはいってきたからだ。しかし、極度の脱水と重篤《じゅうとく》な陽焼けに対して、水中の宇宙は治療法を知らなかった。琥珀色の半透明な球体が彼をつつみこんだあと、胞子形成腺の生みだす羊水が癒《いや》しの効果をもたらすと、かろうじて命をとりとめたのだった。

永遠に冬である〈水底〉で休眠している褐色の球体は、数日後、餌漁《あさ》りをしていたアメーバによって見つけられた。季節にかかわりなく、ここで水温はつねに四度を保っているが、高いところにある表層水がまだ温かく、酸素も豊富な時期に、胞子がそこで見つかるのは前代未聞だった。

一時間以内に、胞子は驚愕した原生《プロ》数十体《ト》にとり囲まれた。彼らは押し合いへし合いしながら、その目のない丸みを帯びた突出部を殻にぶつけていた。さらに一時間後、心配そうな人間の一団が、はるか上の城から飛びだしてきて、自分たちの鼻を半透明の壁に押しつけた。それから命令が矢継ぎ早にくだされた。

四体のゾウリ《パ》が《ラ》琥珀色の球体のまわりに集まった。彼らの毛胞《もうほう》が破裂すると同時に、抑えた爆発音が生じた。四体のパラが単調な音をたて、球体を引っぱりながら浮きあがった。

ラヴォンの胞子は泥のなかで静かに揺れてから、目の細かな網にからまれてゆっくりと上昇した。近くで一体のノックが、いたずらに焦《あせ》る人間たちのために、律動する冷光《れいこう》を一同の上に投げかけていた。球殻《きゅうかく》の動きにつれて、頭《こうべ》を垂れ、両膝を胸まで引きよせて眠っているラヴォンが、そのなかで滑稽《こっけい》なほど荘厳《そうごん》に回転した。

「シャーのところまで運んでいってくれ、パラ」

若きシャーは、世襲の役割を果たす過程で身に着けた伝統的な知恵を活用して、自分自身の仕事をやってのけた。殻につつまれたラヴォンのためにしてやれることは、たんなるお節介のほかはなにもない、とただちに見てとったのだ。

彼は自分の城の高い塔に設けられた部屋にその球体を安置した。そこには温かい水と光がふんだんにあり、春がまた訪れようとしている、と夏眠《かみん》する者に思わせるはずだった。そのあとは、すわって見まもり、ひとり思索をめぐらすだけだった。

胞子の内部では、ラヴォンの体が急速に脱皮しているらしく、長い帯や断片が浮かんでいた。体が奇妙に縮んだ感じは、しだいに消えていった。萎《しな》びていた腕や脚や、へこんだ下腹部がふたたびふくらんできた。

日々が過ぎていき、シャーはそのあいだ見張りをつづけた。とうとうそれ以上の変化が認められなくなり、シャーは直観にしたがって、胞子を塔のいちばん高い胸壁《きょうへき》まで運びあげて、直射日光にさらした。

一時間後、ラヴォンが琥珀色の牢獄のなかで身じろぎした。

丸めていた体を伸ばし、うつろな目を光のほうへ向ける。その顔には、ひどい悪夢からまだめざめきっていない男の表情が浮かんでいた。全身が奇妙に真新しい感じで、ピンクに輝いている。

シャーが胞子の壁をそっとたたいた。ラヴォンは目が見えないまま、顔をその音のほうに向けた。その目に生気がよみがえる。彼はおずおずと笑みを浮かべ、殻の内壁に手足を当てて突っ張った。

ピシッという鋭い音とともに、球体全体がいきなりバラバラになった。羊水が彼とシャーのまわりで拡散し、死との激闘をうかがわせるにおいを運び去った。

ラヴォンは破片のあいだに立ち、無言でシャーを見つめた。とうとうこういった――

「シャー――ぼくは空の上に行きました」

「わかっています」とシャーが静かな声でいった。

ラヴォンは黙りこんだ。するとシャーが、

「謙遜《けんそん》は無用です、ラヴォン。あなたは画期的なことを成しとげた。その代償に命を失いかけた。あとの話をぜひ聞かせてください――一部始終を」

「あとの話?」

「眠っているあいだに、あなたは多くのことを教えてくれました。それとも、〝役立たずの〟知識にまだ異を唱えるのですか?」

ラヴォンはなにもいえなかった。知っていることと知りたいことの区別がもはやつかなかったのだ。疑問がひとつだけ残っていたが、それを口にすることはできなかった。シャーの繊細な顔を黙って見ているしかなかった。

「それが答えのようですね」前にまして静かな口調でシャーがいった。「行きましょう、友よ。わたしのテーブルに加わってください。星々へ旅する計画を練りましょう」

シャーの大テーブルを五人が囲んでいた。シャー自身、ラヴォン、そして慣習にしたがってザン、タノル、ストラヴォルの家系から派遣されたシャーの三人の助手。多くの歴代シャーのもとで、その三人の男――あるいは、女のときもある――の義務は、単純ながら厄介なものだった。つまり、シャー自身が実験室のタンクのなかや図面の上で小規模に達成した食用作物の遺伝的変化を畑で実現させたのだ。金属加工や化学のほうに興味をいだいているシャーのもとでは汚れ仕事を担った――穴を掘り、岩を砕き、器具を作り、掃除したのである。とはいえ、シャー十六世のもとで三人の助手は、先祖にもましてラヴォンのほかの民《たみ》にうらやましがられる身分だった。というのも、どんな仕事もろくにしていないように見えたからだ。毎日シャーの部屋でシャーと語らい、記録をほじくり返し、石板に小さな引っかき傷をつけたりするか、なんの変哲もない単純なものを熱心に見つめて長い時間を過ごしているのだった。ときには実験室でシャーとともにじっさいに作業をしたが、たいていはすわっているだけだった。

じつをいうと、シャー十六世はある基本的な法則を発見していた。それは物事の探究に関するもので、彼がラヴォンに説明したところだと、莫大な力を持つ道具として認識したのだという。彼は特定の実験、たとえば期待される星々への旅に惹《ひ》かれるよりも、それを将来の労働者たちに伝えるほうに興味を持つようになっていた。彼の世代のザンとタノルとストラヴォルは、科学的方法を頭にたたきこまれている。むかしからの手順は、ときに千個の岩を持ちあげるよりも苦労が大きいのだ。

したがって、宇宙船の建造という問題を真っ先に課せられるラヴォンの民は、当然ながら彼ら以外にはいなかった。その結果がテーブルの上に並んでいた。珪藻のガラス、藻類の繊維、セルロースの柔軟なかけら、シャジクモの薄片《はくへん》、細長い木っ端、たくさんの植物と動物の分泌物から集めた有機接着剤でできている三つの模型が。

ラヴォンはいちばん近くにあった模型をとりあげた。見るからに壊れやすそうな球形の構造物で、内部では暗褐色の溶岩――じつは使われていない城の壁から苦労して削りとったワムシの唾の煉瓦《れんが》――の小さな玉が、ボール・ベアリングの玉のように自由に行き来している。

「さて、これはだれのだ？」と球体を興味深そうにひねくりまわしながらラヴォンがいった。

「わたしのです」とタノルが答えた。「率直にいって、すべての要求をかなえるにはほど遠いものでしょう。いまわれわれの手元にある材料と知識で造れるものとしては、これしか思いつかなかったということです」

「しかし、どういう仕組みで動くんだね？」

「ちょっとここを持っていてください、ラヴォン。内部の中心に浮き袋が見えますね。そこからアオミドロの中空の藁が船の被膜へ延びていて、浮力タンクになっています。〈水底〉から昇ってくる大きな気泡を捕まえて、タンクに送りこむというわけです。おそらく、すこしずつ送りこまないといけないでしょう。やがて船は泡の浮力で空まで上昇します。外側には小さな櫂《かい》が二本の帯の上に並んでいますが、これは乗組員が――内部で煉瓦のころがる音が聞こえるでしょう——船体内部をぐるりと囲む踏み車をまわすと同時に回転するようになっています。櫂の力で空の端まで行けるでしょう。この仕組みはディディンが動きまわる方法から盗みました。そうしたら櫂を引っこめ——こんなふうに細い孔《あな》にたたみこめます——内部の重心移動でさらに斜面を登っていき、やがて空間に出ます。別世界に行き当たって、また水のなかにはいったら、この嚢で表されている排気管を通してタンクからしだいに気体をぬき、速度を制御しながら沈んで着地します」

「非常に巧妙な着想だ」とシャーが考えをめぐらせながらいった。「しかし、難点がいくつかあるようだ。たとえば、この設計には安定性が欠けている」

「ええ、欠けています」とタノルが同意し、「それに、これを動かしつづけるには、相当の労力が足にかかることになります。しかし、機械の重心から自由に動く錘《おもり》を吊《つる》せば、とにかく部分的には安定させられるでしょう。それと、旅全体でいちばんエネルギーを消費するのは、そもそも機械を空まで運びあげる過程でしょうが、この設計なら心配いりません——じつをいえば、ひとたび泡をタンクにおさめたら、離陸の準備がととのうまで船を縛《しば》りつけておかないといけないでしょう」

「気体はどうやって放出するんだ？」とラヴォン。「そうしたいと思ったときに、この小さな管を通って出ていくのか？　出ていくどころか、管の壁にへばりつくだけじゃないだろうか？　水と気体とのあいだにできる膜は、ちょっとやそっとじゃ変形しない——なんなら証明してみせよう」

タノルが眉間にしわを寄せ、

「それは知りませんでした。しかし、本物の船では管がもっと大きいことをお忘れなく。模型のようなただの藁ではありません」

「人間の体よりも大きいのか？」とザン。

「いや、そこまでは。最大で、人間の頭くらいの大きさだろうか」

「それではうまくいかない」とザン。「試してみたんだ。そんなに小さなパイプに泡は通せない。ラヴォンがいわれたように、管の内側にへばりついて、うしろから圧力を——たくさんの圧力を——かけないかぎり、びくともしないだろう。もしこの船を造るとしたら、新世界へ着いたとたん乗り捨てるはめになる。どこへも沈められないのだから」

「それでは論外だ」と即座にラヴォンがいった。「排気の問題はとりあえずわきに置いておくとしても、船をすぐにまた使うはめになるかもしれない。新世界がどんなところかはだれにもわからない。住めないとわかれば、また旅立てるようでなければならない」

「きみの模型はどれだね、ザン？」とシャー。

「これです。この設計だと、相当に難儀《なんぎ》な旅になります——空に出会うまで〈水底〉を這っていくんです。新世界に行き当たるまで這っていき、着いたら、どこへ行くにも這っていきます。水中航法は使いません。タノルの船と同様に、踏み車が動力ですが、かならずしも人力に頼りません。運動能力のある珪藻が使えるんじゃないかと思うんです。舵《かじ》とりには、力を右か左に偏《かたよ》らせるという方法を用います。細かな操船のためには、後軸の向かいあった両端にひと組の革ひもを引っかけて、船を旋回させることもできます」

シャーは管形の模型をじっくりと見てから、試しに押して、テーブルのすこし先まで進ませた。

「気に入った。これなら静止させたいときにじっとしている。タノルの球形船だと、この世界でも新世界でも、思いがけない流れに翻弄されてしまうだろう――わたしの知るかぎり、空間にもなんらかの流れ、おそらくは気体の流れがありそうなのだ。ラヴォン、どう思います？」

「どうやって造るんだ？」とラヴォン。「横断面が丸い。模型ならけっこうだが、こんな大きな船を管の形にしたら、自重《じじゅう》でつぶれないだろうか？」

「正面の窓から内部を見てください」とザンがいった。「中心で交差する梁《はり》が見えるでしょう。長軸に対して直角になっています。これで壁をささえます」

「それでは多くの空間が無駄になる」とストラヴォルが異を唱えた。三人の助手のなかで飛びぬけて物静かで内省的な彼は、会議がはじまってからいままでひとことも口をきいていなかった。「船のなかは自由に行き来できなければならない。梁のまわりを四六時中這っているはめになったら、どうやってあらゆるものを動かしておくんだ？」

「それなら、もっとましなものを考えてくれ」とザンが肩をすくめた。

「簡単だ。輪を作ればいい」

「輪だって！」とタノル。「そんなに大きな輪を？　木がしなうようになるまで、一年は泥に漬けておかないといけないし、しなうようになっても、必要な強度は得られないぞ」

「たしかに、得られないだろう」とストラヴォルがいった。「わたしは船の模型を作らなかった。図面を引いただけだ。そしてわたしの船は、長い目で見ればザンの船にかなわない。しかし、わたしの船もやはり管状の設計にしたので、輪を作る機械の模型をこしらえた——テーブルの上のそれだ。梁の片端をこんなふうに重い万力にかませて、突端《とったん》が反対側に突きだすようにしておく。それから梁のもういっぽうの端をこの切れこみに太い綱で縛りつける。そうしたら綱を巻揚《まきあ》げ機に巻きつけて、五、六人でこんなふうに巻いていく。そうすると梁の固定されていない端が下へ引っぱられて、やがて切れこみが、前もって反対端に刻んでおいたこの鍵溝《かぎみぞ》とかみ合う。そのとき万力をはずせば、輪のできあがりだ。念のため継ぎ目に釘を打ちこんで、思わぬときにパッと開かないようにしておく」

「きみの使っていた梁は、ある程度曲げたところで折れたりしなかったのかね?」とラヴォンが尋ねた。

「貯《たくわ》えてある木材なら、たしかに折れるでしょう」とストラヴォル。「しかし、この場合は、乾燥させたものではなく、生木を使います。さもないと、タノルがいうように、使いものにならなくなるまで梁をやわらかくしなければなりません。しかし、生木《なまき》ならしなやかに曲がって、強靭《きょうじん》な単体の輪になるはずです——もし曲がらなかったら、シャー、あなたが教えてくれた数字を使うささやかな儀式は、けっきょく無意味だったことになりますよ!」

シャーが口もとをほころばせ、「数字を使うときは、簡単にまちがいを犯すものだよ」といった。

「なにもかも検算しました」

「それはそうだろう。まあ、試してみる価値は十二分にあるだろうね。ほかに提案は？」

「そうですね」とストラヴォル。「生きている換気システムのようなものがあれば、役に立つはずです。それ以外は、先ほどいったように、ザンの船を造るべきだと思います。わたしの船は、絶望的なまでにあつかいにくいので」

「同意するしかありません」とタノルが残念そうにいった。「しかし、いつか水よりも軽い船を組み立ててみたいものです。狭い地域の旅専用になるかもしれませんが。新世界がわれわれの世界よりも大きければ、行きたいところへどこへでも泳いでいくわけにはいかないかもしれません」

「なるほど、それは思いつかなかった」とラヴォンが大声をあげた。「新世界がわれわれの世界の二倍、三倍、八倍の大きさだとしたら？ シャー、そんなことはありえない理由がありますか？」

「わたしの知るかぎりありません。歴史の板が、膨大な距離というものを自明のこととしているのはたしかだと思われます。よろしい、ここに出そろった設計を組み合わせたものにしましょう。タノル、きみがいちばんの製図工だから、図面を引いてくれないか。ラヴォン、労働力はどうします？」

「腹案はできています」とラヴォン。「ぼくの見るところ、船の仕事をする人間は専従でなければなりません。船の建造は一夜で終わる仕事ではないでしょうし、いちどの季節で完成させられる仕事でさえないでしょう。したがって、交代制の労働力には頼れません。おまけに、これは技術を要する仕事です。ひとりの人間が特定の仕事をおぼえたのに、ほかの者がしばらく代わりを務めるからといって、菌類の世話にもどされたら、まったくの無駄というものです。

したがって、さまざまな職業からもっとも知能が高い職人を二、三人ずつ選んで、基本的な労働力としました。この人々を正規の仕事から引きぬくことになりますが、通常の業務に支障をきたしたり、それぞれの職業でほかの者の負担が目に見えて大きくなるようなことにはなりません。彼らは熟練を要する仕事をし、完成まで船の仕事に専念するでしょう。なかには乗組員になる者もいるでしょう。熟練を要さない重労働には、季節ごとに非熟練労働者を動員できるので、日常生活を崩壊させずにすむでしょう」

「うまくいきそうですね」とシャー。身を乗りだして、組んだ手をテーブルのへりに置く――もっとも、指のあいだに水掻きがあるので、指先しか組みあわせられないのだが。「じつにめざましい進歩だ。この会合の終わりまでに、この十分の一も話が進むとは思っていませんでしたよ。しかし、なにか重要なことを見落としているかもしれません。ほかに提案か質問がある者はいるかな？」

「ひとつ質問があります」とストラヴォルが静かな口調でいった。

「わかった、聞かせてくれ」

「いったいどこへ行くんです?」

長い長い沈黙がおりた。とうとうシャーがいった。

「ストラヴォル、その質問にはまだ答えられない。星々へ行くとはいえるが、星がなにかはまだ見当もつかないから、そう答えてみても、たいして役に立たないだろう。われわれがこの旅をするのは、歴史の板に記されている途方もないことのいくつかが、本当にそのとおりなのだと判明したからだ。空は通過できるし、空の向こう側には呼吸する水のない領域、われわれの祖先が〝空間〟と呼んだ領域が存在するといまやわかっている。このふたつの考えは、常識に反するとつねに思われてきたわけだが、にもかかわらず真実だと判明したのだ。

歴史の板は、われわれの世界以外にも世界がいくつもあるといっている。ほかのふたつが真実なのだとわかってしまえば、この考えもじつは受け入れやすくなる。星々についていえば――たしかに、まだなにもわからない。その主題に関して歴史の板を新しい目で読みなおさせてくれるような情報はまったくないし、その真偽を判断できないかぎり、憶測をたくましくしても得るところはない。星々は空間にあるので、ひとたび空間へ出れば、それが目にはいり、言葉の意味がはっきりするだろう。すくなくとも、なんらかの手がかりが見つかるにちがいない――ほんの数秒、空の上に出ただけで、ラヴォンがどれほどの情報を持ち帰ったのかを考えてみるがいい!

しかし、それまでは、泡のなかであれこれ考えていても仕方がない。どこかにほかの世界があると考え、われわれはそこへ旅する手段を考案しようとしている。それ以外の疑問、付随的な疑問は、とりあえずわきへ置いておくしかない。最後にはそうした疑問にも答えが出るだろう――その点に関して、わたしの心に疑問の余地はない。しかし、それには長い時間がかかるかもしれない」

ストラヴォルが残念そうに笑みを浮かべ、

「それ以上は望みません。ある意味で、この計画全体が常軌《じょうき》を逸《いっ》していると思います。しかし、そうであっても、最後までつき合いますよ」

シャーとラヴォンはにやりと笑みを返した。全員が熱に浮かされていて、彼らの閉ざされた宇宙全体が、遠からずそれを分かちあうのではないか、とラヴォンは思った。彼はいった

――

「それなら、一分も無駄にしないことだ。詰めなければならない細部はまだ山のようにあるし、そのあと、困難な仕事がようやくはじまるんだ。さあ、はじめよう！」

五人の男は立ちあがり、顔を見合わせた。その表情はさまざまだったが、全員の目のなかに畏怖《いふ》と野望が混じりあった同じ色が加わっていた。造船技師と宇宙飛行士が組み合わさった顔だった。

それから彼らは別々に出ていった。自分たちの旅をはじめるために。

宇宙船建造が止まったのは、ラヴォンが空の彼方へ登って死にかけたときより二度の冬眠を経たころだった。そのときには、自分が鍛《きた》えられ、風化して、人生の盛りに達した直後に

おちいる一時的な年齢不詳の状態にはいったのだ、とラヴォンにはわかった。そして眉間《みけん》にしわが刻まれ、消えずに残り、深まっていくのもわかった。

〝老〟シャーも変わっていた。成熟期にはいるにつれ、その目鼻立ちは繊細さをいくぶん失った。楔形《くさび》の骨張《ほねば》った顔立ちは、彼が生きているかぎり、引っこみ思案の詩人のような外見をあたえるだろうが、計画への参与が長《おさ》たるものの表情をそこにかぶせていた。それはよくても仮面のようなこわばりを呈し、悪くすれば、どういうわけか下卑《げび》て見えるのだった。

血を流すように歳月が過ぎたにもかかわらず、宇宙船はまだ船体しかできていなかった。それは、世界の壁のひとつから延びた砂州にころがる丸石の上に築かれた船台《せんだい》に横たわっていた。木釘《もくくぎ》を打った巨大な船体は、一定の間隔で切れ目があり、そこから生木の梁でできた骨組みがのぞいていた。

船台での作業は、最初のうちかなりの速さではかどった。というのも、水の失われていない空《から》っぽの空間を這い進むのに、どんな種類の乗り物が必要かを思い描くのは、むずかしくなかったからだ。ザンとその同僚たちは、その仕事をみごとにやってのけた。機械の大きさだけを考えても、建造には長期間――ひょっとしたら季節ふたつ丸々の長さ――を要することも認識されていた。だが、シャーとその助手たちも、ラヴォンも深刻な障害が起きるとは思っていなかった。

さらにいえば、船の一部が未完成に見えるのは、錯覚にすぎなかった。その艤装《ぎそう》のおよそ三分の一が生き物で構成されているので、じっさいに離昇《りしょう》するはるか前に、彼らが船内の所定の位置におさまると考えるほうがどうかしていた。

それでも、造船作業は何度も長期にわたる中断を余儀なくされた。正常で理解できる概念は、宇宙旅行という問題にはひとつとして当てはまらないということが、どんどん明らかになるにつれ、区画全体を剝《は》ぎとるはめになったことも数度におよんだ。

パラが頑《がん》として返却を拒《こば》んでいる歴史の板の欠如が、二重の障害となった。失われた直後に、シャーは記憶から複製を作ろうとした。だが、もっと信仰心の厚かった祖先とちがい、それを聖典とはみなしていなかったので、一言一句《いちげんいっく》を暗記しようとしたことがなかった。盗まれる前でさえ、特別な実験上の問題に関する記述のさまざまな翻訳をためこんでおり、木《も》片《へん》に刻んで、書庫にしまってあった。とはいえ、これらの翻訳の大部分はたがいに矛盾《むじゅん》しがちであり、宇宙船の建造に関連するものはひとつもなかった。とにかく、それに関しては原《げん》板《ばん》も漠然としていたのだ。

原板に刻まれた謎の文字の複製は作られたことがなかった。理由は単純で、原板を破壊できるものも、見たところ永久不変の性質を再現できるものも、この水中宇宙には存在しなかったからだ。単純な用心として、逐語《ちくご》的な間に合わせの記録をたくさん作っておくべきだった、とシャーは気づいたが、あとの祭りだった——しかし、緑金色《りょくきんしょく》の平和が何世代もつづいたあと、単純な用心ではもはや破局に対するそなえにはならないのだ(さらにいえば、水に浸《ひた》してやわらかくした木に、シャジクモの薄片《はくへん》で単純なアルファベットをひと文字ずつ彫りこまなければならない文化では、三重の記録をとるような気運は生まれないのである)。

結果として、歴史の板の内容に関するシャーの不完全な記憶、加うるにさまざまな翻訳の正確さについての千年にわたる不断の疑惑が、宇宙船そのものの進捗《しんちょく》に対する最大の障害であることがついに判明したのだった。

「人は泳げるようになる前に、水を掻かないといけないんです」とラヴォンが遅ればせながら述べると、シャーは同意せざるを得なかった。

祖先が宇宙船の建造についてなにを知っていたにしろ、いまだに最初の宇宙船をゼロから造ろうとしている人々にとって、その知識がろくに役に立たないのは歴然としていた。あとから思えば、宇宙船の平底《ひらぞこ》が置かれてから二世代後、巨大な船体が未完成のまま、砂岩《さがん》の上の船台に横たわり、着実に強度を失っていく木のかび臭いにおいを発散させているのも意外ではなかった。

シャーの部屋へ向かうストライキの代表団の先頭に立つ丸顔の青年は、フィル二十世といった。つまり、シャーよりは二世代、ラヴォンよりは四世代若いわけだ。目尻に小じわがあり、そのせいで愚痴《ぐち》っぽい老人のようにも、胞子のなかで甘やかされた幼児のようにも見えた。

「われわれは、この常軌を逸した計画の中止を求めている」と彼はぶっきらぼうにいった。

「われわれは奴隷のように働いて、この事業に若さを絞りとられてきた。だが、われわれがわれわれ自身の主人となったいま、それは終わりを告げた。終わったんだ」

「だれも強制していない」とラヴォンが腹立たしげにいった。

「社会が強制する。親たちが強制する」代表団のある痩せこけたメンバーがいった。「しかし、これから本当の世界で生活をはじめるんだ。この世界のほかに世界などないことは、近ごろはだれもが知っている。あなたがた老人は、そうしたいのであれば、自分の迷信にしがみついていればいい。だが、われわれにそのつもりはない」

ラヴォンは困惑してシャーに目をやった。科学者がにっこり笑って、「好きなようにさせてやりなさい、ラヴォン。意気地《いくじ》なしに用はありません」といった。

丸顔の青年が顔を真っ赤にして、

「侮辱《ぶじょく》したって、仕事にはもどらないぞ。もう終わったんだ。どこへも行かない船を勝手に造るがいい！」

「わかった」とラヴォンが平静な声でいった。「とっとと消え失せろ。そんなところに突っ立って、弁舌をふるってるんじゃない。きみたちは決定をくだし、われわれはきみたちの自己正当化になんの関心もない。お別れだ」

丸顔の青年は、芝居がかった英雄気どりをもうすこしつづけたいようだったが、ラヴォンの退去通告でそれもかなわなくなった。とはいえ、ラヴォンの石のように固い顔をしげしげと見て、なけなしの勝利でもないよりはましと納得したようだった。彼と代表団は悄然《しょうぜん》としてアーチ道をぞろぞろと出ていった。

「さて、どうします？」彼らが行ってしまうとラヴォンが尋ねた。「正直にいうと、シャー、彼らを説得したいところでした。けっきょく、労働者は必要なんです」

「どうせ泣きついてきますよ」とシャーがおだやかな声でいった。「あの若者たちのことなら百も承知です。つぎの季節に自分たちの畑から、いじけた作物ばかりがとれるので、さぞかし驚くと思いますよ。なにしろ、わたしの助言なしに交配するはめになったあとですから。ところで、船の乗組員の志願者は何人くらいになりました？」

「数百人です。フィルの世代のあとの若者は、ひとり残らず同行したがっています。とにかく、民衆の分断についてフィルはまちがっています。計画は、非常に若い者たちの想像力をとらえています」

「なにかで釣ったのですか？」

「まあね」とラヴォン。「もし乗組員に選ばれたら、諸君を頼りにするといったんです。でも、真面目にとってもらっては困ります！　選びぬいた専門家の集団を、熱意のほかにはとりえのない若者と置き換えるのは愚《ぐ》の骨頂《こっちょう》ですよ」

「そんなことは考えていませんよ、ラヴォン。ところで、この辺の部屋のどこかでノックを見かけませんでしたか？　ああ、あそこだ、ドームのなかで眠っている。ノック！」

その生き物はものうげに触手を揺らめかせた。

「ノック、伝言がある」とシャーが声をかけた。「プロトはすべての人間にこう伝えてほしい。宇宙船でつぎの世界へ行きたいと思う者は、ただちに中間準備地域に来なければならない。全員を連れていくと約束はできないが、すくなくとも船の建造を手伝った者は考慮の対象になる、と」

ノックは触手をふたたび丸めて、眠りにもどったようだった。

4

ラヴォンは制御盤にずらりと並ぶ伝声管《でんせいかん》の拡声器から向きなおり、ゾウリ《パラ》を見やった。

「最後にもういちど頼む。歴史の板を返してくれないか?」

「だめだ、ラヴォン。われわれはこれまできみたちの頼みを拒んだことはない。だが、これは拒まなければならない」

「しかし、きみはわれわれに同行するんだ、パラ。必要な知識を返してもらわないかぎり、われわれが死んだら、きみも命を失うことになるぞ」

「一体のパラの死がなんだというのだ?」と生き物はいった。「われわれはみな同じだ。この細胞は死ぬだろう。だが、原生《プロト》は、きみたちがこの旅をどうやるのかを知らなければならない。板がなくても、きみたちはやってのける——われわれはそう信じている。それ以外に、板の本当の重要性を評価する方法はないからだ」

「それなら、板をまだ持っていると認めるんだな。ひとたび空間へ出たら、仲間と意思疎通できなくなったらどうする? 水がきみたちのテレパシーには必要不可欠でないと、どうしてわかる?」

プロトは無言だった。ラヴォンは一瞬それを見つめてから、伝声管にゆっくりと向きなおった。「みんな、よく聞いてくれ」と彼はいった。武者震《むしゃ》いが出た。「本船はこれより出発する。ストラヴォル、船は密閉されているか？」

「わたしにわかるかぎりでは、ラヴォン」

ラヴォンは別の拡声器に口を移した。深呼吸する。すでに水は息苦しくなっているようだ。船はまだ動いていないのだが。

「出力四分の一で用意……一、二、三、発進」

船全体がぐいっと浮きあがり、また元の位置にもどった。船底に並ぶ縫線《ほうせん》入りの珪藻たちが、それぞれのくぼみにおさまった。彼らのゼリー状の接地面が、ごわごわしたイサゴムシの革でできた幅広い無限軌道を回転させる。木製のギアがきしみをあげ、生き物たちのゆっくりした力を増幅し、十六個ある船の車軸に伝達した。

船が揺れて、砂州をゆっくりと進みはじめた。ラヴォンは雲母《うんも》の舷窓《げんそう》ごしに目をこらした。世界が苦しげにわきを流れていく。船が傾き、斜面を登りはじめた。背後で、シャーとパラと交替操縦士二名――ザンとストラヴォル――が興奮して黙りこんでいるのが感じられる。まるで彼らの視線が彼の体をつらぬいて、舷窓から出ていくかのようだ。世界を離れようとしているいま、そこはいつもとちがって見えた。これほどの美しさをこれまで見過ごしていたとは。

斜面が険《けわ》しくなるにつれ、無限軌道のパタパタいう音と、ギアと車軸のきしむ音やうめく音が大きくなった。船はよろめきながらも登攀《とうはん》をつづけた。その周囲には人間とプロトの集団がいて、浮き沈みしたり、船を押したりしながら、空へ向かう船の護送に当たっていた。しだいに空が低くなり、船の上部にのしかかってきた。

「きみの珪藻にもうひとがんばりしてもらってくれ、タノル」とラヴォンがいった。「前方に玉石《たまいし》がある」船が重々しく旋回した。「よし、徐行にもどしてくれ。トル、そちら側からひと押ししてくれ――いや、それじゃやりすぎだ――よし、それでいい。通常にもどせ。まだ回頭しているぞ！　タノル、ぐっとひと押しして、船首をまっすぐにもどしてくれ。よし。それでいい、両舷ともこのまま進みつづけてくれ。もうすこしのがんばりだ」

「どうしたら、あんなふうに入り組んだことを考えられるんだ？」と背後でパラが不思議がった。

「自然とそうなる、それだけのことだ。人間はそういうふうに考えるんだ。監督たち、こんどは推進力をすこしだけあげてくれ。勾配《こうばい》がきつくなっている」

ギアがうめいた。船が舳先《へさき》をあげた。空がラヴォンの顔にまともに光を浴びせた。ラヴォンは知らぬ間に恐ろしくなってきた。肺は焼けるようだし、虚空を長々と落下しているような気がする。まるで人生ではじめて経験しているかのように、冷たい水にたたきつけられるまで落ちていく気がする。皮膚がむずがゆくなり、焼けるようにヒリヒリした。またあそこへあがれるだろうか？　灼熱《しゃくねつ》の虚無のなかへあがり、生命が行くべきではない場所で、すさまじい苦悶《くもん》にさいなまれ、あえぐはめになるのだろうか？

砂州が水平になりはじめ、船の進行はすこしだけ楽になった。ここまであがると、空があまりにも近いので、巨大な船の重々しい動きがそれをかき乱した。さざ波の影が砂の上を走っていく。船の背骨にはめられた雲母の長い天窓のすぐ下で、青緑色の藻類の太い樽《たる》のような帯状組織が、ゆっくりと無心に身をくねらせながら、音もなく光をとりこんで、酸素に変えている。格子状の通路と船室の床の下にある船倉では、ウィーンと音をたてているヴォータエが、浮遊する有機物の粒子を燃料にしながら、船内の水を動かしつづけている。

船を囲んでついてきたものたちが、一体また一体と繊毛の腕をふって退いていき、慣れ親しんだ世界へ向かって砂州の斜面をくだっていった。その姿がどんどん縮んで見えなくなる。そとうとう残るは一体のユーグレナ属――プロトの従兄弟である半植物――だけになった。そいつは宇宙船と並んで浅瀬の沼沢へと進んでいった。光が大好きなのだ。しかし、そのユーグレナもついにもっと深くて、もっと冷たい水域へもどるしかなくなった。一本しかない鞭《べん》毛《もう》を揺らめかせながら去っていく。そいつはとりたてて聡明とはいえなかったが、行ってしまうと、ラヴォンは見捨てられたような気がした。

とはいえ、彼らの行くところへは、だれもついてこられないのだ。

いまや空は船の上部にかぶさった、抵抗力のある薄い膜でしかなかった。船の速度が落ちたので、ラヴォンは出力をあげろと声をかけた。船は砂粒と玉石のあいだを掘りはじめた。

「これではうまくいかない」とシャーが緊張した声でいった。「ギア比を落としたほうがいいでしょう、ラヴォン。そうすれば、もっとゆるやかに応力を加えられます」

「わかりました」とラヴォンは同意した。「みんな、船を止めるぞ。シャー、ギア交換を監督してもらえませんか？」

空っぽの空間の異常なまでのギラつきが、大きな雲母の円窓《えんそう》のすぐ向こう側から、ラヴォンをまともに見つめてくる。無限へのとば口であるここで足止めを食らって、頭がどうかなりそうだ。しかも危険だ。外界に対する古い恐怖がこみあげてくるのが、ラヴォンには感じられた。あとすこしでも立ち往生がつづけば、自分には耐えられないだろう、と下腹部に冷たいものが集まるなか、彼は悟った。

ギア比を変えるのに、もっといい方法があるにちがいない。むかしながらの方法は、ギア・ボックスを丸ごととりはずすようなものなのだ。大きさのちがうギアを同じ心棒《しんぼう》にたくさん並べておけないだろうか。かならずしも同時に作動しなくてもいい。車軸を軸受けのなかで前後に動かして、必要なものだけを使うようにすればいいのだ。それでも簡単にはいかないだろうが、船橋《ブリッジ》からの指令ひとつですむし、機械全体を止めたり——新しい操縦士を青緑色のどろどろしたものへ投げこまなくてもよくなるだろう。

シャーが跳《は》ねあげ戸をぬけて飛びだしてきて、水中で停止した。

「交換完了」彼はいった。「もっとも、減速用のギアがひずみを受けとめきれないでしょう」

「割れるんですか？」

「ええ。最初はゆっくり動かします」

ラヴォンは無言でうなずいた。一瞬でも躊躇《ちゅうちょ》したら、自分の言葉の結果を考えるはめになるので、すかさず声をはりあげる——

「出力半開だ」

船はふたたび姿勢を変え、動きはじめた。たしかに非常にゆっくりだが、前よりはなめらかに進んでいく。頭上で空が薄くなり、完全な透明となった。強烈な光が射しこんでくる。ラヴォンの背後で不安げに身じろぎするものがあった。船首の円窓が白くなっていく。

ふたたび速度が落ち、目をくらませる障壁にあらがった。ラヴォンはごくりと唾を飲み、出力をあげろと声をはりあげた。船は死にかけた生き物のようにうめいた。いまや静止しているも同然だった。

「出力をあげろ」とラヴォンは怒鳴った。

いまいちど、進むか進まないかくらいの速さで船が動きはじめた。静かに傾いて上を向くと、船が前方に躍り出て、船内のあらゆる梁と板が悲鳴をあげはじめた。

「ラヴォン！　ラヴォン！」

ラヴォンはその叫び声でハッとわれに返った。その声は拡声器のひとつから聞こえていた。船尾円窓と記されているやつだ。

「ラヴォン！」

「なにごとだ？　そうわめくんじゃない」

「空のてっぺんが見えます！　反対側から、てっぺんの側から見えるです！　大きくて平たい金属の板みたいです。そこから遠ざかっています。本船は空の上にいるんです、ラヴォン、空の上にいるんです！」

またしても船がガクンと動き、ラヴォンは船首円窓のほうにふりまわされた。雲母の外側で、水は衝撃的な速さで蒸発しており、あたりは奇妙にゆがんで見えるし、虹の模様ができていた。

ラヴォンは空間を目にしたのだ。

一見、カラカラに干上《ひあ》がった、人けのない〈水底〉のようだった。巨大な玉石、切り立った崖、裂けたり割れたりしたギザギザの岩がころがり、四方八方へどこまでもつづいている。まるで巨人がでたらめにばらまいたかのようだ。

しかし、それ自体の空があった——あまりにも遠いので、その距離を測るどころか、信じることもできない紺碧《こんぺき》のドームが。そしてこのドームのなかに、赤みを帯びた白い火の玉が浮かんでいて、彼の眼球を焼き焦がした。

岩の荒野はまだ船からは遠く離れていた。船はいま、キラキラ輝く水平の平原の上に止まっているようだった。その表面の輝きの下で、平原を作っているのは、ただの見慣れた砂、ラヴォンの宇宙で積みあがり砂州を作るのと同じ物質のようだった。その砂州を船は登ってきたのである。しかし、その上のガラスのような色あざやかな膜は——

ふと気がつくと、拡声器の列から別の叫びが聞こえていた。ラヴォンは激しくかぶりをふって、「こんどはなんだ？」といった。

「ラヴォン、こちらトルです。いったいどうなってるんですか？　ベルトが動かなくなりました。珪藻には動かせません。サボってるわけでもないんです。思いっきりたたいて、殻を割ろうとしていると思わせたんですが、それでも出力はあがりません」

「放っておけ」とラヴォンが嚙みつくようにいった。「彼らがサボるわけがない。そうするだけの知能もないんだ。彼らができないというなら、本当に出力をあげられないんだ」

「それなら、なんとかしてください」

シャーが進み出てラヴォンと並んだ。

「本船は空間と水の界面にいます。ここでは表面張力が非常に強い」と静かな口調でいう。「いま車輪を引きこめば、しばらくは船底の接地面で這っていけるでしょう」

「助かった」とラヴォンが安堵のにじむ声でいった。「船底部――車輪を引きあげてくれ」

「長いあいだ」とシャーがいった。「歴史の板のいう〝格納式着陸装置〟がなんのことかわかりませんでした。しかし、ようやく思い当たったんです。空間＝泥《でい》界面の張力は、どんな大きな対象でも捕まえたら離さないだろう、と。だから、車輪を引きあげられる形の船を造れといいつづけたのですよ」

「けっきょくご祖先さまは、なにもかもお見とおしだったわけですね、シャー」

ほんの数分後――というのも、船底の接地面へ動力が伝わるようにするには、ギア・ボックスをひとつ追加すればよかったからだ――船はころがった岩に向かって岸辺を這い進んでいた。ラヴォンは見るからに恐ろしげなギザギザの岩壁を不安そうに細かく調べ、船が通れそうな裂け目を探した。細流《さいりゅう》のようなものが左のほうへ伸びていて、つぎの世界への道筋になっているような気がした。しばらく考えたあと、ラヴォンは船をそちらへ向けるよう命じた。

「空のあれが〝星〟でしょうか?」と彼は尋ねた。「でも、たくさんあるはずなんです。あそこにはひとつしかない――ぼくにいわせれば、ひとつでたくさんですが」

「わかりません」とシャーはいったん認め、「しかし、宇宙の構造は思い描けるようになってきた気がします。われわれの世界が、この巨大な世界の〈水底〉にはめこまれたカップのようなものであることは明らかです。この宇宙にはそれ自体の空があります。ということは、それもまた、ひとまわり大きな世界の〈水底〉にはめこまれたカップにすぎないのかもしれず、以下、無限のくり返しです。たしかに、おいそれとは理解できない概念です。もしかしたら、すべての世界がこの共通の表面にはまったカップであって、あの大きな光がすべてを分けへだてなく照らしているのだと考えるほうが、理にかなっているかもしれません」

「それなら、どうして毎晩消えたり、冬のあいだは昼間でさえ薄暗くなったりするんでしょう?」とラヴォンが語気を強めて訊いた。

「ぐるぐるまわっているのかもしれません、最初の世界からつぎの世界へと。まだよくわかりません」

「あなたのいうとおりだとしたら、しばらくここを這い進むだけでいいことになる。やがて別世界の空のてっぺんに行き当たるはずですから」とラヴォン。「そうしたら潜ればいい。

これだけの準備をしたあとだと、簡単すぎる気がしますね」

シャーはクスクス笑ったが、おかしなことがあったから漏らした音ではなさそうだった。

「簡単すぎるですって？　まだ温度に気づいてないのですか？」

意識の表面のすぐ下では、ラヴォンも気づいていた。しかし、シャーにいわれてはじめて、だんだん息苦しくなっていることを悟った。さいわい、水中の酸素濃度は下がっていなかったが、温度は秋の末でいちばん悪い時期の浅瀬を思わせた。スープを呼吸しているようなものだ。

「ザン、ヴォータエにもっとがんばってもらってくれ」とラヴォン。「もっと水を循環《じゅんかん》させないと、いまに耐えられなくなる」

ザンから返事があったが、ラヴォンの耳にはブツブツいう声にしか聞こえなかった。いま彼にできるのは、船の舵とりに専念することだけだった。

散乱する、へりが鋭利《えいり》な刃物のようになった岩のあいだに切れ目か隘路《あいろ》のようなものがあり、それはすこしだけ近づいていたが、起伏の激しい砂漠をまだ何マイルも踏破《とうは》しなければならないようだった。しばらくすると、船は着実だが、苦痛なほどのろのろした爬行《はこう》に落ちつき、前よりは横揺れも前後の揺れも減ったものの、船足も落ちた。船の下では、いまズルズルとすべる音、砂を磨《す》りつぶす音、船体そのものを砂が削る音がしていた。まるでひとつひとつが人間の頭ほど大きな粒子を潤滑剤にして、その上を踏み越えているかのようだ。

とうとうシャーがいった。

「ラヴォン、また止まらなければなりません。こんな高いところの砂は乾いているから、接地面を使っていてはエネルギーの無駄です」

「体が保《も》つと本気で思っていますか?」と息をあえがせながらラヴォンが尋ねた。「とにかく船は動いています。また止まって車輪を下ろし、ギアを変えたら、ゆだってしまうでしょう」

「そうしなければ、ゆだってしまうでしょう」とシャーが冷静にいった。「藻類のなかにはすでに死んだものがいるし、残りも萎《しな》びています。もう長くは保たないというはっきりした徴候です。ギアを変えて、速度をあげないかぎり、日陰へ逃げこめるとは思えません」

技師のひとりがゴクリと音をたてて唾を飲み、

「引き返すべきです」と耳障《みみざわ》りな声でいった。「そもそも、われわれはこんなところへ来るようにできていないんです。水のなかで生きるようにできているのであって、こんな地獄で生きるようにできてはいないんです」

「よし、停船する」とラヴォンがいった。「しかし、引き返しはしない。それは最後の最後だ」

その言葉は勇ましかったが、本人が認める以上に、その男のいったことにラヴォンは動揺していた。

「シャー」彼はいった。「急いでもらえますか?」

科学者はうなずき、下へ潜っていった。

数分がのろのろと過ぎた。空に浮かぶ大きな赤金色《あかがね》の球体は、まばゆいばかりに輝いていた。それは空のはるか下までおりていたので、光は船内にじかに射しこみ、ラヴォンの顔に照りつけた。その光を浴びて浮遊する粒子という粒子が輝いた。その光線は乳白色の長い吹き流しのようだった。ラヴォンの頰《ほお》のわきを通過する水流は、熱いといってもよかった。あの地獄へどうしたら乗りこんでいけるだろう？ 〝星〟の真下の土地は、ここよりも暑いにちがいない。

「ラヴォン！ パラを見てください！」

ラヴォンはなんとかふり向いて、同盟者であるプロトに目をやった。大きなスリッパはデッキにおりていて、繊毛を弱々しく震わせているだけだった。内部では、液胞がふくらんで洋梨《ようなし》形になりはじめていて、顆粒《かりゅう》状の細胞質はくっつき合って、黒い核を圧迫していた。

「彼は……死にかけているのか？」

「この細胞は死にかけている」と、いつもどおり冷静にパラがいった。「だが、このまま進め――進みつづけろ。学ぶべきことがたくさんある。たとえわれわれが死んでも、おまえたちは生きられるかもしれない。このまま進みつづけろ」

「きみたちは――いまもわれわれの味方なのか？」とラヴォンが小声でいった。

「われわれはつねにおまえたちの味方だった。この愚行をとことんまで推《お》し進めろ。最後には、われわれは利益を得られるし、それは人間も同じだ」

ささやき声が消えていった。ラヴォンはもういちど生き物に呼びかけたが、返事はなかった。

下で木のぶつかり合う音がしたかと思うと、シャーの声が拡声器のひとつからか細く聞こえてきた。

「ラヴォン、前進してください！　珪藻も死にかけています。そうなったら動力がなくなる！　できるだけ急いで、まっすぐに進んでください」

ラヴォンはいかめしい顔で身を乗りだし、

「〝星〟は、この船が近づいている土地の真上にあるんですよ」

「そうですか。もっと下がって、影が長くなるかもしれない。望みがあるとしたら、それだけです」

ラヴォンはそこまで考えていなかった。彼は拡声器の列に向かってしゃがれ声で命令を発した。いまいちど、船が動きはじめた。こんどはすこしだけ船足《ふなあし》があがったが、それでも這っているようだった。三十二個の車輪がごろごろとまわった。

どんどん暑くなってきた。

〝星〟はラヴォンの正面で、はっきりとわかる動きで着実に沈んでいった。彼は不意に新たな恐怖に襲われた。あれがこのまま沈みつづけ、すっかり姿を消したらどうなるだろう？　たしかにいまは灼熱の玉だが、熱源はあれしかない。空間がたちまち極寒《ごっかん》となり——船は凍《こお》りついて膨張し、破裂してしまわないだろうか？

無気味な影が長くなり、前進をつづける船に向かって、砂漠を渡って伸びてきた。船室に話し声はなく、耳障りな息づかいと機械のきしむ音があるだけだった。

やがてギザギザの地平線がのしかかってくるように思えた。火の玉の下縁に石の歯が食いこんで、みるみるうちに食らいつくす。火の玉が消えてなくなった。

船は崖の陰にはいった。ラヴォンは、岩壁と平行に進むよう回頭を命じた。船はそれに応《こた》えて重々しく、のろのろと動いた。はるか頭上で、空が着実に色を深めていき、青から藍《あい》色へと変わっていった。

シャーが音もなく跳ねあげ戸をぬけてきて、ラヴォンと並んで立ち、深まりゆく空の色と、彼ら自身の世界に向かって浜辺を伸びていく影をじっくりと観察した。彼はなにもいわなかったが、自分と同じ背すじの寒くなるような考えが脳裏に浮かんでいるのだ、とラヴォンは確信した。

「ラヴォン」

ラヴォンは飛びあがった。シャーの声には鉄の意志が宿っていた。

「なんです?」

「進みつづけねばなりません。つぎの世界がどこであれ、一刻も早く行き着かないと」

「行き先もわからないのに、どうしたら進めるんです? 冬眠してやり過ごせばいい――寒さがそうさせるなら」

「その点は心配ない」とシャー。「この高さなら、危険なほど寒くなることはありえません。そうなったとしたら、空――あるいは、われわれがむかしから空だと考えてきたもの――が、夏でも毎晩凍りつくでしょう。わたしの頭にあるのは水のことです。植物はこれから眠りにはいるでしょう。われわれの世界なら、それは問題になりません。酸素の供給がひと晩じゅうつづくからです。しかし、この閉ざされた空間で、これほど多くの生き物が乗っていて、新鮮な水が供給されないとなると、まずまちがいなく窒息してしまいます」

シャーはまったく他人事のような口調で、むしろ冷厳《れいげん》な物理法則を語るようだった。「さらにいえば」と、自然そのままの風景をうつろな目で見つめながら、「珪藻も植物です。いい換えれば、酸素と動力があるかぎり、進みつづけるしかないのです——進みつづけられるよう祈るしかないんです」

「シャー、この船には元々わずかなプロトしか乗っていませんでした。そして、そこのパラはまだ死んだわけではありません。もし死んだのなら、船室は悪臭で耐えられなくなっていたでしょう。この船は無菌状態に近い。プロトが当然のごとくバクテリアを食べてきたのだし、外からの供給もないのですから。それでも、多少の腐敗というものは起こったはずです」

シャーは身をかがめ、動かなくなったパラの外皮を指でつついた。

「おっしゃるとおり、まだ生きています。それでなにがわかるんです?」

「ヴォータエも生きているということです。水の循環が感じられます。それで証明されるのは、パラに害を加えたのは熱ではなかったということです。光なんですよ。ぼくが空の彼方に登ったあと、皮膚がどれほどひどい火傷《やけど》を負ったか憶えていますか? 弱められてない星の光は命とりになるんです。板から得た情報に加えるべきですね」

「やはりピンときませんね」

「こういうことです——三、四体のノックが下にいます。彼らは光から遮断されているので、まだ生きているにちがいありません。もし彼らを珪藻の持ち場に集めれば、あまり賢くない珪藻は、まだ昼間だから働きつづけようと思うでしょう。あるいは、船の背骨にノックを並べて、藻類が酸素を出しつづけるようにしてもいい。そこで疑問が生じます——酸素と動力、どちらがより必要なのか？　それとも、折衷策《せっちゅう》があるのか？」

なんと、シャーがにやりと笑い、

「思考が冴《さ》えわたるというやつですな。いつかあなたにシャーになってもらえるかもしれません、ラヴォン。ところで、折衷策はないと申しあげましょう。ノックの光は、植物に酸素を作らせつづけるほど強くはありません。いちど試したところ、酸素の生産量がすくなすぎて、問題になりませんでした。植物がエネルギーを得るのに光を使うのはまちがいありません。したがって、珪藻を照らして、出力をあげるしかありません」

「わかりました。そうしてください、シャー」

ラヴォンは船を崖の陰の岩場から移動させ、もっと平坦な砂地へ乗りだした。直射光はもう跡形《あとかた》もなく消えていた。もっとも、淡い輝きがまだ空一面にあったが。

「さて、こうなると」とシャーが考えこみながらいった。「あの峡谷《きょうこく》へたどり着けたら、水があると思っていいでしょう。もういちど下へ行って、ギアの交換を——」

ラヴォンが息を吞んだ。

「どうしました？」

ラヴォンは無言で指さした。心臓が早鐘《はやがね》のように打っていた。

頭上を覆う藍色のドーム全体に、小さいけれど信じられないくらいまばゆい光がちりばめられていた。その数は数百をくだらず、闇が深まるにつれ、どんどん見える数が増えていった。そしてはるか彼方、岩場の最果《さいは》ての上空に、ぼんやりした銀色で三日月形になった、ほの暗い赤い球体が浮かんでいた。天頂の近くには、はるかに小さい似たような別の天体があって、全面が銀色に染まっていた……。

ハイドロットのふたつの月のもと、そして永遠の星々のもと、長さ二インチの木製宇宙船と、その顕微鏡サイズの乗員たちが、水の涸れかけた細流に向かって根気よく斜面をくだっていった。

5

船は峡谷の〈水底〉に停《と》まって、その夜を過ごした。密閉されていた大きな四角い扉がいっせいにあけ放たれ、生命をあたえてくれる、キラキラ光る生《き》の水を――そして新鮮な食料となる、くねくね動くバクテリアを――外から受け入れた。

一同が眠っているあいだ、ラヴォンは万一にそなえて各扉に見張りを配置しておいたが、好奇心からにせよ、狩りのためにせよ、近寄ってくる生き物はいなかった。空間の底そのものといえるこれほど高いところでも、高度に組織化された生き物が、夜はおとなしくしていることは明らかだった。

しかし、最初の光が水中にさっと射しこんだとたん、危険が迫ってきた。

真っ先に現れたのは、大目玉の怪物だった。体色は緑で、二本のハサミを持っていた。そのどちらも、船をアオミドロの糸のように真っ二つにできそうだった。目は黒くて丸く、短い柄《え》の先についている。長い触角は植物の幹よりも太い。とはいえ、そいつは船にはまったく気づかず、蹴るような動きをしながら猛然と過ぎていった。

「ここには――あんな生き物がうようよしているのか？」とラヴォンが声をひそめていった。「あんな大きなやつばかりなのか？」

だれも答えなかった。だれにもわからないのだから、当然すぎるほど当然だった。

しばらくすると、ラヴォンは危険を冒して船を流れに逆らって前進させた。流れはゆるやかだったが、抵抗は強かった。身をくねらせて進む巨大な虫が、すごい速さでわきを過ぎていく。一体が船体に強烈な一撃を浴びせたが、すぐに忘れて去っていった。

「こちらに気づかないのです」とシャーがいった。「われわれは小さすぎるんです。ラヴォン、宇宙が広大無《む》辺《へん》だということは祖先が警告してくれました。しかし、それを目にしても、理解が追いつかないのです。それにあの星々――その意味するところは、わたしが考えているとおりなんでしょうか？　思考を絶しています。とうてい信じられません！」

「〈水底〉は傾斜しています」と前方を一心に見つめながらラヴォンがいった。「峡谷の壁は退《しりぞ》いていて、水はかなり濁ってきました。星の件はあとまわしにしましょう、シャー。われわれは新世界の入口へ向かっているんです」

シャーはむっつりと黙りこんだ。空間を思い描こうとして、心を乱されてしまったようだ。事態はかなり深刻なのかもしれない。成しとげつつある偉業にもろくに気づかず、自分自身のふくらみきった想像に心を奪われて、気をもんでいるのだ。自分たちの心のあいだにある古い隙間《すきま》が、またしても広がっていくのをラヴォンは感じた。

いまや〈水底〉はふたたび上り勾配を描いていた。自分自身の世界を出ていく細流はなかったので、ラヴォンはデルタ地形というものを知らなかった。その現象に彼は不安をつのらせた。しかし、船が隆起を登りつめ、その向こう側に舳先を突きだしたとたん、その心配は一掃《いっそう》されて、代わりに驚きに満たされた。

行く手で〈水底〉はまたしても傾斜し、きらめく深みへとかぎりなく延びていた。本来の空がいまいちど頭上を覆い、プランクトンの小さな群れがその下をおだやかに浮遊していた。その直後に、小型種の原生《プロト》も何体か見え、そのうちの数体はすでに船に近寄ってきていた
――

そのとき、若い女が深みから飛びだしてきた。距離のせいでその顔はぼやけて見えたが、恐怖にゆがんでいるようだった。はじめのうち彼女は、船がまったく目にはいらないようだった。しなやかに身をひねって、方向を変えながら水中をやって来る。盛りあがったデルタを超えて、その向こう側の激流へ身を投じることしか頭にないのは一目瞭然《いちもくりょうぜん》だった。

ラヴォンは愕然《がくぜん》とした。人間がここにいたからではない——人間は宇宙のいたるところにいる、と彼は願っていたし、どういうわけか知ってさえいた——少女が愚かにも、みずからを自殺行為に駆りたてていたからだ。

「いったいぜんたい——」

そのとき、ぼんやりした低いうなりが耳のなかで大きくなりはじめ、彼は事態を把握した。「シャー！ ザン！ ストラヴォル！」彼は叫んだ。「弩《いしゆみ》と槍《やり》を用意しろ！ すべての窓を閉めろ！」彼は片足をあげ、正面の円窓を蹴破《けやぶ》った。だれかが彼の手に弩を押しこんだ。「どうしたんです？」シャーがだしぬけにいった。「なにごとです？ なにが起きているんです？」

「食肉族だ！」

その叫びが電気ショックのように船内をつらぬいた。ラヴォン自身の世界では、ワムシは事実上絶滅していたが、そいつらを相手に人間とプロトがくり広げてきた長い闘いの凄惨《せいさん》な歴史は、だれもがいやというほど知っていた。

少女が不意に船を見つけ、止まった。この新たな怪物を目の当《ま》たりにして、絶望におちいったのは一目瞭然だった。惰性でただよいながら、船をまじまじと見ては、肩ごしにさっとふり返る動作を交互にくり返している。そちらでは薄闇のなかで低いうなりがどんどん大きくなっている。

「止まるな！」ラヴォンは叫んだ。「こっちだ、こっちへ来い。ぼくらは味方だ！ 助けてやる！」

つるつるした肉でできた半透明の大きなラッパ形の生き物が三体、冠に生えた無数の太い繊毛を貪欲にうならせながら、デルタの隆起を越えて迫《せ》りあがってきた。柔軟な装甲に覆われて怖いものなしのディクランたちが、仲間内で激しくいい争いながらやって来る。彼らの言語を形作るのは、記号以前の不明瞭な騒音だ。

ラヴォンは慎重に弩の弦《つる》を引き絞り、肩に当てると、発射した。太矢《ふとや》がうなりをあげて水中を走る。だが、それは急速に勢いを失い、はぐれ水流につかまって、ラヴォンが狙った食肉族よりも少女に近いほうへ運ばれていった。

彼は唇《くちびる》を噛み、武器をおろすと、もういちど弦を引き絞った。射程を甘く見てはいけない。相手が近寄るまで待たなくてはならない。舷窓から放たれた別の矢が水を切ったとき、彼は射ち方やめを命じた。「ただし、眼点《がんてん》が見えたら射て」とつけ加える。

ワムシたちの乱入で少女は心を決めた。もちろん、動かない木製の怪物は、彼女にとって異様なものだが、いまのところ危害を加えるようすはない——それに、それぞれが最大の分け前を奪おうとしている三体のディクランにつかまったらどうなるか、彼女は知っていたにちがいない。彼女は円窓に向かって身を躍らせた。三体の食肉族が、憤怒《ふんぬ》と貪欲の叫びをあげて、彼女のあとを追いかけた。

先頭のディクランが、最後の瞬間にぼやけた視力で木造船の形を見分けなかったとしたら、彼女はまず逃げおおせられなかっただろう。そのディクランは低くうなりながら後退し、ほかの二体が進路をそらして衝突を避けた。そのあと彼女らはまた口論をはじめた。もっとも、なにをめぐって争っているのか、自分たちにもよくわかっていないようだったが。「おい」「くたばれ」「おまえとわたしはちがう」より複雑な考えをやりとりすることができないのだ。

三体がまだいがみ合っているうちに、ラヴォンは太矢でいちばん近いやつの体をつらぬいた。生き残った二体は、すぐさまその遺骸《いがい》をめぐって命がけの闘いをはじめた。

「ザン、一隊を率いて、あの二体の食肉族がまだ闘っているうちに串刺《くしざ》しにしてくれ」とラヴォンは命じた。「卵を壊すのも忘れるな。この世界はすこし手なずけてやらないといけないようだ」

少女は円窓を飛ぶようにぬけてきて、恐怖のあまり腕をふりまわしながら、船室の反対側の壁にぶつかった。ラヴォンは彼女に近づこうとしたが、少女はどこかから先端を鋭くとがらせたシャジクモの薄片をとりだした。彼女は一糸《いっし》もまとっていなかったので、どこに隠していたのかは見当もつかなかったが、その使い方を心得ていて、そのつもりでいることは歴然としていた。ラヴォンは後退し、制御盤の前の丸椅子に腰をおろすと、彼女が船室、ラヴォン、シャー、ほかの操縦士たち、老境にはいったゾウリ《パラ》に危害を加えられないと納得するのを待った。

とうとう彼女がいった。

「あなたたちは――神さまで――空の向こうから来たの?」

「たしかに、ぼくらは空の向こうから来た」とラヴォンは答えた。「だが、神ではない。ぼくらは人間だ、きみとまったく同じような。ここには人間が大勢いるのか？」

少女は未開人だったが、状況をあっという間に呑みこんだようだった。奇妙なことに、ラヴォンは彼女に見憶えがあるような気がして仕方がなかった。そんなことはありえないのだが。背が高く、一見するとくつろいだようすの黄褐色の肌を持つ女性。この少女とうりふたつというわけではないし……たしかに別世界の女性だが、それでも……。

彼女は艶々《つやつや》と輝く蓬髪《ほうはつ》にナイフを押しこんで――なるほど、この手があったのか、憶えておいて損はない、とラヴォンはとまどいながらも思った――かぶりをふった。

「数はすくない。食肉族がどこにでもいる。そのうち最後の者が食われるでしょう」

彼女の宿命論的諦観は徹底していたので、じっさいは気にもしていないようだった。

「それで、きみたちは協力してやつらに対抗したことはないのか？　あるいは、プロトに助けを求めたことは？」

「プロトですって？」彼女は肩をすくめ、「食肉族が相手では、あたしたちと同じくらいにもできないわ、たいていのプロトは。あたしたちは、あなたたちみたいに、遠くから殺せる武器を持ってない。それにもう手遅れで、そういう武器があってもなんの役にも立たない。あたしたちの数はすくなすぎるし、食肉族は多すぎる」

ラヴォンはきっぱりと首をふり、

「頼りになる武器は、ずっときみたちのもとにあったんだ。その武器を前にすれば、数なんか意味がなくなる。使い方を教えてあげよう。試しに使ってみれば、ぼくらよりもうまく使いこなせるようになるかもしれない」

娘はまたしても肩をすくめ、

「そういう武器を夢見たけれど、見つからずじまいだった。あなたのいってることは本当なの？　その武器はどういうもの？」

「もちろん、頭脳だ」とラヴォン。「ひとつの頭脳だけじゃない、たくさんの頭脳だ。それをいっしょに働かせる。協力だ」

「ラヴォンのいうことは真実だ」と弱々しい声がデッキからあがった。

パラが力なく身じろぎした。少女は目を丸くしてそれを見つめた。パラが音を出して人間の言葉を使ったことは、船そのものよりも、あるいはそのなかにあるほかのなによりも彼女に感銘をあたえたようだった。

「食肉族は退治できる」と、か細く震える声がいった。「プロトが力を貸すだろう、われわれが元いた世界で力を貸したように。プロトは空間をぬけるこの旅を闘いぬき、そのいっぽうで人間から記録を奪った。しかし、人間は記録なしで旅を成しとげた。プロトは二度と人間に逆らわないだろう。われわれはすでにこの世界のプロトたちと話をして、人間がなにを夢見て、人間がなにを実現できるのかを伝えた。プロトが望もうと望むまいと、そうなるのだ。

シャー――あなたの金属記録はあなたのもとにある。それは船内に隠されている。わたしの兄弟たちがそこまで案内するだろう。

この有機体はもうじき死ぬ。知能のある生き物が死ぬときの例に漏れず、知識を信じて死ぬ。人間がわれわれにこれを教えた。なにもない。その知識に。できないことは。知識があるから……人間は……渡ってきた……空間を渡ってきた……」

ささやくような声が薄れていった。キラキラ光るスリッパ形の体に変化はなかったが、なにかが失われようとしていた。ラヴォンは少女を見やった。ふたりの目が合った。なんとも説明のつかない温かいものがこみあげてくる——彼はそう感じた。

「ぼくらは空間を渡ってきた」とラヴォンが静かな声でくり返した。

シャーの声が、はるか遠くから彼のもとへ届いた。若い老人はささやいていた。

「しかし——本当に渡ったんだろうか?」

ラヴォンは少女を見ていた。シャーの疑問には答えなかった。そんなことは、どうでもいいように思えたのだ。

（中村融訳）

編者あとがき

ここにお届けするのは、わが国で独自に編んだ宇宙SFのアンソロジーである。

人類が宇宙に進出したらなにが起きるか？　その問いにさまざまな角度から答えようとする試みであり、編者の頭のなかではたんに「宇宙SF傑作選」だった。それではあまりにも漠然としているので、もっと絞りこんでほしいという要請が編集部からあり、苦しまぎれにひねり出したのが「宇宙探査SF傑作選」という副題。いずれも、なんらかの謎を探る物語なので、広い意味で〝探査〟をテーマにしているといえなくもない。看板に偽《いつわ》りありの気がしないでもないが、そこは大目《おおめ》に見てもらいたい。

ついでに書いておけば、『星、はるか遠く』という題名は編集部がつけてくれた。編者は「タズー惑星の地下鉄」を表題作にしよう、だめなら「表面張力」といって、あえなく却下されたのだった。ま、当然ですね。

収録作九編のうち、本邦初訳が二編、二十年以上も前に邦訳が雑誌に掲載されたきりの作品が四編、何度か刊行の機会に恵まれたが、三十年以上も入手困難な状態がつづいていた作品が三編というラインナップ。

すでに何度も書いたが、編者がアンソロジーを編む最大の動機は、「埋もれた秀作をふたたび世に出したい」なので、その願いは実現できたといえる。SFにかかわる仕事を長年つづけてきて、自分が常識だと思っていた作家名や作品名が忘れ去られていく事態に何度も遭遇して、その願いはますます強くなっているのだ。古い作品ばかりを集めて、という批判が出るのは承知のうえで、温故知新《おんこちしん》を図《はか》りたいのである。もっとも、現在の目で見ても違和感がないように、新訳を五編起こしたことは付記しておく。

今回、核になったのはジェイムズ・ブリッシュの「表面張力」。じつは、九年前に「宇宙生命SF傑作選」と銘打った『黒い破壊者』（本文庫）を上梓したときからの懸案《けんあん》だった。同書の「編者あとがき」にこう書いた――

「当初は、人類にあわせて異星の環境を改造するテラフォーミングとは逆に、異星の環境にあわせて人類がみずからを改造する例としてジェイムズ・ブリッシュの「表面張力」を収録し、リチャード・マッケナの「狩人《かりゅうど》よ、故郷に帰れ」と対《つい》にしようと構想していたのだが、長さの関係で見送らざるを得なかった。（中略）とはいえ、この秀作を埋もれさせておくのは惜《お》しいので、他日《たじつ》を期したい」

以来、復活の道を模索していたのだが、コリン・キャップの「タズー惑星の地下鉄」と組みあわせることを思いついたときに、本書の大枠が見えてきた。つまり、人類が宇宙に進出したときに起きるドラマを描いた作品を集めようと思ったのだ。

とすると、宗教テーマのＳＦとして名高いのに、邦訳が雑誌に載ったきりのハリー・ハリスン「異星の十字架」や、なぜか未訳で残っているフレッド・セイバーヘーゲン「故郷への長い道」も収録できる。とすると……。

こうしてできあがったのが本書である。ともあれ、希少性の高い作品ばかりが並んでいるのは保証する。あとは読者の判断を待つばかりだ。

収録作については、それぞれの扉裏解説に記したので、ここで蛇足《だそく》を連ねることにする。

編者は古いＳＦを読んでいると、手塚治虫や石ノ森章太郎の絵で場面が浮かんでくることがあるのだが、ブラッドリーの「風の民《たみ》」を訳された安野玲氏も同じような体験をされたらしい。この作品を読んでいたら「これは竹宮恵子だ！」と気づいて、あとはその絵でヴィジュアルが浮かんでいたというのだ。アメリカの女性ＳＦと日本の少女漫画には共通点が多いが、その好例というところか。

キャップの「タズー惑星の地下鉄」は、扉裏解説に記したようにシリーズ第二作である。なんで第一作から訳さないのか、と疑問が湧《わ》くだろうが、この作品がシリーズ五作のなかで飛びぬけて面白いから、というのがその答え。個人的にも愛着がある作品なので、変則的ながら新訳に踏みきった。

マッスンの「地獄の口」は、筋金入りのＳＦファンだったミステリ作家の故・殊能将之氏が翻訳して、自分のサイトに掲載していたことがある（現在は消滅）。ファンジンに掲載されたものなどはカウントしないのが通例なので、本邦初訳とする。

　セント・クレアの「鉄壁《てっぺき》の砦《とりで》」を読んで、イタリアの文学者ディーノ・ブッツァーティの『タタール人の砂漠』（一九四〇／岩波文庫他）を連想される方も多いと思う。後者のほうが十年以上早いが、影響関係は不明。

　ハリスンの「異星の十字架」が、〈ＳＦマガジン〉一九七四年九月号にはじめて訳載されたとき、扉の作者名が「ハーラン・エリスン」となっていた。編者はＳＦを本格的に読みはじめたころなので、とまどった人も多かっただろう。ともあれ、編者はＳＦを本格的に読みはじめたころこの作品に出会って、強い印象を受けた。その復活は長年の願いだったので、ようやく実現できて、これほどうれしいことはない。

　ディクスン「ジャン・デュプレ」の扉裏解説に引いた岡部宏之氏の文章は、旧訳が掲載された〈ＳＦマガジン〉一九七七年六月号の「解説」より引いた。ちなみに、この号は「戦争ＳＦ特集！」を組んでおり、ホールドマンやウルフの力作が誌面を飾っていた。

　ローマーの「総花的解決」が世に出たとき、A Retief story of war and piece — and flower power! と惹句《じゃっく》がついていた。本編の背景には、東西の冷戦とカウンター・カルチャー運動（フラワー・パワー）があったことを頭に入れておくと、いっそう楽しめるだろう。

　漫画がらみでいえば、本編の訳者、酒井昭伸氏はこのシリーズを「アメリカ宇宙ＳＦ版『エロイカより愛をこめて』みたいなものと思ってもらえば話は早い」（初訳が〈ＳＦマガジン〉一九九九年九月増刊号に載ったときに付された解説より引用）と評されている。

最後に謝辞を。

既訳がある作品は、大いに参考にさせてもらった。くわしくは巻末の既訳作品書誌を見てほしいが、各編の訳者の方々に感謝する。とりわけ「タズー惑星の地下鉄」では、「異端技術部隊」という重要な訳語を踏襲《とうしゅう》させてもらった。谷口高夫氏に深甚《しんじん》の感謝を捧げる。

二〇二三年十一月

中村　融

収録作原題一覧（付・既訳作品書誌）

The Long Way Home　初訳
The Wind People ●「風の人々」風見潤訳〈SFマガジン〉一九七五年十一月号↓『たんぽぽ娘』集英社コバルト文庫（一九八〇）
The Subway of Tazoo ●「タズー惑星の地下鉄」谷口高夫訳〈SFマガジン〉一九七六年二月号
Mouth of Hell　初訳
Fort Iron ●「鉄の砦」広田耕三訳〈奇想天外〉一九八〇年十二月号 ●「アイアン砦」野口幸夫訳『どこからなりとも月にひとつの卵』サンリオSF文庫（一九八〇）
The Streets of Ashkelon ●「異星の十字架」浅倉久志訳〈SFマガジン〉一九七四年九月号
Jean Duprès ●「ジャン・デュプレ」岡部宏之訳〈SFマガジン〉一九七七年六月号
The Piecemakers ●「総花的解決」酒井昭伸訳〈SFマガジン〉一九九九年九月増刊号
Surface Tension ●「表面張力」川村哲郎訳〈SFマガジン〉一九六三年四月号 ＊〈ギャラクシー〉掲載版の抄訳↓『宇宙播種計画』ハヤカワ・SF・シリーズ（一九六七）↓『世界SF全集32』早川書房（一九六九）＊〈ギャラクシー〉掲載版の完訳↓〈SFマガジン〉一九九〇年十月号 ＊〈ギャラクシー〉掲載版の抄訳、中上守名義

編者紹介　1960年生まれ。中央大学法学部卒、英米文学翻訳家。編著に「影が行く」「時の娘」「黒い破壊者」、主な訳書にウェルズ「宇宙戦争」「モロー博士の島」、ブラッドベリ「万華鏡」「何かが道をやってくる」ほか多数。

検印
廃止

宇宙探査SF傑作選
星、はるか遠く

2023年12月15日　初版

著　者　フレッド・セイバーヘーゲン
　　　　キース・ローマー　他

編　者　中《なか》　村《むら》　融《とおる》

発行所　（株）東京創元社
代表者　渋谷健太郎

162-0814/東京都新宿区新小川町1-5
電　話　03・3268・8231-営業部
　　　　03・3268・8204-編集部
URL　http://www.tsogen.co.jp
DTP　キャップス
晩印刷・本間製本

乱丁・落丁本は、ご面倒ですが小社までご送付ください。送料小社負担にてお取替えいたします。

ISBN978-4-488-71506-9　C0197

人類は宇宙で唯一無二の知性ではなかった

The War of the Worlds ◆ H.G.Wells

宇宙戦争

H・G・ウェルズ

中村 融 訳　創元SF文庫

◆

謎を秘めて妖しく輝く火星に、
ガス状の大爆発が観測された。
これこそは6年後に地球を震撼させる
大事件の前触れだった。
ある晩、人々は夜空を切り裂く流星を目撃する。
だがそれは単なる流星ではなかった。
巨大な穴を穿って落下した物体から現れたのは、
V字形にえぐれた口と巨大なふたつの目、
不気味な触手をもつ奇怪な生物——
想像を絶する火星人の地球侵略がはじまったのだ！
SF史に輝く、大ウェルズの余りにも有名な傑作。
初出誌〈ピアスンズ・マガジン〉の挿絵を再録した。

ブラッドベリを代表する必読のファンタジー

SOMETHING WICKED THIS WAY COMES◆Ray Bradbury

何かが道をやってくる

レイ・ブラッドベリ
中村 融 訳
創元SF文庫

◆

その年、ハロウィーンは
いつもより早くやってきた。
そしてジムとウィル、ふたりの13歳の少年は、
一夜のうちに永久に子供ではなくなった。
夜の町に現れたカーニヴァルの喧噪《けんそう》のなか、
回転木馬の進行につれて、
人の姿は現在から過去へ、
過去から未来へ変わりゆき、
魔女の徘徊する悪夢の世界が現出する。
SFの叙情詩人を代表する一大ファンタジー。
ブラッドベリ自身によるあとがきを付す。